언론을
바로세우는
사람들

한겨레
독자주주운동
10년사

한겨레신문전국독자주주모임

언론의 주인인 민중에게 이 책을 올립니다.

자주언론의 건설과 조국통일언론의 실천

정해숙
(자주언론운동연대 상임대표)

민중은 국제통화기금 구제금융 한파가 경제를 휩쓸어가는 사상 초유의 국난의 와중에서 50년 만의 정권교체를 이룩해 구체제를 청산하고 개혁을 추진할 유리한 정치지형을 확보했다. 새 정부 들어 여기저기서 국난 극복과 사회개혁의 선결조건인 언론개혁에 관한 논의가 활발하다. 이에 따라 제도언론의 한계를 비판하며 언론개혁의 전형을 보여준 한겨레신문 창간 10년에 대한 관심도 새롭게 부각되고 있다. 하지만 창간주체로서 이 신문을 바로세우려는 독자주주운동의 역사는 대중에게 제대로 조명되지 않았다.

'언론을 바로세우는 사람들'. 한겨레신문에서 잘 알려지지 않은 이 독자주주운동 10년 이야기는 민족의 양심이 탄압받지 않고 존중되는 세상을 건설하려는 민중의 90년대 자주언론운동 실천의 귀중한 역사를 담고 있다. 각계각층의 민중이 10년 동안 일관되게 민족자주언론의 창간이념을 실현하려고 투쟁한 독자주주운동사에서 우리는 한국 언론개혁의 내용과 원칙, 방향 등 실천방안을 손쉽게 찾을 수 있다. 따라서 이 책은 한국 언론개혁의 산 교과서로서 독자에게 다가가리라 확신한다.

지난 김영삼 정권은 태생적 한계를 안고 사이비 개혁에 머물러 국제통화기금에 경제주권을 넘기는 등 총체적 국난을 불러오고야 말았다. 그뿐 아니라 김영삼 정권은 대선자금 비리 척결과 조국통일을 외치는 한총련을 이적단체로 몰아 군사독재를 능가하는 양심수를 양산했고, 노태우 정권까지도 인정해 주었던 범민련 통일인사들을 대량 구속함으로써 민족운동사에 씻을 수 없는 오점을 남겼다. 이런 김 정권의 실패에는 분단기득권에 안주해 민족의 양심을 외면한 제도언론의 책임도 크다고 지적된다.

언론은 오늘의 국난의 뿌리가 조국 분단에 있으며, 이 국난을 극복하고 번영된 삶을 누릴 수 있는 길은 조국통일에 있음을 직시해야 한다. 한국언론은 조국통일언론으로 거듭나 민중의 조국통일 열정을 국난 극복과 국가 발전의 원동력으로 수용하도록 해야 한다. 그리하여 김대중 정부가 김영삼 정권의 전철을 밟지 말고 공약대로 남북합의서를 이행하고 헌법에 보장된 자유로운 통일 논의와 민간통일운동을 보장하도록 촉구해야 할 것이다.

한겨레 독자주주운동은 창간이념에 따라 자주언론의 확립과 조국통일언론 실천을 위해 노력했다. 독자주주운동의 이런 노력이 결실을 맺어 한국언론이 민중의 표현의 자유를 억압하는 언론 악법과 반통일 악법을 철폐하고 민족자주언론으로 전진해 가길 기대한다.

1998년 5월 18일

머리말

언론이 바로서야 민족이 살고 조국이 산다.

민중은 10년 전 언론을 바로세워 사람답게 살 수 있는 세상을 만들려는 염원으로 한겨레신문을 창간했다. 창간발기선언문에는 민중의 이런 절절한 염원이 새겨져 있다. 우리는 오늘 한겨레 창간 열돌을 맞아, 창간주체인 독자주주운동 10년을 되돌아보며 이 신문이 그 동안 창간이념을 충실히 실천해 왔는지 역사에 묻고자 한다.

이 책 제1부 '언론을 바로세우는 사람들'은 독자주주운동 10년의 발자취를 담은 것이다. 독자들은 여기에서 창간정신에 따라 한겨레신문을 바로세우려는 민중의 땀과 희생과 눈물이 배어 있는 독자주주운동의 살아 있는 역사를 만날 수 있을 것이다. 우리는 특히 이 글이 독자주주운동 태동기에서 오늘까지 현장을 체험하며 기록해 온 독자주주운동의 산증인인 필자로 하여 더욱 커다란 의의를 갖는다고 믿는다.

제2부에서는 독자주주운동에 헌신해 온 노동자 농민 학생 지식인 등 민중의 뜨거운 육성을 들을 수 있다. 창간발기선언문을 비롯해 '한겨레 경영 심판하고 민족자주언론 실현하자' 등 한편한편이 참언론을 이루어내려는 독자주주들의 고민과 지향을 말해 준다. 이 글들은 대부분 한국언론의 자정개혁과 독자주주운동을 촉발시킨 〈한겨레정론〉, 전국독자주주모임이 독자주주운동의 역사를 담아 애국지사 고 리강호 선생 추모집으로 펴낸 『조국과 더불어』, 독자주주모임 소식지 〈한겨레〉에서 간추려 모은 것이다.

제3부 '해직기자는 말한다'는 독자주주운동에 함께 하다가 한겨레신문에서 해직된 박해전 최성민 기자가 해직기간에 복직투쟁을 하면서 쓴 글이다. 두 해직기자는 이 글을 통해 당시 한겨레신문 경영진과 노조 등이 어떠했는지 생생하게 증언해 준다. 두 기자 모

두 해고무효확인청구소송의 승소 등으로 원상회복함에 따라 이 글은 90년대 자주언론운동사에 승리의 기록으로서 남게 되었다.

이런 한겨레 독자주주운동 10년을 통하여 독자주주운동은 단순히 언론운동 차원에 머물지 않고 자주 민주 통일의 창간이념을 생활에서 실천하는 동지적 삶의 공동체로 성장해 왔다. '언론계를 떠나면서' 한겨레신문 창간 대부로서 양심을 밝힌 송건호 선생을 비롯해 어려운 여건에서도 독자주주운동의 역사를 함께 창조해 온 모든 분들에게 진심으로 감사드린다.

하지만 돌이켜보면 독자주주운동의 필수 기본자료인 주주명부 등사조차 이루어내지 못하는 등 우리의 정성과 역량이 모자라 한겨레신문의 문제상황을 제때 해결하지 못하고 자정개혁의 과제가 쌓여만 갔다. 독자주주운동의 이런 한계와 반성에서 출발해 이 책이 6만 주주의 대단결을 도모하면서 민중이 한겨레신문 창간이념의 복원작업에 나서는 계기를 마련한다면 언론을 바로세우려는 독자주주운동의 간절한 소망은 이루어질 것이다.

언론의 주인인 민중이 한겨레신문 '제2창간'에 성공하고, 이 신문이 창간이념을 충실히 실천함으로써 민족과 조국을 살리는 민족자주언론으로서 민중의 사랑 속에서 1백년 1천년을 살아갈 수 있기를 바란다.

끝으로 우리의 진실을 세상에 알리는 증언의 장을 마련해 준 살림터 송영현 사장과 직원들께도 감사드린다.

1998년 5월 15일 한겨레 창간 열돌에
한겨레신문전국독자주주모임
상임고문 곽병준, 공동대표 이전오(상임) 김천희 배동인 신맹순
박운주 배규선 장석정 진영일 배강옥

차 례

우리는 지금 암흑의 시대에 살고 있다

진 관

우리는 지금 암흑의 시대에 살고 있다
일제가 우리를 침략하여 점령하더니
다시 미제가 우리 민족을 침략하여 분단을 자행하더니
아직까지도 빛 한번 받아보지 못하고 죽어간 이들
그들을 생각하면 우리가 제국의 발톱을 붙들 수 있느냐,

그러나 우리는 모든 것을 속아오며 살았다
속은 줄을 알면서도 할말을 제대로 하지 못하고 살아왔다
말하지 않는 것이 미덕인 줄 알고 살아왔다
또한 그것이 동방예의지국의 위상으로 삼았다
우리들의 조상은 그래도 슬기롭게 견디어왔다

이제 그날의 분노를 말하지 않으면 아니된다
우리를 이렇게 암흑의 세계로 계속 몰고가는 것은 언론이다
언론이 바르게 서 있지 않으면 죽어 있는 자나 마찬가지다
지금 우리의 언론은 모두 쓸어 엎어야 할 때가 왔다

우리가 이 시대에 살아 있다라고 말을 한다면
우리가 우리의 손으로 만든 민족의 언론을 만드는 일이다
그리하여 조국이 통일이 되는 한길로 가자
이제 언론을 바르게 세우지 않고 있다면
암흑의 시대에 독재의 하수인의 탈을 벗지 못하리

그러니 우리는 온몸으로 독재에 아첨하는 언론을 깡그리 무
너뜨리고
조국의 해방자 민족의 각성자 언론이 되어
영원무궁 태평성대를 이룰 수 있는 밝은 언론을 건설하자
하여 조국의 운명을 밝히는 영원한 등불이 될 언론이 되게
하자.

〈한겨레정론〉 1992년 3월 25일자

언론계를 떠나면서

송건호
(전한겨레신문 대표이사 회장)

언론민주화운동을 위한 노력

나의 반세기에 걸친 언론계 생활은 한겨레로서 막을 고했다. 내가 언론계에 처음 들어간 것은 1940년대 지방언론 생활을 제외하고 서울에서는 1953년 조선일보를 시발로 하였다. 그후 한국일보, 경향신문, 자유신문, 민국일보, 다시 조선일보, 동아일보를 전전하다가 15년간의 공백기를 둔 후, 한겨레신문을 창간하여 몇 년간 근무하다가 물러나게 되었다. 그간 나는 5·16 군사독재 후 경향신문에서 구속당할 각오를 하고 군사독재 3년 연장에 대한 반대 사설을 썼으나, 회사방침으로 발표를 하지 못하고 말았다. 나는 군사독재와 타협하지 않고 투쟁하다가 사주(이준구·전신문편집인협회장)가 구속된 후, 나도 연행되어 며칠간 조사를 받았다. 그후 회사가 중앙정보부의 소유가 됨으로써 나는 몇몇 신문사의 입사 권유를 뿌리치고 조선일보로 자리를 옮겼다. 그곳에서도 김두한 의원의 오물투척사건에

대한 사설문제로 나는 밀수를 두둔하는 정부도 비판해야 한다
고 주장했다가 주필에게 용납이 안 되어 동아일보로 자리를
옮겼다. 그러나 이곳에서도 중앙정보부 직원의 출입을 반대하
는 기자들의 '자유언론' 투쟁을 지지하고 언론계를 떠났다. 이
것이 이른바 광고사태로 국민들에게 알려진 사건이다. 그후 15
년간 타의에 의해서 언론계를 떠나 재야 민주화운동을 하였다.
이때 나는 15여 권의 책을 저술하고 각 대학과 기독교계를 다
니면서 강연을 하였다. 1979년 12·12 후 134인 '지식인 시국선
언'을 발표하였다가 옥고를 치르기도 하였다.

1988년 5월 15일 많은 국민주주들의 도움을 받아 한겨레신문
을 창간하였다.

나는 옥고를 치른 후 이대로 살다가 죽을 각오를 하고 있었
으나, 국민의 덕분으로 다시 언론인 생활을 하게 된 것이다.

한겨레신문 창간과 나의 소신

한겨레신문은 국민의 힘으로 많은 주주·독자들의 참여에
의해서 창간되었다. 그 당시의 신문은 경영면에서 권력의 간섭
을 받고 있었기 때문에 자기 주장을 할 수 없었으므로 국민들
도 이 점을 불만스럽게 생각하여 새로운 신문의 창간을 열망
하고 있었다. 한겨레신문은 6만 명 이상의 주주들의 참여에 의
해서 창간되었으므로 일반 신문과는 달리 처음부터 권력과 대
자본에서 독립하여 자주를 지향하고 민주주의와 통일을 사시
로 내걸었다. 따라서 사내 운영도 다른 신문사와는 달리 철저
하게 민주화를 지향하고 외부의 간섭을 배제하였다. 이 신문은
국민들의 비상한 관심과 언론계의 질시를 받기도 하였다.

한겨레신문을 운영해야 할 나의 방침은 '편집권 독립'을 존중하여 일체 신문제작에 간섭을 하지 않는 일이었다. 모여든 기자들도 신문다운 신문을 만들고자 결심한 젊은이들이 많았다. 신문사의 제작에 불만을 품은 외부에서는 주로 나에게 전화를 걸어 자기 주장을 했으나, 나는 이와 같은 사실을 편집진에게 알리지 않고 내가 모두 그들의 비난을 받았다. 그들은 한겨레신문도 다른 신문사와 같이 사장 마음대로 신문제작을 할 수 있다는 생각이었던 것 같다.

나는 한겨레신문의 경영구조가 다른 신문사와 달리 주주가 6만 명이 넘고 또 모여든 기자들이 거의 전부 언론자유를 갈망하고 있기 때문에 철저하게 자유를 존중하여 신문제작은 당사자들의 판단에 맡겼다. 따라서 모든 사원들에게 자기 일을 누구의 간섭도 받음이 없이 자율적으로 해결토록 하였다.

따라서 나는 몇 년간의 신문사 생활 중 신문제작에 일체 관여를 하지 않았다. 한겨레신문에 모여든 사람들은 경영에 경험이 없었기 때문에 미숙한 점이 없지 않았으나 모두들 그런대로 열심히 일을 하였다. 그러나 한 가지 문제가 있었다. 사내의 민주화와 자율이 존중되었기 때문에 위계질서가 제대로 서지 않는다는 비난과 파벌이 생겼다는 비난도 듣게 되었다. 창간 이후 들어온 사원들은 능력에 의해서 평가받고, 해직기자들은 해직기간 동안 어떠한 생활을 했는가가 평가기준이 되어야 한다는 것이 나의 생각이었다. 하여간 한겨레신문의 운영은 의욕대로는 되지 않고 경영이 점점 어려워져 갔다. 일간신문의 창간은 엄청난 자금이 필요하므로 200억 원의 자금이 모아지긴 했으나 최소한 1,000억 원은 있어야 한다는 것이 경험에서 발견된 점이었다. 200억 원 갖고 신문사를 경영하는 일은 참으로 어려웠다. 그래서 사원들은 보너스도 없고 수입도 타사의 반밖에 되지 않았으며, 기자들도 철저히 촌지를 거부하면서 신문제작에 노력하였다.

한겨레신문의 창간으로 여러 가지 새로운 경험이 얻어졌고 이는 앞으로의 한국언론 발전에 많은 도움이 될 것이다.

임시주총에 대한 나의 의견

이럭저럭 어려운 고비를 겪으면서 몇 년의 세월이 흘러 지난 6월 19일 회사정관의 변동으로 임원 선임을 위한 임시주총을 열었다. 한겨레신문의 주총은 3만 명 이상의 주주들이 참여해야만 가능하기 때문에 직접 참여하는 주주를 제외하고는 대표이사 회장과 사장에게 주주들의 주총 의결권을 위임하는 방법을 택하였다.

임시주총 전날 나는 한마디 상의도 없이 일방적으로 새로운 10명의 이사진 후보명단을 알게 되었다. 그후 나는 임시주총에 참여하지 않기로 결심하고 이 사실을 김태홍 이사에게 통고하였으나, 김두식 상무가 임시주총에 참석하지 않으면 회의가 성립되지 않는다고 하여 나는 주총에 참여하여 임시주총을 성립시키고 10여 분 뒤 바로 퇴장하고 나왔다. 그러나 그후 주총에 참석한 주주들이 새로 추천된 이사 후보들이 불만이라고 하여 표결을 요구하고 표결을 실시한 결과, 주주들의 의견이 다수이고 회사안이 소수였으나, 주주들이 나에게 위임한 주총 의결권이 총 주식의 41%(임시주총 의결주식의 79%)에 달하므로 내 의결권까지 계산하여 회사안을 통과시켰다고 한다. 그래서 주주들은 위임받은 주총 의결권을 다시 위임할 수 없다고 하면

서 어째서 선생은 위임된 의결권을 또다시 위임해 주었냐고
나에게 항의하였다. 나는 청천벽력과 같은 이 공박에 당황하여
주총 의결권을 누구에게도 위임한 바 없다고 답변하였다. 그후
주주들은 나를 직접 찾아와서 회사에서 위임장을 복사해 주지
않는다고 하면서 적어온 것을 제시하고 나에게 사실 여부를
확인하였다. 나는 주총 의결권을 다시 위임한 일도 없고 회사
에서도 그러한 부탁을 한 일도 없다고 답변하였다. 내가 의결
권을 사인하여 위임한 일이 없는데도 만일 위임장을 회사에서
가지고 있다면 필시 회사에서 위임장을 조작한 것이라고 생각
할 수밖에 없다. 이것이 사실이라면 회사 현경영진의 도덕성에
큰 문제가 있다고 볼 수밖에 없다. 그리고 나는 회사의 일방적
인 고문 임명에 동의한 사실도 없다.

한겨레가 발전하는 길

한겨레신문은 자본이 부족하고 광고주들이 사상이 불온하다
고 광고를 잘 주지 않기 때문에 경영이 어려워지고 있다.
게다가 사내에는 자유가 존중되는 나머지 위계질서가 제대
로 서지 않고 파벌이 생겨서 인사문제 때마다 시비가 그치지
않는 폐단이 있다.
이와 같은 어려운 상황에서 한겨레신문이 발전하는 길은 주
주들이 적극적으로 회사문제를 걱정해 주는 일이라고 생각하
며, 사내에서는 파벌현상을 없애고 적재적소로 인물을 배치하
는 일이다.
또한 새로운 마음으로 창간 때의 정신으로 돌아가서 회사를
살리겠다는 열의를 가져야 한다. 한겨레신문은 일반 신문과는

다르다는 것을 명심하고 진실을 알고자 하는 국민대중의 기대를 저버리는 일이 없도록 끊임없이 노력해야 할 것이다. 독자·주주 여러분들도 한겨레신문이 국민신문이라는 것을 잊지 말고 계속 성원해 주시기를 바라마지 않는다.

나는 평생토록 민족의 자주와 민주화를 위해서 끊임없이 노력을 해왔으며, 지나간 파란 많은 나의 언론계 생활을 생각하면 만감이 교차하는 심정이다.

말년에 한겨레신문을 국민 여러분의 힘으로 창간하게 된 것은 나의 평생 가장 보람있는 일이었다.

앞으로도 한겨레신문에는 어려운 일이 많을 것이나 주주·독자 여러분의 적극적인 참여와 한겨레신문 사원 여러분의 단결된 힘으로 참된 언론을 바라는 국민의 기대에 어긋나지 않게 한겨레신문이 성장하기를 바라마지 않는다.

※이 글은 한겨레신문전국독자주주대표자모임의 소식지인 〈한겨레 전국독자주주모임〉 특보 93년 7월 22일자를 통해 최초로 공개됐고, 같은 소식지 제5호 94년 1월 12일자에 재수록됐다.

제1부

언론을 바로세우는 사람들
-한겨레 독자주주운동10년사-

언론을 바로세우는 사람들
-한겨레 독자주주운동10년사

박해전

(한겨레 기자·한겨레언론연구회 대표)

독자주주운동과 한겨레신문 창간

한겨레신문이 98년 5월 15일 창간 10돌을 맞았다. 이 신문 창간주체인 독자주주운동도 10년의 역사를 기록하게 되었다. 한겨레신문전국독자주주모임은 98년 3월 21일 서울 숙명여자대학교 강당에서 열린 한겨레신문 제10기 주주총회에서 "창간 10년 동안의 지면·조직·경영에 대한 총체적 반성과 대중적 검증이 요구된다."며 "'한겨레' 경영 심판하고 민족자주언론 실현하자."는 목소리를 높였다. 독자주주들은 이제 한겨레 독자주주운동10년사를 되돌아보며 한국언론의 개혁과 전진을 위한 민중의 결의를 새롭게 모아야 할 때라고 주장하고 있는 것이다.

한겨레신문은 한겨레 변혁운동의 산물로서 변혁운동에 옳게 복무할 것을 요구받고 있다. '온 국민이 주인'인 한겨레신문의 이러저러한 현상을 어떻게 볼 것인가. 창간이념에 따라 한겨레신문의 지면·조직·경영 독자주주운동의 정당성을 판단해야 한다는 데 반대할 사람은 없을 것이다. 그렇다. 이런 변혁운동의 관점에서 분파주의적 접근방식을 버리고 주체적으로 한겨레신문을 바라보는 태도가 필요하다. 창간정신을 실천하는 독자주주사원은 이 신문의 주체로서 존중돼야 하고 창간이념에 어긋난 사람들은 분파로서 비판돼야 할 것이다.

민중은 1988년 5월 15일 참된 민주주의와 민주언론을 실현하려는 절실한 염원을 담아 한겨레신문을 창간했다. 이 신문의 창간은 권력과 자본으로부터 독립한 자주언론을 열망해 온 민중이 일궈낸 한국언론사에 빛나는 쾌거였다. 한겨레신문 창간발기선언문은 이 신문의 창간이념과 지향점을 잘 보여준다.

"우리는 지금 나라와 민족의 역사를 새로이 열어야 할 중대한 전환점에 서 있습니다. 인간의 자유와 기본권을 유린해 온 오랜 독재체제를 청산하고 사회 구석구석에 만연되어 있는 비민주적인 요소들을 제거하여 국민이 주인이 되는 진정한 민주화를 실현시키고, 분단을 극복하여 민족의 평화통일을 성취해야 할 중대한 과업을 우리는 안고 있습니다. 우리는 또한 왜곡된 민족경제를 재건하고 민중의 생존권을 확보하여 생활의 향상을 이룩하는 한편, 사회정의를 실현하고 민족정기를 바로잡아 이 병든 사회를 건강한 사회로 바꾸어 놓아야 할 시급한 과제를 안고 있습니다. 표현의 자유 속에서 참다운 민족문화를 꽃피게 하는 한편 비뚤어진 교육을 바로잡아 인간의 자주성과 창조성을 발휘케 할 수 있는 민주교육을 실현시키는 것 역시 우리가 성취해야 할 주요과제입니다."

각계인사 3,314명이 참여해 87년 10월 30일 발표한 이 선언문은 이런 역사인식의 표명에 이어 "진정 민족을 위한 자주적 언론을 갖지 못함으로써 오늘에 이르기까지 민주민족언론의 숙원을 이루지 못하고 있다."며 "우리가 굳이 새 신문을 창간하고자 하는 것은 국민의 목소리와 민족의 양심을 대변하는 바르고 용기있는 언론이 없기 때문"이라고 밝혔다. 한겨레신문은 이렇게 권력과 자본에 예속된 제도언론의 구조적 결함을 극복하고 민족자주언론의 정도를 걷는 참된 신문임을 보여주겠다고 다짐했다.

민족자주언론의 바른 길 걷는 신문

이와 같이 민족의 양심을 대변하는 민족자주언론의 실천을 선언한 한겨레신문의 창간은 자주·민주·통일의 횃불로 솟아오른 80년 5월항쟁과 87년 6월항쟁으로 분출된 한국의 80년대 변혁운동의 성과물이며, 한국 현대언론사의 민족자주언론운동을 계승한 것으로 평가받고 있다. 언론사상 유례를 찾기 어려울 정도로 광범한 민중이 독자주주로서 창간에 참여하고 이 신문이 10년의 역사를 이어갈 수 있었던 원동력은 바로 한국의 변혁운동에 기반한 창간이념의 정통성과 지지력이었다고 볼 수 있다.

한겨레신문 독자주주운동의 역사는 한국사회의 변혁을 수행해 온 민중이 창간발기선언문에서 밝힌 민족자주언론의 장을 열고자 독자주주로서 창간에 주체적으로 동참한 데서 출발했다. 창간발기선언문은 독자주주운동의 진로를 가리키는 강령적 의미를 간직하고 있으며, 한겨레신문 창간 자체가 독자주주운동의 산물이라고 밝혀주고 있다. 송건호 선생을 비롯한 해직기자들의 주도적 활동과 50억 원을 모아낸 2만 7천2백여 명의 주주와 민중의 뜨거운 성원에 따라 이 신문의 창간호는 세상에 모습을 드러냈던 것이다.

한겨레신문사 임직원들은 창간호가 나오기 앞서 88년 5월 5일 서울 영등포구 양평동 사옥에서 윤리강령 실천을 약속하는 선서식을 열었다. 이 윤리강령은 "한겨레신문은 우리 사회의 민주화를 실현하고 분단을 극복하여 민족의 자주적 평화통일을 앞당기며 민중의 생존권을 확보, 향상시키는 데 이바지해야 할 역사적 과제를 안고 있다."는 전문에 이어 '언론자유의 수호', '사실과 진실보도의 책임', '독자의 반론권 보장', '취재원의 보호', '언론인의 품위', '사내 민주주의의 확립' 등을 담고 있다.

상업주의 배격하는 대중적 정론지

창간 초기 한겨레신문 편집방향은 창간정신에 따라 '상업주의를 배격하는 대중적 정론지'를 지향했다. 남북관계와 통일문제를 주체적 시각으로 다루고 건강한 대중성을 바탕으로 해 민중의 편에 서 진실만을 전달할 것임을 약속했다. 또 편집국 조직의 민주화를 실현한다는 취지에서 기존 신문들이 관행으로 쓰고 있는 편집국장이라는 이름을 '편집위원장'으로, 각부의 부장, 차장을 '편집위원', '편집위원보'로 부르기로 했다. 그리하여 한겨레신문의 취재, 제작, 보도의 모든 과정은 일방적으로 지시하는 구조가 아니라, 각부는 소속 기자들끼리, 각부 담당 편집위원들은 편집위원회를 통해 민주적으로 충분히 협의 토론하여 논조와 보도방향을 정해 나갈 것이며, 무엇보다도 편집위원회는 권력이나 금력 편의 목소리에 치우쳐 있는 제도언론의 틀을 과감히 탈피하여 언제 어디서나 국민과 함께 국민의 목소리와 함께 나아갈 것이라고 밝혔다.

이에 따라 창간 당시 편집국은 기성언론에서 볼 수 없는 진취적 편제를 갖췄다. 편집교열부는 국내 최초로 컴퓨터 조판체제를 도입하고 선정주의적 편집을 지양하며 아름다운 우리말 표제 개발에도 힘쓸 것이라고 밝혔다. 민족국제부 설치에는 분단 극복과 민족통일을 주요한 편집방향으로 삼고 있는 이 신문이 민족문제를 체계적이고 비중있게 다루겠다는 뜻이 담겨 있었다. 정치경제부에서는 정치와 경제의 상당 부분을 통합 관장하게 되었다. "일반적으로 제도언론의 보도행태를 보면 법절차에 따라 등록된 정당에 비해 재야 정치세력을 심하게 차별하는 경향이 있는데 이것은 특히 우리나라의 경우 정치상황을 올바로 파악 보도하는 태도라 볼 수 없다."며 이 신문은 "정치상황을 생성단계에서부터 주목해 6월항쟁과 같은 큰 흐름을 놓치지 않겠다."고 밝혔다. 민생인권부는 민생문제와 인권문제를 포괄적으로 다루는 취재부서로 설치되었다. 농민, 노동자, 도시빈민을 중심으로 한 대중의 민생문제는 그 동안 단순한 민생의 차원을 넘어선 생존권의 문제로 끊임없이 제기되어 왔던 만큼 사회구조적인 측면에서 종합적으로 취재 보도해야 할 필요성이 있다는 것이다. 여론매체부의 설치는 "편집자나 기자의 특권의식과 독단주의를 철저히 배격하고 독자들의 견해나 주장을 과감히 반영함과 동시에 텔레비전을 비롯한 신문 잡지 등 대중매체에 대한 엄격한 감시기능을 수행하는 한겨레신문의 가장 특색있는 지면을 꾸미겠다는 의지를 담은 것"이었다. 사회교육부에서는 사건기사를 중심으로 일반기사와 교육, 학원기사 및 지역기사를 다루되 "통념으로서의 '기사거리'가 정말 의미있는 기사인지, 기존 언론들이 국민생활과 관련없는 기사들을 습관적, 무비판적으로 다루고 있는 것이 아닌지 철저히 따져나가겠다."고 밝혔다. 문화과학부는 "문화는 사회발전의 원동력이며 역사를 결정하는 가장 본질적인 요소라는 인식 아래, 새로운 전망의 제시 등에서 기존 신문과는 다를 것"이라고 천명했다. 생활환경부는 "건강하고 행복한 삶을 살아갈 국민의 권리를 강조하고 지켜내기 위해 이 신문이 새로 만든 부서의 하나"라며 공해문제를 집중보도할 것이라고 다짐했다. 사진부는 "지면의 구색을 갖추기 위한 장식용 사진은 피하고 철저히 보도할 가치가 있는 보도사진 위주로 편집함으로써 의미없이 남용되고 있는 회의광경 사진 등은 지면에서 억제될 것"이라고 밝혔다. 조사자료부는 기존의 조사부와 달리 자료의 조사연구만으로 기사화할 수 있는 부분의 기사는 직접 작성하여 지면제작에 참여하는 '조사연구 기자제도'를 도입할 계획이라고 공표했다.

이렇게 한겨레신문 편집국의 구성과 각 부서의 이름은 기존 언론의 그것과는 달랐다. 이 신문이 민주화를 열망하는 국민의 성원으로 출발하는 온 국민의 신문인 만큼 기자들의 논의구조 역시 당연히 민주적이어야 하고, 기존 언론에 대한 반론으로서의 참언론을 지향하는 만큼 보도내용 또한 민중의 편에 서야한다는 것은 당연한 귀결이었다. 이 신문은 민중의 기대에 부응해 조직·지면·경영에서 민주집중제를 살려갈 것임을 공약한 것이다. 편집국의 이런 낯선 이름들은 "단순히 기존 언론과 구별지으려는 생각에서 나온 것이 아니라 바로 이런 민주언론에의 의지를 표명하고 그 실현을 다짐하는 결의에서 나온 것"이라고 이 신문의 창간소식지는 밝혔다.

또 하나의 언론 아닌 새 언론

독자주주들은 창간 초기 '또 하나의 언론'이 아닌 민중의 '새 언론'에 대한 염원을 반영한 이런 진보적 모습을 지켜보며 이 신문을 적극 지지하고 성원했다. 이 시기의 독자주주운동은 이 신문이 역사와 민중에게 약속한 대로 민족의 양심으로서 민족자주언론을 창조적으로 실천해 나가리라고 기대하며 발전기금의 모금과 부수확장 등에 적극 나섰다. 많은 사람들이 하루하루 이 신문을 보고 또 기다리는 재미로 산다는 말을 했다. 90년 5월 15일 창간 2돌 기념식에 '한겨레 생일떡'을 해온 한경자 씨 등 '신당동 5자매'는 "작년 공안정국 속에서 온갖 탄압을 극복하고 꺾이지 않는 펜으로 꿋꿋하게 싸워주신 사장님과 임직원들께 깊은 감사를 드린다."며 "창간 두돌 730일을 하루같이 어쩌면 그렇게 각부문에 걸쳐 한결같이 소중하고 보배로운 글들이 실려 있는지. 어느 음식이 이보다 더 맛이 있고 어느 약이 이보다 더 몸에 이로운 보약이 되겠는가."라며 사원들을 격려했다.

이 신문의 창간에 동참한 해직기자들의 도덕성은 대중으로부터 커다란 신뢰를 받았다. 이들 해직기자는 대부분 박정희 유신독재와 5공 신군부에 의해 반정부인물로 낙인찍혀 제도언론에서 거리로 내몰린 사람들이어서, 권력과 자본으로부터 독립의 원칙을 지키며 한겨레신문을 민주석으로 운영해 익눌리고 소외된 민중의 목소리를 대변하고 조국통일의 정론을 이끌어 낼 것이라는 믿음을 주었던 것이다.

창간호에는 '널 낳아준 국민의 뜻 영원토록 간직하라'는 큰 제목 아래 이 신문에 보내는 독자주주들의 뜨거운 기대와 바람을 담은 글이 실려 있다. '진실사회 디딤돌이 되라', '참다운 민중소리 알리길', '통일방안 마련에 힘써야', '생산대중 참모습 전하라', '우리 시각으로 기사 썼으면', '대중의 바다에 뛰어들라', '가난한 사람 애환 알라', '응어리진 가슴 풀어줘야', '진실추구에 게으름 없길', '뿌리깊은 나무로 자라길', '객관성 함정 벗어야 공정', '늘 깨어 있는 파수꾼 되라', '폭로보다 원인 밝혀야', '교만 말고 진정한 용기로', '출판인 동맹자로 기대', '아름다운 한글 쓰도록', '우리말 가꾸는 데 앞장을', '병든 언론에 생명수를', '민주발전 밑거름 되거라', '실향민 고향 찾아주오', '건전언론 촉매역 기대', '태어난 소명 잊지 말라', '피땀 대가 제대로 받도록', '촌놈 무식한 자 보듬어라' 등의 제목으로 독자주주들은 한결같이 "통일문제가 한겨레 최우선의 과제임을 명심하라."며 "우리 서민들은 모두 통일을 바라는데 왜 통일이 안 되는지 한겨레신문에서 파헤쳐 주고 가능한 방법도 찾아 나갔으면 좋겠다."고 창간이념의 성실한 실현을 촉구했다. 또 "이 땅의 생산대중의 참모습을 생생하게 전달하는 사실보도에 충실할 것"과 "한겨레신문은 유신, 광주민주항쟁, 6월항쟁에 이르는 길고 어두운 역사의 터널을 뚫고 나온 시대적 산물이라는 점을 잊지 말아주길 바란다."고 당부했다.

제도언론의 자정운동에 기여

한겨레신문은 이런 독자주주들의 뜻에 따라 기존 언론과는 차별성 있는 지면을 꾸려냈다. 또 윤리강령의 실천으로 언론계의 촌지 관행에 제동을 거는 등 제도언론의 자정운동에도 크게 기여했다. 이 신문의 지면은 80년 5월민중항쟁 등 민족사의 진실을 밝히는 데 노력했다. 특히 89년 문익환 목사가 평양을 방문해 김일성 주석과 통일문제를 논의한 7일 동안의 보도와 논평은 이 신문의 역사에서 다른 제도언론 매체와 비교해 가장 두드러진 차별성을 보인 사례의 하나로 기록되었으며, 통일언론으로서 이 신문의 존재 이유와 진가를 뚜렷이 보여주었다.

이런 한겨레신문의 민족 양심을 대변한 지면제작의 노력은 89년 4월 방북 취재계획과 관련한 리영희 논설고문의 안기부 연행 구속, 같은 해 7월 서경원 의원 방북사건과 관련해 윤재걸 기자 취재수첩 압수를 위한 안기부의 편집국 난입사건 등 분단정권의 탄압에 직면하게 되었지만, 이에 굴하지 않고 언론의 자유를 위해 사원들과 독자주주들은 한마음으로 뭉쳐 투쟁했다. 권력의 탄압은 역설적이게도 참언론을 지향하는 이 신문의 소중한 가치를 새삼 부각시켜 당시 추진된 독자주주들의 1, 2차 발전기금 모금활동을 촉진시켰다. 독자주주들은 자신들의 정성으로 창간한 이 신문을 지켜내기 위해 또다시 발전기금의 모금에 호응해 회사의 예상 목표액을 초과하는 성과를 내어논 것이다. 이런 창간정신을 빛낸 역사는 이 신문이 서울 영등포구 양평동 공장지대 공장건물 2층에 세들어 지냈던 시절에 이루어졌다.

주주 임직원께 드리는 말씀

한겨레신문 주주총회는 매년 창간정신에 따라 독자주주운동을 민주집중제적으로 총화하는 자리이다. 독자주주들은 주총에서 대중의 지혜와 역량을 모아 이 신문의 지면·조직·경영이 창간이념을 제대로 실천했는지를 검증 평가하고 발전방향을 확인하게 된다.

이 신문이 창간 열기로 뜨거웠던 89, 90년의 1, 2기 주총에서 독자주주들은 송건호 초대 대표이사 사장을 비롯한 경영진에게 무조건적인 지지를 보내며 격려했다. 그러나 몇 년의 세월이 흐르면서 경영비리가 점점 드러나자 독자주주들은 주총에서 이의 시정을 요구하는 비판을 내놓기 시작했다.

1991년 3월 23일 열린 제3기 주총에서 곽병준 목사는 한겨레신문 제2기 노동조합(위원장 최성민)이 발행한 노보 30호를 제시하며 5천9백만 원 가산세납부사건과 2억 원 부실어음 매수 경리사고, 9천만 원의 순손실을 입힌 겨레의 노래사업 등에 대한 경영진의 책임을 추궁했다. 이 노보에는 '정태기 전상무이사 퇴진 경위'와 '겨레의 노래 어떻게 됐나' 등 '진상보고'가 실려 있었다. 또 이날 주총의 경영진 선출 의안 처리과정에서 주주들은 신맹순 주주 등의 제청으로 회사 창간위원회가 내놓은 이사 후보에서 빠졌던 김태홍 이사를 추가해 선출했다.

주주들이 3기 주총에서 창간위원회 안과 달리 김태홍 이사를 선임한 데 대한 노조 등 사원들의 반발은 컸다. 이 신문 제3기 노조(위원장 김영철)는 즉각 이를 '파행적 이사 선임'이라고 규정하고, 그 책임을 묻는다며 송건호·조영호·김태홍 3인 이사의 퇴진을 요구하는 격문을 조합 사무실 앞에 붙였다. 또 이들은 4월 15일 회사 쪽에 '3인 이사'를 배제하고 노사 동수로 '회사 정상화와 발전을 위한 비상대책위'를 구성할 것을 요구하기도 했다.

송건호·조영호·김태홍 이사는 4월 18일 이런 사태의 해결을 촉구하는 '주주 임직원께 드리는 말씀'을 발표했다.

"주주총회를 계기로 그 동안 파행으로 치닫던 회사의 경영이 정상화되기를 바랐던 주주와 임직원들의 기대가 무참히 짓밟히고 있는 현실에 대하여 6만 국민주주들로부터 한겨레신문의 경영을 위임받은 이사로서 저희들은 깊은 책임을 통감하며 먼저 사죄의 말씀을 드립니다.

한마디로 말해서 이러한 사태는 이 회사의 주인인 주주들의 뜻이 아니라 회사 안팎의 몇몇 사람들이 자기들의 뜻대로 회사를 좌지우지하고자 해오다가 자기들의 뜻에 맞지 않는 사람들이 이사로 선임된 데 대해 불만을 품고 회사의 최고의결기구인 주주총회의 결과를 전면 부인하고 나선 데서 비롯되고 있습니다.

이들은 한걸음 더 나아가 주주총회 결과로 구성된 이사회의 권능마저 완전히 무시한 채 특정인을 대표이사로 추대할 것을 결의하여 이를 이사회에 '강요'하는가 하면, '한시적인 회사의 최고의사결정기구' 운운하며 '비상대책위'라는 것을 구성하여 이사회를 대신해 회사의 경영을 맡겠다는 어처구니없는 발상마저 내놓기에 이르렀습니다.

또한 이사회의 결의에 따라 회사경영의 유일한 집행기구로 존재하던 대표이사 직무대행 겸 전무이사마저도 지난 12일 오후부터 '회사의 위기를 실감케 하기 위하여'(16일 열린 제89차 이사회에서의 본인 신상발언) 모든 결재를 거부한 채 회사에 출근하지 않아 오늘까지 6일째 회사의 모든 행정을 전면 마비상태에 빠뜨리고 있습니다.

이를 타개하기 위하여 열린 16일의 이사회에서도 몇몇 이사들이 '오늘 이사회가 아무런 결정도 못한 채 산회한다는 것은 사실상 회사의 문을 닫기로 결의하는 것과 같은 결과'라면서 이사회가 최소한의 행정기능 회복조치라도 취할 것을 요구했으나 적법한 이사회 의장인 전무이사가 의사진행을 거부하고 일부 이사가 중도퇴장함으로써 아무런 성과없이 산회되고 말았습니다. 이로써 회사는 사실상 '경영 부재' 상태에 빠져 있으며, 이것이 조만간 몰고올 결과가 무엇일지는 불을 보듯 뻔합니다.

임직원 여러분, 국민들의 열화와 같은 성원에 따라 가장 민주적이고 가장 합리적인 경영을 해보자고 만들어진 회사 안에서 이렇게 가장 비상식적이고 비합리적인 주장들이 판을 치고 삼척동자라도 통탄할 수밖에 없는 '경영 방기'가 버젓이 일어나는 이유는 어디에 있다고 생각하십니까?

회사 안팎에 존재하는 일부 세력과 몇몇 사람들이 수단과 방법을 가리지 않고 국민신문인 한겨레신문을 사적인 지배하에 두거나 이것을 아예 파괴해 버리자는 생각이 아닌 다음에야 도대체 이런 일들이 일어날 수 있을까요?

물론 그 동안 진행된 비이성적이고 뒤틀린 사태의 소용돌이 속에서 많은 임직원들의 이성적이고 정상적인 판단을 흐리게 할 요소는 많이 있었습니다. 그 때문에 임직원들의 선량한 의지가 왜곡 전달되는 경우가 없지 않았다고 봅니다.

그러나 이제 우리는 천길 낭떠러지를 향해서 떨어져 내리고 있는 이 회사를 건져야 할 막중한 책임을 지고 있습니다. 우리 모두 이성과 냉정을 되찾아 무엇이 우리를 이 지경으로 몰아가고 있는가에 대해서 나름대로 바른 판단을 내리고 바른 행동을 결단해야 할 때라고 생각합니다.

저희 세 사람도 그러한 사명감과 책임감으로 주주들의 뜻을 엄중히 받들며, 임직원 여러분의 앞장에 서서 몸과 마음을 다바쳐 일할 각오임을 분명히 밝히면서 여러분의 많은 질책과 격려를 바라마지 않습니다.

임직원 여러분, 국민과 역사의 심판을 두려워하는 엄숙한 심정으로 국민의 신문인 한겨레신문의 창간이념을 수호하고 회사의 경영을 조속히 정상화하기 위해 우리 모두 함께 나갑시다."

해직언론인으로서 한겨레신문 창간의 주역인 세 사람의 이런 호소는 당시 이 신문의 조직과 경영이 어떤 상태에 놓여 있었는지 생생하게 증언해 준다. 같은 달 하순, 열성 주주인 한경자 씨 등 5자매는 한겨레신문사를 찾아와 '한겨레 가족에게 드리는 말씀-한겨레 내분사태로 본사를 다녀와서'라는 글을 사원들에게 배포했다. 5자매는 이 글에서 "창간 2주년이 지나고 얼마 되지 않아 신문이 변질됐다는 것을 알 수 있었지만 이렇게까지 되리라고는 꿈에도 생각 못했다."며 "주주들을 우습게 아는 것도 어느 정도지 주주총회에서 만장일치로 통과된 일도 뒤집어엎고 송건호 대표를 물러가라는 대자보나 붙이면서 막돼먹은 거리의 부랑아 같은 행동들을 하다니 이게 한겨레 식구들의 자질인가?"라며 이 신문의 조직이 3기 주총 결의에 반발해 파벌적 양상을 보인 데 대해 질타했다.

다시 태어나야 할 겨레의 신문

이 신문의 이런 '내분 사태'는 이미 91년 11월 8일 기자인사와 관련한 '편집국 사태'에서 예고된 것인지도 모른다. 당시 인사권자인 임원회가 성유보 편집위원장이 제청한 인사안 가운데 정치부 문학진 기자의 사회부 전보를 받아들이지 않자 성 위원장과 상당수 기자들은 이를 '편집권 유린'으로 규정해

한 달 가까이 조직적인 반발을 보이며 '인사 백지화'를 주장했
다. 성 위원장은 이에 항의해 보직사퇴서를 내고, 전보 또는 승
진인사 사령이 난 일부 기자들이 사령 20일이 지나도록 이에
불응하는가 하면, 성 위원장을 지지하는 '편집위원장 신임투
표'를 강행하면서 송건호 사장과 조영호 총괄상무가 이 인사
에 책임을 질 것을 요구한 것이다.

이 '편집국 사태'가 몰고온 회사의 위기상황을 비판하며 이
인철·김근·이종욱 논설위원은 91년 1월 5일 사직원 제출과
함께 '다시 태어나야 할 겨레의 신문'이라는 사우에게 보내는
글을 발표했다. 이들은 이 글에서 "최근의 편집국 사태는 우리
가 과연 6만 주주와 40여 만의 독자 앞에서 이성과 윤리에 바
탕하여 참된 신문을 제작할 수 있는가를 의심케 했다."며 "사
우 여러분께서 지금이라도 한겨레신문의 위기를 이겨내기로
뜻을 모으라."고 촉구했다. 이들은 또 "힘으로 몰아붙여 모든
것을 기정사실화하면 그만이라는 본질적으로 비민주적이고 군
사문화적 행태가 어느 사이에 한겨레신문의 조직사회를 지배
하고 있으며, 사규에도 없는 편집위원장 신임투표 과정을 거치
면서 조직 전체의 기율과 기강이 무너져 회사 전체를 통합, 조
정, 지휘할 경영권의 권위와 대표이사의 위신이 여지없이 추락
했다."고 비판하고 "이런 사태를 몰고온 근본원인과 그것이 3
년여를 거치면서 어떻게 조직 내부를 악화시켜 왔는지 깊이
따져봐야 한다."고 말했다.

세 논설위원은 이어 "이번 사태가 편집위원장이 분란의 소지
를 안은 인사안을 임원회에 전가시킨 뒤 이의 관철을 주장하
는 보직사퇴서를 내고 신임투표를 강행함으로써 경영 전반을
뒤흔드는 회사 전체의 조직분규로 발전하게 되었다."고 주장하

고, "편집국 일부 성원들의 '파벌' 문제에 대한 부정확한 인식에도 사태의 발전 원인이 있었다."고 지적했다.

이들은 "이번 사태의 본질이 창간 당시부터 편집과 경영을 주도했던 세력들이 사조직 형태의 파벌을 이용, 신문의 운영을 주도해 오면서 이를 비판하는 집단을 또 하나의 파벌로 비치도록 한 데 있다."며 "불합리한 인사안을 기획하여 관철을 고집하며 편집국의 분위기를 편집권 독립이라는 외피를 입혀 반지성적이고 반이성적으로 몰아간 그들이 창간 당시부터 존재했던 오래된 파벌이라는 사실을 편집국 구성원들이 간과했다."고 비판하고, 창간 당시 창간 주도세력에 의한 일부 해직기자들의 영입 배제와 모멸적인 인사발령, 기자평의회 결성과 편집위원장 직선제 도입 반대, 노동조합 결성 반대 사실 등을 사례로 제시했다.

세 논설위원은 또 "창간 당시 운영 핵심인사들이 편집위원장 직선제가 채택되자 다시 이사의 추천 권한을 갖는 창간위원회 제도를 들고나와 주로 자신들과 친밀한 관계의 사람들로 구성해 편집권 독립 등과는 무관한 '통대' 형식의 영구조직으로 탄생시킨 문제점"을 지적했다. 이들은 "국민재산 2억 원을 잃고도 경영책임은 실종되었고 주먹구구식 경영에 기채론까지 등장했다."며 "한겨레신문이 100억여 원, 아니 수십억 원의 은행 빚이나 사채를 얻는다면 신문이 권력과 대자본에 예속되리라는 것은 불을 보듯 뻔하다."고 경고했다.

세 논설위원은 끝으로 "경영의 전문성 확보와 지면의 쇄신, 조직의 건강성 회복을 주장하는 사원들을 파벌적 시각에서 적대시하는 풍조를 버리고 튼튼한 경영체제와 창조적이고 진취적인 편집진, 열성적인 사우들이 사랑의 공동체를 이룰 때 민족·민주·민중언론의 바른 길을 걷게 될 수 있을 것"이라며, "한겨레신문사가 오늘의 위기를 슬기롭게 극복하고 민주화와 통일의 대업에 성실히 복무해 줄 것"을 촉구했다.

90년 말 이 '편집국 사태'를 겪은 뒤 한겨레신문 창간위원회는 91년 3월 주총에 올릴 이사 후보를 선정하는 과정에서 한때 송건호·조영호·김태홍 이사를 제외하기로 결정해 논란을 빚기도 했다. 일부 창간위원들의 이의제기 끝에 결국 송건호 조영호 이사는 추천명단에 올랐으나 김태홍 이사는 빠지게 되었다. 3기 주총의 임원 선임 결정에 대한 일부 사원들의 반발은 이런 연장선에 놓인 것이었다.

가난한 주머니 털어 200억 원 모아낸 6만 주주

한겨레신문 주주는 창간 때 2만 7천여 명에서 1, 2, 3차 발전기금모금 과정을 통해 자본금이 50억 원에서 200억 원으로 불어나며 6만여 명으로 늘어났다. 전국에 흩어져 있던 독자주주들의 모임은 한겨레신문 제3차 발전기금모금 특별위원회가 91년 6월부터 12월 하순까지 각지역을 순회하며 모금설명회를 열면서 태동하였다. 특위 활동은 송건호 회장이 총책임을 지고 김태홍 이사와 최성민 기자, 지교철 사원이 실무를 맡아 진행되었는데, 서울지역 주주간담회 때는 이들 외에 김명걸 사장과 최학래 전무, 논설위원·편집위원 등이 참석하기도 했다. 특위는 수천만 원의 경비를 들여 전국 주요도시와 서울 구단위를 돌며 주주간담회를 열어 3차 발전기금모금을 부탁하였다. 회사가 편지와 전화로 주주들을 소집해 연 이 간담회와 설명회에는 적을 땐 20~30명, 많을 땐 100~150명 정도의 지역 주주들

이 한자리에 모였다. 경영진은 이 자리에서 주주들에게 "회사
가 어려울 때 도와주고 잘못된 점은 비판을 하는 등 주주들이
진실로 주인 역할을 하도록 주주모임을 만들어달라."며 전국
독자주주모임을 적극 권유했으며, 회사 쪽은 간담회와 설명회
현장에서 직접 대표와 간사를 뽑아 지역의 독자주주모임을 만
들기도 했다.

　이런 과정을 거쳐 92년 1월 26일 김태홍 이사와 박해전 기자,
지역독자주주모임 대표 10여 명이 대전시 유성구 경하호텔에
서 전국독자주주대표자모임 제1차 준비모임을 열었다. 이들은
2월 23일 같은 곳에서 2차 준비모임을 거쳐 3월 22일에는 서울
언론회관 기자협회 사무실에서 지역모임 사례발표를 하고 4월
19일 서울 같은 사무실에서 김택중 호남의원 원장을 회장으로,
신맹순 주주를 공동대표로 선출해 한겨레신문 전국독자주주대
표자모임을 꾸려내었다. 당시 서울지역의 이장수 김강길 배강
옥 박일규 송진복 주주, 인천의 신맹순 주주, 성남의 박현석 주
주, 수원의 장문하 주주, 대전지역의 김택중 주주, 전주의 서지
영 주주, 군산의 황선주 주주, 광주의 박운주 주주, 대구의 조
갑식 주주, 부산의 김기진 리강호 이화덕 주주, 마산의 강창덕
신성호 주주 등이 열성적으로 참여했다. 이때부터 독자주주모
임은 김태홍 이사의 후원 아래 정기 모임을 열어 조직적인 독
자주주운동을 전개해 나가게 되었다.

　지역패권주의 해소 위한 지리산 등반대회

　92년 3월 28일 오후 2시부터 4시간 동안 서울 올림픽공원 역
도경기장에서 열린 제4기 주주총회에서 1,500여 명의 참석 주

주들은, 전국독자주주모임 결성을 추진해 창간위원회를 '주주
모임 대의기구'로 대치할 것 등을 경영진에 요구하며 열띤 토
론을 벌였다. 이날 주총에서 주주들은 지난 3기 주총에서 제기
된 '2억 원 부실어음 매입 경리사고' 등 경영비리가 해결되었
는지를 추궁하고 김중배 전동아일보 편집국장과 김두식 광고
담당 이사대우를 이사로 선임했다. 이날 주총장에서는 또 한겨
레언론연구회 회보 〈한겨레정론〉 창간호가 배포돼 독자주주들
의 관심을 모았다. 이 〈한겨레정론〉은 93년 2월 전국독자주주모
임의 기관지 〈한겨레전국독자주주모임〉 창간호가 나올 때까지
독자주주운동에 관심을 갖고 이를 지지 옹호했다.

전국독자주주대표자모임(대표 김택중)은 92년 5월 16~17일
지리산에서 전국 주주·독자 300여 명이 참석한 가운데 지리산
등반대회를 열어 한겨레신문 발전 방안과 독자주주운동의 활
성화 방안에 대해 폭넓게 의견을 모았다. 마산·창원·진해·
광주 독자주주모임이 '지역패권주의 해소와 전국독자주주모임
발전을 위해' 주최한 이 대회에서 참석자들은 '유인물 배포지
침사건', '사설 삭제사건', 〈인사이더 월드〉 광고 미게재사건'
등 잇따른 경영 난맥상에 심각한 우려를 나타내고 이에 대한
자정개혁을 촉구하는 항의방문단을 전국독자주주 대표들로 구
성해 회사에 보내기로 결의했다.

이 대회에 참여한 독자주주들은 민박지와 노고단 산장에서
1, 2차 토론회를 열어 각지역 독자주주모임 활동사례, 모임의
성격과 발전방향, 한겨레신문의 현실에 대해 활발하게 논의했
다. 사례발표에서 마산과 성남지역 대표는 주주들의 한겨레신
문 독자배가운동 소식과 한겨레와 전교조를 지원하고 있는
'한백회'를 소개했다. 독자주주모임 발전방향에 대해 참석자들

은 "한겨레신문에서 주주들이 소외되는 현상을 극복하기 위해 주주모임이 활성화돼야 한다."고 전제하고 "모임이 단순한 신문 부수확장뿐 아니라 창간정신인 민주와 통일에 기여하는 국민운동으로 승화돼야 한다."는 데 의견을 같이했다. 참석자들은 또 한겨레신문에서 잇따른 창간정신에 어긋나는 사건을 비판하며 시정책을 논의했다. 광주 기호민 주주는 "최근의 모습을 볼 때 십 년 뒤에까지 한겨레신문이 제도언론과 다른 차별성을 지켜 갈 수 있을지 염려된다."고 말했다. 공주의 한 독자는 "한겨레 신문이 자정개혁되지 않으면 주주모임과 독자운동이 무의미하다."며 "사장에게 자체 정화를 요구해 창간 때의 제 모습으로 돌아가도록 해야 한다."고 주장했다. 신맹순 인천지역 대표는 "회사문제에 주주들이 침묵할 수 없다."며 "전국독자주주모임 대표들로 항의방문단을 구성해 한 달 안에 회사에 보내자."고 제안했고 참석자들은 만장일치로 이를 결의했다.

〈한겨레정론〉과 유인물 배포지침

전국독자주주대표자모임은 92년 6월 7일 서울 기자협회 사무실에서 회의를 열어 지리산 등반대회에서 결의한 항의방문단 인원을 선정했다. 이에 따라 6월 25일 김택중 대표를 비롯해 부산의 리강호, 인천의 신맹순, 마산의 강창덕, 서울의 김강길 · 오광식 대표 등 25명이 회사를 방문해 김녕걸 사장을 만났다. 이들은 이 자리에서 5월 7일 김 사장이 공고한 '유인물 배포지침', 〈인사이더 월드〉 광고 취소', '부산 · 경남지역 인사 반김영삼 선언 지면 축소 처리' 등에 대해 항의하고 이의 시정을 요구했다.

독자주주들의 이런 '유인물 배포지침'에 대한 항의에도 불구하고 김명걸 사장은 7월 24일 〈한겨레정론〉 발행 배포를 문제 삼아 박해전 기자에 대해 감봉 3개월 징계를 가했다. 이 징계에 대해 한겨레언론연구회와 사내에서 구성된 〈한겨레정론〉 탄압저지대책위원회'(위원장 최성민)는 7월 25일과 29일 각각 성명을 내어 "김명걸 사장의 징계 결정은 한겨레신문 창간 이래 가장 극단적인 창간정신 훼손행위이며 자주적인 언론노동운동에 대한 탄압"이라며 "유인물 배포지침을 폐기하고 징계를 취소하라."고 요구했다. 이들은 "사장은 사내 언로를 차단할 것이 아니라 그 동안 쌓인 창간정신을 훼손한 모든 사건에 대한 철저한 진상조사와 원칙적인 해결을 통해 창간정신을 드높일 기풍을 확립해야 한다."며 "〈한겨레정론〉은 무너져 가는 한겨레신문의 민중·민주·통일 창간이념을 일으켜세우려는 충정의 산물이며, 이의 발행배포를 포함한 신문사 안팎의 자유로운 언론활동은 절대로 금지 배제될 수 없다."고 주장했다.

김명걸 사장은 〈한겨레정론〉과 독자주주들의 비판을 받고 결국 8월 8일 공고문을 통해 '유인물 배포지침'을 취소했다. 이 공고문과 관련해 〈한겨레정론〉 탄압저지대책위'는 8월 10일 '유인물 배포지침은 철회하면서 〈한겨레정론〉 발행인 박해전 기자에 대한 중징계를 취소하지 않는 것은 어처구니없는 모순이다'는 제목의 성명을 내어 "유신시절 긴급조치와 계엄포고령을 방불케 했던 한겨레 유인물 배포지침이 깨어 있는 사원들의 저항과 한겨레를 아끼는 주위 사람들의 비판에 부닥쳐 뒤늦게 전면 철회된 것은 역시 진실은 끝내 승리한다는 사실을 그대로 보여준 사건"이라며 "우리는 박해전 기자에 대해 중징계 결정을 내린 인사위원회 위원들과 김명걸 사장에게 즉각 자신들이 내린 처분이 잘못됐음을 솔직히 시인하고 더 이상 역사의 죄인이 되지 않으려면 징계 취소결정을 내릴 것을 촉구한다."고 밝혔다. 또 '한겨레신문을 사랑하는 독자모임'은 9월 8일 본사에서 김 사장을 만나 "〈한겨레정론〉과 관련한 징계는 독자주주들의 알 권리를 침해한 부당한 것으로 지체없이 취소돼야 한다."고 촉구한 데 이어, 9월 25일 징계 취소를 요구하는 독자연대서명에 들어가 1천여 명이 서명한 성명서를 김 사장에게 전달했다. 이에 앞서 전국독자주주모임의 대표단 5인은 7월 8일 지역대표 25인이 연명한 '박해전 기자의 징계위원회 회부에 대한 우리의 견해'라는 항의공문을 김 사장에게 보냈다. 독자주주모임은 이 공문에서 "우리는 〈한겨레정론〉의 발행은, 회사가 내분으로 혼란을 겪을 때 상대방을 비난하기 위해서 무질서하게 나붙던 대자보 차원이 아니라, 건전한 비판과 감시를 통해 한겨레신문의 창간정신을 살려가면서 국민과 함께 호흡하는 언론으로 키워가려는 충정으로 보고자 하며, 동아투위나 조선투위 출신의 한겨레신문 임직원들도 75년 당시 언론자유를 지키기 위하여 유사한 유인물로 피나는 투쟁을 했고 국민은 이에 많은 격려와 성원을 보냈음을 기억한다."며 "윤리강령에 명백히 어긋나는, 박 기자에 대한 징계위원회가 열리지 않기를 원한다."고 밝혔다.

계룡산 금잔디광장에서

전국독자주주대표자모임은 92년 봄의 지리산 등반대회에 이어 가을 계룡산 등반대회를 기획 추진했다. 8월 29일 대전 동학사 준비모임을 거쳐 9월 26일 1박2일의 일정으로 350여 독자주주들이 동학사 부근의 송원민박에 모여 하룻밤을 지내고 다음날 계룡산에 올랐다. 계룡산 금잔디동산에서 참석자들은 김봉우 민족문제연구소 소장의 초청강연을 들은 뒤, '독자주주모임의 역할과 사명'에 관해 토론하고 한겨레신문의 경영과 지면에 대한 문제점을 비판했다. 독자주주들은 "신문 인쇄불량에 따른 독자 고통, 안두희 자백 제보 묵살, 광주고속아파트 붕괴기사 삭제, '김영삼 민자당 대표 숨겨논 딸' 기사 실린 〈인사이더 월드〉 광고 미게재와 김명걸 사장이 개입한 관련 사설 삭제 수정, 김영삼 민자당 대통령후보에 대한 부산·경남 730인 반대선언 기사 변칙 축소보도, 이동호 내무장관의 광주 기자촌지사건 기사 미보도, '유인물지침'과 〈한겨레정론〉 징계사건 등 창간정신을 무너뜨리고 한겨레신문 존립이유를 뒤흔드는 사건들이 계속해서 일어나고 있다."고 비판하고, "만약 창간정신이 계속 훼손 퇴색된다면 6만 주주는 제2의 창간의지로 이를 바로잡는 데 앞장서야 한다."며 지면개선과 책임경영을 촉구했다. 독자주주들은 이와 함께 "대선기를 맞아 한겨레신문이 민중의 절실한 염원인 정권교체를 위해 전력을 다해야 한다."며 민주정부수립과 조국통일운동에 적극 참여하기로 결의했다. 참석자들은 이날 방송민주화를 위한 문화방송노동조합의 파업을 지지하는 성금을 모아, 한겨레신문 9월 28일자에 격려광고를 냈다.

계룡산 등반대회를 성황리에 마친 독자주주대표자모임은 10월 25일 기자협회 사무실에서 회의를 열어 "11월부터는 본사에서 회의를 열자."고 결정했다. 독자주주모임은 이에 따라 11월 15일 본사에서 최초로 회의를 열었고, 12월 6일 회의에서는 '광고영업소 5억 원 부도사건', '김영삼 언론장학생사건 보도 비판과 관련한 한언연 징계사건', '곽병찬 기자 소취하건'에 대한 질의서를 마련해 경영진에게 보내기로 결의했다.

〈한겨레정론〉 발행배포와 관련한 징계시효가 채 끝나기 전에 한겨레신문의 '김영삼 언론장학생사건' 보도태도를 비판하며 심층보도를 촉구한 한겨레언론연구회의 10월 6, 10일자 성명을 문제삼아 경영진은 10월 24일 또다시 박해전 기자에게 정직 6개월의 중징계를 가했다. 이에 대해 한언연은 10월 27일 성명을 내어 "한겨레언론연구회의 지면에 대한 비판과 제언을 징계로 대응한 편집위원장과 경영진의 반언론적 발상에 놀라움을 금할 수 없다."고 전제하고, "그 동안 많은 논란을 빚어온 '김영삼 장학생'의 실체를 드러내주는 이번 사건은 정치 언론사에 커다란 파장을 던질 수 있는 중대사안이다. 이런 중대사건을 최초 보도에서 한겨레신문이 독자취재 보도가 가능한 조건에서 이를 포기함으로써 국민 독자의 알 권리를 저버린 결과를 낳았다. 한겨레신문이 심층취재 보도로 '김영삼 대통령 만들기'에 발벗고 나선 제도언론 '김영삼 장학생'들의 발목을 묶을 수 있었다면 대선기의 공정한 언론 풍토를 조성하는 데 크게 기여함과 동시에 한겨레신문의 성가를 높일 수도 있었을 것"이라고 비판하며 징계철회를 요구했다.

'김영삼 언론장학생'과 '역사의 진실'

박해전 기자의 징계철회를 요구해 온 '한겨레신문을 사랑하는 독자모임' 등 독자주주들은 92년 11월 12일 자주언론시민연대모임(상임대표 정해숙)을 결성했다. 자주언론운동연대는 한겨레신문을 사랑하는 독자모임, 인천연구소, 민족정기구현회,

신시민운동연합, 관악시민모임, 한겨레언론연구회가 주축이 되어 출범했는데, 당시 정해숙, 권중희, 신맹순, 김명식, 심병호, 권광일, 고길섶, 맹강현, 박미영, 백경숙, 송진복, 엄미경, 여성운, 원궁재, 육철희, 이순희, 임흥빈 씨 등 각계 인사들이 참여했다.

자주언론운동연대(자언련)는 93년 1월 25일, 그 동안 발행된 〈한겨레정론〉과 한겨레신문에서 벌어졌던 주요한 논쟁과 사건의 진상을 드러내주는 자료들을 묶은 『역사와 진실 2』를 출판해냈다. 자언련은 이 책 머리말에서 "이 땅의 올바른 언론창달에 디딤돌이 되었으면 하는 간절한 마음에서 벌써 국민에게 공개되었어야 할 한겨레신문의 생생한 자료들을 눈길을 걷는 심정으로 세상에 내놓는다."며 "부족한 자료나마 이 신문의 지난날에 대한 반성과 앞으로 창간정신을 빛낼 백년대계를 마련하는 데 도움이 되기를 바란다."고 밝혔다. 김택중 전국독자주주대표자모임 상임대표와 박운주 공동대표는 이 책 발간 격려사에서 "한겨레신문과 자주언론의 발전을 위해 〈한겨레정론〉을 담은 『역사와 진실 2』가 나오게 됨을 반기며 자주언론운동연대의 노고에 감사드린다."며 "한겨레신문을 이해하는 데 도움이 되는 소중한 자료들이 『역사와 진실 2』를 통해 정리되고 기록돼 뜻깊게 생각한다."고 말했다. 또 김관섭 평택지역 대표는 "이 책은 한겨레신문에서 양심을 꿋꿋하게 지켜가려는 사람들의 자취를 느끼게 한다."며 "이 나라 언론의 갈길을 재확인하는 데 귀중한 자료가 될 것으로 믿으며 정의가 승리하는 그날을 기대해 본다."고 말했다. 자주언론운동연대는 이 책 출간을 계기로 전국독자주주모임과 연대해 공청회를 공동개최하는 등 물심양면으로 독자주주운동을 후원했다.

전국독자주주대표자모임이 이렇게 한겨레신문의 지면과 경영에 대한 문제를 제기하며 경영진을 비판하는 목소리를 키워가자 일부 지역대표들은 이에 반발하는 모습을 보였다. 93년 1월 10일 본사에서 열린 전국독자주주대표자모임 회의는, 김태홍 이사가 회의를 진행한 가운데 이들의 반발이 두드러져, 지난 회의에서 결의한 '질의서'의 내용과 이 질의서를 작성할 소위 구성원 자격 문제, 표결권 문제 등을 놓고 심한 논란을 벌인 끝에 아무런 결론을 내리지 못하고 산회하고 말았다.

독자주주운동 전진을 다짐한 제1차회의

이 회의의 산회와 함께 전국독자주주대표자모임에 참여해온 일부 지역대표들이 이 모임에서 이탈해 간 상황에서 전국독자주주대표자모임 집행부는 93년 1월 30일 대전 김난수 회원 집에서 1박2일 간의 긴급회의를 소집해 지난 독자주주운동의 경로를 점검하고 이 모임의 성격과 노선설정 등에 관해 깊은 토의를 벌였다. 이 회의에서 참석자들은 "전국독자주주대표자모임은 지금까지와 마찬가지로 변함없이 창간이념을 구현할 독자주주운동의 길을 걸어야 한다."고 결의했다. 회장단을 비롯한 각 지역대표 18명은 신맹순 공동대표의 사회로 진행된 이틀 동안의 토론을 통해, "지난 제1~4기 주총 동안 민중이 주인인 한겨레신문 창간정신을 받쳐주는 독자주주의 일반 의지가 경영권 창출에 제대로 관철되지 못함으로써 무책임한 경영비리가 잇따랐다."고 진단하고, "이 신문의 앞날에 분수령이 될 5기 주총에서는 반드시 주인들의 권리를 세워 지난 5년 간의 경영과 지면에 대한 총체적 반성과 평가에 기초해 창간정신을 빛

낼 백년대계를 마련하고 이에 충실한 경영진을 선출하도록 독
자주주 대중의 지혜와 역량을 모아나가자."고 뜻을 모았다.

이날 회의는 이를 위해 주주들이 주총에 빠짐없이 참석할 것
과 불참시 독자주주모임 지역대표나 전국대표에 위임장을 보
내줄 것을 홍보하고, 독자주주의 의견을 수렴하지 않고 진행된
회사 쪽의 정관개정안과 다른 독자주주의 경영권 참여를 보장
하는 정관개정 시안을 마련하며, 각계각층의 인사들이 참여하
는 공청회를 2월 하순께 열어 한겨레신문의 진로를 묻고, 독자
주주모임 소식지를 창간하기로 결정했다.

회의는 또 회장단을 회사에 보내 송건호 대표이사 회장에게
모임의 이런 결의를 전달해 이해를 구하고, 윤활식 감사에게
'서울광고영업소 5억 원 부도사건'의 처리결과를 물어보며, 주
식업무실에 주주명부 등사를 요청하기로 결정했다. 회의에서는
자주언론운동연대가 마련한 『역사와 진실 2』전달 행사도 진행
되었다. 김택중 상임대표는 회의를 마치며 "이번 모임은 독자
주주모임의 위상을 정립하고 진로를 확인한 뜻깊은 만남이었
다."며 "창간대의를 살리는 모임의 시대적 소명을 다하자."고
강조했다. 전국독자주주대표자모임은 그 동안의 회사 쪽 주도
에서 벗어나 자주적인 독자주주운동의 전진을 다짐한 이날 회
의를 모임의 제1차 회의로 공식 기록하기로 했다.

신맹순·장문하 전국독자주주모임 공동대표는 모임의 결정
에 따라 2월 2일 본사에서 송건호 대표이사 회장, 윤활식 감사,
김태홍 이사를 차례로 만났다. 두 대표는 송건호 회장에게 대
전 모임에서 결의된 사항을 알리고 협조를 요청했다. 이 자리
에서 송 회장은 "어려운 여건에서 독자주주모임을 이끌어온
지역대표들의 노고에 감사드린다."며 "한겨레신문의 최후 보루

인 독자주주모임이 더욱 발전하길 바란다."고 격려했다. '서울광고영업소 5억 원 부도사건'의 진상을 묻는 질문에 윤 감사는 "김두식 전광고국장과 황찬석 현광고국장에게 내린 감봉 1개월의 징계는 부당하다."며 "이사회에 재심을 요구했다."고 밝혔다. 그는 이와 함께 "두 국장에게 서울광고영업소의 부도액을 변상시켜야 한다는 의견을 냈다."고 말했다. 이어 두 대표는 주식업무실에서 김태홍 이사에게 주주명부 등사를 요청했으나, 김 이사는 "회사 규정상 주주명부 등사를 해줄 수 없다."고 답하였다.

조국의 등불 '한겨레'를 지켜야

전국독자주주대표자모임은 93년 2월 13일 소식지 〈한겨레전국독자주주모임〉 창간호를 타블로이드 판형 4면으로 펴냈다. 김택중 상임대표는 '조국의 등불 한겨레를 지켜야'라는 제하의 창간사에서 "우리가 이 시대의 주인이라면 우리의 진정한 말을 해야 한다. 우리의 입을 열고 함성을 질러 조국의 미래를 밝히는 영원한 등불 한겨레신문을 지켜야 한다."며 "경영의 부실을 막고 논조의 색채가 바래지 않도록 독자주주들이 한겨레신문을 바로세워 나가야 한다."고 강조했다. 독자주주모임은 '5기 주총을 맞아 전국 독자주주는 무엇을 할 것인가'를 다룬 창간호 특집에서 신맹순 공동대표의 '한겨레신문 무엇이 문제인가?', 강창덕 마산창원진해지역 대표의 '개악으로 치달은 정관개정안', 김관섭 평택 대표의 '독자주주사원이 삼위일체가 돼야', 박운주 광주 대표의 '창간정신에 충실한 경영을', 심병호 서울 대표의 '독자주주들은 알아야 한다', 이화덕 부산 대표의

'한겨레 흥망은 독자주주모임에 달려', 조갑식 대구 대표의 '올곧은 언론을 기대하며', 정창헌 영월 대표의 '농부의 마음은 어디에', 김난수 대전 대표의 '5기 주총을 제2창간 계기로' 제목의 글을 실어 "5기 주총에서 독자주주들이 주인 노릇을 할 수 있도록 정관을 개정해 창간이념에 맞는 지면·조직·경영이 되도록 한겨레신문을 바로세워야 한다."고 주장했다. 장문하 공동대표는 창간호에 실린 '독자주주모임에 함께 나서자'는 글에서 "5기 주총은 일반 안건 외에 정관개정과 이사진 개편이 주요의제이기에 대단히 중요한 의미를 갖는다."며 "지역주주모임은 대표자를 전국주주대표자모임에 참석시켜 전국 주주의 의견을 모아 주총에 대비하자."고 촉구했다.

이 소식지 창간으로 전국독자주주모임은 마침내 자신들의 주장과 지향을 자신의 입으로 말하며, 독자주주운동의 역사를 자주적으로 기록해 나갈 수 있는 길을 열었다.

〈한겨레전국독자주주모임〉 창간을 자축하며 전국독자주주대표자모임은 2월 13일 1박2일 동안 대전 카톨릭농민회관에서 제2차 회의를 열어 박운주 광주지역 대표를 공동대표로 추대하고, 신맹순 공동대표를 공동대표 겸 집행위원장으로, 송진복 서울지역 주주를 대표간사로 선임해 집행부를 보강했다. 이로써 전국독자주주모임 제1기 집행부는 상임대표 김택중, 공동대표 곽병준·리강호·박운주·장문하·신맹순, 집행위원장 신맹순, 대표간사 송진복으로 진용을 갖추게 되었다. 독자주주모임은 이 회의에서 소식지 2호 발행, '한겨레신문의 당면과제와 진로'에 관한 공청회를 본사와 공동개최할 것 등을 결의했다.

신맹순 집행위원장과 정창헌 영월지역 대표, 송진복 대표간사로 구성된 본사방문 대표단이 제2차 회의 결정에 따라 2월

16일 김태홍 주식업무담당이사를 만나 상법 396조(정관 등의 비치, 공시의무) 등을 제시하며 주주명부 등사를 요구했으나, 김 이사는 "다음날 국실장회의에서 논의에 부치겠다."며 거절했다. 대표단은 2월 17일 박노성 주식업무실장을 만나 주주명부 등사를 또다시 요청했으나 박 실장 역시 "국실장회의에서 주주명부 등사를 거부하기로 결정했다."며 들어주지 않았다. 독자주주모임은 또 공문을 보내 공청회 공동개최와 발제 참여를 김명걸 사장과 윤석인 노조위원장에게 요청했으나 거부당했다.

〈한겨레전국독자주주모임〉과 '배포금지' 공문

김명걸 사장은 〈한겨레전국독자주주모임〉 창간호 발행 직후인 2월 16일 한겨레신문 전국 지사 지국장에게 '배포금지' 공문을 보냈다. 김 사장은 '간행물 〈한겨레전국독자주주모임〉 배포금지 협조요청'이라는 이 공문서에서 "임의단체인 '한겨레신문전국독자주주모임'에서 제5기 주총을 앞두고 최근 동명의 간행물을 발행, 무단배포중"이라며 "이는 동 모임 내부에서조차 합의를 거치지 않고 발행된 것"이라고 주장했다. 김 사장은 이어 "간행물은 한겨레신문 지면경영에 대한 건전한 비판 제언이라기보다는 사실의 오인과 회사 현실과는 어긋난 시각을 담고 있다."며 "지사 지국에서 배포요청을 받더라도 삼가줄 것"을 요구했다.

전국독자주주모임은 김명걸 사장의 소식지 '배포금지' 조처에 대한 항의서를 김 사장에게 보내 이의 취소를 요구했다. 독자주주들은 이 항의서에서 "김명걸 사장이 지난해 사내 언로를 가로막는 '유인물 배포지침 시행' 공고로 커다란 파문을 일으킨 데 이어 이번에 다시 그 망령이 되살아난 듯한 '배포금지' 공문을 내 독자주주들의 언로를 차단하려는 것이 창간정신에 어울리는 일인지 묻고자 한다."며 "한겨레신문이 잘되기를 바라는 독자주주들의 자발적 활동을 도와주지는 못할망정 구태의연한 반언론적 행태를 반복한 김 사장은 독자주주에게 사과하고 소식지 배포에 적극 협조하라."고 요구했다.

전국독자주주모임은 제5기 주주총회를 앞두고 자주언론연대의 후원을 받아 2월 27일 오후 2시 30분 서울 종로3가 천주교회 노동사목회관 강당에서 '한겨레신문의 당면과제와 진로'를 주제로 공청회를 열었다. 공청회장을 가득 메운 전국 각지역 독자주주들의 커다란 관심과 열기 속에서 신맹순 집행위원장의 사회로 5시간여 동안 진행된 발제 토론 질의응답을 통해 참석자들은 5기 주총의 의의, 창간 5년 동안 드러난 지면경영의 문제, 지국의 실태, 정관개정의 방향과 내용, 한겨레신문의 자정과 개혁, 창간이념의 실천 등에 관한 의견을 폭넓게 내놓았다.

창간이념 퇴색하고 조직이기주의 빠져들어

이날 공청회에서 독자주주들은 "권력과 자본으로부터 독립을 선언하며 자주언론으로서 출발한 한겨레신문이 점차 창간이념이 퇴색되고 조직이기주의에 빠져드는 경향을 보이고 있다."고 비판하고 "5기 주총에서 국민대중의 지혜와 역량을 모아 창간정신에 충실한 경영진을 구성하고 그 동안 드러난 모순과 비리를 청산해 경영과 지면이 살아나는 '제2의 창간'을 이루어내야 한다."고 역설했다.

김택중 상임대표와 박운주 공동대표는 인사말에서 "이번 공청회가 건설적인 비판과 대안제시로 독자주주들이 추구하는 한겨레신문 본연의 지표를 확인하고 이 신문의 빛나는 위용을 되찾는 계기가 되기를 바란다."고 밝혔다. 첫 발제에 나선 강준만 전북대 교수(신문방송학)는 "한겨레신문에서 조직이기주의의 문제가 대두됨으로써 왜 존재해야 하는가의 당위성보다 생존논리 우위로 전도된 감이 든다."며 "조직이기주의에서 벗어나 한겨레신문의 문제를 대중에게 공개하는 열린 자세가 필요하다."고 말했다. 그는 이날 배포된 발제 토론자료집을 통해 한겨레신문이 해결해야 할 당면과제로서 도덕성 회복, 민주성 회복, 창간이념 실천을 위한 방법론적 목표의 설정, 시장경쟁을 위한 전략 수립, 마케팅 강화를 들었다.

강창덕 마산창원진해지역 대표는 '독자주주는 주인으로 일어서야'라는 제목의 발제에서 "현경영진이 내놓은 정관개정안은 결과적으로 독자주주를 경영진 선출과정에서 소외시키는 결과를 낳게 될 것"이라고 비판하고, "독자주주를 조직화하여 주주대표자회의를 구성하고 공청회 등을 통해 대중의 여론을 충분히 수렴한 다음 이 기구가 주총에서 선임할 이사와 감사 후보를 추천하는 방안을 마련해야 한다."고 주장했다. 장문하 공동대표와 신맹순 집행위원장은 '한겨레신문의 발전방향', '한겨레신문 무엇이 문제인가' 제목의 발제 토론에서 "회사 쪽 정관개정안의 내용을 살펴보면 주식의 2.1%를 소유한 사원총회가 회사의 경영권을 완전 장악하겠다는 것이며, 이는 주식의 동등성이라는 원칙에도 위배되지만 일반주주는 회사의 경영에 일절 간섭하지 말고 방관자로 남아 있으라는 것과 같은 내용"이라고 비판했다. 독자주주들은 또 한겨레신문 주총의 의의에 대해 "국민 대중의 지혜와 역량을 바탕으로 창간정신에 따라 한겨레신문 사업을 평가 반성하고 새로운 전망을 이끌어내는 축제의 광장이어야 한다."고 말하고 "제5기 주총의 '용광로'를 통해 그 동안의 문제를 녹여내 국민에게 희망을 주고 대중을 한겨레신문에 끊임없이 불러낼 수 있는 기틀을 마련하자"고 강조했다.

권중희 자주언론운동연대 공동대표는 '한겨레신문에 바란다'는 발제문에서 한국언론의 행태에 대해 "언론의 탈을 쓰고 갈수록 철저하게 상업적 이윤만을 추구하는 기업군의 하나로 전락해 가고 있다."고 지적하고 "이 공청회와 5기 주총이 한겨레신문의 창간이념을 확인하고 민주와 통일을 열어갈 자주언론으로서 자기 사명을 다하는 계기가 되길 바란다."고 말했다. 정용준(당시 서울대 신문학과 박사과정) 씨는 '한겨레신문의 제모습 찾기'라는 장문의 발제문에서 "한겨레신문의 특성에 맞는 축소지향의 경영전략이 필요하고, 조직의 인적 구성에서 창간정신을 실천할 수 있는 내용과 형식이 요구되며, 일반주주가 실질적으로 경영에 참여할 수 있는 방안과 통신원제도 등을 통해 대중을 광범하게 지면에 참여 유도하는 방안을 생각해 볼 수 있다."고 밝혔다. 공청회 참석자들은 질의응답에서 "한겨레신문은 제도언론과 달리 경쟁에 의해서가 아니라 민주화운동에 의해 태어난 만큼 자주·민주·통일의 향도로서 사명을 다해야 한다."고 말했다. 한겨레신문에 관한 대중적인 공청회는 이번이 처음이다.

이 공청회에 이어 독자주주대표자모임은 3월 6~7일 대전 카톨릭농민회관에서 제3차 회의를 열어 독자주주들의 정관개정안을 토의하고, 인사청문회를 통해 마련한 독자적인 경영진 선임안을 5기 주총에 내기로 결의했다. 이 회의에서 독자주주들은 "창간이념을 구현할 경영진을 확보하려면 먼저 이사·감사 자격 기준을 바로세워야 하고, 이에 따라 독자주주대의기구가 공청회와 인사청문회를 통해 대중의 여론을 수렴해, 파벌적 이해에서 벗어나 이사·감사 후보를 주총에 추천한다면 창간정신에 충실한 경영진을 선출할 수 있다."고 의견을 모았다.

경영진은 어떤 인물이어야 하나

독자주주들은 한겨레신문 이사·감사에 적합한 인물기준으로 "자주·민주·통일운동에서 민중의 사표가 된 인물, 민주언론운동에 앞장선 인물, 기채론을 극복하고 자주·자립경영을 실천할 전문경영인, 창간이념과 양심에 따라 엄정한 감사를 수행할 인물, 독자주주운동을 대표하는 인물"을 들었으며, 경영진 구성 비율은 "자주·민주·통일 인사와 언론계 인사를 각각 총원의 반 정도로 하고, 여기에다 독자주주대표 1~2명을 포함하는 것이 바람직하다."고 의견을 모았다. 예컨대 이사 10명을 뽑는다면 민족의 양심을 대표하는 각부문 민족운동지도자 중에서 4인, 민족자주언론을 대표하는 언론계 인사 4인, 독자주주운동을 대표하는 인물 2인으로 구성할 수 있다는 것이었다.

독자주주들은 또 회사 쪽이 주총에 상정한 정관개정안에 대해 "이는 '가족회사 정관' 성격의 배타적 내용을 담고 있고, 독자주주를 경영진 선출과정에서 소외시키는 결과를 낳을 게 분명하므로 주총에서 통과돼서는 결코 안 된다."고 전제하고, "국민주주의 주식회사 형식에 자주·민주·통일을 지향하는 사회운동체 특성을 정확히 살릴 올바른 정관을 만들려면 전국 독자주주대의기구를 구성하고, 이 기구가 공청회와 인사청문회를 통해 독자주주 대중의 여론을 수렴해 주총에서 이사·감사 후보를 내는 방안이 정관개정에 반드시 포함돼야 한다."고 강조했다. 이들은 이어 "이런 정관을 마련하려면 5기 주총에서 창간정신에 투철한 경영진을 뽑은 뒤, 이들과 독자주주대의기구가 공동개최하는 공청회 등을 통해 합리적인 정관개정작업을 추진해야 한다."고 결론지었다.

독자주주대표자모임은 3월 6일과 18일 소식지 2, 3호를 발행해 공청회 결과를 알리며 주총 의결권 위임장을 독자주주모임에 보내줄 것을 촉구하는 등 5기 주총 준비작업을 벌였다. 신맹순 집행위원장은 소식지 2호에 실은 '주총 의결권 위임은 주주대표자에게'라는 글에서 "지난 5년 동안의 주총을 되돌아볼 때 경영진에게 또다시 이번 주총 의결권을 위임한다면 주주들의 정당한 주권행사는 더욱 어렵게 될 것"이라며, "주주들은 5기 주총에 적극 참석하거나 전국 지역주주대표자에게 의결권을 위임해 창간 5년의 경영비리와 지면 훼절을 바로잡아 제2창간의 뼈대를 바로세워야 한다."고 말했다.

김영삼 정권에 무비판적

독자주주모임은 소식지 3호에서 한겨레신문 논조에 대한 비판을 제기했다. 〈한겨레전국독자주주모임〉 3호는 '한겨레논조 김영삼 정권에 무비판적'이라는 제하의 기사에서 "한겨레신문 논조가 대통령선거 뒤 갑자기 김영삼 정권에 호의적이고 무비판적인 태도를 보이며, 다른 신문들과의 차별성이 점차 약화되고 있다는 비판이 본사 기자들과 언론학자로부터 나와 주목된다."며 한겨레신문 고승우 특수자료실장 등 기자 4명이 연명으로 3월 15일 발표한 '한겨레신문을 걱정하며' 제목의 유인물과 강준만 교수의 기고문에 대해 보도했다.

보도에 따르면 고승우 실장 등 한겨레신문 기자들은 이 유인물에서 대선 이후 이 신문 보도내용과 제작과정에서 표출된 편집태도를 사례별로 분석 예시하고 "너무나 급속하게 김영삼 권력에 호의적이고 무비판적인 태도를 보이기 시작했다."고 지적했다. 이들은 대선 뒤 한겨레신문의 보도에 대해 "대선 직후 '정권 정통성 확보를 마련'(92년 12월 20일자 3면)이라고 김영삼 정권 탄생을 일단 환영해야 할 사건으로 묘사해 대선 전의 입장에서 극적인 태도 전환을 시도한 뒤 보도와 해설, 칼럼 등을 통해 김영삼 정권의 정당성, 알맹이 없는 개혁 추진과정과 그 계획을 확대 포장해 왔다."고 주장했다. 이들은 또 이 유인물에서 "한겨레신문은 김영삼 정권이 개혁을 성취할 수 있다고 보고 그 개혁을 위해 적극 협조해야 한다고 생각하고 있기 때문에 김영삼의 개혁에 대한 비판적 입장을 견지하지 못하고 있는데, 바로 이 부분이 다른 매체와의 차별성을 갖지 못하도록 만드는 원천"이라고 말하고, "이러한 태도는 김 정권의 지지기반(30년 군부통치가 낳은 기득권자들과 일부 중산층)을 고려하지 않은, 매우 비과학적 태도"라고 비판했다.

강준만 교수는 〈한겨레전국독자주주모임〉 제3호 특별기고문에서 한겨레신문의 당시 보도에 대해 "일부 정치관련 해설기사들과 정치보도의 '의제설정'은 다른 신문들과의 차별성이 점차 약화되고 있다."고 비판하고 "한겨레신문이 앞으로 달라져야 한다면 그것은 입장을 더욱 분명히 하고 창간이념에 충실한, 과감한 편집방식을 도입하는 것"이라고 강조했다. 독자주주모임은 소식지 3호를 통해 회사 쪽(김태홍 이사)이 5기 주총

5일 전인 3월 14일 기존 독자주주대표자모임을 배제하고 일부 주주들을 본사로 불러 주총대책회의(7~8명 참석)를 열었다고 밝혔다.

5기 주총과 '유신' 정관

93년 3월 20일 서울 올림픽공원 역도경기장에서 열린 5기 주총에서 경영진은 독자주주들의 거센 반대에도 불구하고 주총 의장인 김명걸 대표이사 사장의 사회로 회사 쪽이 상정한 정관개정안을 통과시켰다. 이날 주총에서 신맹순·장문하 독자주주대표자모임 공동대표와 김천희 주주 등은 "회사 쪽 정관개정안은 창간정신을 저버렸고 그 시행과정에서 절대 다수의 소액주주 참여를 차단하고 있다."며 "이 정관개정안은 경영진의 영구집권을 위한 '유신헌법'과 같은 개악안이기 때문에 5기 주총에서 강행처리하지 말고 주주대표와 경영진, 법률전문가가 공동으로 참여하는 정관개정특별위원회를 구성해 1년간 내용을 다듬어 6기 주총에 상정하자."고 제안했으나 김명걸 의장은 받아들이지 않았다. 독자주주들은 정관개정안 제37조(구성)와 관련해 "사내외에서 동수로 경영진추천위원회를 구성하는 것은 모순인데, 사내위원이 주주자격으로 참여한다면 사내외 주주들의 총 주식비율 2 대 98을 정확하게 적용해야 한다."며, "사내에서 4명씩 연기명 투표로 어느 파벌이 장악할 경추위라는 해괴한 선거인단이 뽑은 임원진에게 40만 독자와 6만 주주를 만족하게 할 책임경영을 기대할 수 없다."고 비판했다. 신맹순 집행위원장 등 주주들은 또 경영비리의 진상을 밝힐 특별감사위원회 구성과 지면과 경영비리 관련 이사들의 탄핵을 주장했으나 김 주총의장은 이를 묵살했다. 5기 주총에서는 3, 4기 주총 때 회사 쪽 의결권 수임자로서 송건호 대표이사 사장과 한승헌 창간위원장, 송건호 대표이사 회장과 김명걸 대표이사 사장, 조준희 창간위원장을 정해 위임을 받은 것과는 달리 단순히 '회사 위임' 형식으로 주주들의 위임장을 받아, 이를 김명걸 대표이사 사장이 행사했다. 한편 이날 민주적인 총회 진행을 요구하던 김두루한 주주(교사)가 안경알이 깨지는 폭행을 당하는 사건이 일어나 주주들의 항의를 받았다.

전국독자주주대표자모임은 5월 15~16일 광주 경민회관에서 자주언론운동연대, 신시민운동연합과 함께 한겨레신문 창간 5돌과 오월민중항쟁을 기리는 기념식을 열었다. 참석자 50여 명은 이 기념식에서 '5월민중항쟁 계승하여 통일조국을' 이라는 제목의 성명을 내어 오월민중항쟁의 가해자에 대한 진상규명과 책임자 처벌을 촉구하고 "민족자주통일의 그날을 앞당겨 오월민중항쟁의 숭고한 뜻을 완성할 것"을 다짐했다. 이들은 또 "한겨레신문이 창간 5돌을 맞아 경영과 지면을 쇄신해 통일언론으로서 자기 몫을 다해야 한다."고 촉구했다. 참석자들은 5월 16일 망월동 열사들의 묘역을 찾아 참배했다.

한겨레신문 이사진 선임을 위한 6월 19일 임시주총을 앞두고 독자주주대표자모임은 6월 5~6일 대전 김난수 주주집에서 각 지역대표 20여 명이 참석해 임시주총 준비회의를 열었다. 회의에 참석한 독자주주들은 임시주총에서 창간정신에 투철한 경영진 선출, 경영비리 청산, 주주의 경영권 창출을 보장하는 정관 마련에 힘을 모으기로 결의했다. 독자주주대표자모임은 이를 위해 기존 경영진 중에서 '유인물 배포지침'과 '배포금지공문' 으로 사원독자주주의 언론를 차단한 이사, 광고국 '5억 원 부도사건'에 관련된 이사, 상법에 보장된 주주명부 등사 요구를 거부한 담당이사 등은 차기 이사진에서 제외할 것, 독자주주운동을 이끌어온 독자주주대표자모임의 대표를 이사진에 적극 영입할 것, 6기 정기주총 때까지 공청회 등을 통해 국민주주의 경영권 창출을 보장하는 합리적인 정관안을 마련하도록 회사 쪽과 대표자모임이 공동 참여하는 정관개정위원회 구성을 임시주총에서 제안하기로 결정했다. 대표자모임은 또 김중배 대표이사 후보의 선출을 환영하며 임시주총에 적극 참여하기로 했다.

임시주총 1,589,586 주총 의결권 위임장

5기 주총의 정관개정에 따라 새 경영진을 구성하기 위해 93년 6월 19일 서울 한국종합전시장 3층 대서양관에서 열린 임시주주총회는, 회사 쪽이 내놓은 경영진 구성안과 주주들이 주장한 경영진 선임안이 첨예하게 맞서 경영진 선출에 진통을 겪었다.

이날 주총 개회에 들어가기 전 송건호 대표이사 회장은 단상으로 올라가지 않고 단하 일반주주석에 앉아 있었으며 몇몇 임직원이 단상으로 올라가라고 권유했으나 이를 끝내 거절했다. 주주들에게 배포된 회사 쪽 유인물에 소개된, 경영진추천위원회가 추천한 경영진은 대표이사 후보에 김중배, 이사 후보에 김두식 · 김태홍 · 문영희 · 변형윤 · 성한표 · 윤활식 · 이돈명 · 장윤환 · 최학래 씨였다. 이 임시주총의 총 출석 주식수는 2,008,468주(총 주식의 52.17%)였는데, 이 가운데 송건호 회장에게 위임된 주식이 1,589,586주(총 주식의 41.29%)로 가장 많았고, 김명걸 사장에게 위임된 주식 315,865주(총 주식의 8.2%), 본인 참석 52,997주(총 주식의 1.38%), 타인 위임 50,020주(1.3%) 순으로 집계됐다.

이런 내용의 성원보고에 이어 개회를 선언하자 장석정 주주가 송건호 회장이 이사 후보에서 빠진 데 대해 강력히 항의하는 발언을 했고, 많은 주주들이 "송건호 회장님을 모셔오라."고 소리치며 이에 동조하는 모습을 보였다. 이렇게 장내가 소란스러워진 가운데 임원 선임 의안이 상정되기 직전 송건호 회장은 주총장을 떠나 집으로 돌아갔다.

임시주총 제1호 의안인 임원 선임의 건이 상정되자 신맹순 독자주주대표자모임 집행위원장은 "경영진추천위원회에서 추천한 이사 후보 10명을 7명으로 수정결의한다."는 동의안을 내어 참석주주들로부터 재청 삼청을 받았다. 신 위원장은 동의안 제안설명에서 "이사 후보 10명 중 지난날 지면 경영비리와 관련된 김두식·성한표 씨와 감사보고서를 제대로 내지 않은 윤활식 전감사는 이사가 되어서는 안 된다."며 "이들을 뺀 나머지 7명을 경영진으로 선출하자."고 주장했다. 이에 대해 "경추위가 추천한 이사 후보 10명을 원안대로 승인한다."는 개의안이 나와 두 주장이 팽팽히 맞섰고, 김명걸 주총의장은 결국 표결로 결정할 것을 선언했다. 개표과정에 독자주주대표자모임의 주주들이 참관인으로 참여했다. 개표결과에 대해 신맹순 위원장은 송 회장의 재위임장에 관한 분제성을 지적히며 이 표결이 무효라고 항의했으나, 김명걸 의장은 동의안 36,603주, 개의안 2,034,801주로 개의안이 가결됐다며 원안 통과를 선언했다. 기타토의에서 주주들은 당일 참석한 주주들의 표결내용 발표를 여러 차례 요구해 회사 쪽으로부터 동의안 찬성주주 137명

(56.4%), 개의안 찬성주주 98명(40.3%), 무효 8명(3.3%)이라는 공식 답변을 받아냈다. 주주들은 또 5기 주총 때 김두루한 주주를 폭행한 회사 직원의 징계를 요구했고, 김명걸 의장은 "별 것 아닌 것으로 알았는데 그 정도인지는 몰랐다."며 신임사장에게 조치를 취하도록 전하겠다고 발표했다.

임시주총이 끝난 뒤 신맹순 집행위원장은 6월 21일 저녁 송건호 회장의 재위임장에 관해 송 선생에게 전화로 항의하는 과정에서 이 위임장이 위조됐다는 사실을 밝혀냈다. 송건호 선생은 신 위원장과의 전화통화에서 "나는 주총 의결권을 누구에게도 재위임한 바 없으며, 회사 어느 누구도 나에게 위임해 달라는 부탁을 한 일도 없다."고 강조했다. 이런 사실을 확인하기 위해 전국독자주주대표자모임 곽병준 공동대표와 신맹순 집행위원장, 송진복 대표간사 3인은 6월 22일 오전 본사를 찾아가 임시주총 표결과정의 서류(집계표, 표결용지 등)를 점검했다. 이들은 임시주총 관련 서류에 일일이 서명 날인해 봉인 작업을 하며 송건호 회장이 재위임했다는 위임장 복사를 요구했지만 회사 쪽이 거절해 그 위임장의 내용만 기록해 가지고 나왔다. 이날 오후 신 위원장과 송 대표간사는 송건호 선생 집을 방문해 문제의 재위임장의 내용을 보이며 그것이 사실인지 송 선생에게 확인했다. 송 선생은 이 내용을 보고 분노하며 "자신은 결코 위임장을 써준 사실이 없고 누구에게도 위임한 사실이 없다."며 이를 확인해 주는 '확인서'(1차)를 신 위원장에게 써주었다. 신 위원장과 송 대표간사는 6월 25일 오전 송건호 선생 집을 다시 방문해 더 상세한 '확인서'(2차)를 받고 위임장이 조작되었다는 사실을 확신하게 되었다. 송건호 선생은 이 자필 확인서에서 "본인은 1993년 6월 19일 한겨레신문 임시주총에서 본인의 주식 의결권과 본인에게 위임된 다른 분의 주식 의결권 어느 한 가지도 또 어느 의결권 하나도 김명걸 대표이사에게 위임한 사실이 없음을 확인합니다. 1993년 6월 25일 송건호"라고 밝혔다.

이런 확인과정을 거쳐 독자주주대표자모임은 6월 27일 서울 신림동 숯대찻집에서 긴급비상회의를 열어 회사 쪽에 송건호 회장 재위임장 위조사건 관련 공개질의서를 내기로 결정하고, 6월 28일 이 위임장이 정당하고 적법한지를 묻는 1차 공개질의서를 회사에 접수시키고 7월 5일까지 답변해 줄 것을 요구했다. 회사 쪽의 답변이 없자 독자주주대표자모임은 7월 6일 2차 공개질의서를 보내 7월 9일까지 답해 줄 것을 촉구했다. 이에 대해 김태홍 이사는 7월 8일 '신맹순 주주'에게 팩스를 보내 "귀주주가 질의한 내용들은 적법하게 이루어진 것임을 알려드립니다."고 통보했다.

공개질의서와 주총소송

독자주주대표자모임은 7월 10~11일 충남 강경읍 김택중 상임대표 집에서 회의를 열어 1, 2차 공개질의서에 대한 회사 쪽 답변이 무책임하고 불성실하다며 3차 공개질의서를 내기로 하고, 회사 쪽이 끝내 잘못을 인정하지 않고 무책임한 태도로 일관한다면 법원에 제소하기로 결의했다. 대표자모임은 이날 회의에서 이를 위해 신맹순 집행위원장을 위원장으로, 공동대표 5인(충남 김택중, 서울 곽병준, 경기 장문하, 호남 박운주, 영남 리강호)과 지역대표 5인(인천 신맹순, 서울 심병호·송진복, 전북 김천희, 마산 강창덕)을 위원으로 하는 주총소송대책특위를 구성하고 성금 150만 원을 모금했다. 7월 11일 회의를 마치고 신맹순 위원장 등 6인은 이날 오후 서울 송건호 선생 집을 방문해 공동회견을 하고 송 선생에게 〈한겨레전국독자주주모임〉에 실을 원고를 청탁했다.

대표자모임은 7월 13일 회사에 전달한 제3차 공개질의서에서 "송건호 회장의 위임장으로 제시된 것이 송 회장의 필적과 다르다는 의혹이 떠도는데 그 진상은 무엇인가? 송 회장이 직접 작성 서명한 위임장이 아니라면 이와 직간접으로 연관된 부정행위자에 대한 처리방안은 무엇인가? 송 회장의 위임장이 가짜라면 93년 6월 19일 임시주총의 1호 안건 의결은 유효할 수 있는가? 만약 원인무효라면 그에 대한 해결책은 무엇인가?"를 묻고 임시주총 개최 한 달이 되는 7월 19일까지 답변해 줄 것을 요구했다. 김태홍 이사는 이에 대해 7월 19일 '신맹순 주주'에게 팩스문건을 보내 "정당하고 적법하다는 데 변함이 없다."고 답변했다. 회사 쪽이 이런 답변을 해옴에 따라 독자주주대표자모임은 7월 19일 주총소송대책특위를 열어 소송에 들어가기로 결의하고, 7월 21일 회사 쪽에 이를 통고했다.

독자주주대표자모임은 7월 22일 송건호 선생이 임시주총의 진실을 밝힌 '언론계를 떠나면서'라는 제목의 글을 실은 〈한겨레전국독자주주모임〉 특보를 발행함과 동시에 '소송에 들어가며'라는 성명을 내고 곽병준 공동대표와 신맹순 특위위원장을 원고로 결정해 '대표이사, 이사 및 감사 직무집행정지, 직무대행자 선임의 가처분 신청서'와 주주총회결의 취소의 소를 법원에 냈다. 신 위원장은 또 같은 날 사문서 위조 및 동행사 혐의로 김명걸 외 미확인 인물을 검찰에 고발했다.

언론계를 떠나면서

　송건호 선생은 '언론계를 떠나면서'에서 "나의 반세기에 걸친 언론계 생활은 한겨레로서 막을 고했다."며 한겨레신문 창간 등 언론민주화운동의 대열을 이끌어온 과거를 회고했다. 송 선생은 이 글에서 임시주총 위임장 문제에 대해 "나는 주총 의결권을 다시 위임한 일도 없고 회사에서도 그러한 부탁을 한 일도 없다."며 "내가 의결권을 사인하여 위임한 일이 없는데도 만일 위임장을 회사에서 갖고 있다면 필시 회사에서 위임장을 조작한 것이라고 생각할 수밖에 없다."고 밝혔다. 송 선생은 또 한겨레신문의 발전에 대해 "한겨레신문이 발전하는 길은 주주들이 적극적으로 회사문제를 걱정해 주는 일이라고 생각하며, 사내에서는 파벌현상을 없애고 적재적소에 인물을 배치하고 창간 때의 정신으로 돌아가서 회사를 살리겠다는 열의를 가져야 한다."며 "한겨레신문이 일반 신문과는 다르다는 것을 명심하고 진실을 알고자 하는 국민 대중의 기대를 저버리는 일이 없도록 끊임없이 노력해야 할 것"이라고 강조했다. 송 선생은 끝으로 "나는 평생토록 민족의 자주와 민주화를 위해서 끊임없이 노력을 해왔으며, 지나간 파란 많은 나의 언론계 생활을 생각하면 만감이 교차하는 심정"이라며 "앞으로도 한겨레신문에는 어려운 일이 많을 것이나 주주독자 여러분의 적극적인 참여와 사원들의 단결된 힘으로 참된 언론을 바라는 국민의 기대에 어긋나지 않게 성장하기를 바란다."고 말했다.

　곽병준·신맹순 원고(신청인)는 법원에 제출한 이 소장과 가처분 신청서, 준비서면에서 "'93년 6월 19일 열린 한겨레신문 임시주총에서 송건호 회장 명의의 1,589,586주(총 표결주식수의

76.7%)의 주총 의결권 위임장이 위조되고 이것이 불법하게 경영진 선임을 위한 표결에 행사되어 그 동안 경영비리와 지면 훼절에 직접 책임이 있는 이사 후보들이 경영진으로 선출되었다."며 "따라서 이 위임장 위조와 불법부정 표결행사에 의한 임시주총 1호 의안 이사·감사 선임의 건에 관한 주총 결의는 무효이며, 무효가 아니라 할지라도 위법한 결의이므로 이는 마땅히 취소되어야 한다."고 주장했다. 원고(신청인)들은 또 "이렇게 불법 부정으로 선임된 피신청인들이 자리를 계속 유지하는 불법상태를 용납해서는 안 되며, 이를 엄정히 척결하여 주주들의 주권을 보호해야 한다."며, "이 불법상태가 방치되면 도덕성을 생명으로 하는 한겨레신문의 신뢰성이 땅에 떨어져 존립기반을 잃게 되고, 이에 따른 경영상의 중대한 불이익을 피할 수 없기 때문에 '대표이사 등 직무집행정지 직무대행자 선임의 가처분' 신청을 즉각 받아들여야 한다."고 주장했다.

송건호 선생의 임시주총의 진실을 밝힌 '양심선언'과 주주들의 주총소송에 의해 한겨레신문의 존립기반인 주주들의 주권과 관련한 주총 비리사태가 알려지자 한겨레신문의 자정개혁을 촉구하는 사원들의 양심적인 목소리가 터져나왔다. 유종필 민권사회부 기자는 〈한겨레전국독자주주모임〉 특보가 나온 다음날인 7월 23일 임시주총 비리에 항의해 사직서를 내고 회사를 떠났다. 유 기자는 이 사직서에서 "한겨레신문사가 지난 6월 임시주총에서 다수 주주의 뜻에 반하여 송건호 선생을 이사직에서 제외함으로써 송 선생이 회사를 떠나는 결과를 초래한 데 대해 강력히 항의"하고, "〈한겨레전국독자주주모임〉 특보에 실린 송 선생의 글은 그 동안 말로만 떠돌던 임시주총의 불법성에 대해 시사하는 바가 많다고 판단한다."며 "이러한 상황에 대한 총체적 항의의 뜻에서 더 나아가 한겨레신문의 도덕성을 회복토록 촉구하는 뜻에서 부득이하게 사직서를 제출한다."고 밝혔다.

그러나 회사 쪽은 주총소송 답변서에서 임시주총 부정에 대해 "경미한 절차상의 하자에 불과하다."며 경영진의 정당성을 주장했다. 회사 쪽은 또 임시주총의 진실을 밝힌 송건호 선생을 비난하고 주총소송을 '해사행위'로 몰아붙이며 고 문익환 목사, 윤영규 전전교조위원장 등 재야인사들을 내세워 원고들을 무력화시키려 했다. 심지어 일부 임직원은 주총소송 원고 등을 '안기부 프락치'라고 매도하는 태도를 보이기도 했다.

이런 상황에서 박해전 기자는 〈한겨레정론〉 제8호 93년 10월 14일자 '한겨레신문과 민주언론운동'이란 제목의 글에서 "이 '임시주총 부정비리 사태'를 우연한 일로 치부할 수 없다. 이번 사태에서 창간 5년 동안 쌓여온 무책임한 경영·지면비리와 모순이 대폭발한 듯한 모습을 본다."고 비판하고 "국민주주들이 주총 부정비리를 심판하고 주권을 확립하려는 것은 정당하다. 한겨레신문이 사회의 부정비리를 고발하고 이를 척결할 언론의 사명을 다하려면 자신의 부정비리를 엄정하게 바로잡아야 한다. 현경영진은 법정판결을 기다리지 말고 이번 사태의 수습을 위해 진상을 밝히고 지체없이 임시주총을 열어 국민주주의 뜻을 물어야 마땅하다."고 주장했다.

노향기 편집부위원장 해직

이 주총소송과 관련해 93년 11월 10일 노향기 편집부위원장, 김근·김종철 논설위원은 '벼랑에 선 한겨레를 살려야 합니다'는 사원 주주 독자께 드리는 호소문을 내어 김중배 사장의 과오를 지적하고 한겨레신문의 자정개혁을 촉구했다. 이들은 이 글에서 "김중배 사장은 독자주주대표자모임이 임시주총의 적법성에 관한 질의서를 여러 차례나 보냈을 때 '본인과는 무관하지만 법에 어긋난다면 임시주총을 다시 열도록 주선하겠다'고 답변하지 않고, 이사회를 주재하면서 '하자가 없다'는 결론을 내리고 독자주주대표자모임과 언론에 그렇게 전했다."고 지적하고, 한겨레신문 경영진이 언론계가 요구하는 재산공개를 앞장서서 하지 않는 데 대해 비판했다. 그러나 경영진은 두 논설위원에 대해 감봉 3개월 징계를 가했으며, 노향기 편집부위원장에 대해서는 우여곡절 끝에 징계해고조치를 했다.

　독자주주모임이 낸 임시주총소송 및 가처분 신청의 첫 공판이 93년 8월 19일 서울지법 서부지원 112호 법정에서 열렸다. 이날 피고측 법정대리인 조준희 변호사는 재판기일 연기 신청을 하고 불참했으나 원고들은 재판부에 사안의 중대성과 시급성을 들어 재판 진행을 요구해 공판이 개시되었다. 1심 소송은 그 뒤 여섯 번의 공판을 거쳐 94년 1월 10일 공판을 끝으로 심리를 마쳤다. 이 과정에서 원고가 신청한 증인으로 송건호·김천희·김명걸·김난수·최성민·박해전, 피고측이 신청한 증인으로 장윤환·이병·유현석·오태규 씨가 법정에 나와 각각 증언했다. 독자주주대표자모임은 1심 과정에서 6차례 성금을 모았는데, 1차 때 각 지역대표 일동 150만 원, 배동인·진영일 교수 각각 10만 원, 인천 김영빈 주주 8만 원, 자주언론운동연대 20만 원의 성금을 비롯해 많은 독자주주들의 성금이 계속 들어와 소송비용과 공판 속보 발행 등을 진행할 수 있었다.

　독자주주모임은 재판과정에서 '유현석 자문위원장과 자문위원들에게 보내는 공개서한'을 내어 이들이 임시주총 비리 척결에 나서줄 것을 촉구했다. 김택중 상임대표는 이 서한에서 "임시주총 당일 주총현장에서 경영·지면비리에 직접 책임있는 이사 후보들에 대한 독자주주들의 비판과 지적으로 김중배 대표이사 후보가 추천한 이사 후보를 경영진추천위원회가 원안 그대로 인준한 것이 얼마나 무책임한 일이었는지 드러났다."고 비판하고, "주총 의결권 위임장이 위조돼 불법하게 표결에 행사된 사실이 드러난 지 6개월이 넘도록 이를 수수방관하고 있는 자문위원회의 무책임한 태도에 항의하며, 창간정신과 주권을 유린한 임시주총 부정비리를 척결하고 한겨레신문이 국민의 신뢰를 받는 신문으로 거듭나도록 유현석 자문위원장과 자문위원들이 맡은 권한과 책임을 다할 것"을 요구했다. 한편 독자주주대표자모임 김택중 상임대표 등 독자주주 120명은 연명으로 93년 12월 16일 임시주총 관련 사문서 위조 및 동행사 형사고발건에 대한 조속하고 엄정한 사법처리를 촉구하는 청원서를 김도언 검찰총장에게 보냈고, 94년 1월 5일 검찰총장으로부터 "서울지방검찰청 서부지청장에게 그 처리결과를 통지하도록 지시했다."는 통보를 받았다.

가처분 결심공판 4시간 전 경영진 총사퇴

김중배 대표이사 사장 능 경영신은 94년 1월 10일 오전 10시 '가처분 신청사건' 결심공판 4시간을 앞두고 사원조회를 열어 임원진 총사퇴를 발표했다. 김 사장은 이날 발표한 특별담화에서 "우리는 법정이든 권력이든 자본이든, 그 주체가 누구이건 간에 우리의 명운을 타율에 의탁할 수 없다."며 "우리는 한겨레의 기둥과 뿌리를 흔들어대고자 하는 어떠한 음모와 책동에도 결연히 대처해야 한다."고 말하고 "임원진의 사퇴는 의연한 정면돌파의 결의이며, 동시에 해사음모와 책동에 부치는 결연한 경고장"이라고 강조했다. 그는 이어 "퇴임한 이사진은 '새로 선임된 이사진이 취임할 때까지 이사의 권리와 의무를 갖는다'는 법률의 강제규정을 기다릴 필요도 없이, 우리 임원진이 선언했던 책임경영과 적극경영을 가속화할 것이고 경영권의 정통성을 새롭게 정립하는 정관절차도 밟아나갈 것"이라며 "그것이 우리가 합의한 정면돌파의 정신이며 실천의 지표"라고 말했다.

이에 대해 독자주주대표자모임은 같은 날 성명을 내어 "가처분 결심공판 4시간을 앞두고 나온 경영진의 사임 표명은 직무집행정지 가처분을 피해 가려는 정략적 발상에서 나온 '깜짝쇼'에 불과하다."며 "그들이 '특별담화'에서 주총 주권 유린사태의 자정과 책임에 대한 한마디 언급없이 '정면돌파' 운운하며 자신들의 합리화에 급급한 것을 보고 우리는 '사임'이라는 미봉책을 내세워 기득권을 고수하려는 그들의 속셈을 읽을 수 있다."고 밝혔다. 대표자모임은 이어 "경영진은 그 동안 임시주총 부정비리와 관련해 송건호 전회장을 희생양으로 삼아 자신들을 합리화했고 주권 유린을 심판하려는 주주들에게 저항하며 이를 왜곡 선전해 왔다."고 비판하고 "경영진이 진정 한겨레신문의 앞날을 생각한다면 주총의 불법을 심판하려는 주주들과 대결하려는 태도를 버려야 한다."며 "경영진은 더 이상 주주들을 우롱하지 말고 주권 유린에 대해 국민에게 사죄하라."고 요구했다. 원고들은 또 이와 관련해 "경영진이 노조에서 요구한 사원 신분을 버리지 않은 채 이사직을 사퇴한 것은 책임

경영과는 거리가 먼 기득권 고수를 위한 기회주의적 행위"라
고 비판하며, "경영진은 사직으로 가처분의 긴급성과 필요성이
없어졌다고 주장하지만, 경영진이 총사직하더라도 상법에 따라
다음 이사진이 선임될 때까지 권리 의무가 보장돼 결국 임시
주총의 불법상태가 지속되고, 불법 경영진에 의한 주총의 기획
진행이 용납돼서는 안 되기 때문에, 경영진이 총사직을 선언한
이상 '직무집행정지'와 '직무대행자 선임' 가처분의 긴급성과
필요성이 더욱 커졌다."고 주장했다.

독자주주사원의 양심선언

최성민 기자는 '임원진 총사퇴 담화'와 관련해 〈한겨레전국
독자주주모임〉 제5호 94년 1월 12일자 특별기고 '김중배 쇼 어
찌할 것인가'에서, "이러한 사태는 지난해 6월 임시주총에서
절대다수 주총 의결권 위임장을 위조한 사실이 물증과 함께
발각돼 주주들로부터 제소당하면서 비롯됐다. 그 동안 주주들
이 서너 차례 서신을 보내 시정을 촉구했으나 거절하고 일 년
가까이 '적법성'을 강변하며 재판에 버텨왔다. 그러다가 오래
전부터 소문에 나돌던 대로 결심일에 이르러서야, 솔직하게도
'정면돌파'를 외치며 '위장사퇴'로 돌파구를 찾으려 한 것이
다."고 비판하고, "주주들과 사원들이 하나가 되는 일, 사원들
이 창간정신을 되새기고 주주들이 전국적 조직을 결성해 부수
배가운동과 상시기금(특별 구독료 포함) 납부운동에 적극 나
서는 일, 그것이 바로 한겨레신문의 유일한 혁명의 길"이라고
강조했다. 그러나 김중배 사장은 최 기자의 이 기고문과 94년
1월 10일 주총소송 공판관련 법정증언 등을 사유로 94년 2월 1

일 최 기자를 징계위원회에 넘겨 징계해직을 결의했다.

이와 같이 경영진은 사원들의 잇따른 자정개혁 요구를 징계로 대응하고, 광고국에서 광고대금을 받고 접수한 독자주주대표자모임의 '한겨레 주총소송 진상보고대회' 광고마저 경영진이 불허하는 상황에서 주총소송의 전모와 독자주주운동의 역사를 담은 『다시 태어나야 할 겨레의 신문』(박해전 편저, 전3권)이 94년 2월 울도서적에서 출판돼 나왔다.

배동인 강원대 교수(사회학)는 〈한겨레전국독자주주모임〉 제6호 94년 3월 15일자에 기고한 『다시 태어나야 할 겨레의 신문』에 대한 서평 '한겨레 자정개혁을 바라는 사원독자주주의 양심선언'에서, "이 책은 한겨레신문의 창간정신을 똑바로 세워나가려는 신문사의 구성원들과 독자주주들의 투쟁의 기록"이라며 "이 투쟁의 적은 주로 이 신문의 창간정신을 망각하거나 명심하기를 소홀히 하는 신문사 안의 경향성과 행태"라고 말했다. 그는 또 "이 책이 지니는 가장 중요한 의미는 진실이 진실로서 바로서야 함을 되새기도록 하는 데 있다고 본다."며 "그런데 아이러니컬하게도 이 진실의 천명과 재확인이라는 주제가 마땅히 그것을 일상과제로 삼고 거기에 존재이유를 갖는 신문이라는 대중 의사소통 매체, 그것도 한겨레신문이라는 특별한 역사적·사회적 배경에서 독특한 창간이념 아래 탄생한 언론기관에서 검증되어야 하는 문제상황이 전개되고 있으며, 여기에 이 책이 바로 총체적 증언의 임무를 맡고 있는 것"이라고 밝혔다. 배 교수는 이어 "신문사의 경영책임자들이 진실을 적대시하며 한겨레신문과 신문사의 진상을 잘 알지 못하는 대다수의 주주들과 다른 세상 사람들에 대면해서 자기의 거짓됨으로 마치 참되고 성실한 것처럼 호도하고 떳떳한 체 거드름

을 피우는 짓은 자기 기만과 동시에 남을 속이는 이중 기만의
범죄행위임에 틀림없다."며 "이는 또한 조직적 범죄로 신문으
로서 자신의 존재근거를 스스로 허물어뜨리는 어리석음이며,
한겨레신문이 창간정신으로 거듭나기 위해서는 당장 청산되지
않으면 안 된다."고 비판했다.

독자주주대표자모임은 주총소송 결심공판을 앞두고 94년 1월
8일 대표이사·이사·감사 직무대행자 선임 신청명단을 재판
부에 제출했다. 대표자모임은 이 신청서에서 대표이사 직무대
행자로 송건호 전대표이사 회장을, 이사 직무대행자로 김동한
법과 인권문제연구소장·김자동 전민족일보 기자·김천희 전
대한교련 이사·리강호 전영남유지공업사 감사·최성민 한겨
레신문 2기 노조위원장을, 감사 직무대행자로 오정수 창간발기
인을 지명했다.

주총소송 진상보고대회

독자주주모임은 또 이 소송판결에 앞서 1월 22일 오후 2시
서울 종로성당 노동사목회관 강당에서 자주언론운동연대의 후
원을 받아 '한겨레 주총소송' 진상보고대회를 열었다. 김택중
상임대표는 이날 대회사에서 "경영의 실세 중 일부에서는 소
액주주제를 악용하여 은밀히 사유화를 획책하는 기도가 진행
되었으니 그 대표적 사례가 바로 93년 6월 19일 임시주총에서
의결권 위임장을 위조하여 표결에 행사한 반사회적 범법행위"
라고 밝히고, "이는 보편적인 상식으로는 상상할 수 없는 범죄
로 주주들의 가장 신성한 권리마저 가로채 몇몇 경영진의 사
욕을 채우는 데 악용한 폭거가 아니고 무엇이냐"고 비판했다.

그는 이어 "오늘 이 행사를 주관하는 독자주주대표자모임은 나라의 자주화·언론민주화·통일을 열망하는 각지역 독자주주들의 헌신적인 참여로 이루어졌다."며 "이 모임의 의미 성격 지향에서 최우선적 목표는 이 신문을 창간정신으로 되돌리는 일"이라고 밝혔다. 그는 끝으로 "오늘의 이 행사를 통해 주총 부정비리를 척결하고 주주 독자 사원들이 하나가 되는 계기가 되고, 한겨레신문이 하루속히 본연의 동력을 회복하여 이 사회를 선도하고 그 힘이 가속되어 자주·민주·통일을 앞당기는 애국의 원동력으로 승화되기 바란다."고 말했다. 이전오 대전지역 주주의 사회로 진행된 이날 대회는 정해숙 자주언론운동연대 상임대표의 격려사와 송진복 대표간사의 경과보고, 곽병준 공동대표와 신맹순 집행위원장의 소송 진상보고, 질의응답순으로 이어졌다.

독자주주모임의 이 주총소송에 대해 서울지법은 94년 2월 3일 가처분 신청 대상인 경영진이 모두 사직서를 내어 가처분 신청의 실효가 없다며 소송을 각하했다. 독자주주모임은 법원의 이런 결정에 불복해 항소하고 3월 개최예정인 제6기 정기주총 준비에 들어갔다.

경영진추천위원회(위원장 유현석)는 94년 3월 3일 제6기 주총에 올릴 대표이사 후보로 김중배 사장을 선출해 독자주주들의 반발을 불러왔다. 이와 관련해 김강길 대표 등 서울독자주주모임 회원 20여 명은 3월 13일 본사로 찾아가 '김중배 대표이사 후보사퇴'와 사원들에 대한 '징계 취소'를 요구했다. 이들은 이날 발표한 성명에서 "임시주총 의결권 위임장을 위조하고 이를 표결행사한 부정비리를 정당화하고 은폐해 왔을 뿐 아니라 최근 주주들의 정당한 권리인 주주명부 열람 등사 청구를 거부한 김중배 씨를 제6기 주총에 대표이사 후보로 추천한 경영진추천위원회는 40만 독자와 6만여 주주에게 사과하고 이를 취소하라."며 "우리는 경추위의 그 무책임성과 부도덕성을 규탄하며 김중배 씨는 더 이상 대표이사 후보로 머무를 자격조차 없음을 선언한다."고 밝히고 "김중배 씨는 하루빨리 스스로 그 자리를 사퇴하라."고 요구했다. 이들은 또 김근·김종철 논설위원에 대한 감봉 3개월 징계와 노향기 편집부위원장의 해임 부당성을 지적하고 "징계위와 임원회의에서 최성민 기자를 파면결정하는가 하면 6개월 정직의 징계조치를 하는 등 유신시대의 징계 칼날이 소용되고 있음을 보면서 해직기자가 중심이 되어 출발한 한겨레신문사에서 파면, 징계의 칼날이 웬말인가 묻지 않을 수 없다."며 이들 사원의 원상회복을 촉구했다.

박해전 기자는 이와 관련해 〈한겨레전국독자주주모임〉 94년 3월 15일자에 기고한 '김중배 쇼와 한겨레 자정개혁' 제목의 글에서 "경영진추천위원회가 지난 3월 3일 김중배 사장을 제6기 정기주총에 올릴 대표이사 후보로 선출하고, 김 사장이 이를 수락한 것은 '김중배 쇼'의 극치를 보여준 사건이라는 독자주주들의 비난이 거세게 일고 있다."며 "이것은 지난 1월 10일 김 사장의 대표이사직 사퇴가 직무집행 가처분을 피해 가려는 '위장사퇴' 또는 '깜짝쇼'에 불과하다는 독자주주들의 지적을 재확인해 주며, 경추위가 '김중배 쇼'를 합리화해 주는 역할을 떠맡았다는 비판을 면하기 어렵게 됐다."고 말했나. 그는 또 "무엇보다도 '김중배 쇼'가 연출한 가장 큰 과오는 주총 부정비리의 심판과 자정개혁을 요구한 독자주주운동을 부정한 데 있다."며 한겨레신문 2월 3일자에서 노조의 성명을 빌려 '주주 대표성 없는 극소수 주총소송, 한겨레신문의 발전에 큰 해악 끼쳐'라는 제목의 보도로써 독자주주운동을 왜곡 비방했다고 지적했다. 그는 이어 "경영진이 주총 부정비리를 심판하고 한겨레신문을 바로세우려는 독자주주들을 이와 같이 왜곡 매도하는 것은 바로 한겨레신문의 존립기반인 주인(주주)을 부정하는 것이고, 이것은 한겨레신문을 스스로 부정하는 것으로 귀결될 수밖에 없다."며 "'한겨레' 발전에 큰 해악을 끼친 것은 회사의 잘못을 바로잡으려는 독자주주운동이 아니라, 한겨레신문 탄생의 역사성을 망각하고 자정개혁을 거부하며 기득권 고수를 위해 벌인 '김중배 쇼'"라고 비판했다. 그는 끝으로 "독자주주들이 본사 항의방문에서 요구한 것처럼, 창간정신을 지켜가기 위해 '김중배 쇼'를 비판하다 징계당한 김근·김종철·노향기·오인철·최성민 기자에 대한 징계는 원인무효로 하루빨리 이들의 원상회복이 이루어져야 한다."고 주장했다.

민중과 주주로부터 독립인가

김중배 대표이사 후보는 3월 12일 편집위원장 선거에서 자신이 추천한 후보 2명이 3차 투표까지 치르고도 모두 낙선한 데 이어, 3월 14일 오전 경추위원장에게 대표이사 후보 사퇴서를 냈다. 이런 상황에서 경추위가 김두식 대표이사 후보를 다시 선출해, 한겨레신문사는 3월 19일 문화체육관에서 6기 주총을 열려 했으나 성원 미달로 유회되고 말았다. 이날 주총장에 나온 주주들은 6기 주총의 대표이사 후보로 이미 공고됐던 김중배 사장이 김두식 후보로 교체된 경위와 회사 쪽이 발표한 성원 미달의 정확한 내용을 밝힐 것 등을 요구하며 주총 유회를 성토했다. 또 몇몇 서울대학생은 주총장에서 '한겨레신문을 사

랑하는 서울대 학우 일동' 명의의 '자본과 권력으로부터의 독
립인가, 주주와 민중으로부터의 독립인가?' 라는 제목의 유인물
을 주주들에게 배포하기도 했다. 이들은 이 유인물에서 "6기
주총에 불참하는 소액주주들의 권리를 위임받는 회사 쪽 수임
인으로 유현석·이돈명 선생이 지명되었다."며 "두 분 모두 민
주인사로서 사회적인 존경을 받는 인물이지만 현경영진과 한
목소리를 내던 분들이기에 또다시 편파적인 인사추천과 주권
행사가 걱정된다."고 밝혔다. 이들은 이어 주총소송에 대해 주
주들이 어느 정도 알고 있다는 것을 전제로 "우리는 한겨레를
다시 살리기 위한 우리의 대안을 마련하고 주주분들에게 직접
호소하기로 했다."며 "전경영진은 그간의 경위를 소상히 공개
하고 지금의 사태에 대한 명백한 책임을 표명하고 독자주주모
임을 인정하며 그 문제제기를 수용할 것, 신임 경영진은 아래
로부터의 민주주의를 위해 전국주주총회 체계를 지역주주총회
체계로 바꾸고 각지역에서 선출된 대표자의 모임인 '전국주주
대표자모임'에 경영의 방향을 실질적으로 통제할 수 있는 권
한을 부여할 것, 신임 경영진은 〈한겨레 21〉 창간을 계기로 한
겨레가 고급적 전문지로 탈바꿈하기 위한 노력을 경주하며 확
대경영전략을 수정할 것, 신임 경영진은 통신원제도·인턴십제
도 등 민주언론의 정체성 확립을 위한 제도적 장치를 강구 도
입할 것, 전국독자주주모임은 지금까지의 헌신적인 노력에 더
하여 뚜렷한 민중지향성 대안을 실현하기 위한 활동을 전개할
것"을 주장했다.

　독자주주대표자모임은 94년 5월 3일 김영삼 대통령의 둘째아
들 현철 씨가 정치자금 수수의혹을 보도한 한겨레신문을 상대
로 20억 원의 손해배상 및 명예훼손소송을 제기하자, 집행부

긴급회의를 열어 이 사건대책을 논의했다.

김현철 씨는 20억 원 소송을 취소하라

"우리는 김영삼 대통령의 둘째아들 현철 씨가 92년 대통령선거 때 '무자격한약사구제추진위' 쪽으로부터 자신과 관련한 정치자금 수수의혹 사건을 보도한 한겨레신문을 상대로 진실한 해명도 없이 20억 원의 손해배상 청구소송을 낸 것은 권력과 자본으로부터 독립해 국민의 알 권리를 보장하려는 한겨레신문의 정당한 언론활동을 봉쇄하려는 권력의 일대 탄압이라고 단정하며 이를 즉각 취소할 것을 요구한다.
우리는 전국언론노동조합연맹 기관지 〈언론노보〉 등이 보도한 바와 같이 이번 무자격 한약업사 로비의혹 사건은 애초 세계일보의 특종이었지만 '청와대 고위관계자와 안기부의 협조요청'으로 빛을 보지 못하였고 동아일보도 3단 크기의 보도를 내보낸 뒤 '외부전화'를 받고 그 기사가 사라지는 등 제도언론의 한계를 드러냈으나, 한겨레신문만은 이 사건의 진상규명에 앞장서 국민의 알 권리를 충족시킴으로써 언론의 정도를 밝힌 것이라 확신한다.
우리는 이를 계기로 한국의 모든 언론이 이번에 드러난 무자격 한약업사 로비의혹 사건과 상무대 비리의혹 등 지난 대통령선거 동안의 불법 정치자금 수수의혹의 진실을 밝히는 데 동참해 권력의 언론에 대한 부당한 간섭과 탄압이 하루빨리 종식되도록 힘을 모아주기 바란다.
우리는 이번 쟁송과 관련한 권력의 부당한 탄압을 좌시하지 않고 한겨레신문의 주인으로서 이 신문이 국민의 알 권리를 충족시키는 정론지로서 위상을 지켜내기 위해 6만 주주와 50만 독자, 그리고 참언론을 열망하는 온 국민과 함께 모든 노력을 다할 것임을 천명한다."

독자주주대표자모임은 5월 5일 '김현철 씨는 한겨레신문을 상대로 한 20억 원 손해배상소송을 취하하라'는 제목으로 이런 성명을 발표해 한겨레신문 보도의 정당성을 밝히며 권력의 부당한 탄압에 독자주주들이 맞서 싸워나갈 것임을 다짐했다.

해고 아픔 알 만한 사람들이

김두식 대표이사 직무대행은 최성민 기자 징계에 이어 또다시 박해전 기자에 대해 〈한겨레전국독자주주모임〉 94년 3월 15일자 기고문,『다시 태어나야 할 겨레의 신문』편저, 월요신문 94년 4월 4일자 회견기사를 사유로 94년 5월 10일 징계해고해 독자주주들의 항의를 받았다. 이와 관련해 서울독자주주모임 곽병준·이문휘·이장수·김강길 공동대표와 신맹순 집행위원장 등 독자주주 10여 명은 5월 25일 본사에서 김 직무대행을 만나 박 기자 징계해고 취소를 요구했다. 이들은 이날 김 대행에게 전달한 성명서에서 "우리는 김두식 대표이사 직무대행이 박해전 기자의 독자주주모임 소식지 특별기고와『다시 태어나야 할 겨레의 신문』출판 등을 문제삼아 징계해직 조처한 것은 언론의 자유와 표현의 자유수호를 뼈대로 한 한겨레신문 창간 정신과 윤리강령을 침탈한 반언론적 폭거이자 독자주주들에 대한 도발이라 단정하며, 박 기자의 해직 조처를 취소할 것을 요구한다."고 밝혔다.

박해전 기자는 94년 5월 27일 언론출판에 대한 김두식 대표이사 직대의 징계해고 조처가 언론의 자유수호를 핵심으로 하는 윤리강령을 짓밟은 반언론적 폭거라며 한겨레신문 윤리위원회에 제소하는 한편, 정당한 노동조합활동을 탄압한 부당노동행위라며 단체협약에 따라 감사실에 감사를 청구했다. 박 기자는 윤리위 심의 청구서에서 "본인에 대한 징계해고를 결정한 김두식·문영희·장윤환·권근술 이사의 행위는 윤리강령 전문의 정신과 강령 제1조 언론의 자유수호, 제2조 사실과 진실보도의 책임, 제10조 사내 민주주의 확립을 위배한 것으로 심판받아야 한다."고 주장했다. 그는 또 감사청구서에서 "본인에 대한 징계해고는 적법하고 정당한 노동조합활동을 탄압한, 노동조합법 제39조에 명시된, 부당노동행위로 정당화될 수 없다."며 "본 사건에 대한 공정한 감사로서 단체협약 제35조 2항(회사는 비조합원으로서 노동조합법상의 부당노동행위를 한 자를 징계해야 하며 그 결과를 조합에 통보해야 한다)에 따라 본인에 대한 징계해고를 결의한 김두식·문영희·장윤환·권근술 이사를 징계해 주기 바란다."고 요구했다.

이에 대해 윤리위원회는 6월 14일 박해전 기자에게 전달한 '윤리위원회 청구에 대한 회신'에서 "귀하의 심의 청구건에 대한 회의소집을 94년 6월 10일 실시했다."고 밝히고 '윤리위원회 의견'이라며 "본건은 윤리위원회에서 심의하는 것이 적절치 않다고 판단됨"이라고 통보했다. 박재승 감사는 감사청구건에 대한 답변을 내놓지 않았다. 박해전 기자는 이들 회사기구가 부당해직 문제를 풀어주지 않음에 따라 6월 30일 서울지방법원 서부지원에 해고무효확인 청구소송을 제기했다.

송건호 전회장은 94년 6월 2일 신맹순 〈한겨레전국독자주주모임〉 편집인과의 특별회견에서 한겨레신문의 연이은 해고에 대해 "내가 회사를 경영할 때엔 한 사람도 해직시키지 않았지요. 그때 나는 회사를 그만두려는 사람이 있어도 사표를 받지 않고 만류하는 일에 힘썼어요. 정당한 이유없이 나를 물러나라고 요구하며 벽보를 붙이고 유인물을 낸 사람들에 대해서도 일체 문제삼지 않고 불문에 부쳤습니다. 그것은 언론의 자유가 보장돼야 하기 때문입니다. 그런데 요즘은 해고가 너무 잦은 것 같아요. 오랜 해직생활을 경험해 해고의 고통을 절실히 느꼈을 사람들이 회사에 대해 비판한다고 해고시키는 것은 온당치 못한 일입니다. 해고는 당사자뿐 아니라 한 가정이 파괴되는 결과를 낳을 수도 있어요. 과거 해직 뒤 언론민주화투쟁에 동참하지 않거나 소극적이었던 사람들이 경영진의 자리에 앉아 양심적인 기자와 사원들의 해고를 너무 간단히 생각하는 것 같다."고 우려했다.

한겨레 문제상황과 개혁방안

독자주주대표자모임은 94년 3월에 유회된 제6기 주총이 6월 11일로 예정된 가운데 5월 14일 오후 2시 서울 명동 전진상교육관에서 자주언론연대의 후원으로 한겨레신문 창간 6돌 기념 공청회를 열어 이 신문의 위기상황을 진단하고 그 대안을 마련하는 자리를 마련했다.

이날 첫 발제에 나선 신맹순 집행위원장은 '독자주주운동의 의의와 제6기 주총의 과제'를 주제로 한 발표에서 "90년대 말 편집국 사태, 91년 제3기 주총 이후 소용돌이를 지나오면서 창간정신은 스러지고 지면은 훼절되어 이제 한겨레도 한물 갔다는 말을 독자로부터 듣게 되었으며, 엄청난 경영비리가 저질러지는데도 금전적으로 책임진 경우는 없었다."며 "끝내 93년 6월 11일 임시주총에서는 그 동안의 지면훼절, 경영비리, 편파적 조직관리 등의 집단적 구조악의 산물인 주총 의결권 위임장의 위조가 일어나고 불법으로 경영진이 선출되는 극한상황이 벌어졌다."고 밝혔다. 그는 이어 "지난 임시주총의 부정비리를 바로잡고 창간정신에 투철한 경영진을 뽑아 지면훼절과 경영비리를 척결하고 지면쇄신과 경영혁신 그리고 독자확대와 판매망 확장, 공정한 인사를 통해 사원의 사기를 북돋우며 독자주주사원이 하나 되는 '제2창간'의 발판을 마련해야 한다."며 "독자주주운동이 다가오는 제6기 주총에서 열매를 맺어 한겨레신문의 창간정신을 회복하는 계기가 돼야 한다."고 강조했다.

배동인 교수는 '한겨레신문의 문제상황과 개혁방안'을 주제로 한 두번째 발제에서 이 신문의 문제상황에 대해 "경영진은 지난해 6월 임시주총에서 제기된 문제들과 관련해 진실을 왜곡하거나 은폐해 왔다."며 "사실보도와 진실규명을 생명으로 하는 언론기관이 스스로 진실을 왜곡 또는 은폐하기를 일삼는다면 그런 언론기관은 존재할 이유가 없다."고 말했다. 그는 또 "한겨레신문의 조직내적·분파적 세력관계가 빚어내는 갈등상황에서 지금까지 신문제작과 회사경영에 있어서 여러 가지 과오와 비리가 발생했는데 그때그때 비리의 청산이 철저히, 그리고 합리적으로 이뤄지지 않고 누적돼 왔기 때문에 관성적으로 과오를 반복할 수밖에 없었다고 진단된다."며 "이와 관련하여 신문사의 무책임 경영이 지속됨으로써 조직 안에 전도된 질서가 구축되었다."고 비판했다. 그는 이어 "회사경영의 정상화를 위한 구성원들의 비판적 직언에 대한 징계조치의 사례들에서 악화가 양화를 축출하는 불의를 확인할 수 있다."고 덧붙였다.

그는 한겨레신문 개혁방안에 대해 "첫째, 중대한 과오를 범했는데도 충분히 제재받지 않은 경영책임자들의 교체가 필요하다."며 '책임경영의 원칙'을, "둘째, 비판적 주주대표들의 경영참여가 보장돼야 하며 이를 위해 각지역의 독자주주모임의 활성화가 필요하다."며 '참여민주주의 원칙'을, "셋째, 신문사 안에 구성원들의 자율적 집단형성이 다양하게 이뤄지도록 허용해 상호협력, 견제할 수 있도록 하며, 부서별로 공식적 회의를 활성화하고 노조의 구성과 운영을 합리화한다."는 '자율적 조직결성의 원칙'을, "넷째, 자유로운 의사소통 또는 의사형성, 그리고 합리적인 의사결정을 위해 조직체계를 재조정하고, 회의 등 의사결정 과정의 공개를 원칙으로 하며, 문제제기와 논의에 관한 정보를 신문사 전체 구성원과 주주들이 공유할 수 있도록 한다."는 '의사소통의 공개성, 정보처리의 상호성, 의사결정의 합리성의 원칙'을 제시했다.

세번째 발제자인 박해전 기자는 '한겨레신문의 위기와 자주언론의 전망'을 주제로 한 발표에서 "창간 7년을 맞은 한겨레신문이 당면위기를 극복하고 '제2창간'으로 전진하려면 무엇보다도 이 신문의 주인인 독자주주들이 주체적이고 능동적으로 오는 6월 주총을 준비하고 조직할 수 있어야 한다."고 말했다. 그는 이어 "경영진은 독자주주들이 청구하는 주주명부 등사를 더 이상 거부하지 말아야 한다."며 "독자주주운동이 주주명부를 확보하고 적극적으로 주총을 조직하고 참여해야, 6월 주총은 지난 3월 주총 유회와 같은 불상사를 막고 창간정신에 충실한 경영진을 선출할 수 있는 길이 열릴 것"이라고 강조했다.

이날 공청회는 전국 독자주주들이 자리를 가득 메운 열띤 분위기 속에서 이전오 대전지역 주주의 사회로 리강호 공동대표의 개회사, 민중의례, 곽병준 공동대표와 자주언론운동연대 정해숙 상임대표의 격려사, 발제, 김준기 전신구전문대 교수와 심병호 중화지국장, 최성민 기자의 토론과 질의응답, 박운주 공동대표의 폐회사 순으로 진행됐다. 독자주주대표자모임은 이 공청회와 관련해 김두식 사장 직무대행과 원병준 노조위원장에게 공문을 보내 경영진과 노동조합 집행부를 대표하는 발제자 1인씩을 보내줄 것을 요청했으나 모두 거부당했다.

이 공청회에 앞서 서울대 언론연대모임 준비위와 대학생신문사가 공동주최하고 자주언론운동연대와 서울대 총학생회가 후원한 한겨레신문 관련 심포지엄이 5월 6일 서울대 문화관 소강당에서 열려 대학생들에게 한겨레신문과 독자주주운동의 이해를 증진시키는 계기가 됐다. '한겨레신문이 바라보는, 또는 한겨레신문을 통해서 본 90년대 언론운동의 미디어전략'을 조명한 이날 심포지엄에서는 신맹순 독자주주대표자모임 집행위원장의 '한겨레신문 독자주주운동과 6기 주총의 과제', 이광호 언론노련 정책실장의 '한겨레신문과 언론노동운동의 과제', 정석구 한겨레신문노조 지면개선위원회 간사의 '한겨레신문의 편집방향과 과제', 박성득 한겨레신문 주식업무실장의 '한겨레신문의 내외적 조건에 대한 평가와 과제', 박해전 한겨레언론연구회 대표의 '한겨레신문의 위기와 자주언론의 전망'을 주제로 한 발제가 있었다.

이런 공청회를 통해 6기 주총에 관한 여론을 수렴한 독자주주대표자모임은 94년 5월 28~29일 대전 김혜란 주주 집에서 제15차 회의를 열어 6기 주총 대책을 논의했다. 이날 회의에서 독자주주대표자모임은 "경영진추천위원회가 선출한 김두식 6기 주총 대표이사 후보는 파벌적 부당인사와 창사 이래 가장 큰 금융손실을 가져온 서울광고영업소 5억여 원 부도사건의 책임당사자로서 한겨레신문 대표이사 자격이 없다."고 평가하고 주총에서 김 후보 선임을 반대하기로 결정했다. 이와 함께 대표자모임은 '6기 주총 참석을 위한 주주 휴가내기운동'을 벌여 주총 참석을 적극 권유하고 불참 주주의 주총 의결권 위임장을 대표자모임이 모으는 데 힘을 쏟기로 결의했다.

주총 의결권 위임장을 독자주주대표에게

"한겨레신문전국독자주주대표자모임(상임대표 김택중)은 94년 6월 11일 오후 3시 서울 문화체육관에서 열리는 한겨레신문 제6기 정기주주총회를 앞두고 창간정신에 충실한 경영진을 뽑기 위한 주권 확보를 위해 의결권 위임운동을 벌입니다.

한겨레신문 임직원은 지난해 6월 19일 열린 임시주총에서 송건호 선생 명의의 1,589,586주(당일 총 투표주식수의 76.7%)의 주총 의결권 위임장을 위조하고, 그것을 표결에 행사해 김중배 씨 등 경영진을 선출했습니다. 대표자모임은 이 충격적인 임시주총 부정비리를 밝혀내고 이를 바로잡기 위해 부단히 노력했습니다.

그러나 경영진은 한겨레신문을 바로세우려는 독자주주들의 충정을 왜곡 선전하고 김중배 사장의 특별담화 등을 통해 '정면돌파' 운운하며 자정개혁과는 정반대의 길로 가버렸습니다.

그 연장선에서 경영진은 제6기 정기주총 의결권 수임자를 유현석 경영진추천위원장과 변형윤·이돈명 이사로 결정했습니다. 유현석 위원장은 임시주총 부정비리 사태를 해결해 달라는 대표자모임의 요청을 "자신은 책임이 없다."며 외면했을 뿐 아니라, 지난해 임시주총에서 김중배 대표이사 후보가 추천한, 그 동안 지면·경영비리에 직접 책임있는 사람들을 원안 그대로 이사 후보로 인준했습니다. 게다가 올해에는 당시 광고담당 이사로서 서울광고영업소 5억 원 부도사건에 직접 책임이 있어 감봉 등 2차례나 징계받은 김두식 씨를 6기 정기주총에 올릴 대표이사 후보로 선출했고, 임시주총 부정비리의 자정을 거부한 사람들로 대부분 채워진, 김두식 씨가 추천한 이사 후보들을 그대로 인준했습니다. 또 변형윤·이돈명 씨는 임시주총 비리가 낱낱이 밝혀진 뒤에도 한겨레신문 '이사'로서 이런 불법을 방치하며 자정의지를 보이지 않았습니다.

이에 대표자모임은 절대 다수의 주권이 유린된 임시주총 부정비리를 척결하고 훼절된 지면과 경영비리를 바로잡기 위한 국민주권 위임운동을 전개하면서 김택중 상임대표와 신맹순 집행위원장 또는 지역대표자를 제6기 정기주총 의결권 수임자로 선정했습니다.

대표자모임의 이런 뜻을 헤아려 한겨레신문이 창간정신에 충실한 민주언론으로 거듭날 수 있도록 주주 여러분의 적극적인 성원과 동참을 바랍니다."

독자주주대표자모임은 〈한겨레전국독자주주모임〉 제7호에 이런 내용의 호소문을 싣고 주총 의결권 위임운동을 벌였다. 그러나 경영진이 주주명부 등사를 거부하는 조건에서 주총을 이끌어갈 만한 위임장을 모을 수는 없었다.

제3기 주총 이래 주주들은 주총을 앞두고 주총 준비를 위해 주주명부 등사를 요구해 왔으나 경영진은 번번이 거부했다. 김중배 사장은 94년 3월 23일 김강길 주주에게 보낸 회신에서 "한겨레신문이 갖는 사회적 특성상 주주가 자신의 신분노출로 받을 수 있는 사회적 불이익이 현존하므로 창간 이래 주주명부를 공개한 바 없으며 본사는 93년 2월 5일 제123차 이사회에서 주주 개인의 이익을 보호하기 위하여 주주명부를 외부에 공개하지 않는 것을 원칙으로 재차 결의했다."고 거부 이유를 밝혔다.

한해투와 전해투

6월항쟁 기념일인 6월 10일 해고노동자 박해전 기자와 지교철 차장은 한겨레신문해고노동자원상회복투쟁위원회(한해투)를 만들어 한겨레신문 해고사태에 대한 성명을 채택했다. 이들은 6기 주주총회장에서 독자주주들에게 배포한 '자정개혁하자는데 해고가 웬말인가' 라는 제목의 성명서에서, "우리는 오늘 한겨레신문 창간의 토양을 일군 87년 6월민주항쟁의 그날을 되새기며 민중의 생존권을 옹호하며 해고노동자들의 원상회복 실현에 헌신해야 할 한겨레신문 경영진이 이 신문의 자정개혁을 촉구한 노동자의 언론행위를 문제삼아 해고에 앞장선 만행을 역사와 민중 앞에 고발한다."며 노향기 편집부원장, 최성민·박해전 기자, 지교철 차장 등에 대한 부당해고와 부당징계를 취소할 것을 요구했다. 한해투는 이후 전국해고구속수배노동자원상회복투쟁위원회(전해투)에 참여했으며, 전해투는 한겨레신문 권근술 사장과 노동조합에 공문을 보내 박 기자의 부당해고에 항의하며 복직을 촉구하기도 했다.

독자주주대표자모임은 94년 6월 11일 오후 3시 서울 문화체육관에서 열린 제6기 주총에서 앞서 결의한 대로 김두식 대표이사 후보와 그가 추천한 이사 후보 선임을 반대했다. 대표자모임은 이날 배포한 〈한겨레전국독자주주모임〉 제8호를 통해 "김 대표이사 후보는 서울광고영업소 5억 원 부도사고 책임당사자이며 92년 회사발전위원장과 회사발전추진위원장으로서 주주들의 의견을 제대로 수렴하지 않고 창간위를 경추위로 바꾼 정관 개악안을 만드는 데 주도적 역할을 했다."며 "경추위가 김두식 씨를 대표이사 후보로 선출한 것은 상식에 맞지 않는다."고 강조했다. 독자주주모임은 또 "경추위가 내놓은 '김두식 대표이사 후보, 권근술·문영희·변형윤·윤활식·이돈명·장윤환·최학래 이사 후보, 박재승·이계종·감사 후보는 대부분 지난해 임시주총의 부정비리의 자정을 거부하며 사직서를 낸 인물들로서 경영진의 자격이 없다."며 "대표이사 회장에 송건호 전회장, 대표이사 사장에 최장학 초대창간위원장, 이사에 노향기 〈말〉 대표이사 사장·김종철 논설간사·조영호 나산실업 사장·최성민 2기 노조위원장·박원순 변호사, 감사에 리강호 전영남유지 감사·고영구 민변회장"을 지명해 신규임원진을 구성하자는 수정동의안을 상정했으나 통과되지 못했다. 독자주주모임은 "이 임원 후보 명단은 지명 당사자 의사와는 무관하게 독자주주모임이 창간정신에 충실한 인물이라고 판단해 추천했다."고 밝혔다.

5억 원 부도사고 책임당사자가 대표이사 후보로

이날 김두식 대표이사 직무대행이 주총의장으로서 의사진행을 하는 과정에서 신맹순 주주는 '김두식 주총의장 불신임안'을, 이전오 주주는 '6기 주총 성원확인 동의안'을 냈으나 받아들여지지 않았다. 이전오 주주는 "지난해 임시주총에서는 총 표결주식의 76.7%인 1,589,586주의 주총 의결권 위임장이 위조되었고, 지난 3월 19일에는 성원미달 여부를 확인하자는 주주들의 제안을 묵살하고 주총 유회선언을 하였으며, 오늘은 아무런 성원 확인절차도 없이 54% 이상의 주총 의결권이 참석하였다니 신뢰할 수 없다."고 주장하고 "성원 주식을 검표해 진실로 성원되었는지를 확인하자."며 '주총 성원 확인동의안'을 냈으나, 김두식 주총의장은 "주총 현장에서 성원을 확인하자는 것은 주총을 방해하기 위한 것에 다름아니다."며 거부했다. 이에 대해 다시 이전오 주주가 "이 자리에서 검표가 물리적으로 어렵다면 주총은 주총대로 진행하되 검표요원을 따로 뽑아서 회사 또는 제3의 장소에서 성원확인을 하도록 하자."고 요구했으나, 경영진은 "주총 성원 관련서류는 1년간 보관하니 주총 이후 언제든지 회사에 나와 확인하라."고 답변했다.

주총 뒤 신맹순 집행위원장과 황남익·주희상 주주 등은 6월 21일 본사를 방문해 '6기 주총 성원 확인요청서'를 냈다. 이에 대해 박성득 주식업무실장은 6월 27일자 회신에서 "귀 주주가 회사에 요청한 '참석 및 위임장' 확인은 현실적으로 어렵고 위임장은 담당 직원들이 면밀하게 확인하여 정확하게 집계되었다."며 "그래도 꼭 위임장을 확인하고 싶으면 법원에 소송을 제기해 주기 바란다."고 밝혔다.

독자주주대표자모임은 94년 7월 2~3일 대전 김혜란 주주 집에서 제16차 회의를 열어 "6기 주총의 경영진 선출 내용은 지난해 임시주총 부정비리를 은폐하고 합리화하는 것"이라고 평가하고 "신맹순 집행위원장과 이전오 주주를 원고로 하여 시난해 임시주총 부정비리 심판투쟁의 연장선에서 '6기 주총 결의 부존재 무효 확인 및 결의 취소의 소'를 내기로 결정"했다. 원고들은 94년 8월 5일 법원에 제출한 소장과 준비서면에서 "6기 주총에서 김두식 씨는 '임시주총 가처분 신청사건'과 관련해 이사직 사직서를 내어 자격이 없는데도 주총의장을 맡아 진행했고, 피고회사가 6기 주총 의결권 수임인으로 선정한 이돈명·변형윤 씨는 임시주총 소송의 피고회사의 이사이자 피신청인들로서 6기 주총의 결의에 관하여 '특별한 이해관계가 있는 자'이기 때문에 상법 제386조 4항에 따라 의결권을 행사하지 못할 뿐 아니라 타인의 대리인으로서도 의결권을 행사할 수 없는데도 6기 주총 성원주식의 73.2%를 위임받아 행사했다."고 주장했다.

94년 12월 17일 서울 이한열기념관에서 독자주주대표자모임과 자주언론운동연대, 신시민운동연합이 공동주최한 『다시 태어나야 할 겨레의 신문』 출판기념회 겸 송년회가 열렸다. 이날 곽병준 공동대표는 출판 기념사에서 "박해전 기자는 한겨레정론으로 한겨레신문의 자정개혁을 촉구하다 감봉 정직 등의 부당한 징계를 받고 독자주주운동의 진실을 밝힌 『다시 태어나야 할 겨레의 신문』을 출판해 징계해고되는 수난을 당했지만 언젠가는 정의와 양심이 승리하는 날이 반드시 올 것"이라고 격려했다. 참석자들은 또 독자주주대표자모임이 꾸려낸 주총소송의 의의에 대해 "경영진의 국민주권 유린에 대한 심판은 정당하다."며 "한겨레신문을 바로세우려는 독자주주운동사에서 독자주주들의 정성을 모아 주총 부정비리 사태를 심판한 소송은 그 누구도 국민주권을 짓밟아서는 안 된다는 엄중한 교훈을 준 기념비적 투쟁의 의미를 갖는다."고 말했다.

독자주주모임 2기 집행부 꾸려

한겨레신문전국독자주주대표자모임은 95년 1월 14~15일 대전 이전오 주주 집에서 제22차 회의를 열어 이 모임의 이름을 '한겨레신문전국독자주주모임'으로 바꾸기로 결정하고 제2기 집행부를 구성했다. 이날 회의에서 결정한 한겨레신문전국독자주주모임의 집행부는 고문 곽병준·리강호·송건호·정해숙·김택중, 상임대표 김동환, 공동대표 김천희·신맹순·박운주·장석정·배동인·진영일, 감사 이현숙, 지도위원 배규선·리문휘·정재식·원이만·권중희·심병호·김강길·임상순·황남익·최성민·박해전·유종필·조갑식·김득룡·마성식·허걸, 운영위원장 이전오, 사무국장 송진복, 기획실장 주희상, 편집1부장 김영재, 편집2부장 강창덕, 차장 박의선, 조직부장 여상열, 청년부장 김난수, 차장 박성만, 여성부장 배강옥, 차장 오의숙, 복지부장 김혜란으로 짜여졌다.

이렇게 조직을 정비한 전국독자주주모임(상임대표 김동환)은 95년 3월 4~5일 대전 김혜란 복지부장 집에서 제23차 회의를 열어 주총 의결권 위임장 수임운동 등 제7기 주총 준비사항에 관해 논의했다.

전국독자주주모임은 95년 3월 11일 열린 제7기 주총에서 경추위가 선정한 권근술 대표이사 후보 등 경영진 선임을 반대하며 독자적인 경영진 선임안(이사·감사 후보 각 1인씩을 바꾼 것 말고는 독자주주모임이 6기 주총에서 상정한 경영진 후보 명단과 같다. 이사 부분에서 노향기 〈말〉 사장을 윤후상 편집위원장 당선자로, 감사 부분에서 리강호 전영남유지 삼사를 이문옥 전감사관으로 바꿈)을 냈으나 안건으로 상정되지 못했다. 독자주주모임은 이날 주총장에서 '제6기 주주총회 관련 소송보고'(주희상 기획실장 씀)를 담은 기관지 〈한겨레〉 제9호를 배포했다.

자주언론운동사의 소중한 결실

서울지방법원 서부지원 민사2부(재판장 김기수, 판사 권순익·최인규 : 재판장 양동관, 판사 지영란)는 95년 5월 17일 박해전 기자가 회사를 상대로 낸 해고무효확인 등 청구소송 선고에서 복직판결을 내렸다. 재판부는 판결문에서 "원고는 피고회사가 발행하는 한겨레신문의 발전을 도모하고 우리나라 제도언론의 개혁 및 자주언론운동의 실천을 표방하면서 1991년 11월 12일경 피고회사 내의 일부 사원을 중심으로 '한겨레언론연구회'를 조직하고 그 회보로서 〈한겨레정론〉을 발행하는 한편 각종 유인물 등을 통하여 한겨레신문과 제도언론의 비민주성, 비도덕성을 비판하여 왔다."고 인정하고, "피고회사가 1994년 6월 7일 원고를 징계해고한 조치는 근로기준법 제27조 1항 소정의 정당한 이유없이 이루어진 것으로 무효"라며 원고승소 이유를 밝혔다.

법원의 이런 복직판결이 나오자 신맹순 공동대표 등 전국독자주주모임 회원들은 "90년대 민주언론운동사의 소중한 결실로 기록됐다."며 축전을 보낸 데 이어 95년 5월 20~21일 대전 이전오 운영위원장 집에서 제22차 회의를 열어 박 기자 승소를 축하했다. 이날 회의에서 참석자들은 "박해전 기자의 승소는 정의·진실·양심의 값진 승리이자 이 신문을 바로세우려는 독자주주운동의 정당성을 입증해 준 쾌거"라며, "한겨레신문이 정도를 걷기 위해선 그 동안 경영과 노조의 문제상황에 대한 책임당사자들의 철저한 반성이 따라야 하며, 독자주주운동을 더 이상 부정하지 말아야 한다."고 강조했다. 독자주주들은 이를 계기로 최성민 기자 등 자정개혁을 촉구하다 해직된 사원들의 원상회복을 위해 더욱 노력하기로 결의했다.

도덕성 '면죄부' 받지 못해

전국독자주주모임은 6월 17~18일 서울 이한열기념관에서 제26차 회의를 열어 그 동안 진행해 온 임시주총과 6기 주총 관련 소송을 마무리하기로 결정했다. 회의에서 집행부는 "제7기 주총에서 권근술 대표이사 등 새 경영진이 선임됨으로써 주총 소송의 형식적 대상이 사라지는 등 소송이 더 이상 법적 실효를 거두기 어렵게 되었다."며 "그러나 주총소송이 끝난다고 하더라도 국민주권을 유린한 경영진의 과오와 책임, 도덕성은 면죄부를 받을 수 없으며, 역사적 심판을 받고야 말 것"이라고 말했다. 참석자들은 이날 또 "독자주주들은 앞으로도 창간이념의 불씨가 사그라들지 않도록 정성을 다하자."고 다짐했다.

같은 달 27일 독자주주운동에 헌신해 온 신맹순 독자주주모임 공동대표가 인천 남동구 제2선거구(간석동)에서 인천지역 광역의회의원 후보 가운데 최고득표율로 시의원에 당선하고 인천광역시의회 의장으로 선출되었다. 독자주주모임은 11월 4~5일 인천연구소에서 제29차 회의를 열어 신맹순 대표의 인천시의회 의장 취임을 축하했다. 이 자리에 모인 40여 명의 독자주주들은 "신맹순 대표는 전교조 해직교사의 역경을 딛고 풀뿌리민주주의의 중심체로 우뚝 서 인간승리의 귀감이 되었다."며 "앞서가는 의정활동을 펴 이 땅의 정치발전에 기여해 달라."고 격려했다. 신맹순 대표는 89년 6월 인천 제물포고 교사로 재직중 전교조 교육민주화운동에 참여해 전교조인천지부 초대지부장으로서 전교조 교사 중 첫번째 해직 구속의 수난을 겪은 뒤 계양산살리기운동 연구분과위원장으로서 인천지역 민주사회실천운동에 헌신했고, '2000년대를 내다보는 인천지역 교통망 설계' 등 여러 도시행정 관련 논문을 발표해 도시행정 전문가로서의 역량을 보여주었다.

범민련 통일인사 석방하라

이 축하모임 얼마 뒤인 94년 11월 29일 새벽 조국통일범민족연합 남측본부 감사로서 그 동안 통일운동에 헌신해 온 곽병준 서울독자주주모임 상임대표가 강희남 범민련 의장 등 의장단 간부 29명과 함께 범민련 활동과 관련해 연행 구속되었다. 이런 사태를 맞아 전국독자주주모임은 12월 2~3일 서울 이한열 기념관에서 제30차 회의를 긴급소집해 곽병준 대표와 범민련 통일인사의 석방을 위해 노력하기로 결의했다. 이에 따라 독자주주들은 곽 대표 등 통일인사를 면회하고 범민련 관련 재판을 방청했으며, 박해전 기자 등은 '범민련통일인사석방촉구언론인모임'을 꾸려 범민련 공판 때마다 공판일정을 알리며 통일인사와 양심수 석방을 촉구하는 신문광고를 내기도 했다.

전국독자주주모임은 96년 3월 23일 서울 숙명여자대학교 강당에서 열린 제8기 주총에서 최성민 기자의 복직을 요구했다. 독자주주모임은 이날 배포한 〈한겨레〉 제10호에서 "박해전 기자가 서울고등법원의 복직판결에 따라 해직된 지 20개월 만인 지난 96년 2월 5일 업무에 복귀했다."며 "경영진은 박 기자와 비슷한 사유로 해직된 최성민 기자 문제가 또다시 법정으로 이어져 남부끄러운 일이 되도록 방치하지 말고 하루속히 원상회복 조치를 취하라."고 촉구했다. 독자주주모임은 또 〈한겨레〉

10호 광고에서 "공정보도와 민주방송을 위한 문화방송노조와 한국방송공사노조 등 언론노동자들의 연대투쟁을 적극 지지한다."고 밝혔다. 독자주주모임은 이날 장석정 공동대표와 이전오 운영위원장의 주총 발언 등을 통해 "한겨레신문이 범민련과 한총련의 통일운동에 대해 적극 보도해 줄 것"을 촉구했다.

95년 말 강희남 의장 등 범민련 지도부 29명 전원을 구속한 김영삼 정권은 96년 8월 연세대에서 열린 제7차 범민족대회를 전후해 민간통일운동에 대한 대대적인 탄압을 벌여 이 대회에 참가한 한총련 청년학생들 가운데 총 5천여 명을 끌어가고 4백여 명을 구속하는 등 통일운동과 학생운동탄압사상 최대, 최악의 기록을 남겼다. 당시 한겨레신문 생활광고 난에는 이런 김영삼 정권의 한총련 탄압에 항의하는 민중의 의견광고가 줄을 이었다. 이런 상황에서 한겨레신문전국독자주주모임은 96년 9월 6일 자주언론시민연대모임, 범민련통일인사석방촉구언론인모임, 한총련청년학생들을사랑하는언론노동자모임과 공동으로 '범민족대회와 한총련의 조국통일운동은 정당하다'는 제목의 성명을 발표했다.

한총련 조국통일운동 정당하다

"우리는 분단 기득권자들의 마녀사냥식 '한총련 죽이기' 만행을 민족의 이름으로 규탄한다. '광주학살'의 참상을 다시 떠오르게 한 96년 8월 조국통일운동에 대한 폭압은 반민족적 반통일적 분단세력의 실상을 만천하에 드러냈다.

80년 5월 광주민중항쟁의 역사적 교훈을 잊었는가? 자주·평화·민족대단결을 남북이 조국통일 3대원칙으로 합의해 세계

만방에 선언한 '남북 7·4공동성명'과 남북 총리가 공동서명해 이를 재확인한 '남북합의서'에 따라 남과 북, 해외 7천만 겨레를 살리는 조국통일운동에 앞장선 한총련 청년학생들에 대한 탄압을 즉각 중지하라. 조국의 평화와 통일을 위한 제7차 범민족대회와 범청학련 통일대축전 참가자들을 석방하고 '한총련 해체작업'을 철회하라. 조국의 희망인 한총련 청년학생들의 순결무구한 양심과 시대정신을 더 이상 더럽히지 말라.

조국통일만이 민족의 살길이기에 그 어떠한 광풍이 휘몰아친다 해도 7천만 겨레는 꺾이지 않고 분단을 넘어 통일의 그날까지 힘차게 나아갈 것이며, 이 길에서 한총련 애국청년학생들도 조국과 더불어 영생할 것이다."

한겨레신문 96년 9월 6일자에 의견광고로 실린 전국독자주주모임의 이 성명은 제도언론의 '한총련 죽이기'와 함께 할 수 없는 한겨레신문 창간정신을 담은 독자주주들의 김영삼 정권에 대한 준엄한 항변이었다.

김영삼 정권의 이런 한총련 탄압에 울분을 토하며 조국통일을 고대하던 리강호 전국독자주주모임 고문이 96년 9월 26일 부산 자택에서 71살을 일기로 별세했다. 독자주주모임은 조문대표단을 부산 유가족에게 보내 독자주주들이 모은 성금을 전한 뒤, 12월 7~8일 서울 이한열기념관에서 제36차 회의(송년모임)를 열고 여상렬 조직부장 등을 편집위원으로 해 애국지사 고 리강호 선생 추모집을 내기로 결의했다.

전국독자주주모임은 이 결의에 따라 97년 3월 15일 '애국지사 고 리강호 선생 추모집' 『조국과 더불어』를 펴냈다. 독자주주모임은 이 책 헌사에서 "애국지사 고 리강호 선생은 겨레와 조국을 위해 고난의 길을 걸었습니다. 비록 병고와 생활고를 안고 외롭게 세상을 떠났지만 조국에 바친 선생의 한생은 고귀한 것입니다. 리강호 선생은 조국의 장엄한 역사와 더불어 영생할 것입니다."고 추모했다.

조국과 더불어

김동환·장석정·김천희·배동인·신맹순·진영일·배강옥 공동대표는 『조국과 더불어』 발간사에서, "리강호 선생은 민족자주언론을 고대하며 소액주주로서 한겨레신문 창간에 동참했고 고령에도 불구하고 독자주주모임 공동대표로서 창간이념을 지키고 이 신문을 바로세우려는 독자주주운동에 헌신했다."며 "여기 모아 실은 모임 소식지 〈한겨레〉는 선생의 이런 지향과 숨결이 담겨 있다."고 추모하고 "한겨레신문이 자주·평화·민족대단결의 조국통일 3대원칙을 올바로 실천하는 민족자주정론으로 우뚝 설 때 통일조국의 새 아침은 밝아올 것이고, 고 리강호 선생을 비롯해 조국을 그리며 이름없이 스러져간 수많은 민중의 넋도 기쁘게 살아날 것"이라고 말했다.

여상렬·이전오 편집위원은 편집자의 말에서 1, 2부로 구성된 이 책 편집내용에 대해 "제1부는 독자주주들과 가족의 추모시와 추모사, 고 리강호 선생의 유고(일기)를 수록했다."며 "조국분단의 역사에서 한결같이 민족자주의 길을 찾고자 한 선생의 일기는 고난에 찬 삶의 자취를 생생히 보여준다."고 밝혔다. 이들은 이어 "제2부는 전국독자주주모임이 그 동안 발행한 소식지 〈한겨레〉를 창간호에서 제10호까지 모아 실었다."며 "소식지 〈한겨레〉는 한겨레신문을 바로세우려는 독자주주들의 땀과 희생과 눈물이 배어 있는 독자주주운동의 살아 있는 역사로서

자주언론의 불씨를 살리는 횃불로 끊임없이 타오를 것"이라고
강조했다.

전국독자주주모임은 97년 2월 15~16일 대전 이전오 운영위
원장 집에서 제37차 회의를 열어 일부 임원을 개선하고 제9기
주총 준비에 관해 논의했다. 이날 회의에서 독자주주모임은 곽
병준 고문을 상임고문으로, 정재식 지도위원을 고문으로 추대
하고, 배강옥 여성부장을 공동대표로, 대전 노순복 주주를 여성
부장으로, 여상렬 조직부장을 기획실장으로 선임했으며, 9기 주
총에서는 독자주주모임의 독자적인 경영진 후보 추천을 하지
않기로 했다. 참석자들은 이에 대해 "경영진이 주주명부 등사
를 거부하는 상황에서는 주총 의결권 위임운동을 할 수 없으
며, 모임이 주총에서 경영진 추천안을 제안해도 안건으로 상정
되지 않기 때문에 주주명부를 확보하기 전에는 실효를 거둘
수 없다."고 말했다.

97년 3월 15일 서울 숙명여대 강당에서 열린 제9기 주총에서
전국독자주주모임은 『조국과 더불어』와 '독자 주주 사원에게
드리는 글'을 통해 "한겨레신문은 '온 국민이 주인인 신문'이
라기보다 '임직원 이기주의'에 빠진 특정 파벌신문으로 전락
했으며 외형적으로는 팽창을 했으나 민중의 염원을 제대로 담
아내지는 못했다."고 비판했다. 독자주주모임은 이어 "이 신문
이 '창간이념을 복원'해 창간정신에 충실한 지면·조직·경영
으로 거듭나려면 이 신문에 관한 사내외 언론를 열고, 잘못된
과거를 청산해야 한다."며 "책임져야 할 간부들은 이 신문을
바로잡으려는 독자주주운동을 해사행위로 몰아붙인 데 대해
사죄하고, 노향기 편집부위원장, 최성민 기자, 지교철 광고국
차장 등 자정개혁을 촉구하다 해직된 사원들을 원상회복해야

한다."고 요구했다. 독자주주모임은 또 이날 이전오 운영위원장 등의 주총발언을 통해 "권근술 대표이사 후보가 추천한 정태기 이사 후보 선임을 반대한다."고 주장했다.

북녘동포돕기운동에 나서

전국독자주주모임은 97년 4월 13일 오후 3시 서울 종로 한일 삼계탕집에서 제38차 회의를 열어 김동환 상임대표를 고문으로, 이전오 운영위원장을 상임대표 겸 운영위원장으로, 배규선 지도위원을 공동대표로 결정하고 북녘동포돕기성금모금운동을 전개하기로 결의했다. 독자주주모임은 이런 결의에 따라 모금운동에 나서 1차로 5월 18일 북한동포돕기대전충남운동본부에 148만 8,230원, 2차로 7월 한겨레신문사에 210만 2,420원을 동포돕기 성금으로 기탁하는 등 모두 359만 650원의 정성을 모아 전달했다. 이 모금운동에는 특히 대전지역의 이전오·장석정 공동대표, 김동환 고문, 김난수·박기섭·이찬호·노순복·박의선 주주가 열성적으로 참여했다.

독자주주모임은 6월 21~22일 대전 이전오 상임대표 집에서 제39차 회의를 열어 고 리강호 선생 유가족 대표로 참석한 아들 연재 씨에게 추모집 『조국과 더불어』를 증정했다. 참석자들은 이날 증정식에서 "멀리 부산에 계셨던 고 리강호 선생은 노환에도 불구하고 한 달 또는 두 달에 한 번씩 모임이 열리는 날이면 가장 먼저 모임장소에 도착했고 가장 원칙적인 말씀으로 독자주주모임을 이끄셨으며 한치의 흔들림없는 지도를 하셨다."며 "이런 선생님이 있었기에 독자주주모임은 오랫 동안 꺾이지 않고 정도를 걸을 수 있었다."고 추모했다. 참석자들은 또 『조국과 더불어』에 담긴 독자주주운동의 역사에 대해 "전국독자주주모임은 단순히 언론운동 차원에 머물지 않고 자주·민주·통일의 창간이념을 생활에서 실천하는 동지적 삶의 공동체로 성장해 왔다."며 "주권 유린을 심판하기 위한 주총소송 진행 등을 위해 가난한 사람들이 20여 차례에 걸쳐 수천만 원의 성금을 모아 독자주주운동을 꾸려내야 하는 힘든 길을 헤쳐 왔지만 앞으로도 창간정신을 지키는 불씨를 살려가도록 함께 노력하자."고 결의를 다졌다.

50년 만의 정권교체를 위하여

대통령선거가 점점 대중의 관심사로 떠오른 가운데 독자주주모임은 9월 27~28일 경기도 양평 대성리 쪽지골샘물집에서 제40차 회의를 열어 민중의 염원인 수평적 정권교체를 위해 독자주주들이 모든 힘을 다해 노력하기로 결의했다. 이날 회의에서는 또 정해숙 고문과 김난수 주주 등 5공정치범명예회복협의회가 펴낸 『역사의 심판은 끝나지 않았다』 출판기념회에 대한 보고에 이어, 병상에 있는 송건호 선생과 황남익·리문휘·전용승 주주의 근황이 소개됐다. 집행부는 회의를 마친 뒤 이분들을 차례로 찾아가 병문안을 하고 가족을 위로했다.

전국독자주주모임은 97년 12월 13~14일 경기도 일산 신도시 배강옥 공동대표 집에서 제41차 회의를 열어 배 대표의 집들이를 축하했다. 송년모임이 된 이날 회의에서 참석자들은 12월 3일 나라의 경제주권이 국제통화기금으로 넘어갈 때까지 위기의 실상을 제때 알리지 못한 제도언론을 비판하며 국난을 극복할 민족자주언론운동에 대해 논의했다. 독자주주들은 토론에서 "국난의 뿌리는 외세의 강점에 따른 조국분단이며, 분단정권에서 민중의 기본권은 짓밟히고 수많은 양심수들이 옥고를 치르는 등 민주주의가 질식했고, 민족자주경제의 토대를 침식해 온 기형적 분단경제의 파탄으로 마침내 경제주권을 세계금융자본가에게 내주게 되었다."며 "따라서 국난극복의 길은 바로 조국통일에 있고, 벼랑에 몰린 분단경제를 살리는 길도 남북 총리가 공동서명한 남북합의서를 이행하여 남북경제공동체와 민족자주경제를 실현하는 데 있다."고 밝혔다. 독자주주들은 이어 언론의 나아갈 방향에 대해 "대부분의 언론은 그 동안 자주·민주·통일을 위해 살아가는 민중의 진실을 외면하고 독재정권과 독점재벌 등 분단기득권을 옹호하며 대변해 왔다."고 비판하고, "분단기득권에 안주해 민족의 살길인 조국통일운동을 사갈시해 온 제도언론은 이제 근본적으로 개혁돼야 하며, 이 땅의 언론은 국난을 극복하고 민족자주를 실현할 조국통일 언론의 길을 가야 한다."고 의견을 모았다. 참석자들은 이날 또 12월 18일 대선의 의미에 관해 의견을 나누고 민중의 소망인 정권교체를 이룰 수 있도록 최선을 다하기로 결의했다.

구체제 청산은 언론개혁으로부터

50년 만의 수평적 정권교체를 실현한 기쁨을 안고 독자주주 모임은 98년 2월 21~22일 일산 신도시 배강옥 공동내표 집에서 제42차 회의를 열어 정권교체 의의와 한겨레신문 제10기 주총의 과제에 대해 논의했다. 참석자들은 이날 토론에서 "민중이 '선거혁명'으로 정권교체를 이뤄내 구체제를 청산하고 총체적 개혁을 마련할 계기를 마련했다."며 "이 정권교체 의의를 살려 총체적 개혁을 성취하려면 무엇보다도 언론개혁이 선행돼야 한다."고 강조했다. 독자주주들은 이어 "언론개혁에서 한겨레신문이 예외일 수 없으며, 오히려 한국언론의 지표가 되는 이 신문의 자정개혁은 어떤 매체보다도 절실하며 특별한 의미를 갖는다."고 밝히고, "3월 10기 주총에서 창간 10년의 지면·경영·조직에 대한 총체적 문제제기와 대중적 검증을 벌여야 한다."고 의견을 모았다. 참석자들은 또 "한겨레신문이 참여연대의 소액주주운동을 긍정적으로 보도하면서 6만 주주 명부 등사를 거부하는 것은 이율배반"이라며 독자주주모임 대표가 10기 주총 전에 본사를 방문해 주주명부 등사를 경영진에게 청구하기로 결정했다. 독자주주모임은 이날 정해숙 고문이 2월 14일 전남 영광염산중학교 교사정년퇴임식에 참석해 독자주주모임을 대표해 정년퇴임을 하는 박운주 공동대표에게 공로패를 수여한 경과보고에 이어, 심병호 지도위원을 대외협력국장으로, 전교조 정책위원인 김두루한 주주를 홍보국장으로 임명해 집행부를 보강했다.

전국독주주모임은 98년 3월 21일 서울 숙명여자대학교 강당에서 열린 한겨레신문 제10기 정기주주총회에서 〈한겨레〉 제11호와 주총 발언을 통해 "'한겨레' 경영 심판하고 민족자주언론 실현하자."며 창간 10년의 지면·조직·경영에 대한 총체적 반성과 자정개혁을 촉구했다.

독자주주모임은 주총장에서 배포한 〈한겨레〉 제11호 기사에서 "한겨레신문 창간은 한국언론사에서 커다란 공헌을 했지만 점점 지면과 경영에서 창간정신과 윤리강령이 퇴색해졌다는 비판을 안팎에서 받게 되었다."며 "권근술 대표이사의 '창간이념의 복원' 공언 뒤에도 한겨레신문은 민족의 양심으로서 민족운동의 진실을 충실히 대변하지 못했다."고 말했다. 독자주주모임은 이어 "주총에서 경영진에게 범민련의 조국통일운동에 대한 적극적인 보도를 요구했지만, 한겨레신문이 범민족대회와 한총련 보도, 한총련 전면광고 삭제와 범민련 광고접수 거부 등과 관련해 범민련과 한총련으로부터 항의를 받았다."고 밝히고, "결국 한겨레신문의 지면도 다른 제도언론과 같이 한총련과 범민련 관련 보도와 광고에서 민족자주언론의 소임을 다하지 못했다."고 비판했다.

창간 10년의 총체적 반성

독자주주모임은 이 신문의 경영과 관련해 "국민주주들은 경영진에 의해 모래알 주주로 방치되고 경영에서 소외돼 왔다."며 "경영진은 그 동안 확대경영을 거듭해 주주들의 정성이 담긴 자본금을 반이나 축내고 100억 원이 넘는 기채를 끌어들여 자립경영의 토대를 크게 위축시켰다."고 비판했다. 독자주주들은 이어 "주주들은 소액주주운동의 발전을 위해 상법에 보장된 주주명부 등사를 요구해 왔지만, 경영진이 이를 거부해 6만 주주의 단결권을 원천봉쇄했다."며 "이 신문의 주인인 주주들을 주주명부조차 등사할 수 없는 외부로 규정하는 경영진의 처사를 용납할 수 있는지 6만 주주에게 묻지 않을 수 없다."고 말했다. 김동환 · 이전오 · 심병호 주주 능 독자주주모임 간부들은 이날 주총 발언 등을 통해 "박해전 기자와 최성민 기자가 법원의 판결 등에 따라 복직했는데도 경영진은 누구 하나 책임지지 않았다."며 "경영진은 이들의 부당해고로 인한 회사 손실액 1억 원을 변상하라."고 요구했다.

독자주주모임은 〈한겨레〉 11호에서 한겨레신문의 개혁과 관련해 "먼저 독자주주운동의 최우선 목표를 창간이념을 복원해 이 신문의 정체성을 확립하는 데 두고 민족자주언론을 충실히 실천하지 못한 지면에 대한 책임을 물어야 하며, 주총에서 국민주권을 유린하고 주주명부 등사 거부로 6만 주주의 단결권을 방해한 경영진에 대한 엄정한 심판을 내려야 한다."며 "바른 말을 하는 기자들이 잇따라 해직되는 등 경영진에 의해 억압돼 온 한겨레신문에 대한 언로를 안팎으로 트고 지면과 경영의 총체적 개혁을 이루어내야 한다."고 말했다. 독자주주들은 "이렇게 창간 10년을 올바로 결산해야만 이 신문이 민족자주언론의 큰길로 힘차게 나아갈 전망이 열릴 것"이라고 덧붙였다.

전국독자주주모임은 끝으로 "한겨레신문의 이런 지면과 경영비리에 관련된 현경영진은 퇴진해야 마땅하며, 이 신문의 도덕성 회복을 위해 부당하게 '축출'된 송건호 선생의 명예회복과 함께, 자정개혁을 외치다 해직된 노향기 편집부위원장, 주총 부정비리에 항의해 부득이하게 회사를 떠난 유종필 기자, 노조가 부당해고라고 성명을 내었던 광고국 지교철 차장이 지체없이 원상회복돼야 한다."고 주장했다.

언론이 바로서야 조국이 산다

독자주주모임은 98년 4월 18~19일 대전 이전오 상임대표 집에서 제43차 회의를 열어 주주명부 등사 등 독자주주운동의 과제에 대해 논의했다. 참석자들은 이날 회의에서 "독자주주모임은 그 동안 창간정신에 따라 한겨레신문을 바로세우는 독자주주운동을 벌여오면서 오늘날 참여연대 등이 강조하고 있는 소액주주운동의 귀중한 역사를 창조했다."며 "이런 독자주주운동 10년의 성과가 축적돼 이제 민중이 주인으로서 한겨레신문을 개혁해 낼 가능성이 현실로 다가왔다."고 말했다. 독자주주들은 이어 "한겨레신문 6만 주주명부 확보 없이는 독자주주운동의 대중적 전진이 불가능하다."며 "6만 주주의 대단결을 위해 주주명부 등사를 성취할 방안을 찾아 기필코 이를 확보할 것"이라고 다짐했다. 참석자들은 독자주주운동 10년에 대해 "독자주주모임은 그 동안 고난에 찬 가시밭길을 걸어왔지만, 한겨레신문이라는 '성역'을 이 신문의 주인인 민중의 바다로 이끌어내는 소중한 성과를 거뒀다."고 말했다. 참석자들은 끝으로 "독자주주운동의 역량과 정성이 부족해 한겨레신문 창간 10년 동안 자정개혁의 과제가 쌓이게 됐다."고 반성하고, "한겨레신문의 지면·조직·경영과 마찬가지로 독자주주운동도 창간이념에 충실할 때만이 민중의 지지를 받는 생명력을 유지할 수 있을 것"이라고 강조했다.

언론이 바로서야 민족이 살고 나라가 산다. 독자주주들은 98년 5월 15일 한겨레신문 창간 10돌을 맞으며 "창간 10년에 대한 반성과 자정개혁으로 창간이념을 복원해 이 신문이 민족자주언론으로 거듭나야 한다."고 주장한다. 온 국민이 주인인 한겨레신문이 이런 '제2창간'에 성공해 언론개혁의 견인차로서 7천만 겨레의 염원인 자주·민주·통일의 횃불로 활활 타오를 때, 민중은 정권교체의 의의를 살려 민주개혁을 이루고 국난을 극복하면서 민족의 활로인 조국통일의 그날을 앞당길 수 있다는 것이다.

1998년 5월 15일 만리재에서

제2부

'한겨레' 경영 심판하고
민족자주언론 실현하자

한겨레신문 창간발기선언문

오늘 우리는 언론사상 유례를 찾아보기 어려운 범국민적인 모금에 의한 새 신문의 창간을 내외에 선언합니다.

우리는 지금 나라와 민족의 역사를 새로이 열어야 할 중대한 전환점에 서 있습니다. 인간의 자유와 기본권을 유린해 온 오랜 독재체제를 청산하고 사회 구석구석에 만연되어 있는 비민주적인 요소들을 제거하여 국민이 주인이 되는 진정한 민주화를 실현시키고, 분단을 극복하여 민족의 평화통일을 성취해야 할 중대한 과업을 우리는 안고 있습니다. 우리는 또한 왜곡된 민족경제를 재건하고 민중의 생존권을 확보하여 생활의 향상을 이룩하는 한편, 사회정의를 실현하고 민족정기를 바로잡아 이 병든 사회를 건강한 사회로 바꾸어 놓아야 할 시급한 과세를 안고 있습니다. 표현의 자유 속에서 참다운 민족문화를 꽃피게 하는 한편 비뚤어진 교육을 바로잡아 인간의 자주성과 창조성을 발휘케 할 수 있는 민주교육을 실현시키는 것 역시 우리가 성취해야 할 주요과제입니다.

이같은 우리 사회와 민족의 광범한 과제는 국민 모두의 힘과 뜻과 지혜를 남김없이 발휘케 하고 동원해 넘으로써만 해결될 수 있을 것이며, 그것의 가장 강력한 수단의 하나가 누구나 자기의 현실과 의사를 표현할 수 있는 민주적 언론임을 우리 모두가 다 아는 일입니다.

우리가 한 세기에 가까운 언론의 역사를 두고서도 이제 새 신문을 창간하고자 하는 것은 이같은 민족적·역사적 과제가 참된 새로운 언론을 어느 때보다도 시급히 요구하고 있기 때문입니다.

돌이켜보면 1896년 이 땅에 독립신문이 창간된 지 근 백 년의 세월이 흘렀으나, 그 동안 우리의 언론은 외세 아니면 독재권력의 억압으로 고난의 길을 걸어왔고, 진정 민족을 위한 자주적 언론을 갖지 못함으로써 오늘에 이르기까지 민주·민족언론의 숙원을 이루지 못하고 있습니다.

오늘 우리가 새 신문의 창간을 결심하게 된 것은 이 땅에 언론매체가 부족한 때문이 아님은 물론입니다. 다 아는 바와 같이 우리 사회는 백만의 부수를 주장하는 여러 신문, 97%의 보급률을 자랑하는 텔레비전을 포함하여 전국 방방곡곡에 미치지 않는 곳이 없다는 방송망과 수십만 부를 넘는다는 월간지와 주간지 등 수많은 언론매체를 갖고 있습니다. 그럼에도 불구하고 우리가 굳이 새 신문을 창간하고자 하는 것은 국민의 목소리와 민족의 양심을 대변하는 바르고 용기있는 언론이 없기 때문입니다.

일제 통치 밑에서 이 땅의 언론은 외세의 억압으로 민족언론으로서의 구실을 못하다가 8·15해방을 맞았으나, 민족의 분단 상황 속에서 온갖 탄압과 간섭 때문에 제구실을 못해 왔습니다. 특히 5·16군사쿠데타 이후 20여 년 동안 이 땅의 언론은 이른바 근대화 바람 속에서 시설과 규모면에서 급속한 양적 확장을 보았지만 권력의 언론탄압 속에서 독립성을 상실한 채 사실과 진실을 은폐, 왜곡하고 상업주의적인 보도에 급급함으로써 독재권력의 지탱에 가장 중요한 역할을 해왔습니다. 언론자유를 수호하기 위해 독재에 항거한 양심적인 언론인들이 1975년과 1980년 언론현장에서 무더기로 추방당하고 투옥되는 시련이 계속되는 가운데 이 땅의 언론은 국민으로부터 '제도언론'이라는 불신을 받고 있습니다. 80년대 언론은 언론기본법이라는 법적 규제도 부족해, '보도지침'을 통한 권력의 일상적인 제작지시로 거의 제 기능을 상실하고 말았습니다.

개탄할 일은 오늘의 언론은 이러한 통제 속에서도 이미 지난날 보여준 바와 같이 언론의 자유와 독립을 위한 용기있는 저항정신을 보여주지 못하고 오히려 유유낙낙 권력측의 부단한 간섭과 규제에 순응하고 있다는 사실입니다. 오늘의 언론현실은 탄압의 결과라기보다는 많은 경우 자진 협조의 결과로 볼 수밖에 없습니다. 이러한 언론다운 언론의 부재는 오늘의 언론인들의 도덕적 차원의 문제만이 아닙니다. 권력의 정책적 의도 하에 언론기업이 구조적으로 예속당해 이미 자주성을 상실하고 권력과 언론기업이 이른바 '권언 복합체'를 이루고 있는 상황 속에서 언론이 자주성을 획득한다는 것은 사실상 불가능하며, 한 둘 양심 있는 언론인이 남아 있다 해서 언론이 제 기능을 되찾을 수는 없습니다. 오늘과 같은 통제와 억압의 틀 속에서 언론이 저항다운 저항을 못하는 이유는 바로 그 원인이 여기에 있다고 보아야 합니다. 오늘의 제도언론은 그 기업구조로 보아 비록 이 땅에 민주화의 꽃이 핀다 해도 정치적·경제적

자주성을 견지하지 못한 채 필경은 권력의 입장에서 국민에게 진실을 전달하지 못하고 그들을 오도할 수밖에 없을 것입니다.

오늘 우리는 새 언론의 창간을 통해 지금의 제도언론이 갖는 이같은 구조적 결함을 극복하고자 합니다. 이것을 위한 첫째 요건은 기존의 언론처럼 몇 사람의 사유물이 되거나 권력에 예속되지 않게 해야 하는 것입니다. 그러기 위해서 우리가 책정한 창간기금 50억 원을 나라의 민주화를 염원하는 모든 사람의 참여로써 이룩하여 문자 그대로 국민이 주인이 되는 신문을 만들고자 합니다.

새 신문은 나라의 민주적 기본질서를 확립하기 위해 노력할 것이며 민족적 고통에 동참하는 가운데 책임있는 편집을 다하도록 노력할 것입니다. 이런 근거로 해서 새 신문은 국민에 바탕을 둔 언론으로 성장할 것이며 따라서 민주적 가치와 사회 정의를 지향하면서 사회의 정치, 경제, 문화 등 각 방면에 걸친 온갖 사실들을 언제나 일반 국민의 입장에서 숨김없이 공정하게 보도할 것입니다. 오늘의 제도언론이 보여주듯이 사소한 일은 크게 선정적으로 보도하고 정작 크고 중요한 정치, 경제, 사회의 문제들은 은폐하거나 왜곡보도하여 국민들을 오도하는 일은 결코 하지 않을 것입니다. 또한 노동자, 농민, 여성 등 기존 언론이 소홀히 다루는 부분에 더욱 깊은 관심을 가지고 보도할 것입니다. 신문이 걸어야 할 정도를 지키기 위해 우리는 권력이 요구해 올지도 모를 부당한 간섭을 거부하고, '국민의 신문이며 신문인의 신문' 이라는 주인의식을 가지고 공정하고 신중하고 그러나 용기있게 진실을 보도할 것입니다. 우리는 이 한겨레신문이야말로 민주주의사회에서 언론의 정도를 걷는 참된 신문임을 보여주고자 합니다.

우리는 앞으로 있을지도 모를 어떠한 장애도 극복하고 진실을 알리기 위해, 국민의 알 권리를 위해 한겨레신문을 지키고 키워갈 것입니다.

우리의 이러한 굳은 결의는 국민 여러분의 적극적인 참여와 협조로써만 열매를 맺을 수 있을 것으로 확신하며 오늘의 이 발기선언대회가 역사적으로 길이 남게 될 것을 믿어 의심치 않습니다.

1987. 10. 30.

한겨레신문 창간발기인

조국의 등불 '한겨레'를 지켜야

김택중

(한겨레전국독자주주모임 고문)

우리 민족은 일세기를 통하여 자유언론 없는 암흑의 시대를 살아오는 동안 외세에 빌붙은 반역의 무리들로부터 숱한 탈민족적 순치를 받아왔다.

그런데도 이 민족은 속아 살아온 그 쓰라린 과거를 청산하기는커녕 그의 잔뿌리가 도처에 자리잡아서 독취를 흘리며 "모난 돌이 정을 맞는다.", "행동하면 당한다.", "말이 많으면 빨갱이다."는 매도로 언론의 자유로운 흐름을 은연중에 억압하여 왔다.

말을 할 수 없는 얼어붙은 사회가 안정된 사회, 절대자의 불호령 "입다물어" 대갈일성에 동시 함구하는 사회가 성숙된 사회, 말없는 입을 점잖은 미덕으로 알고 예의지국 겸손으로 조장하는 속임수 속에서 속고 속이면서 살아왔다.

이제 우리는 어두웠던 그날 그 일들이 어느 놈 누구에 의해 조장되고 유포되었는가를 분명히 말해야 한다.

반외세 민족자주의 기치를 건 동학농민항쟁 이래 한세기를 걸쳐 줄기차게 싸워온 우리를 암흑의 세계로 계속 몰고 있는 그 숱한 달콤한 말의 생산자들에게 함성으로 대항할 때가 온 것이다.

우리가 이 시대의 주인이라며 우리는 우리의 진정한 말을 해야 한다. 우리의 입을 열고 함성을 질러 조국의 미래를 밝히는 영원한 등불 한겨레신문을 지켜야 한다.

이제 한겨레신문은 민족·민주·통일을 지향하는 이 나라를 대표하는 진정한 언론으로 거듭나야 한다. 창간 이래 제5기 주총에 앞서 그 동안 우리들의 신문이 우리들의 창간정신을 얼마만큼 지켜주었는가, 질과 양으로 얼마만큼 보답하여 왔는가를 반성할 차례가 왔다.

이러한 질문에 답할 수 없다면 더 이상 사내 500명 직원들의 역량으로는 민주화의 보루를 지킬 수 없지 않은가? 만약 경영의 부실로 존립이 불가하다거나 논조의 색채가 바래 판단이 흐릿할 경우 우리는 무엇으로 창간이념을 고수할 것인가?

이제 독자·주주가 적극적인 행동을 보여야 한다. 필요할 때 손벌리면 그저 돈만 내는 집단이 아닌 총괄적 경영에 주인임을 자부하는 엄연한 주체임을 알려야 한다. 본사가 위기에 처했을 때 그 위기의 근원을 뚜렷이 지적하고 경영과 보도의 문제점 등을 지적하는 것이야말로 최대의 과제인 것이다. 따라서 주주들의 모임을 거사적 정책으로 조직하고 단위별 대표로 하여금 중요정책 결정과 경영진의 핵심간부 선임에 이르기까지 관여할 수 있도록 하는 법적 장치가 반드시 보장돼야 한다고 주장해야 한다.

그 동안 창간정신을 훼손하고 존립의 이유를 뒤흔들었던 내부사건들이 너무나 많이 연속해서 일어났다. 그러나 이를 시정하려는 어떠한 노력도, 책임지는 사람도 없다고 한다면 이는 분명 구조적인 병폐에서부터 시작된 나쁜 결과라 단정할 수 있다.

91년 말을 전후하여 자생적으로 발생한 지역의 독자·주주모임이 초보적 단계로 결성되면서부터 그저 자기 것만 주면서도 바라는 것 없는 순박한 모임을 외부의 세력으로 곡해하는 본사 경영진 태도가 따분할 뿐이다. 주주를 도외시하는 한 본사의 어떠한 어려움도 해결할 수 없다. 창간정신을 망각한 현상이 개탄스러워 본사에 그 잘못을 시정해 달라고 방문하는 주주에 대하여 소유한 주식액수가 얼마냐고 묻는가 하면, 경영자에게 주주관리실을 두고 조직을 서둘러 달라는 충정을 선량한 주주를 보호하기 위해 주주관리실은 필요없다고 하는 자기방어적이고도 소극적인 발상, 항의방문단에 대해 시간 끌어 진을 빼는 행위랄지 또는 삼복더위에 시원하고 환기 잘되는 사무실을 제쳐놓고 찜통의 숨막히는 방에서 체력을 시험하는 행위, 심지어 노조에서조차 방문한 주주를 향해 삿대질을 서슴지 않는 행위는 이제 그만두어야 한다.

한겨레신문과 독자·주주와의 관계는 우선 끈끈한 일체감과 두터운 애정으로 맺어져 있다는 사실을 명심해 주기 바란다. 이같은 양질의 자산이 방기된 채 꿰어지지 않은 구슬로 표랑한다면 한겨레신문은 무관심 속에서 서서히 변질될 것이고, 그로 인해 나타날 수 있는 파국을 사원·주주·독자 모두 두려워해야 한다.

〈한겨레전국독자주주모임〉 1993년 2월 13일자

※ 이 글은 한겨레신문전국독자주주대표자모임의 소식지 〈한겨레전국독자주주모임〉 창간호에 실린 창간사이다.

주주모임의 역할과 사명

신맹순

(한겨레전국독자주주모임 공동대표)

언론탄압과 한겨레신문 창간

암울했던 박정희 유신독재 폭압 아래 언론은 재갈이 물리고 족쇄가 채워져 할 말을 못하고 갈길을 찾지 못하였다.

10·26 이후 신군부의 언론통폐합과 '보도지침'으로 진실은 가리워져 1면에서 사회면까지 제목 크기와 활자가 같았고 정부기관이 나누어준 '보도자료'를 베껴쓴 기사는 그 신문이 그 신문이었다.

거짓언론이 판을 치자 대학가에 나붙은 대자보와 전철 안에서 나누어주는 민주단체의 조잡한 인쇄물에 시민의 눈과 귀가 쏠렸다. 5공의 언론조작정책은 '촌지'라는 당근과 '보도지침'이라는 채찍으로 언론과 기자를 길들여 갈수록 진실을 알리는 용감한 신문을 애타게 기다렸다.

박종철 씨 고문치사사건, 이한열 씨의 의로운 죽음을 앞에 놓고 거짓언론에 속아온 울분은 87년 6월 시민대투쟁으로 번져 끝내 커다란 언론보석을 일구었다.

6만여 주주가 진실의 샘, 용기의 물줄기에 모여들어 88년 5월 15일 역사적인 한겨레신문 창간을 맞이하였다.

한겨레신문의 성장과 문제점

창간 3년 만에 3대 일간지로 자리잡아 여론을 주도하며 새 사옥을 마련하는 등 언론민주화를 발판으로 사회민주화를 이끌어가는 큰 강물로 자리한 한겨레신문이 창간 4년 5개월을 맞이하였다.

90년에는 당시 개발본부장 정태기 씨가 마포사옥 터 취득 뒤 납세기한을 넘겨 벌금 5천9백만 원을 물게 했다. 91년에는 허위공문서로 모스크바 유급연수, 이를 폭로한 기자 사내폭력 묵인, 사회면 머리기사 표절 등 문제점이 드러났다.

올해 들어 심각한 문제들이 거듭거듭 일어나고 있다. 윤전기의 구입 잘못으로 불량인쇄에 따른 독자 고통, 안두희 자백제보 묵살(이로써 경쟁지 동아일보만 특종), 광주고속 아파트 붕괴 기사 삭제, 김영삼 민자당대표 ‘숨겨논 딸’ 기사가 실린 〈인사이더 월드〉 광고 미게재와 김명걸 대표이사가 개입한 관련 사설 삭제·수정, 그리고 광고부국장의 김영삼 씨 비서실장 자진 방문, 민자당 대통령후보 김영삼 씨에 대한 부산·경남 7백30인 반대선언 기사 변칙보도, 이동호 내무장관의 광주기자 촌지기사 원천봉쇄와 김명걸 사장의 거짓 해명, ‘유인물지침’(8월 초 취소)과 징계파동 등 한겨레신문 창간정신을 무너뜨리고 존립이유를 뒤흔드는 사건들이 계속해서 일어나고 있다. 계속되는 구조악에 책임지는 사람도 징계당하는 사람도 없다. 한두 사람의 실수로 일어난 잘못은 용서할 수도 있다. 그러나 집단적·구조적 병폐에서 일어날 때는 이 구조악은 과감히 도려내야 한다.

이어지는 문제점 대두와 창간정신 훼손은 능력본위·적재적소 인사원칙을 무시한 파벌적 나눠먹기식 정실인사와 무원칙한 조직운영에서 비롯되었다는 지적들이다. 만약 창간정신이 계속 훼손·퇴색된다면 6만 주주는 제2의 창간의지로 이를 바로잡는 데 앞장서야 한다.

지역주주모임의 새로운 사명

지난해 지역주주모임이 시도된 이래 전국으로 번지고 있다. 이 지역 주주모임에 한겨레신문 주주로서 안으로의 책임과 사회적·역사적 사명이 새롭게 주어지고 있다.

안으로의 책임으로는, 첫째 전국 지역주주모임을 틀거리로 창간정신을 뒷받침할 제도를 확보하는 일이다. 주인인 주주는 지금까지 주주총회에서 거수기 역할만을 해왔다. 주총에 참여하는 주주는 급속히 줄고 열기는 식었으며, 주주와 경영진 사이의 벽은 점점 두껍게 드러나고 있다. 언제까지 창간위원회가 이사를 추천하고 주총에 안건을 제출해야 하는가? 창간위원 선임규정과 임기규정이 있는가? 주주들 의견이 주총에서 논의될 통로와 이를 뒷받침할 정관과 제도가 확보되어야 한다.

둘째, 소액주주 확산과 독자배가운동을 벌여 한겨레신문 창간이념을 전파하는 데 힘을 모아야 한다. 씨앗을 뿌려 싹이 틀 때보다 자라나는 과정에 더욱 물과 거름, 가꿈의 정성이 필요하다. 일제 황국신민정책에 길들여져 자리잡은 제도언론이나 재벌언론들은 지방 동시인쇄에다 돈 안 받고 마구 뿌리는 물량공세로 덤벼든다. 한겨레신문은 정의·진실보도로 맞서나가지만 재정이 더욱 어렵다. 이를 뒷받침할 소액주주 확산과 기존주주의 주식증액운동이 필요하며 독자배가운동이 절실하다.

대선기를 맞아 새롭게 주어진 사회적·역사적 사명은 첫째, 민주정부수립에 노력해야 한다. 한준수 전연기군수의 양심선언으로 폭로된 3·24관권부정선거는 공무원의 정치중립을 보장할 자치단체장선거 즉각 실시의 필요성을 웅변으로 설명해준다. 그런데도 정부와 민자당 특히 김영삼 총재는 단체장선거를 완강히 거부하고 있다. 12월 대통령선거에서도 행정력을 동원하여 관권선거를 치러 국민의 뜻을 굴절·조작하려는 속셈이 훤히 들여다보인다. 전국적으로 분포된 6만 주주는 공명선거를 위해 앞장서야 한다. 한겨레신문 창간정신이 민주이념의 실천이기 때문이다.

둘째로, 민족통일운동에 적극 참여해야 한다. 일제 때 용감한 사람은 목숨 걸고 독립운동을 하였다. 용기는 모자라도 돈이 있는 사람은 군자금을 보내 독립군을 도왔다. 통일운동에 의지와 노력을 모아 지역주주모임의 제 몫을 다하자.

셋째, 지역언론 창달에 노력해야 한다. 지역언론 대부분은 영세하여 관권과 결탁될 가능성이 많다. 언론민주화를 위한 한겨레 창간정신은 한겨레신문뿐만 아니라, 모든 언론 특히 지역언론이 바른 말·곧은 붓을 위해 채찍을 들어야 한다.

한겨레신문은 우리의 희망이다. 창간정신을 실생활 속에서 실천하여 사회적으로 구현해야 할 사명이 우리에게 있다.

주주와 독자는 뜻을 모아 창간정신을 발전·확산시켜 민주정부수립의 발판으로, 역사의 구심으로 우뚝 서야 한다.

경영진과 사원들은 지면개선과 책임경영을 통해 국민으로부
터 사랑받고 민주화·통일을 앞당기는, 역사의 기관차로 성장
하는 한겨레신문으로 키워주길 기대한다.

〈한겨레정론〉 제7호 92년 9월 25일자

한겨레신문의 마지막 파수꾼 '한겨레주주운동'

정용준

(언론학 박사)

한겨레신문은 소위 제도권 언론들이 즐겨 쓰는 용어인 '총체적 위기'에 빠져들었다고 본다. 한겨레신문의 위기는 민족민주언론의 창간정신을 잊어먹고 저지른 시행상의 착오도, 일부 구성원들간의 불협화음과 같은 표면적인 문제에 기인한 것이 결코 아니다.

한겨레신문의 위기는 상업주의적 정보시대에 언론환경에 철저히 적응하면서도 민족민주언론의 사명감을 잊지 않으려는 한겨레신문의 치밀하고도 과학적인 전략과 전술에 대한 인식이 없기 때문이다. '경영은 철저히 자본주의적으로, 논조는 철저히 민주·민중적으로' 가야 함을 한겨레 종사자들은 아직도 깨닫지 못하고 있다.

한겨레신문의 자본주의적 경영이란 축소지향의 내실있는 경영감량을 통해 광고에의 의존도를 줄이자는 것이며, 논조의 민주·민중화는 좀더 근거있는 사실의 제시와 추측성 흥분기사를 줄이자는 것을 뜻한다. 제도권 언론들은 적자생존의 논리 속에서 심지어 '대통령 만들기'에까지 광분하고 있는 마당에 이들과의 상업주의적 경쟁은 애시당초 무리라고 볼 수밖에 없다. 마치 잠자는 거북이가 신체적으로 우월하고 또 열심히 뛰는 토끼를 따라 잡으려는 꼴이며, 경량급과 중량급의 어울리지 않는 권투시합과도 같다. 대자본과 풍부한 인력을 가지고 정치권력의 후원까지 받는 제도권 신문과 어찌 경쟁이 되겠는가. 경영은 축소지향으로, 이데올로기적으로는 조선·동아에 버금가는 영향력을 발휘해 나가야 하는 것이 한겨레 본연의 모습이 아닌가. 서구 자본주의의 역사적 경험 속에서 진보지들은 정치적 탄압보다는 오히려 대규모 상업적 환경 속에서 광고에의 의존도를 줄이지 못해 폐간되거나 보수적 상업지로 돌아섰음을 상기해 볼 필요가 있다.

한겨레신문은 민중·민주·통일을 지향한다고 하면서도 아마추어적 경영전략이나 관급보도 중심의 보도 경향 등 제도권 언론의 모습을 벗어나지 못하고 있다.

광고에의 의존 때문에 제도언론화 현상이 어쩔 수 없다면 차라리 사장집무실을 반으로 줄이든지 다른 임직원과 같이 사용하는 방안을 권고하고 싶다. 비좁은 한겨레신문 사장집무실은 자랑은 될 수 있을지언정 결코 흉이 될 수 없다. 한겨레 종사자들은 대자본신문인 조선일보의 좁은 편집국 공간을 상기해 볼 필요가 있다. 〈인사이더 월드〉 광고 취소사건과 같은 불행은 이러한 진짜 자본주의적인 지독한 내핍전략을 깨달을 때 피할 수 있을 것이다.

한겨레신문의 경영진, 직원, 노동조합, 한겨레언론연구회 등 모두는 한겨레신문의 총체적 위기를 극복하는 데 힘을 모으기보다는 소모적인 논쟁과 감정상의 대립으로 일관하고 있다. 민

족민주언론의 이념구현과 자본주의적 언론환경이라는 근원적
이고도 모순적인 문제의 해결에 대한 심층적인 고민보다는 파
쟁의식과 분위기에 휩쓸리고 있다. 한겨레노조는 국민신문이라
는 한겨레신문의 특수성 때문에 주주와 국민의 대표자로서 사
내문제에 대한 비판적 지지자의 역할을 해야 할 집단이다. 그
럼에도 한겨레노조는 국민과 주주의 입장보다는 사내 경영진
의 입장옹호에 급급해 왔다는 인상을 지울 수 없다. 이는 한겨
레언론연구회 또한 마찬가지이다. 한겨레 문제에 대한 비판의
올바름에도 불구하고 대안의 제시와 정책조언 기능을 하기보
다는 좁은 틀인 비판기능에만 주력해 왔다.

더 이상 한겨레 문제는 한겨레 내부 직원들에게만 맡겨놓을
수 없다. 그러기엔 한겨레는 너무나도 소중한 민주진영의 피와
땀의 결실이기 때문이다. 이념적 색채를 달리할 경우 우리는
무엇으로 반민주진영과 싸울 수 있을 것인가. 이제 한겨레주주
들이 적극적으로 나서야 할 때이다. 일 년에 한 번씩 열리는 주
주총회에서 형식상의 주인대접을 받거나, 돈벌려고 투자한 주
주가 아니기 때문이다. 창간정신과 주주들을 대표한다고 하는
창간위원회 또한 한겨레 문제를 해결하기에는 한계가 있다. 외
부의 명망가와 한겨레 종사자들이 많아 복잡하게 얽힌 한겨레
문제를 해결하기엔 적당하지 않고, 진정한 주주이념을 대표한
다고 볼 수 없다. 한겨레의 진정한 주주정신은 고달픈 샐러리
맨의 축 처진 두 어깨에서, 잔업과 야근에 시달리는 노동자의
땀 속에서, 움푹 패인 농부의 깊은 주름 속에서 찾아야 할 것
이다.

각 지역에서 독자배가운동을 벌이고 보급소운동을 하는 것
만이 주주들이 할 일은 아니다. 한겨레가 위기에 처했을 때 위

기의 근원을 올바로 지적하고 경영과 보도경향의 문제점 등을 올바로 지적해 주는 것이 한겨레주주들이 해야 할 최대과제라 할 수 있다. 따라서 한겨레주주들의 대표모임이 한겨레의 주요 정책결정과 이사 선임에 관여할 수 있는 법적 장치를 마련하는 것이 급선무일 것이다. 현재의 한겨레 임직원들이 만약 이 요구를 들어주지 않는다면 계속적인 항의방문과 주주간의 지속적인 결집을 통한 임시주주총회의 요구와 임직원 사퇴요구라는 급진적인 방식을 취해야 할 것이다. 물론 이러한 비극적인 사태는 발생하지 않을 것으로 보며, 그러기 위해서는 먼저 회사가 소주주들을 회사의 진정한 주인으로 대접해 주어야 할 것이다.

이외에도 한겨레주주들이 해야 할 일은 많다. 지역소식이나 뉴스거리를 적극적으로 취재 또는 제보하는 한겨레 통신원이 되어야 하며, 한겨레신문은 이들의 기사가 조금은 어눌하고 문장력이 떨어지더라도 실어주는 노력이 필요하다. 진솔한 민중들의 생활기사가 정치인과 공무원들에게만 매달리는 감정상의 추측성 정치기사보다 못할 이유는 전혀 없다. 취재기자가 적다는 불평만 하지 말고 한겨레만이 이용할 수 있는 소중한 자산을 활용할 수 있는 방안을 고민해 보아야 하지 않는가. 또 한겨레신문은 배달사고가 가장 많은 신문으로 악명 높다. 아마 한겨레 지국의 운영이 타지국에 비해 별 상업적인 재미가 없기 때문일 것이다. 한겨레주주가 지국운영을 하고 지국에서 이들의 지역사랑방모임을 정기적으로 하여 지국의 운영과 배달을 일정 정도 맡기는 방식은 이상론에 불과한가.

한겨레신문은 주주들을 회사의 진정한 주인으로 모시고 또 부려먹는(?) 방안을 적극적으로 고민해야 하며, 한겨레 주주들

또한 회사의 고충을 헤아려 고민을 해소해 주는 주체가 되어
야 할 것이다. 주주들이 분산되어 있다고 한겨레신문이 맞고
있는 위기의 책임을 모면할 수 있는 것은 아니다. 마지막으로
한겨레 종사자들은 문제의 원인을 사람 탓으로 돌리지 말고
좀더 근원적인 것에 있음을 깊이 인식하는 자세가 요구된다는
것을 잊지 말아야 할 것이다.

〈한겨레정론〉 1992년 9월 25일자

주주 조직화 방안

고승우
(한겨레 부국장)

새 경영원리·틀을 모색할 때

　한겨레신문 4년을 평가하는 시각은 매우 다양하다. 언론학자, 전문경영인, 광고·판매전문가들은 이 신문에 대해 각기 다른 견해를 가지고 있다. 이런 견해들은 제 나름대로의 가치와 무게를 지니고 있게 마련이고, 이 신문의 창간정신을 꽃피울 소중한 영양소가 될 수 있다.

　이 신문은 창간 이래 우리 사회의 민주화와 통일을 앞당기기 위해 힘써 왔고, 자타가 공인하는 빛나는 결실을 맺어온 것은 그 누구도 부인할 수 없는 사실이다. 그러나 최근 들어 그 역량과 영향력 또는 장래에 대한 주관적·객관직 확신이 흐려지는 듯한 징후가 나타나고 있다. 이는 급변하는 경영환경을 능동적으로 타개할 합리적이고 생산적인 경영철학과 방법론을 다시 모색해야 할 중대한 시점에 이르렀음을 의미하는 것 같다. 종래의 경영원칙이나 틀로는 더 이상 확대재생산적인 경영이 불가능하지 않을까 하는 우려마저 든다.

모든 성공적인 경영사례가 그렇듯, 한겨레신문도 창간정신과 사회적 여건을 창조적으로 활용할 경우 그 장래는 한없이 밝을 것으로 확신한다. 이 신문이 당면한 어려움을 타개할 수 있는 최선책은 여러 모로 논의될 수 있으나 그 가운데 6만 주주와 40만 독자의 힘을 결집시키는 방안을 집중 검토할 때가 바로 지금인 듯하다. 특히 전국 주주를 연결시켜 이 신문의 힘을 북돋워주도록 하는 제도적 장치는 지금껏 적극 검토된 바 없는 아쉬움이 있지만, 이를 최대한 가동시키는 것만이 이 신문의 번영을 기약할 출발선이 될 것으로 확신한다. 한겨레신문의 과학적인 경영철학·방법론은 창간 이래 방치돼 있는 6만 주주의 힘을 결집시켜 활성화할 때 확립될 수 있을 것이다.

이 신문의 조직 진단

한겨레신문은 오늘날 불행하게도 이른바 대기업병 증세를 보이고 있다. 대기업병이란 임직원이 수천 명이나 그 이상에 이르고 복잡한 여러 개의 부서로 나눠진 큰 기업에 생기는 동맥경화증을 말한다. 이 병에 걸린 기업은 기업 전체의 목표를 상실함은 물론, 부서간의 의사소통이 잘되지 않아 합리적인 분·협업이 불가능해져 조직 전체의 생산성이 크게 떨어지고 결국 도산해 버리기도 한다. 5백여 명의 임직원으로 구성된 한겨레신문이 전혀 걸릴 수가 없을 것 같은 이런 대기업병 증세는 지난 몇 년간 여러 가지 모습으로 연이어 나타났다. 이 신문 창간정신과 지향 목표에 대한 혼란은 날이 갈수록 심해지고 내부규범과 윤리 또한 걷잡을 수 없을 만큼 파괴 또는 실종되고 있다.

자체 치유능력 또는 의욕의 상실로 비롯된 일부 주주 또는 독자의 항의·권유 등은 회사 쪽에 의해 소극적·부정적으로 수용되는 사태로까지 이어지고 있다.

한겨레신문이 앓고 있는 대기업병에 대한 원인규명은 다양한 방법으로 시도될 수 있을 것이다. 지난 몇 년 간 많은 규명작업이 시도되기도 했으나 가장 깊은 원인은 한겨레신문의 독특한 물적 토대에 걸맞지 않은 경영방식이 도입된 데서 비롯된 것 같다. 즉, 6만 주주에 의해 조성된 물적 토대를 보존하고 키워나갈 수 있는 '한겨레적'인 경영철학·방법론이 창출되지 않았다는 것이다.

세계언론사에 기록될 만한 특이한 한겨레신문의 물적 토대에 일반 주식회사 경영방식이 도입되는 데 그친 것이 오늘날의 내부 혼란을 자초한 것으로 보인다. 주식회사 경영방식은 자본주의 시장경제의 가장 발달된 기업경영론으로, 그 근본취지는 경영과 소유의 분리에 따른 부의 합리적인 재분배에 있다. 6월민주항쟁의 산물인 한겨레신문의 물적 토대에 현행 상법과 주식회사법에 따른 합법적인 경영원칙과 방법론만을 도입한 것이 화근이 된 것 같다.

왜냐하면 현재 한겨레신문 정관 등에 명기된 주주의 실체는 단순히 주식배당만이 목적인 투자자로 국한되기 때문이다. 한겨레 주주들이 과연 재산증식만을 목석으로 삼았을까? 결코 그것은 아니다. 87년 창간기금 모금 당시나 그 뒤 발전기금 모금 당시로 돌아가보면 해답은 자명해진다. 특히 87년의 경우 6월항쟁의 열기가 뜨거운 상황에서 한겨레신문에 투자한다는 것은 위험이 따르는 모험이었다고 말할 수 있을 것이다.

한겨레신문 주주들은 반민주적 사회구조를 깨기 위해서는 진실을 추구하는 참언론의 등장이 참으로 필요하고, 그런 언론의 등장을 위해서는 사회운동 형식으로 제시된 물적 토대 마련책이 타당하다는 것을 인식하고 있었다. 이래서 그들의 한겨레신문 주식매입은 사회운동적 성격을 지닌다. 그러나 한겨레신문 경영철학과 방법론에는 주주의 그런 특성이 배제되었으며 이러한 불합리성은 오늘날의 한겨레신문 정관 등에 존속되어 있다.

이상에서 살펴본 절름발이식 경영원칙이 실행되면서 한겨레신문의 대기업병균이 꿈틀대기 시작했다. 우선 이 신문 전체 주식의 98%를 소유하고 있는 다수 소액주주들이 경영에 참여할 기회가 차단됨으로써 이 신문사 안팎에서는 일찍부터 다음과 같은 상서롭지 못한 얘기가 나돌았다.

"한겨레신문은 한번 경영권을 장악한 사람이 영원한 경영권자가 될 것이다." 이런 말은 언론학자들 사이에서조차 공공연하게 받아들여지기도 했다. 대다수 주주의 경영참여는 주총이 열릴 즈음 회사 쪽에 주권 위임장을 보내는 형식으로 이뤄지는 것으로 간주되었다. 결국 주총은 51%의 주권 위임장을 확보한 경영층이 자신들이 준비한 회의안건을 처리하는 통과의례일 뿐이었다. 한정된 시간에 끝나는 주총에서 51%의 위임장을 받고 나온 기존 경영층 외에 경영진의 경영실적에 대한 평가나 책임을 묻는다는 것은 그 한계가 너무도 뻔한 노릇이었다.

창간 이래 주총을 수차례 열었지만 현재처럼 2% 정도의 지분을 가진 한겨레신문 임직원이 나머지 주주의 실질적 경영참여제도를 만들지 않은 채 경영 전권을 행사하기 위해서는 그렇게 하지 않으면 안 될 필요하고도 충분한 논리를 제시해야 한다. 주총에서 경영권을 위임받는 임원 후보를 창간위원회에서 추천해 왔으나 그 당위성에 대한 의문은 여러 차례 제기된 바 있다. 더 이상 언급할 필요가 없을 듯하다.

종래에는 해직기자들이 신문사를 경영한다 하니 믿어볼까 하는 암묵적 동의가 존재하는 것처럼 되어 있으나 상황은 더 이상 이런 모호성을 허용치 않고 있다. 한겨레신문이 국민주주 신문을 만들겠다고 대외적으로 공표한 것은 궁극적으로 국민주주의 경영참여를 전제한 것으로 보아야 한다. 만약 다수 주주의 합리적인 경영참여가 실현되지 못한다면 이 신문의 대기업병은 더욱 깊어질지 모른다. 한겨레신문이 안고 있는 대기업병의 치유책의 하나는 이 신문 주주의 총의를 집약해 실천력을 갖추도록 하는 데 있다고 본다.

주주 경영참여제도

전국 각지에 흩어져 있는 주주를 조직하는 것이 불가능하거나 어렵다고 생각하는 사람이 적지 않다. 그러나 한겨레신문이 갖고 있는 유형무형의 전국조직망을 총가동한다면 단시일 내에 매우 효과적으로 전국 주주 조직화가 가능할 것이다. 우선 이 신문의 경영층이 한겨레신문 지면을 통해 전국 주주 조직화의 타당성과 필요성을 집중 보도·홍보할 수 있고, 전국 시국망을 활용해 주주 개개인에 대한 접촉·설득도 가능하다.

전국 주주 조직화 방법, 이 조직의 역할과 기능 등에 대해서 각계 전문가 등이 참석한 공청회 등을 열거나 이 신문의 진정한 경영력 창출에 대한 논문을 현상공모해 주주를 비롯한 전

사회적 관심과 참여도를 높일 수 있다. 그래서 한겨레신문이 진정한 민주화와 통일 달성 이후에도 제4부적 감시·비판기능을 유지하는 세계 최고의 일간지로 뻗어나갈 수 있는 틀과 장치를 합의할 수 있을 것이다. 이는 세계언론사에 큰 발자취를 남길 만한 위대한 노력으로 기록될 것이 확실하다.

한겨레신문을 세계적 유력지로 끌어올릴 초석이 될 전국 주주 조직화는 어떻게 시도되고 그 역할 등은 어떻게 규정될 수 있는지 살펴보자.(이는 아직 초안단계이므로 과학적 논의과정을 통해 수정·보완작업이 필요할 것이라는 것을 미리 밝혀둔다)

◇행정구역별 주주대표 선정

－전국 각지의 주주와 주식보유 현황을 특별시·직할시·도·시·군 등의 행정구역별로 파악한다.

－구역별 주식분포를 전체 주식과 비교해 각 구역을 대표할 주주 대표주를 선정한다.(구역 대표수를 산정하는 방법으로 지분 외의 기준을 고려할 수도 있으나 지분에 따른 대표수 산정이 최선으로 보인다)

－구역별로 구역주주위원회를 구성해 구역주주대회를 열어 구역주주대표를 뽑는다.(대회진행 방식, 대표선정 원칙, 주권위임 등에 대해서는 전국적으로 통일된 규정이 마련되어야 한다)

－선정된 구역주주대표는 균등한 대표권을 행사한다.(특수한 경우 정상적인 대표권의 1/2 또는 1/3의 대표권을 행사하는 주주대표를 상정할 수 있다)

◇전국주주대표기구 결성

－구역별 주주대표들이 참석하는 전국주주대표 총회를 열어

전국주주대표기구 집행부 구성과 주요안건을 심의하는 등의
기능을 수행한다. 총회는 총회를 대행할 권한을 갖는 상설위원
회를 구성해 긴급사항의 처리 등을 위임하고 다음번 총회에서
심의토록 한다. 상설위원회 위원장은 한겨레신문의 당연직 이
사가 되어 전국주주대표기구와 한겨레신문과의 협조·보완 관
련업무를 담당한다. 상설위원회 사무국은 한겨레신문 사옥 내
에 위치한다.

  -전국주주대표기구는 한겨레신문 주주총회에서 선임할 임원
후보추천권을 갖는다. 전국주주대표기구와 이 신문 집행부와의
관계는 엄정하게 규정해 불필요한 상호간섭 등을 배제한다.

  결 론

  한겨레신문은 전국 주주 조직화라는 가장 중요한 과제를 눈
앞에 두고 있다. 이는 앞서 지적한 대로 창사 이래 최대의 주
요사업이 될 것이다.

  여기서 잠시 일반적인 조직경영론을 다시 살펴보자. 모든 성
공적인 조직경영은 현재 발견되거나 미래에 그 출현이 예측되
는 여러 요인들을 과학적으로 규명·대처하는 데서 달성된다.
한겨레신문도 이런 조직경영론에서 벗어날 수 없음은 물론이
다.

  한겨레신문 경영에서 주주라는 요인이 어떤 가치와 무게를
지녔는지 탐구하는 작업이 빠를수록 이 신문이 맺을 결실의
시기는 앞당겨질 것이다. 이 신문의 주주와 독자는 이 사회의
민주화와 통일을 이루기 위해 실천적으로 노력해 온 역사의
실질적인 주역이므로 한겨레신문이 이들과 굳건한 공동체를

이뤄나간다면 어떤 위태로움도 극복할 수 있을 것이다. 6만 주주와 40만 독자는 이 신문의 도약의 발판이 되고 이 신문이 출범 당시 약속했던 선도적 언론의 영역을 고수하도록 도와주는 자양분이다.

주주·독자가 이 신문의 흑자경영에 실질적인 도움을 줄 수 있는 확신은 일반기업에서 새 경영전략으로 실시돼 큰 효과를 보고 있는 고객관리에서 간접적으로 확인된다. 이 신문과 주주·독자의 관계는 일반 기업체와 고객의 관계와 비교할 수 없을 만한 끈끈한 일체감과 애정으로 얽혀 있다는 사실을 주목해야 한다. 만약 이런 일체감과 애정이 주주·독자에 대한 홀대로 인해 변질된다면 그로 인해 나타날 파국적 사태를 모두가 두려워해야 할 것이다. 특히 전체 주식의 2% 정도를 보유한 이 신문의 현임직원이 98%의 주주를 지금처럼 모래알 상태로 계속 방치하면서 주총을 유명무실한 기구로 전락시킨다면 어떻게 될 것인가? 그때는 아마 주주들의 이 신문에 대한 무관심과 실망 등으로 회사 경영층이 주총을 열기 위해 꼭 필요한 51%의 위임장을 확보하기가 어렵게 되고 그 뒤 나타날 불행한 사태는 한국 및 세계언론사에 추한 얼룩으로 남게 될 것이다.

93년도 주총을 몇 개월 앞둔 현시점에서 전국 주주 조직화를 위해 한겨레신문 경영층은 하루라도 빨리 서두르는 것이 좋을 듯하다. 전국 주주 조직화를 이루지 못한 채 93년도 주총이 종래의 타성대로 되풀이된다면 이 신문의 대기업병은 더욱 심화될 것으로 우려된다. 전체 주주의 확실한 경영참여권이 제도화된다면 한겨레신문이 편집권 독립의 안전판 하나로 실현해 낸 편집위원장 직선제의 장점이 극대화될 수 있을 것이다. 그리고 편집위원장 직선제도를 빼놓고 진정한 언론민주화를 위한 제도적 장치를 전혀 만들어내지 못하고 풀죽어 있는 이 신문의 선도성이 되살아날 것이다. 대선을 앞둔 시점에서 주요 국장 추천제 등을 주장하며 감행된 문화방송 노조파업을 놓고 국민주주에 의한 공영방송제 도입주장이 일부에서 제기되는 것을 보고 한겨레신문 주주 조직화 방안의 필요성이 더욱 절실해진다. 설령 전면적 주식공개를 통한 공영방송제가 확립된다 해도 방송사 주식을 소유한 주주들의 경영권 참여가 합리적으로 제도화되지 못하면 소수에 의한 방송장악의 비극적 사태가 되풀이될 것이 뻔하기 때문이다. 한겨레신문 전국 주주의 진정한 경영권 참여를 보장하는 제도적 장치가 갖는 선도성이 여기에서 재발견된다.

〈한겨레정론〉 1992년 9월 25일자

소액주주, 경영진 창출에 참여하는 대의제를

김천희

(한겨레전국독자주주모임 공동대표)

한겨레신문은 6월항쟁 이후 정론·직필을 갈구하는 시대적 요청을 안고 창간된 국민신문이다.

5기 주총에서 개정된 정관은 한겨레신문의 창간정신을 저버렸고 그 시행과정에서 절대다수의 소액주주 참여를 차단하고 있다. 경영권은 전적으로 경영진의 몫이나 경영진의 선임·해임은 주주의 몫이다.

정관 제37조(구성)에서 사내·외에서 동수로 경영진추천위원회를 구성하는 것은 모순이다. 참여하는 사내위원이 주주자격으로 참여한다면 사내·외 주주들의 총 주식비율 2:98을 정확하게 적용해야 한다. 이는 경영권의 안정을 보장받을 방편은 될지 모르나 끝내 경영진이 자본마저 전횡하게 될 것이다.

또 30조 2항에서 2% 이상의 주식을 위임받은 사외주주는 전항의 위원들의 심사를 거쳐 자문위원이 될 수 있기에 주주들은 이 조항을 주의깊게 살펴야 한다.

6만 주주는 전국 방방곡곡에 모래알처럼 흩어져 있다. 2% 이상이면 주식수 약 8만 주에 4억 원의 돈이다. 주주명부를 열람하지 않고서 8만 주를 위임받는 것이 가능한 일인가? 김제시·군의 경우 약 7,000주(91년 12월 현재)에 3천5백만 원인데 이를 기준하면 약 11개 시·군 주식을 독점해야 한다.

이 조항의 규정으로 소액주주가 자문위원이 되는 것은 회사가 주주명부의 열람·등사를 막고 있는 현실에서는 절대로 불가능한 일이다. 대표권을 위임받았다 해도 다시 전항의 위원들의 심사에 통과해야 한다.

일반 주주들의 민주적 절차로 선임된 정통성 있는 2% 대표권자를 다시 심사·확정(통과)하도록 할 필요가 있는지, 그 권한이 어디서 나오는지 이해할 수 없다. 또 전항의 10명 자문위원 임기는 2년, 연임할 수 있는데 2%의 직선대표는 매년 그 자격을 증명하는 위임권 또는 주식을 제출해야 하므로 실제로는 임기 1년에 불과하다. 또 전항의 10명 위원(상호 자천위원)들이 시대적 요청이며 국민적 성원과 요구를 대신한 6만 주주의 뜻을 살리기에는 너무도 안일한 제도이다.

다수의 뜻이 미칠 길 없는 터에 이들의 전횡이 있다 한들 막을 길이 없다. 손쉽게 된 자문위원이 과연 '한겨레'다운 자문위원일까? 한겨레신문은 '한겨레의식'을 보존할 때만 그 존립의 가치가 있다. 주식수를 고려한 지역대의제를 택하는 것도 하나의 방편임을 제안한다.

<한겨레전국독자주주모임> 1993년 6월 12일자

창간정신 실천은 주주의 경영권 참여 보장으로

전국독자주주대표자모임

현경영진이 내논 정관개정안 가운데 가장 중요한 부분은 제 29~40조에 이르는 '제5장 자문위원'과 '제6장 경영진 추천위원회'에 관한 규정이다. 이른바 효율적 경영권 창출방안으로 제시된 이들 규정은 종래의 말썽 많던 창간위원회와 실질적으로 크게 다를 바 없다는 비판을 면키 어려운 불합리성을 곳곳에 담고 있다.

주요 내용과 불합리성

제5, 6장의 주요 내용은 다음과 같다.

─사외주주로 구성되는 10명 이상의 자문위원과 동수의 사원 대표들로 '경영진추천위원회'를 구성한다.

─경영진추천위원회는 주총에서 선임할 대표이사 후보 1인과 감사 후보를 추천하고 대표이사(후보)가 추천한 이사 후보를 인준한다. 단 대표이사 후보는 이사진 후보 추천에 있어 전기

이사진의 50% 이상과 편집위원장을 반드시 포함해야 한다.

-자문위는 직능·지역을 고려한 10명의 사외주주와 이들이 심사해 결정한 2% 이상 주식을 대표하는 자로 구성한다. 자문위원 임기는 2년이며 1차에 한해 중임할 수 있다. 단 최초의 직능·지역대표는 창간위원회 사외위원들이 선임하고 그 다음부터는 자문위원들이 자체 선임하되 임기만료된 자문위원의 50%를 반드시 교체한다.

이상에서 요약된 제5, 6장이 안고 있는 불합리성은 지난 2월 22일 열린 창간위원회에서도 집중 거론된 바 있는데, 그 줄거리는 아래와 같다.

자문위원 경영진추천위 구성의 건

대표이사 및 감사 후보를 추천하고 대표이사 후보가 추천한 이사 후보를 인준하는 경영진추천위원회는 사외·사내위원 및 2% 이상 지분을 행사하는 위원 등 3개의 각기 다른 성향을 지닌 위원으로 구성된다.

한겨레신문이 주식회사라는 점을 감안할 때 이들 3종류의 위원들은 각기 다른 주식지분을 지닌 채 위원회에서 의결권을 행사하게 된다. 즉, 사내위원은 이 회사 전체 임직원의 지분율이 2.1%(약 4억 원)이기 때문에 1인당 대략 4천만 원 안팎의 지분을 지니고, 사외위원은 지분율을 거론할 수 없을 정도로 미미하며, '2% 이상 주식대표'는 약 4억 원의 지분을 갖게 된다. 경영진추천위원회는 창간위원회를 대체할 필요에 의해 창안됐으나 각기 다양한 주식 지분을 행사하는 3종류 위원들이 왜 필요한지 한겨레신문의 경영철학과 직결시켜 논리적으로 설명되어야 하는데 그것이 명확하지 않다.

현경영층은 '2% 이상 주식대표' 부분과 관련한 주주명부 열람 요구 등을 거절하면서도 어떤 방식으로 '2% 이상 주식대표'가 나올 수 있는지에 대한 구체적 방안조차 제시치 않고 있다.

이는 실제 주주의 경영권 참여를 봉쇄하는 정관이라는 비판을 면키 어렵다.

또한 경영진추천위의 사원대표를 4명씩 연기명 투표해 종다수로 결정키로 함으로써 회사 내의 특정 파벌이 전횡할 수 있음은 물론 실질적인 사유화의 길을 열어놓았다.

대표이사 후보가 이사진 후보를 추천하는 건

대표이사 선정조항인 상법 389조 등의 규정에서와 같이 법이론상 대표이사가 이사 위에 군림할 수는 없다.

특히 임원개편 때 경영의 안정 등을 이유로 기존 이사의 50% 이상을 포함시키도록 한 것은 엄격한 책임경영과는 거리가 먼 발상이다. 실질적으로 이사보다 많은 권한을 갖는 대표이사와 이사를 법리상으로 동격으로 규정한 것은 주식회사의 기본취지를 살리기 위한 것이다.

한겨레신문이 지난 몇 년 간의 경영에서 드러난 특수성을 감안해 대표이사의 권한을 정관 차원에서 강화하는 것은 상법에서의 금기사항에 위배된다. 즉, 대표이사 후보가 이사진 후보를 추천하는 것은 소수 주주가 경영권을 독점하지 못하도록 규정한 상법의 제반장치에 역행한다.

종래의 정관과 사규 등에 규정된 대표이사 관련 조항이 미흡했기 때문에 사내 경영권의 확립이 미흡했는지는 깊이 살펴보아야 할 것이다.

진정한 경영권 확립을 위해

한겨레신문 주식소유의 특수성을 감안할 때 6만 주주의 경영 참여제도를 확립하는 것이 그 무엇보다 시급하다. 주주의 실질적인 경영 참여·감시기능이 봉쇄됐을 때 나타나는 부작용은 무책임한 경영으로 인한 유형·무형의 손실에 그치지 않는다. 주주의 권익 박탈로 인한 결과는 매년 열어야 할 주총의 법적 성립요건(51% 이상의 주식 참여)을 위협할 것이다. 주식에 대한 이익배당이 없는 것은 말할 것도 없고 실질적인 사유화를 위해 6만 주주의 권익을 짓밟는데도 회사 경영층에게 위임장을 보내줄 주주가 과연 얼마나 될 것인가.

앞으로 50년, 100년 뒤에도 한겨레신문의 창간정신을 보전하고 경영을 반석 위에 올려놓을 수 있는 가장 확실한 장기전략 마련은 6만 주주의 조직화에서 비롯될 수 있다.

6만 주주가 조직화되면 그것은 한겨레신문을 둘러싸고 있는 정치·경제의 위협요소의 방패가 되는 데 그치지 않고 이 신문이 펼칠 갖가지 신규사업을 성공적으로 도와줄 후원세력이 될 것이다.

이상과 같은 점을 감안할 때 6만 주주의 조직화만이 생명력 있는 경영권을 창출할 첫걸음이 될 수 있을 것이다.

전국 주주 조직화를 통한 주주대표기구 결성 및 한겨레신문 경영권 확립방안은 반드시 정관에 명기되어야 한다. 그래야 이번 정관개정안에 담긴 경영진추천위원회 같은 반한겨레적 제도적 장치의 해악에서 이 신문이 벗어날 수 있다.

6만 주주의 전국 조직화와 경영참여권 방안은 다음과 같이 그 초안을 마련할 수 있을 것이다.

◇행정구역별 주주대표 선정

－전국 각지의 주주와 주식보유 현황을 특별시·직할시·도·시·군 등의 행정구역별로 파악한다.

－구역별 주식분포를 전체 주식과 비교해 각 구역을 대표할 주주대표수를 산정한다.(구역 대표수를 산정하는 방법으로 지분 외의 기준을 고려할 수도 있으나 지분에 따른 대표수 산정이 최선으로 보인다)

－구역별로 구역주주위원회를 구성해 구역주주대회를 열어 구역주주대표를 뽑는다(대회진행 방식, 대표선정 원칙, 주권위임 등에 대해선 전국적으로 통일된 규정이 마련되어야 한다).

－선정된 구역주주대표는 균등한 대표권을 행사한다.(특수한 경우 정상적인 대표권의 1/2 또는 1/3의 대표권을 행사하는 주주대표를 상정할 수 있다)

◇전국 주주대표기구 결성

－구역별 주주대표들이 참석하는 전국 주주대표 총회를 열어 전국 주주대표기구 집행부 구성과 주요안건을 심의하는 등의 기능을 수행한다. 총회는 총회를 대행할 권한을 갖는 상설위원회를 구성해 긴급사항의 처리 등을 위임하고 다음번 총회에서 심의토록 한다. 상설위원회 위원장은 한겨레신문의 당연직 이사가 되어 전국주주대표기구와 한겨레 신문과의 협조·보완 관련 업무를 담당한다. 상설위원회 사무국은 한겨레신문 사옥 안에 위치한다.(전국 주주대표 총회와 한겨레신문 주주총회는 동시적으로 개최될 수도 있을 것이다)

－전국주주대표기구는 공청회 등을 열어 각계의 의견을 수렴

하고 한겨레신문 주주총회에서 선임할 임원 후보추천권을 갖는다. 전국주주대표기구와 이 신문 집행부와의 관계는 엄정하게 규정해 불필요한 상호간섭 등을 배제한다.

결 론

한겨레신문의 주주가 6만 명이라는 너무 많은 수로 구성되어 그 조직화가 어렵지 않느냐는 걱정이 제기될 수 있다. 그러나 몇 년 전 이북 실향민들이 주축이 되어 발족한 동화은행은 80만 명에 이르는 소액주주(창사 청약 당시 개인지분 2% 이하로 제한)로 구성되었는데도 전국에 지역별로 구성된 수천여 개의 주주조합을 통해 주주의 경영참여권을 보장하고 있다.

주주의 적극적인 호응 속에 열린 동화은행의 최근 주총은 전체 주식의 76%가 넘는 지분을 지닌 5천여 명의 조합장이 참석해 개별 조합에 속한 주주로부터 위임된 주권을 행사했다.

한겨레신문 경영층은 상식 이하의 정관 개악을 시도하는 반한겨레적 미몽에서 하루빨리 깨어나야 한다. 87년 6월항쟁의 유일한 결과물인 한겨레신문의 창간정신을 올바르게 지켜내는 가장 확실한 방법은 6만 주주의 주권을 정당하게 행사토록 보장하는 6만 주주가 합의한 제도적 장치를 모든 민주세력이 힘을 합쳐 만들어내도록 하는 것이다.

그래야 앞으로 수백 년 뒤에도 한겨레신문의 창간정신이 생생히 살아 숨쉬는 '기적'을 우리의 후손들이 생활 속에서 목격할 수 있게 될 것이다.

〈한겨레전국독자주주모임〉 1993년 3월 6일자

한겨레신문의 당면과제와 진로

강준만
(전북대 교수 · 신문방송학)

이제 곧 창간 5년을 맞게 되는 한겨레신문이 한국의 민주화와 언론 발전에 기여한 공로는 매우 크다. 한겨레신문은 그 소유형태와 운영방식만으로도 현존하는 한국의 일간지 가운데 교과서적인 의미에서의 '언론'이라고 부를 수 있는 유일한 신문이라고 해도 과언이 아니다. 언론의 자유가 언론기업의 이윤추구의 자유로 변질된 한국적 상황에서 진정한 언론의 회복을 위해 고군분투해 온 한겨레신문에 한국언론의 전면적 개혁에 대한 기대를 거는 건 너무도 당연한 일이다. 한겨레신문에 대한 일체의 비판은 그런 미래지향적이고 건설적인 관점에서 제기되고 또 이해되어야 할 것이다. 그런 입장에서 출발할 때에 한겨레신문이 당면한 문제로 다음과 같은 것들이 지적될 수 있을 것이다.

도덕성 회복

한겨레신문이 한국 신문들 가운데에 가장 도덕성이 높은 신문이며 또 한겨레신문 사원의 절대 다수가 도덕적이라는 데엔 이론의 여지가 있을 수 없다. 그러나 지난해 한겨레신문에서 발생한 일련의 불미스러운 사태(광고 취소, 사설 삭제·수정, 촌지성 관광에 기자 참여 등)는 한겨레신문의 도덕성에 근본적인 의문을 제기하기에 충분하다.

물론 그런 일탈적 행위의 범위와 규모와 빈도가 극히 작고 적으며 또 피치 못할 사정이 있었을 것이라는 걸 이해한다. 그러나 그런 행위가 과오였음을 인정하지 않고 적당히 넘어가려고 했던 태도는 그 어떤 이유로든 용납되기 어렵다.

한겨레신문은 다른 신문들과는 달리 도덕성 하나로 먹고 사는 신문이라고 해도 과언이 아니다. 그건 한겨레신문의 강점인 동시에 부담이다. 한겨레신문에 거는 국민적 기대가 그만큼 높은 만큼 한겨레신문은 엄격한 도덕성을 요구받고 있다는 것을 알아야 한다.

너무도 당연한 말이지만, 도덕성은 한겨레신문의 존립근거이다. 그 존립근거를 훼손해 가면서까지 해야 할 보다 더 중요한 일이란 있을 수 없다. 만약 도덕성의 준수가 경영에 막대한 불이익을 초래한다면 그 도덕성의 현실 적합성과 적용 범위를 공개적 논의에 부치는 열린 자세가 필요하다.

민주성 회복

한겨레신문의 사내 질서가 한국신문들 가운데에 가장 민주적이라는 건 분명하다. 한겨레신문의 사내 비판은 활성화되어 있으며 외부의 비판에도 열린 자세를 갖고 있다는 데에 이론을 제기할 사람은 없을 것이다.

그러나 지난해 경영진의 '유인물 배포지침 시행'의 적용과 그에 따른 일련의 사태는 한겨레신문이 점차 다른 신문들의 상명하복식 관료제를 답습하는 것이 아닌가 하는 우려를 갖게 하기에 충분하다.

한겨레신문도 조직을 근거로 하여 운영되는 이상 조직논리로부터 자유로울 수는 없으며, 그 조직논리 속에 위계질서의 준수가 빠질 수 없는 건 분명하다. 그러나 경영진이 한겨레신문의 건강한 발전을 전제로 하는 사내 비판을 수용할 기본적인 자세를 갖고 있다면, 비판의 형식과 경로를 문제삼아 비판을 억누른다는 건 한겨레신문의 창간 취지에 비추어 실로 유감스러운 일이 아닐 수 없다.

그 어느 쪽이 옳든 그르든 한겨레신문 안에 맹목적 파벌 이기주의가 횡행한다는 건 이미 잘 알려진 사실이다. 그 파벌 이기주의는 보는 관점과 입장에 따라 다를 것이므로 논란의 여지가 있다. 그러나 자유로운 사내 비판이 허용되지 않는다면 그런 문제제기의 가능성 자체마저 원천봉쇄되는 것이 아닌가.

비판을 존중하는 것은 비판을 주요기능으로 삼는 한겨레신문의 또 하나의 존립근거이다. 존립근거는 '양'으로 따질 수 있는 개념이 아니므로 존립근거에 위배되는 일체의 행위는 그 '양'에 불문하고 매우 심각하게 다루어져야 할 사안이다.

방법론적 목표의 설정

한겨레신문은 분명한 창간이념을 표방하였지만 그 창간이념의 실천을 위한 방안에 대해선 전혀 언급하지 않았다. 다만 일반 신문기업의 관행을 따르되 윤리를 준수한다는 정도의 묵시적인 동의가 형성되어 있을 뿐이었다. '대중지'를 지향한다곤 했지만 '대중'의 범위를 어디까지 설정할 것이며, 그 범위설정과 신문 편집방향 사이에 갈등이 야기될 경우에 어떻게 대응한다는 것에 대해선 공식적으로는 논의된 바가 전혀 없이 그저 한겨레신문 내외에서 산발적으로 거론되어 왔을 뿐이다.

한겨레신문이 안고 있는 문제의 상당 부분은 그런 방법론적 목표의 부재에서 비롯되고 있다. 예컨대, 조직적 생존을 내세워 광고주들에게 추파를 던지고 보도의 방향과 내용마저 변질시키려면 "도대체 한겨레신문이 무엇 때문에 존재해야 하는가?" 하는 의문에 먼저 답해야 할 것이다.

그런 문제를 극복하기 위해서는 신문 경영의 현실을 대변하는 측과 편집의 이상을 대변하는 측이 마주앉아 분명한 원칙을 정해야 한다. 어떤 원칙을 정하든, 여하한 경우를 막론하고 '비밀주의'가 용납되어서는 안 될 것이다. 물론 기존의 한국 신문시장을 배경으로 영업을 하려면 비밀로 해야 할 것이 있겠지만, 그건 한겨레신문의 존립근거 자체를 위협하는 것이 된다. 모든 것을 공개적으로 한다면, 시장에서의 생존을 위해 어느 정도 신문의 상품성을 높이기 위한 시도(예컨대, 중산층 독자를 겨냥한 일정 지면 할애)를 할 경우 현실과 이상을 대변하는 측이 마주앉아 그 한계를 설정하는 작업을 할 수 있을 것이다. 따라서 그런 문제의 해결을 비롯해 기타 다른 방법론적 목표를 공개적으로 설정할 수 있는 제도·조직적 장치를 갖추는 것이 필요하다고 생각된다.

시장경쟁을 위한 전략 수립

앞서 지적한 문제의 당연한 귀결로, 한겨레신문은 그간 시장 경쟁을 위한 전략을 제대로 구사하지 못했던 것으로 판단된다. 운동지향성을 가진 신문이 시장에 뛰어들면서 당면하게 되는 문제는 이루 헤아릴 수 없이 많거니와 복잡하다. 한겨레신문은 그런 문제들에 봉착할 때마다 임시변통의 대응책을 강구하는 데에 급급했던 것으로 판단된다.

대항언론이 될 것인가, 대안언론이 될 것인가? 적정부수를 얼마로 할 것인가? 아니면 발행부수는 '다다익선'의 원칙에 근거해 궁극적으로 한국에서 가장 발행부수가 많은 신문이 되도록 노력해야 할 것인가? 신문환경은 어떻게 변하고 있으며 신문제작 테크놀로지의 발달은 한겨레신문에 어떤 영향을 미칠 것인가? 다른 일간지들과의 속보경쟁에 정면대응할 것인가? 아니면 완전한 차별화를 기할 것인가? 또 그로 인해 야기될 수 있는 문제로, 한겨레신문이 병독지로 취급된다면 그걸 인정하는 선에서 신문제작에 임할 것인가? 차라리 병독지임을 공개적으로 선언하고 특화시킨다면 그로 인한 장점은 무엇이고 단점은 무엇인가? 또 다른 신문들에 비해 열악한 물적 조건에서 엉거주춤한 자세로 주독지가 되고자 할 경우 그로 인한 득실은 무엇인가?

한겨레신문은 그런 의문들에 대해 평소 고민은 했겠지만, 솔직하게 정면대응하는 자세를 전혀 갖추지 못하고 있다. 즉, 어떻게 시장경쟁을 해야겠다는 전략이 없는 가운데 정치적 상황에 크게 의존해 온 셈이다. 이제 그런 자세로는 날로 극심해져 가는 시장경쟁에서 성공하기가 어렵다는 것을 인정해야 할 것이다. 앞서 제기한 방법론적 목표를 논의할 제도·조직적 체계를 갖추고 거기에 실권을 부여하는 결단을 내려야 할 것이다.

그리고 일단 민주적 절차를 거쳐 결정된 목표와 전략에 대해서는 과감하게 추진해 나갈 수 있는 권한을 경영진에게 부여하는 것이 바람직하다.

마케팅의 강화

앞서 지적한 문제들이 해결된다 해도 한겨레신문이 버려야 할 고질병이 하나 있다. 그건 바로 마케팅을 경멸하는 자세이다. 다른 일간지를 구독하다 끊기는 매우 어려운 반면 한겨레신문은 전혀 그렇지 않다. 신문의 시장경쟁은 오로지 신문 내용으로 결정된다는 생각은 적어도 우리처럼 기형적인 시장구조를 가진 나라에서는 통용되지 않는다는 것을 알아야 한다. 치열한 판매촉진을 하지 않고 점잖게 앉아서 독자를 기다리겠다는 것은 오만하거나 불손하다. 신문보급소에 대한 적극적인 지원과 교육으로 윤리를 엄수하되 그 어느 신문보다 더 치열한 서비스정신으로 독자를 확보하려는 노력이 절대적으로 필요하다.

사실 서비스정신의 부재는 진보진영 전체의 문제라고 생각된다. 이 문제는 다른 진보적인 매체들의 경우에도 그대로 해당된다. 도덕적인 우월감이 있어서 그런지 자본주의 시장을 상대로 장사를 하면서도 마치 자본주의는 존재하지 않는다는 듯한 태도를 보이는 경우가 많다. 독자에 대한 치열한 서비스정신에 관한 한 한겨레신문은 조선일보로부터 배워야 한다. 서비스정신을 다소 천박한 것으로 여기는 자세야말로 아직 미성숙하다는 반증으로 이해되어야 할 것이다.

이상 지적한 문제들은 서로 상충되는 것 같지만 엄밀히 따져

보면 결코 그렇지 않다. 신문의 도덕성과 민주성을 완벽하게
실천하면서 시장경쟁력을 향상시키기는 어렵다는 고정관념을
버리는 것이 필요하다. 그 고정관념은 상업언론의 논리일 뿐이
다. 여기서 제기한 문제들이 먼저 해결되어야 한겨레신문의 각
분야별 보도방향과 내용에 대해 논의하는 것도 의미를 갖게
될 것이다. 그렇지 않고선 한겨레신문의 진로에 대한 논의에서
창의성과 생산성을 기대하기는 어려울 것이다.

1993년 2월 27일

※ 이 글은 필자가 '한겨레신문의 당면과제와 진로를 묻는 공청회'에
서 발제한 것이다.

창간 때의 맹세 잊지 말아야

김동한

(법학 박사)

척박한 이 땅에도 참언론이 존재함을 증명해 준 한겨레신문. 뒤틀린 역사를 부둥켜안고 분노에 떨던 한많은 한민족에게 희망의 등불로 다가왔던 한겨레신문. 선남선녀, 장삼이사, 보통 사람들이 넉넉하지 못한 몇 달치 용돈을 큰마음먹고 선뜻 내놓아 자랑스럽게 태어났던 한겨레신문. 그 어떤 수사로도 한겨레신문의 참모습과 창간이념을 다 설명하기 어려울 정도로 모처럼 바르게 살고자 하는 이 땅의 사람들에게 가슴벅찬 순간을 제공했던 한겨레신문.

이러했던 한겨레신문이 겨우 6살에 접어들면서 생명력을 잃어가고 있다는 낙심천만의 소리소문은 우리를 슬프게 하고 분노케 한다.

'한겨레신문전국독자주주대표자모임'이라는 이름이 길어서 슬픈 모임에서 '한겨레신문의 당면과제와 진로'라는 주제의 공청회를 한다기에 선뜻 참석하여 끝까지 지켜봤던 2월 27일 토요일 오후. 우리 이날을 '한겨레신문 사랑의 날'로 기억해

두자.

멀리 마산에서 광주에서 대전에서 수원에서 평택에서 인천에서 그야말로 전국 방방곡곡에서 한겨레신문을 분신처럼 여기는 독자와 주주들이 공청회장을 가득 메웠다. 그 무엇이 이들을 이렇게 모이게 했는가? 답은 하나. 병들어 가는 한겨레신문을 살리자는 일념에서 한마음 한뜻이 되었다.

창간 초기 거룩할 정도의 공평무사의 창간정신이 만신창이가 되어 이제는 저잣거리의 웃음거리로 전락했다면 지나친 비관일까? 제도권의 언론탄압기관에서나 써먹던 수법을 공공연히 자행하고 있음을 증언한 지국장의 주제발표는 한겨레신문의 현주소를 극명하게 드러내준 셈이다. 신문은 기사와 논조로 말한다는 명제가 옳다면 우리의 한겨레신문에 대한 우려표명도 기사와 논조에 국한되어야 한다고 강조될 수 있다. 그건 그렇다. 중요한 것은 기사와 논조다. 날이 갈수록 약해지는 논조와 거듭되는 낙종을 접하면서 독자와 주주는 한숨만 쉴 것인가? 상업성을 무시할 수 없어 훼절을 해야 한다면 이미 한겨레신문은 그 사명이 끝난 것이 아니겠는가? 해직시절 그 인고의 세월을 물질로 보상받으려고 한겨레신문에 들어온 것은 아니지 않은가? 왜 이런 질문과 의문이 숱하게 반복하여 제기되고 있는지를 한겨레신문 경영진들은 겸허한 자세로 뼈아프게 새겨들어야 한다.

한겨레신문의 진통을 재정난으로 돌리려는 유화론자들은 '한겨레사건'이 거지들 보자기 찢는 식의 내분이 아님을 직시하여야 한다. 한겨레신문은 '창녀'로 살아 있을 필요는 없다. 창녀 역할은 기존의 제도언론이 더 멋지게 해주고 있으니까. 한겨레신문은 '수녀'로 살아야 한다. 수녀적 기사와 논조를 요

구하고 갈망하는 독자와 주주를 잔인하다고 원망해서는 안 된
다. 태어날 때의 맹세를 잊어서는 안 된다. 87년 대선 때 한겨
레신문이 없었음을 많은 사람들이 아쉬워했고, 92년 대선 때
한겨레신문이 있었음을 얼마나 많은 사람들이 허탈해 했는가
를 가늠해야 한다.

　제2창간을 열망하는 공청회장의 열기가 만리동 고개를 넘어
한겨레신문사에까지 신속·정확하게 전파되기를 간절히 비는
마음으로 공청회장을 나오니 어둠 속에 별빛이 유난히 밝아
보인다.

〈한겨레전국독자주주모임〉 1993년 3월 18일자

독자주주모임에 함께 하며

이현숙
(한겨레전국독자주주모임 감사)

전국 각지에서 거리, 연세에 관계없이 여러 선생님들이 참석하시어 진행되는 1박2일의 한겨레 독자주주모임은 항상 그 댁 가족들의 따뜻한 배려 속에서 새벽까지 열띤 토론과 함께 역사의식을 고취시켜 준다. 그 분위기를 접하다 보면 우리의 현실에 대해 마음은 춥고 가슴은 떨리면서 쉽게 우리라는 공동체 의식을 느끼게 된다.

맨처음 창간주주로서 한겨레에 대한 단순한 애정만 가지고 어떤 문제의식 같은 건 느끼지 못한 채 참석했으나, 요즈음은 여러 선생님들의 뜻에 동참하고 그분들의 모습, 삶의 자세를 앞으로 나의 삶 속에 반영하고 올바르게 살고 싶다. 예로부터 왕조시대, 일제, 그리고 해방 후 지금까지 우리의 척박한 예속의 역사 속에서 외세, 부도덕한 군사정권에 짓밟혀 투쟁해 온 투쟁사는 역사의 주인인 민중의 시각에서 조명되어야 마땅한데도 기득권층의 말살 왜곡으로 인하여 민중의 진실은 외면 무시되고 가리워졌다. 지금 이 땅에 올바르고 살아 있는 언론을 하나 갖고자 하는 열망으로 한겨레를 바로 세우기 위해 정열을 쏟으시는 그분들의 모습에서 지난 우리 역사 속 순수했던 민중의 열정을 느낌과 동시에 지금까지 성실한 생활인으로서만 살아온 나의 모습에 대해 반성해 본다.

지난 7월 모임 식사중에 회장님께서 여기 모인 사람들은 다 '바보'라고 표현하셨는데 식사 후 '바보'임을 유감없이 발휘할 기회가 왔다. 그자리에서 우리 모임은 발전기금 150만 원을 걷었다. 그러나 단호하게 말할 수 있다. 우린 진실·정의, 그릇된 것을 바로잡기 위해서 호주머니를 터는 '깨어 있는 바보'라고….

김중배 씨가 대표이사가 될 것이라는 소식을 들었을 때 뭔가 발전된 변화가 오리라 생각되어 다시 성금을 보내려고 했다. 평상시 김중배 씨를 '행동하는 양심'으로 생각해 왔기 때문에. 그러나 취임 후 지금까지 7차례의 재판이 진행되는 동안 그는 고여 있는 물로서 썩고 말아버린 느낌이 든다.

오늘의 한겨레 문제가 지식인들의 '밥그릇 수호작전'으로 인해 해결되지 않고 장기화되고 있다면 정말 심각하고 6만 주주들은 분노하지 않을 수 없다. 주주들은 3월 주총을 철저하게 준비해 더 이상 농락당하지 말아야겠다. 이 땅의 국민을 깨어 있게 할 수 있는 신문은 반드시 국민이 주인인 한겨레신문이어야 할 때 한겨레전국독자주주대표자모임을 이끌어가시는 여러분들의 외로운 싸움에 대한 올바른 대답을 사법부는 판결로 말해 줘야 한다.

〈한겨레전국독자주주모임〉 1994년 1월 12일자

창간정신에 충실한 경영을

박운주

(한겨레전국독자주주모임 공동대표)

우리 주주가 할 일은 회사경영에 소액주주의 참뜻을 모아 반영하는 방법을 찾고 행동으로 옮겨야 한다.

첫째 주총은 최고의결기관이므로 주주 의견이 지면개선과 회사경영에 직결되어야 하며, 둘째 이사는 주총에서 선임하므로 주주대표가 이사회에 참여해야 하며, 셋째 독자·주주의 뜻이 반영된 정관개정작업을 해야 한다.

위와 같이 주주가 주인된 권리를 행사하기 위해서는 소액주주들의 참여와 주권위임에 관하여 지역별로 대표를 선정·위임하되 400만 주의 51% 이상을 확보해야 한다. 일반적으로 주식회사란 몇몇 대주주에 의해 기업경영권이 독점되어 있다. 그러나 한겨레는 6만여 명에게 주식이 분산되어 있기에 주주 개개인이 경영에 참여하기 어려운 특수성을 갖고 있다. 현재 회사의 경영 상황은 일부 주주 또는 독자의 항의나 권유 등은 회사 쪽에 의해 묵살되거나 소극적·부정적으로 수용되고 있어 주객이 전도되어 있다. 이처럼 6만 주주를 방치한 경영은 창간정신에도 위배된다.

한겨레의 창간 동기는 6월항쟁으로 참언론을 갈구했던 6만 주주들의 참뜻이 모아진 것이다. 그러나 해직언론인으로 구성된 회사라 하여 무조건적으로 신뢰한 점, 현행 상법과 주식회사법에 따른 경영원칙과 방법론만을 도입한 점, 그리고 창간위원회를 설치한 점, 주주를 방치한 점 등이 경영위기의 원인인 것 같다.

한겨레의 창간정신은 "나라의 민주적 기본질서 확립과 민족의 통일을 목표로 국민에 바탕을 둔 자유롭고 책임있는 언론을 정립한다."고 하여 13개 항의 윤리강령을 만들어 언론인으로서 올바른 자세를 갖출 것을 다짐하였다. 그러나 과연 회사는 창간정신과 윤리강령에 맞는 운영을 하고 있는가? 주주를 사외 저항세력으로 규정하고 2%의 주식을 보유한 임직원이 98%의 주주를 모래알처럼 방치하면서 주총을 유명무실한 기구로 전락시키고 있는 현실을 직시하고, 5기 주주총회에 모두 적극 참여하여 주인의 모습을 보여야 한다.

특히 광주·전남 독자·주주들이 이 소식을 접하는 대로 광주모임에 참여하여 모두 함께 힘을 모아 나갈 것을 기대한다.

〈한겨레전국독자주주모임〉 1993년 2월 13일자

독자 · 주주들은 알아야 한다

심병호

(한겨레전국독자주주모임 대외협력국장)

독재권력은 언제나 바른말 하는 사람을 두려워하고 진실이 알려지는 걸 막아보려고 은폐와 조작을 시도해 보고 잘 안 되면 탄압에 광분하게 되고 마침내는 멸망의 구렁텅이로 빠지게 된다.

이승만 · 박정희가 그 모범을 보이다가 자멸하지 않았는가. 저들은 이문옥 전감사관이나 윤석양 씨, 한준수 전군수의 용기에 대하여 예외없이 은폐 · 조작, 나아가 탄압에 이르는 수순을 정확하게 밟아오고 있지 않은가!

그런데 온 국민의 절절한 염원을 담아 자주 · 민주 · 통일을 지향하며 민족 · 민주 · 민중언론, '참언론'으로서의 사명을 다 하겠다던 '우리의 한겨레신문'에서 일부 경영간부들이 저지른 독선과 비리, 무책임 · 무능력과 전횡을 비판하는 용기있는 사원들을 가혹하게 탄압하고 있다는 사실을 알고 놀람과 함께 분노가 치솟는 걸 숨길 수 없었다. 불의한 정권이 감옥이 미어지도록 양심수를 가두어놓고도 한 명도 없다고 억지를 써서

세계의 웃음거리가 되더니, 한겨레신문의 일부 간부들은 피땀 어린 주주들의 돈을 축내고도 미안한 줄도 모르며, 동아일보를 표절하고도 부끄러운 줄 모르고, 바른말 하는 기자를 징계하고도 반성하지 않는다. 변절자를 편드는 갖가지 반언론적인 행태를 되풀이하면서도 적반하장을 일삼고 있으니 통탄할 일이다.

"죽쑤어 개 준다."는 속담이 한겨레신문에 들어맞으려고 하는 조짐이 곳곳에서 드러나고 있으니 주주들은 눈을 똑바로 뜨고 정신을 바짝 차려야 한다. 일부 경영진에서 기자에 이르기까지 파당적 이기주의에 물든 자, 지역패권주의자, 기회주의자, 보신제일주의자 등 언론의 이름을 파는 모리배들은 한겨레신문을 떠나야 할 것이다.

이 나라의 양심인 독자·주주들이여! 똑바로 눈을 뜨고 진실을 외치며 창간정신을 구현하는 데 힘을 모읍시다. 주주총회에 꼭 참석하여 정당한 권리를 행사합시다. 한겨레신문과 이 나라의 운명도 우리의 어깨에 달려 있습니다.

〈한겨레전국독자주주모임〉 1993년 2월 13일자

5기 주총을 '제2창간' 계기로

김난수

(한겨레전국독자주주모임 청년부장)

1월 30일자 〈한겨레가족〉에 실린 정관개정 내용과 방향 및 김명걸 대표이사 사장이 신년사에서 기채론을 거론한 것을 보면서 "믿었던 도끼에 발등찍힌다."는 옛말이 떠올랐다. 과연 한겨레신문이 권력과 자본으로부터의 독립이란 창간정신에 충실한지, 그리고 6만 주주는 허수아비에 지나지 않는지 착잡한 마음을 지울 수 없었다.

이제 우리 모두에게 국민의 신문인 한겨레신문이 지난 5년 동안 진실로 부족한 점이 없었는지, 그 동안 주총에서 6만 주주들이 주인노릇을 제대로 했는가에 관한 성찰이 절실히 요청된다.

가족 모두가 창간주주로 참여한 우리의 뜻과는 달리 한겨레신문의 첫 단추가 행여 잘못 끼워졌다면, '제2의 창간'을 이루는 계기가 되도록 힘을 모아야 한다.

모든 사람을 영원히 속일 수 없음은 고금의 진리이고 한 사회가 건강하지 못할수록 큰 원칙을 지켜나가는 것은 소중하다.

진실을 밝히려 노력한 사람들이 고통받는 굴절된 역사가 계
속되어서는 안 된다. 우리는 적극적으로 주권위임운동을 벌여
주주의 역량을 모아 주인으로 일어서야 한다.
〈한겨레전국독자주주모임〉 1993년 2월 13일자

민중의 피끓는 사랑 '한겨레'는 영원하리

강창덕

(마창언론모니터모임 대표)

한겨레신문전국독자주주모임 지리산 등반대회가 주주·독자 3백여 명이 참가한 가운데 마산·창원·진해·광주 독자주주모임 주최로 5월 16~17일 열렸다.

행사 당일의 남부지방 날씨가 30% 비올 확률이라는 기상대의 달갑지 않은 예보에 가슴 조이며 몇 번씩이나 하늘을 쳐다보곤 했다.

화엄사 민박지에서 전야제

밤 9시가 임박해 목적지인 구례 화엄사 입구에 도착하니 그곳 마당에는 벌써 참가인원의 절반이 넘는 전국 각지의 한겨레 독자주주들이 삼삼오오 둘러앉아 그 동안 만나지 못한 지역모임 소식과 인사로 서로 정신이 없었고 그런 와중에서도 속속 도착하는 가족들에게 "먼길 오느라 수고하셨습니다." 하는 다정한 인사말과 박수로 맞아들이는 마음 씀씀이가 순간적으로 지친 몸을 시원히 풀어주는 듯했다. 예상보다 두 배나 불어난 인원에 정신없이 뛰어다니는 광주의 이건종님.

간단한 인원점검을 마치고 각지역 독자주주모임 사례발표가 있었다.

영원한 한겨레인, 3년 전부터 어용언론 불매운동을 전개하고 있는 장문하님이 뜨거운 애정과 실천으로 이끌어가고 있는 수원모임을 시작으로 모임소개가 이어졌다. 닭·개·상추·호박 등을 심고 키우며 바른 먹거리 문화를 몸소 실천하고 있다는 전주모임의 서지영님은 시종일관 가슴을 드러내놓은 재담으로 박수갈채를 받았다. 그리고 독자배가운동 전개현황과 배달사고시 일부 주주나 독자가 직접 배달체계를 한시적으로 가동할 수 있는 방법을 소개한 마창지역을 끝으로 간단한 사례발표를 마쳤다. 본지 한마당 인물탐구에 소개된 적이 있는, 지리산의 살아 있는 신이라 불리는 함태식님의 '한국언론에는 오직 한겨레밖에 존재하지 않는다'는 평소 지론과 인사말에 이어 밤 10시 30분 최초의 전국독자주주모임 뒤풀이가 시작되었다.

모닥불·막걸리·만담·노래·춤

마당 한가운데 모닥불을 피워놓고 지리산 약수로 빚은 순곡주 막걸리를 마셔가며 남녀노소 구분없이 서로 어깨동무를 한 채 '우리의 소원은 통일'을 시작으로 뒤풀이는 흥을 더해 갔다. 마창지역 강정철, 이희동, 이미선님이 차례로 나와 재치있는 만담과 용광로에서 끓는 쇳물처럼 화끈한 노래로 전체 분위기를 압도하였을 때 가족이란 바로 이런 것이구나 하는 뜨거움을 느끼게 했다.

아기를 남편께 맡겨놓고 참석하신 대구 주부님의 민요솜씨, 성남지역의 오락과 율동은 시간을 잊게 했다. 시계추를 붙들어 매고 싶은 심정을 누를 길이 없었다. 자정이 넘은 시각 전체적인 뒤풀이를 마치고 지역별 길닦이로 들어가 새벽 3시까지 토론을 하였다. 특히 성남모임은 새벽 5시까지 머리를 맞대고 한 겨레를 걱정하는 극성(?)을 부리기도 했다.

이튿날, 다들 평균 수면 두세 시간씩으로 졸리는 눈을 비비고 나서서 오전 11시 30분께 노고단에 올라 식사를 마친 뒤 독자주주모임 활성화 방안과 한겨레 발전을 위한 2차 토론회를 가졌다. 먼저, 신라 이래로 국태민안을 기원하던 박혁거세 어머니를 기리던 노고단 중턱에서 질곡의 세월을 묵묵히 감내하며 역사의 장으로 파묻힌 이 땅의 민중을 위하여, 지리산에서 산화한 영령들을 위해 묵념을 올리면서 성남지역모임의 합창으로 '임을 위한 행진곡'이 잔잔히 울려퍼졌다. 아직도 말없이 현대사를 지켜보고 있는 지리산이란 장소와 노래가 한데 어우러지니 복받쳐오르는 감정을 주체할 수 없어 여기저기서 흐느끼는 이들이 많았다. 대전 장석정 선생님의 제창으로 2백80여 가족의 거대한 합창이 다시 한 번 지리산에 메아리치지 않았던들 그대로 눈물바다가 되었을 너무나 감동적인 장면이었다.

감동적인 노고단 산상토론회

이어서 성남에서 발표한 모임 활성화 방안은, 상당히 구체적이고 기술적인 내용까지 담고 있어 다른 지역의 부러움을 사기도 했다. 대전의 김택중님은 민족의 명산 지리산 노고단 중턱에 아직도 잔재가 남아 있는 외국인 별장을 날카롭게 지적해 주셨고, 부산 김규민님의 경상도 특유의 사투리로 한 인사말로 분위기는 점차 고조되면서 한겨레신문의 앞날을 걱정하는 작은 예수들의 목소리는 그칠 줄 몰랐다.

광주 기호민님께서는 아무리 소액주주라도 오랜 세월을 침묵으로 일관한다면 제2의 조선대학처럼 엉뚱하게 일부 불순세력들에게 한겨레신문을 고스란히 진상하는 우를 범할 수 있다는 얘기로 다시 한 번 경각심을 일깨워주었다. 필자는, 주주가 대표이사에게 결재를 얻어야 하고 사원들의 알 권리를 원천봉쇄하고 한겨레 발전을 위한 그 어떤 유인물이라도 대표이사의 마음에 들지 않으면 결재를 해주지 않을 수도 있는 등 엄청난 모순이 내재돼 있는 유인물 배포지침 시행서 문제를 제기했다. 인천 신맹순님의 긴급제안으로 〈인사이더 월드〉 광고 취소건에 대한 문제와 더불어 긴급동의 형식으로 항의방문단을 구성하자는 제안이 나왔다. 참석 독자주주들은 6월 전국주주대표자 모임에서 근자에 일어난 일련의 사건을 한데 묶어 세부안을 확정해 가까운 시일 내(6월중) 본사에 항의방문단을 보내기로 의견을 모았다.

또한 가을 2차 등반대회부터 연례행사로 전국독자주주모임 행사를 가지기로 했으며 오후 3시부터 하산을 시작해 숙박과 산행을 맡으신 마창지역 최수철님의 인도로 임걸령을 거쳐 연곡사까지 세 시간 가까운 힘든 산행을 한 사람의 낙오자도 없이 안전하게 끝냄으로써 공식일정을 모두 마쳤다.

가을에 다시 만날 얼굴 그리며

이번 행사로 얻은 수확이라면, 한겨레는 독자주주들의 피끓는 사랑으로 영원히 죽을 수도 없고 죽지도 않을 것이며, 아직도 지엽적인 근시안을 가지고 한겨레신문 발전에 걸림돌이 된 인사들에게 무언의 압력을 가할 수 있는 자발적인 참여의식과 이 땅의 양심세력이 얼마나 많이 살아 있는가를 직접 확인할 수 있었다는 것에 가장 큰 의의를 두고 싶다.

마무리 시점에 허무하게 헤어진 지역독자주주 여러분께 사과를 드리며, 그나마 행사를 성공리에 마칠 수 있었던 점은 독자주주 여러분의 뜨거운 사랑이라 생각하며 특히 광주 이건종 님께 지면을 빌려서나마 머리 숙여 감사드린다.

〈한겨레정론〉 1992년 6월 5일자

창간정신으로 한 해 경영·지면을 검증하는 주총돼야

진영일

(공주교대 교수·사학)

한겨레신문의 작은 주주가 된 이래 지금까지 개인적인 사정도 있었지만 회사를 절대적으로 믿어 위임만 하고 직접 참석하지는 못하였다. 그러나 이번 5기 주총은 정관개정이란 중차대한 안건도 있고 또 과연 한겨레의 주총은 어떻게 하는 것인가도 직접 살펴볼 겸하여 참석하였다.

한겨레신문의 창간이념은 자주·민주·민족통일 정신이다. 그리고 한겨레신문의 주인은 액수에 관계없이 오로지 조국의 참된 민주화와 민족통일을 갈망하는 간절한 염원을 가진 6만여 주주이다. 경영진은 주주들로부터 위임을 받은 심부름꾼들이다. 그러므로 경영진은 책임의식이 투철해야 된다고 생각한다.

한겨레신문의 주총은 우선 민주집중제적 잔치가 되어야 한다. 또 창간정신이 잘 지켜지는 지면인가? 올바른 경영인가? 또 문제점이 있다면 이것을 허심탄회하게 논의하고 새로운 활로를 진지하게 모색하는 그런 주총이 되어야 할 것이다.

　이번 주총에 참여하여 느낀 점은 첫째, 경영진이 솔직하게 잘못을 잘못으로 시인하고 이의 개선책을 모색하는 진지한 자세가 부족하다. 둘째, 감사가 의례적·형식적이라는 것이다. 감사는 엄정하여야 하고 문제점이 발견되면 그 책임소재를 분명히 밝혀야 한다. 셋째, 김명걸 사장의 회의진행이 일방적이고 회의법을 무시하였다. 주주들의 정당한 발언을 회사에서 나온 것으로 보이는 괴청년들이 저지하고 불법적으로 끌어내고 심지어는 폭력사태까지 발생하는 것을 보았을 때 정말 한겨레신문의 주총에서까지 이래야 하는가 하는 생각에 분노를 금치 못하였다.

　그리고 주주들의 긴급동의를 묵살하고 회의진행을 의도대로 밀고나가는 반민주적인 작태는 한심스럽다고밖에 말할 수 없다. 실망한 주주들이 하나 둘씩 회의장을 떠나 회의 후반에 남아 있는 주주들은 소수에 불과하게 되었다. 이런 현실에서 어떻게 6만여 주주의 참된 총의를 모을 수 있겠는가? 하루 빨리 경영진의 독주를 견제하고 잘못이 있을 경우 책임을 물을 수 있는 주주대표로 구성된 제도적 장치를 마련하여야겠다.

　그리고 대표이사가 편집위원장을 추천한다든가 하는 등의 비민주적 독소조항도 한시 바삐 개정되어야겠다. 그리고 경영도 어려운 형편에 참가 주주들에게 주는 선물 따위는 낭비가 아닌가 생각한다.

〈한겨레전국독자주주모임〉 1993년 6월 12일자

창간 5년의 경영비리 책임 엄중히 물어야

곽병준

(한겨레전국독자주주모임 상임고문)

비판을 외면하고 정부시책 홍보에 앞장서 온 한국의 언론 현실 속에서 국민모금으로 일으켜세운 세계 최초의 신문이라고 자랑하는 한겨레신문 6만 1천8백66 주주들은 권력과 자본으로부터 독립해 정의와 진실만을 외치는 국민신문 만들기에 동참했다는 점에서 누구 못지않게 나라를 걱정하는 사람들이라 자부한다.

5번의 주주총회를 하는 동안 이사·감사의 인격이 창간정신을 세워나갈 사명감에 투철할 것으로 믿고 '의결권'을 회사에 위임하고 경영에는 개입하려 하지도 않았다.

'믿는 도끼에 발등찍힌다'는 말과 같이 그들의 무책임·불성실 그리고 비리로 92년 12월 말 현재 자본의 25%에 해당되는 48억 8백만 원(4,808,658,462원)의 결손을 보고 말았다.

2억 원 부실어음 매수 경리사고

정태기 당시 상무이사는 마포사옥 터 취득세를 기일 안에 내지 않아 가산세 5천9백만 원의 손해를 회사에 끼쳤다(90년 71·72차 이사회의록. 송 대표이사, 최성민 당시 노조위원장 발언).

또 90년 2억 원 경리사고(부실어음 매수)에 대하여 노동조합은 우선 '2억 원 경리사고' 처리에 있어 책임 관련자를 경징계(3개월 10% 감봉)했을 뿐 아니라 오히려 얼마 뒤 성유보 당시 관리국장을 총괄상무로 중용하는 의혹과 부도덕성을 지적하는 한편, 책임자들이 손해액을 변제하도록 요청함에 따라 비상임이사도 노조의 주장을 적극 지지하고 송 대표이사로부터 사고어음 처리과정에서 변제받지 못하는 부분이 있으면 자신이 책임지고, 당시 도의적 책임을 나타낸 이사들이 함께 전액 변제하여 회사에 손해를 끼치는 일이 없도록 하겠다는 다짐을 받아냈다는 것이다.

그러나 홍성우, 이영희, 이효재 등 비상임이사들이 일제히 정태기 상무이사의 문책을 반대하여 할 수 없이 차기이사회로 논의를 미루기로 했다가, 7월 9일 열린 72차 이사회에서 정 상무이사(당시)의 잘못은 인정하는 대신 정 이사를 포함한 여러 사람이 책임을 나눠지도록 주장하는 한편 금전변제는 적극 반대함으로써 가산세 5천9백만 원과 어음사고 2억 원에 대해 누구도 책임지는 사람 없이 회사로 그 손해가 넘어오게 된 것이다.

〈만화세계〉 60만 부 인쇄로 1천4백만 원 손실

총무국 업무감사에 따르면 88년 두 차례에 걸쳐 주간 〈만화세계〉 60만 부를 외간시행 품의절차도 없이 외간지 관례인 용지마저 인수하지 않고 대량의 인쇄용지를 회사 부담으로 인쇄

해 줌으로써 1천6백만 원의 손실을 가져왔다. 뒷날 〈만화세계〉
쪽에 소송을 걸어 2백30만 원을 받아내어 결국 1천4백만 원을
순손실로 넘겼으나 역시 책임지는 사람이 없었다.

회사공금 횡령에 응분의 징계없어

88년, 광고국 이병주 이사는 회사공금 1백30만 원을 개인용도
로 쓰고 전도금 경비로 처리토록 지시한 것으로 드러났다(90.
7. 31, 대표이사에게 제출된 광고국 업무감사보고). 회사는 횡령
금 환수와 징계 등의 일반원칙을 무시하고 아무런 조치도 취
하지 않았다. 88년도에 쓴 돈을 91. 1. 4. 현재까지도 문제의 1백
30만 원을 회사에 반환하지 않았으며 이 이사 비리에 대한 응
분의 징계문제가 이사회에서 거론된 바 없다(송 대표이사의
말로 91. 1. 8 노보 30호). 그 뒤 횡령액 1백30만 원 처리문제는
정리되었다고 말하고 있으나 확인된 바 없다.

주먹구구 추진 '겨레의 노래'

'겨레의 노래' 사업추진위(위원장 이병주 상무이사)에서 5억
원의 큰 돈을 투자하는 사업이 어려운 재정상황에서 예산수요
의 우선순위를 무시하고 치밀한 기획조차 없이 '주먹구구' 식
으로 하는 것은 부당하다는 지적이 있었다.
이 위원장은 "일일이 사원 모두의 동의를 구하다가는 아무
일도 못한다.", "결과를 책임지면 될 것 아니냐."고 하면서 강행
한 결과 9천여만 원의 손해를 보았으나 이 위원장은 책임지지
않았다. 90년도 최대 단일 손실사건에, 제76차 이사회에서는 책

임추궁이나 징계도 없이 그냥 넘어간 것으로 알려졌다.

대책촉구 묵살한 광고영업소 5억 부도

광고대행업자에게 적절한 보증금 적립도 없이 광고국 직원
지교철 씨가 여러 번 책임자에게 "대행업자가 부도를 낼 것 같
으니 수금에 대한 대책을 세우도록" 촉구하였음에도 이를 방
치함으로 회사는 5억 원 부도의 손실을 입게 되었다. 92년 12
월, 부도 관련 광고국 직원과 김두식 상무이사(당시 광고국장
책임을 물어)가 각각 감봉 1개월 징계를 받았으며 93년 5기 주
총을 앞두고 김두식 상무이사는 감봉 3개월을 급히 받은 이후
아직도 그 자리를 지키고 있다.
　이상 몇 가지 사례를 보면 무책임·불성실 및 비리로 회사는
막대한 손실(48억 8백만 원)을 보았으나 주총 때마다 한 건의
잘못도 없고 이상이 없다는 감사보고서를 제출하여 주주들은
회사의 잘못을 알 수 없다. '하나를 보면 열을 안다'는 속담처
럼 감사보고서에 수많은 잘못이 감춰지지 않았나 의심이 갈
수밖에 없다.
　특히 5기 주총 결산서에 나타난 받을 채권(외상 매출액 : 48
억 3천8백37만 2천7백14원, 받을 어음:56억 6천5백 9천7백99원,
미수금 : 1억 7백75만 3천5백67원, 부도어음 : 10억3천9백97만 5
백67원, 합계 : 1백16억 5천1백10만 6천6백47원)이 있는데 이 가
운데 얼마만큼의 부실채권이 더 있는지 심히 걱정된다.
　감사는 지난일이기에 일사부재리라고 억지를 부리고 있으나
상법 400조, 450조, 399조 등의 규정에 따라 이사·감사의 부정
행위 또는 임무의 해태로 회사가 입은 손해의 책임면제는 정

식으로 주주총회의 절차를 밟아 주주의 동의를 얻지 않고서는
그 책임을 면제받을 수 없다. 또 이사회의 결의를 통해 회사가
손해를 보았다면 그 결의에 찬성한 이사도 책임을 져야 하며
이사·감사의 부정행위에 대해서는 시한이 없어 책임을 면제
받을 수 없는 것이다.

〈한겨레전국독자주주모임〉 1993년 6월 12일자

총회장에서 폭행당해 절망

김두루한

(교사 · 한겨레전국독자주주모임 홍보국장)

지난 2월 27일, '한겨레신문의 당면과제와 진로'를 묻는 공청회에서 독자 · 주주가 주인으로 일어서야 한다고 다짐하였다. 그리고 3월 20일 5기 주총회장으로 발길을 옮겼다. 그날 김 사장의 주총의장 자격과 의결권 위임에 대한 시비가 있었다. 결산보고서와 정관개정안에 대한 많은 주주들의 반대의견을 묵살하고 김명걸 사장은 통과를 발표하였다가 곧바로 취소하는 일이 일어났다. 또 정관개정안의 독소조항을 지적하는 주주들의 논리정연한 의견이 쏟아져 나왔다.

이때 회의장 2층 가운데서 빈정대듯 고함치는 사람이 있어 나는 '발언권'을 얻어 정식으로 의견을 내라고 따졌다. 회사직원을 중심으로 회의를 빨리 끝내려는 '패'를 배치한 듯한 인상을 받았다.

늦게 아기를 안고 온 안사람과 만날 수 있었다. 아기를 받아 안았다.

몇 명의 주주들이 진지하고 조리있게 의견을 발표할 즈음 어

떤 사람이 "총회꾼이 방해한다. 당신들만 '한겨레'를 사랑하는
가?"고 고함치며 감정싸움으로 치닫게 하는 말을 하고 있었다.
나는 순간적으로 "좀더 분명하게 총회꾼이라는 근거를 대라."
고 외쳤다. 순간 나의 안경 위로 누군가의 주먹이 날아와 안경
이 바닥에 떨어져 알이 빠졌다. 아기가 크게 울었다. 아기를 안
고 있던 터라 어찌할 수 없었다. 이어 광고국 직원 등에게 사
지와 멱살을 잡혀 회의장 밖으로 들려나갔다.

　"왜 한겨레 경영진이 주주인 나에게 폭행을 하며 정관을 개
악해야 하느냐." 하고 외쳤다. 회의장에 다시 들어가고 싶지 않
았다. 그뒤 일 주일 간 아기는 깜짝깜짝 놀라고 경기를 하였다.

　'한겨레'의 창간정신을 무너뜨리고 존립이유를 뒤흔드는 사
건들이 잇따라 터진 까닭을 알 듯하였다.

〈한겨레전국독자주주모임〉 1993년 6월 12일자

이사 · 감사가 지녀야 할 자질 · 도덕성
-창간정신을 실천할 임원을 뽑자

신맹순

(전인천시의회 의장)

지난 5년간 거듭된 경영사고와 변칙보도로 지면이 훼절된 가운데 창간위원회조차 반대하는 정관개정안을 현경영진이 주총에서 통과시키려는 의도는 무엇인가? 정관개정안에 담긴 임원진 선출방식은 한겨레정신을 무너뜨리는 독기를 품고 있다.

사내에서 4명씩 연기명 투표로 어느 파벌이 장악할 '경영진 추천위원회'라는 해괴한 선거인단이 뽑은 임원진에게 40만 독자·6만 주주를 만족케 할 책임경영을 기대하기는 어렵다.

87년 6월항쟁에서 일궈낸 한겨레신문의 창간정신을 드높이고 정의와 진실을 외치는 신문, 부정과 비리가 없는 신문, 부정과 비리가 없는 경영을 일궈낼 경영진은 누구이어야 하나?

첫째, 이사·감사는 한겨레신문 탄생의 역사적 의미가 담긴 창간정신을 지키고 키우는 자질·의지·도덕성을 갖춘 사람이어야 한다. 국민주주의 주식회사 형식에 민족·민주·통일을 지향하는 사회운동체 특성을 정확히 살릴 정관·사규를 마련하고 제도와 조직을 꾸려야 한다.

한겨레신문의 물적 토대를 마련해 준 6만 주주를 모래알·허수아비로 버려둔 채 주주들이 모이는 것을 싫어하고, 의견통로를 봉쇄하며, 경영내용을 알까봐 경계하는 경영진은 이미 한겨레신문의 진정한 일꾼이 아니다. 전국을 돌며 돈을 모을 때는 주주모임을 열어 온갖 약속을 다하고 목표액이 채워지자 주주들을 내팽개치고 이제 주주명부마저 주주에게 공개하지 않는 경영층을 누가 믿겠는가?

전국독자주주대표자모임이 제안한 공청회의 공동개최 거부, 발제자 위촉 거부, 공청회 참석조차 꺼리는 경영진이 마음을 터놓고 열린 경영을 하겠는가?

둘째, 이사·감사는 경영(지면 포함)에 책임지는 자세가 분명해야 한다.

지난 90년 10월 한겨레신문을 뿌리째 뒤흔든 편집위원장 신임투표사건(성유보 편집위원장이 강행)은 정관·사규 어디에도 없는 신임투표를 앞세워 일부 편집국 기자들과 함께 최고책임자인 대표이사(당시 송건호)에게 도전하고 일부 이사들도 동조했던 태도는 도저히 용납할 수 없다.

거듭된 경영비리 가운데 광고국 안에서 청원과 여러 번 경고가 있던 가운데 일어난 5억 원 부도(92년 9월)는 현경영진이 얼마나 무책임한가를 웅변해 준다. 이를 환기시킨 광고국 직원 2명(지교철·강신순)에게는 터무니없는 중징계를 내려 실질적 해고를 하고 실제 5억 부도 책임자들은 감봉 1개월의 경징계에 그쳤으니 올바른 경영이 되겠는가?

셋째, 이사·감사는 한겨레신문에 대한 애정어린 비판에 겸허한 자세로 귀를 기울여야 한다.

최근 경영진이 안팎의 비판에 적대적인 태도를 보인 것은 매우 걱정스럽다. 경영비리와 변칙보도를 비판하는 유인물 배포를 금지·징계하거나 독자·주주들의 정상화 요구를 무시하는 태도가 용납될 수 있는가?

전국독자주주대표자모임이 있는데도 알리지 않고 3월 14일 또 다른 주주모임(간담회)을 연 것은 주주들을 분열시키려는 의도였다는 의혹을 사기에 충분하다.

'김영삼 숨겨논 딸' 기사가 실린 〈인사이더 월드〉 광고 취소와 김명걸 사장 지시로 관련 사설 삭제 및 김영삼 비서실장 방문 등은 창간정신을 뒤흔든 엄청난 사건이다.

한편, 지난 3월 8일 2기 이사진의 마지막 월례 정기이사회가 끝난 뒤 식사모임에서 지면과 경영 전반에 비판적 견해를 밝힌 이사 앞에서 김두식 상무이사가 입에 담을 수 없는 욕설을 퍼부었다니 이게 웬일인가?

5기 주총에서는 6만 주주가 뜻을 모아 한겨레신문의 창간정신을 살리는 정관을 채택하고, 이를 뒷받침할 자질과 도덕성을 갖춘 이사·감사를 뽑음으로써 제2창간의 계기를 마련해야 한다.

〈한겨레전국독자주주모임〉 1993년 3월 18일자

임시주주총회 표결과 관련해
김중배 사장에게 보내는 제3차 공개질의

한겨레신문전국독자주주대표자모임(이하 대표자모임)은 93년 6월 19일(토) 한겨레신문 임시주주총회의 표결과 관련하여 주총 당일 송건호 대표이사 회장이 김명걸 대표이사 사장에게 위임했다는 주총 의결권과 관련된 의혹에 대하여 제3차 공개질의를 합니다.

내용 1 : 대표자모임은 지난 6월 28일 제1차 공개질의서를 내고 7월 5일까지 그 답변을 요구했으나, 한겨레신문 경영진은 이를 묵살했습니다. 이에 대표자모임은 7월 6일 제2차 공개질의를 하고, 7월 9일까지 답변을 다시 요구했습니다. 그러나 한겨레신문 경영진은 책임있는 답변은 하지 않았습니다.

제2차 공개질의와 관련해 한겨레신문 주식업무실 김태홍 이사가 신맹순 주주에게 보낸 팩스문건은 적법하지 않은 답변이며 책임있는 답변도 아닙니다.

그 까닭은 첫째, 신맹순 주주 개인을 수신인으로 선택해 제

1·2차 공개질의 주체인 대표자모임의 실체를 인정하고 있지
않습니다.

둘째, 공개질의에 대한 공식답변 주체는 김중배 대표이사인
데 왜 김태홍 이사가 답변을 해야 합니까?

셋째, 제1·2차 공개질의는 "1.문제가 된 위임장의 내용과 양
식이 구비요건(주주번호 또는 주민등록번호, 위임주식수, 인장
날인 등)을 갖춘 적법한 것인가? 2.위임장의 내용으로 보아 송
건호 회장 개인소유 주식만을 위임하는 것으로 해석해야 온당
치 않은가? 3.다른 주주가 송 회장에게 위임한 주총 의결권을
김명걸 사장에게 다시 위임(재위임)했다면 법률과 한겨레신문
정관에 위배되는 것이 아닌가?"에 대한 구체적인 답변을 요구
했으나 김태홍 이사는 "귀 주주가 질의한 내용들은 적법하게
이루어진 것임을 알려드립니다."고 답변했습니다.

내용 2 : 대표자모임은 한겨레신문 경영진의 그 무책임하고
불성실한 답변 태도에 분노를 느끼며, 마지막으로 아래와 같이
제3차 공개질의를 합니다.

1. 주총 당일 송건호 회장이 김명걸 사장에게 의결권을 위임
했다는 위임장의 내용과 양식이 구비요건(주주번호 또는 주민
등록번호, 주식수, 인장날인 등)을 갖춘 적법한 것인가?

2. 위임장 내용으로 보아 송 회장 소유의 주식만을 위임하는
것으로 해석해야 온당하지 않은가?

3. 다른 주주가 송 회장에게 위임한 주총 의결권을 김 사장
에게 다시 위임(재위임)한다면 한겨레신문 정관과 법률에 위
배되는 것이 아닌가?

4. 송 회장의 위임장으로 제시된 것이 송 회장의 필적과 다

르다는 의혹이 떠도는데 그 진상은 무엇인가?

5. 송 회장이 직접 작성 서명한 위임장이 아니라면 이와 직·간접으로 연관된 부정행위자에 대한 처리방안은?

6. 송 회장의 위임장이 가짜라면 93년 6월 19일 한겨레신문 임시주총의 '1호의 안건' 의결은 유효할 수 있는가?

만약 원인무효라면 그에 대한 해결책은 무엇인가?

이상의 질의에 대해 그 답변을 93년 7월 19일(월)까지 요구합니다.

1993년 7월 13일(화)

한겨레신문전국독자주주대표자모임

소송에 들어가며

　한겨레신문전국독자주주대표자모임은 지난 6월 19일 한겨레신문 임시주주총회의 표결에서 이날 송건호 대표이사 회장이 김명걸 대표이사 사장에게 위임했다는 주총 의결권과 관련된 부정과 비리를 척결하고자 오늘 소송을 제기한다. 대표자모임은 이와 관련해 지난 6월 28일 제1차 공개질의서를 비롯, 7월 6일 제2차, 7월 13일 제3차 공개질의서를 내 한겨레신문 현경영진에게 주총 비리의 진상규명과 해결을 촉구했으나 책임있는 답변을 내놓지 않았다. 한겨레신문에서 부정과 비리가 용납돼서는 안 된다. 이번 임시주총 비리를 청산하고 한겨레신문이 창간정신에 충실한 언론으로 거듭나길 바란다.

1993년 7월 22일

한겨레신문전국독자주주대표자모임

가처분 신청서

신청인

　1. 곽병준(서울 서대문구 창천동 67의 32)

　2. 신맹순(인천 남동구 간석 4동 267의 2)

피신청인

　1. 김중배 2. 김두식 3. 이돈명 4. 김태홍 5. 변형윤

　6. 윤활식 7. 장윤환 8. 성한표 9. 문영희 10. 최학래

　11. 박재승

피신정인들의 주소

　서울 마포구 공덕동 116의 25, 한겨레신문사

신청 취지

1. 신청인들로부터 서울 마포구 공덕동 116의 25에 본점을 둔

신청 외 한겨레신문주식회사에 대한 1993. 6. 19자 임시주주총회 결의 취소 청구사건의 본안 판결이 있기까지 피신청인 김중배는 위 회사의 대표이사 및 이사로서의 직무를, 피신청인 김두식, 피신청인 이돈명, 피신청인 김태홍, 피신청인 변형윤, 피신청인 윤활식, 피신청인 장윤환, 피신청인 성한표, 피신청인 문영희, 피신청인 최학래는 각 이사로서의 직무를, 피신청인 박재승은 감사로서의 직무를 각 행하여서는 아니된다.

2. 위 직무집행 정지기간중 법원에서 정하는 적당한 자로 하여금 위 회사의 대표이사, 이사 및 감사로서의 각 직무를 각 대행하게 한다.

라는 가처분의 재판을 구합니다.

신청 원인

1. 신청 외 한겨레신문주식회사(이하 위 회사라고 합니다)는 신문의 발행 및 판매 등을 사업목적으로 하는 법인이고 신청인들은 위 회사의 주식을 소유하여 주주명부에 등재된 적법한 주주들입니다.

2. 위 회사는 1993. 6. 19. 14:00 서울 강남구 삼성동 159 소재 한국종합전시장 3층 대서양관에서 임원 선임의 건을 의안으로 임시주주총회를 개최하였습니다. 당시 위 회사의 대표이사로서 의장을 맡았던 신청 외 김명걸은 발행주식의 총수는 보통 주식 3,850,000주, 주주총수는 61,847명으로 52,997주를 소유한 1,028명의 주주가 출석하고, 16,138명의 주주가 1,955,471주의 의결권을 위임하여 총 2,008,468주로서 위 임시주주총회의 성원이 되었음을 선포하였습니다. 나아가 이사 및 감사의 후보명단을 발표하

였는바, 이사 후보를 10인에서 7인으로 줄이자는 일부 주주의 동의와 10인의 이사를 원안대로 승인하자는 개의가 성립되어 동의와 개의를 놓고 투표 및 개표에 들어간 결과 총 투표주식 수 2,071,801주 중 개의투표 주식수가 2,034,801주로 98.23퍼센트를 차지하여 대표이사 및 이사로 피신청인 김중배, 이사로 피신청인 김두식, 피신청인 김태홍, 피신청인 문영희, 피신청인 변형윤, 피신청인 성한표, 피신청인 윤활식, 피신청인 이돈명, 피신청인 장윤환, 피신청인 최학래, 감사로 신청 외 김광석, 피신청인 박재승을 각 선임한 결의가 성립하였다고 선포하였습니다.

3. 그러나 위 임시주주총회의 결의는 다음과 같은 사유로 결의 자체가 부존재하다고 할 것이고 적어도 취소되어야 합니다.

가. 위 회사의 주주총회는 주식들이 다양하게 분산되어 있는 특성상 그 의사정족수를 위하여 직접 주주총회에 참여하는 주주를 제외하고 주주들로부터 대표이사 회장과 사장에게 의결권을 위임받는 방법을 택하였습니다. 그 결과 당시 대표이사 회장인 신청 외 송건호에게 총 발행주식의 41퍼센트 상당인 1,589,586주의 의결권이, 대표이사 사장인 신청 외 김명걸에게 8퍼센트 상당인 315,865주의 의결권이 각 위임되었고 위 송건호는 3,000주의 주식을 소유한 주주이기도 합니다.

나. 그런데 위 송건호는 위 임시주주총회가 성원이 되어 성립된 후 10여 분 만에 퇴장하여 투표 및 개표에 참석하지 않았습니다. 위 임시주주총회의 의장이었던 위 김명걸은 자신이 위 송건호로부터 의결권을 재위임받았다고 하여 의결주식에 포함시켰습니다. 그러나 위 송건호는 자신이 위임받은 주식의 의결권을 위 김명걸을 비롯한 어느 누구에게도 재위임하지 않았을

뿐더러 그 위임장을 작성하여 준 일이 없고 투·개표과정에 참여하지 않았습니다.

다. 한편 위 송건호가 의결권을 위임받은 주식수는 1,589,586주로 당시 총 투표주식수 2,071,404주의 76.7퍼센트 상당에 이르므로 그 의결권이 행사되지 않고는 위 임시주주총회의 결의가 성립할 수 없는바, 위 송건호는 의결권을 행사하거나 재위임한 사실이 없습니다.

4. 그러므로 위 임시주주총회의 결의는 그 자체가 부존재하거나 적어도 결의방법이 법령과 정관에 위반하여 취소되어야 할 것이므로 신청인들은 위 회사를 상대로 귀원에 위 회사의 1993. 6. 19. 임시주주총회에서 피신청인 김중배를 대표이사로, 피신청인 김두식, 피신청인 윤활식, 피신청인 장윤환, 피신청인 성한표, 피신청인 문영희, 피신청인 최학래, 피신청인 변형윤, 피신청인 이돈명, 피신청인 김태홍을 각 이사로, 피신청인 박재승, 신청 외 김광석을 각 감사로 선임한 결의는 이를 취소한다는 위 주주총회 결의취소의 소를 제기하였습니다.

5. 그러나 위 임시주주총회 결의 취소의 소의 판결이 있는 동안에 피신청인들에 의하여 위 회사의 대표이사, 이사 및 감사의 직무가 집행되면 위 회사에 불이익할 뿐만 아니라 위임장을 위조 내지 조작하여 그 도덕성에도 크나큰 하자가 있게 되므로 신청인들은 적법한 주주로서 신청 취지와 같은 가처분을 구하기 위하여 이 신청에 이르렀습니다.

소명방법

1. 갑 제1호증 주식회사 등기부등본

1. 갑 제2호증 정관
1. 갑 제3호증 임시주주총회 의사록
1. 갑 제4호증의 1, 2 각 확인서
1. 갑 제5호증 주권 발행증명서
1. 갑 제6호증의 1, 2 주권 표면 및 이면

1993. 7.
위 신청인 곽병준, 신맹순

서울지방법원 서부지원 귀중

소장 Ⅰ

원 고
  1.곽병준(서울 서대문구 창천동 67의 32)
  2.신맹순(인천 남동구 간석 4동 267의 2)

피 고
  한겨레신문주식회사(서울 마포구 공덕동 116의 25)
  대표이사 김중배

주주총회 결의 취소의 소

청구 취지

1. 피고 한겨레신문주식회사가 1993. 6. 19. 임시주주총회에서 대표이사 및 이사로 소외 김중배, 이사로 소외 김두식, 소외 김태홍, 소외 문영희, 소외 변형윤, 소외 성한표, 소외 윤활식, 소

외 이돈명, 소외 장윤환, 소외 최학래, 감사로 소외 김광석, 소외 박재승을 각 선임한 결의는 이를 취소한다.
2. 소송비용은 피고의 부담으로 한다.
라는 판결을 구합니다.

청구 원인

1. 피고 한겨레신문주식회사(이하 피고회사라고 합니다)는 신문의 발행 및 판매 등을 사업목적으로 하는 법인이고 원고들은 피고회사의 주식을 소유하여 주주명부에 등재된 적법한 주주들입니다.

2. 피고회사는 1993. 6. 19. 14:00 서울 강남구 삼성동 159 소재 한국종합전시장 3층 대서양관에서 임원 선임의 건을 의안으로 임시주주총회를 개최하였습니다. 당시 피고회사의 대표이사로서 의장을 맡았던 소외 김명걸은 발행주식의 총수는 보통 주식 3,850,000주, 주주총수는 61,847명으로 52,997주를 소유한 1,028명의 주주가 출석하고, 16,138명의 주주가 1,955,471주의 의결권을 위임하여 총 2,008,468주로서 위 임시주주총회의 성원이 되었음을 선포하였습니다. 나아가 이사 및 감사의 후보명단을 발표하였는바, 이사 후보를 10인에서 7인으로 줄이자는 일부 주주의 동의와 10인의 이사를 원안대로 승인하자는 개의가 성립되어 동의와 개의를 놓고 투표 및 개표에 들어간 결과 총 투표 주식수 2,071,801주 중 개의투표 주식수가 2,034,801주로 98.23퍼센트를 차지하여 대표이사로 소외 김중배, 이사로 소외 김두식, 소외 김태홍, 소외 문영희, 소외 변형윤, 소외 성한표, 소외 윤활식, 소외 이돈명, 소외 장윤환, 소외 최학래, 감사로 소외 김

광석, 소외 박재승을 각 선임한 결의가 성립하였다고 선포하였습니다.

3. 그러나 위 임시주주총회의 결의는 다음과 같은 사유로 결의 자체가 부존재하다고 할 것이고 적어도 취소되어야 합니다.

가. 피고회사의 주주총회는 주식들이 다양하게 분산되어 있는 특성상 그 의사정족수를 위하여 직접 주주총회에 참여하는 주주를 제외하고 주주들로부터 대표이사 회장과 사장에게 의결권을 위임받는 방법을 택하였습니다. 그 결과 당시 대표이사 회장인 소외 송건호에게 총 발행주식의 41퍼센트 상당인 1,589,586주의 의결권이, 대표이사 사장인 소외 김명걸에게 8퍼센트 상당인 315,865주의 의결권이 각 위임되었고 위 송건호는 3,000주의 주식을 소유한 주주이기도 합니다.

나. 그런데 위 송건호는 위 임시주주총회가 성원이 되어 성립된 후 10여 분 만에 퇴장하여 투표 및 개표에 참석하지 않았습니다. 위 임시주주총회의 의장이었던 위 김명걸은 자신이 위 송건호로부터 의결권을 재위임받았다고 하여 의결주식에 포함시켰습니다. 그러나 위 송건호는 자신이 위임받은 주식의 의결권을 위 김명걸을 비롯한 어느 누구에게도 재위임하지 않았을 뿐더러 그 위임장을 작성하여 준 일이 없고 투·개표과정에 참여하지 않았습니다.

다. 한편 위 송건호가 의결권을 위임받은 주식수는 1,589,586주로 당시 총 투표주식수라는 2,071,404주의 76.7퍼센트 상당에 이르므로 그 의결권이 행사되지 않고는 위 임시주주총회의 결의가 성립할 수 없는바, 위 송건호는 의결권을 행사하거나 재위임한 사실이 없습니다.

4. 그러므로 위 임시주주총회의 결의는 그 자체가 부존재하

거나 적어도 결의방법이 법령과 정관에 위반하여 취소되어야
할 것이므로 원고들은 피고회사의 적법한 주주로서 이 건 청
구에 이르렀습니다.

입증 방법

1. 갑 제1호증 주식회사 등기부등본
1. 갑 제2호증 정관
1. 갑 제3호증 임시주주총회 의사록
1. 갑 제4호증의 1, 2 각 확인서
1. 갑 제5호증 주권 발행증명서
1. 갑 제6호증의 1, 2 주권 표면 및 이면

1993. 7.

위 원고 곽병준, 신맹순

서울지방법원 서부지원 귀중

준비서면

'대표이사 등 직무 집행정지·직무대행자 선임 가처분'의 타당성

1993년 6월 19일(토) 열린 한겨레신문주식회사 임시주주총회에서 1,589,586주(주총 당일 총 투표수의 76.7%)의 '주총 의결권 위임장이 위조'되고 이것이 '불법하게 표결에 행사'되어 그 동안 경영비리·지면훼절에 직접 책임이 있는 이사 후보들이 경영진으로 선출되었다.

송건호 선생 본인 주식 3,000주와 주주들로부터 송건호 선생이 위임받은 1,586,586주의 주총 의결권을 김명걸 당시 대표이사 사장에게 위임 또는 재위임한 사실이 없음을 본건 2차 재판(93. 9. 9. 화)에서 송건호 선생은 분명히 증언하였을 뿐 아니라 주총 의결권 위임장을 작성한 사실도 없음을 거듭 밝혔고, 송건호 선생이 임시 주총장을 퇴장한 가운데 한겨레신문 사원 이병 씨가 송건호 선생 명의로 된 '주총 의결권 위임장'을 '위조'한 사실이 분명하게 확인되었으며, 이 위조된 '주총 의결권

위임장'을 김명걸 당시 사장의 투표용지 뒤에 붙여 불법하게 표결에 행사한 사실이 당사자들의 증언과 증거물을 통해 명백히 드러났다.

따라서 '임시주총 1호 안건'인 '이사·감사 선임에 관한 결의'는 '결의 취소의 소'를 규정한 상법 제376조와 '결의 무효 및 부존재 확인의 소'의 경우를 규정한 상법 제380조, '이사 선임 결의의 정족수'를 규정한 상법 제384조에 정면으로 위배된다. 특히 '의결권 위임'을 규정한 한겨레신문(주) 정관 제19조의 '서면' 규정과 그 서면을 '총회 전'에 제출해야 한다는 규정을 정면 위배한 '임시주총 1호 안건'인 '이사·감사 선임에 관한 결의'는 무효이다. 가사 무효가 아니라 하더라도 '위법한 결의'이므로 '취소'되어야 마땅하다.

임시주총 당일 위와 같은 명백한 범법·부정행위가 '경미한 하자'에 불과하여 상법 제379조에 따라 재량기각되어야 한다는 피고의 주장은 위 법률과 정관에 정면 위배되며 임시주총 총 투표수의 76.7%에 해당하는 '주총 의결권 위임장 위조'와 '불법·부정 표결행사'를 은폐·정당화하려는 억지에 불과하다.

위 '임시주주총회'는 그 동안 거듭된 경영비리와 지면훼절을 바로잡고 편파적인 조직관리와 인사행정으로 빚어진 사내 갈등을 해소할 한겨레신문 창간정신에 충실하고 민주적 자질을 갖춘 도덕적인 새 경영진을 뽑기 위한 '이사·감사 선임안'을 의결하여 경영쇄신과 지면개선, 독자확대와 판매망 확장을 마련하는 '제2창간'의 계기였다.

한겨레신문은 소액·다수 주주제를 채택해 창간기념일마다 '주주가 주인'임을 강조하고 있다. 주총 의결권 위임장을 위조하고 주권을 유린한 행위는 독자와 주주들의 신뢰를 바탕으로 하는 한겨레신문의 존립기반을 무너뜨리는 중대한 범죄이며 언론의 사회계도 사명에 대한 도전이다. 한겨레신문의 창간정신과 양립할 수 없는 '주총 의결권 위임장 위조'와 '불법·부정 표결행사'의 책임이 규명되고 엄정한 심판을 통해 정의에 바탕한 적법하고 도덕성을 갖춘 경영진을 구성해야만 한겨레신문은 국민대중의 신뢰를 회복하고 사회의 공기로서 그 사명을 다할 수 있다.

우리는 군부독재정권 아래 그 엄청난 탄압을 이겨내고 탄생한 한겨레신문의 스러져가는 창간정신을 다시 일으켜세우고 '국민의 알 권리를 지켜내는 신문', '국민의 신문'으로 뿌리내리기 위해 그 동안 거듭된 부정·비리를 바로잡을 자질과 경험, 도덕성과 용기를 갖춘 민주인사로 경영진을 새로 구성하여 '제2창간'의 길을 열어야 한다.

'위조된 주총 의결권 위임장'이 '표결에 불법·부정하게 행사'되어 선임된 피신청인들이 자리를 계속 유지하는 불법상태가 용인되면 도덕성을 생명으로 하는 한겨레신문사의 신뢰성이 땅에 떨어져 그 존립기반을 잃게 되고 경영상의 중대한 불이익을 피할 수 없기 때문에 본건 '대표이사 등 직무집행정지·직무대행자 선임의 가처분' 신청은 즉각 받아들여져야 마땅하다.

1. '이사·감사 선임'의 불법성

(1) 송건호 선생이 회의장을 떠난 그 순간(14시 20~30분)의 사정족수 부족으로 상법 제368조 1항에 위반되며 '임시주총의 토론 절차' 자체가 '원인무효'이므로 '임시주총 1호 안건'인

'이사·감사 선임에 관한 결의'는 무효이다. 가사 무효가 아닐지라도 '위법한 결의'이므로 마땅히 '취소'되어야 한다.

1) 피고회사의 발행주식 총수는 보통주 3,850,000주로 93년 6월 19일(토) 오후 2시에 열린 임시주총 당시 총 주식의 과반수(갑 제3호증 : 당일 14시 현재 성원 주식수는 2,008,468주)인 52.168%가 참석하여 '임시주총 1호 안건'인 '이사·감사 선임'에 관한 토론에 들어갔다.

2) 그러나 본인주식 3,000주와 임시주총 불참 주주로부터 위임받은 1,586,586주의 주총 의결권을 포함하여 1,589,586주의 주총 의결권을 행사할 권한을 가진 송건호 선생은 회사가 내놓은 '10명의 이사안'에 반대해 임시주총 당일 14시 20~30분경 임시주총 회의장을 떠났다.

3) 임시주총 시작 당시 참석한 2,008,468주 가운데 송건호 선생이 주총 회의장을 떠난 순간 1,589,586주의 주총 의결권이 빠져나가 418,882주, 즉 발행주식의 10.88%만 임시주총 토론에 참석하여 상법 제368조 1항(발행주식 총수의 과반수에 해당하는 주식을 가진 주주의 출석으로 그 의결권의 과반수로 하여야 한다)에 위반되어 '의사 정족수 부족'으로 '임시주총 1호 안건'인 '이사·감사 선임'에 관한 '토론 절차' 자체가 '원인무효'이다.

(2) 위임 당사자인 송건호 선생과 그 상대방인 김명걸 당시 사장 사이에 '주총 의결권 위임행위 자체가 있었는가?', '그 위임은 적법한가?', '그 표결행사의 절차는 정당한가?'에 대한 문제에 해답을 준 송건호 선생은 '1·2차 확인서', '언론계를 떠나면서', '법정 증언'을 통하여 위임 자체를 인정하지 않았다. 또 위임 상대방인 김명걸 씨도 "송건호 선생으로부터 그

수임을 부탁받은 일이 없다."고 증언하였다.

그러므로 민법 제680조와 상법 제368조 3항, 한겨레신문 정관 제19조에 위배되어 '임시주총 1호 안건'인 ':이사·감사 선임에 관한 결의'는 무효이다. 가사 무효가 아닐지라도 '위법한 결의'이므로 취소되어야 한다.

1) 임시주총 당일에 진행된 '이사·감사 선임에 관한 결의'는 위임 당사자인 송건호 선생이 위임 상대방인 김명걸 당시 사장에게 '주총 의결권 위임' 자체를 인정하지 않고 있다. 또 김명걸 씨도 "송건호 선생으로부터 위임을 부탁받은 사실이 없으며, 그 위임장을 본 적도 없다."고 증언하였다.

이는 '위임의 의의와 효력'을 규정한 민법 제680조(위임은 당사자 일방이 상대방에 대하여 사무의 처리를 위임하고 상대방이 이를 승낙함으로써 그 효력이 생긴다)에 명백히 위배된다.

가. 송건호 선생이 김명걸 당시 사장에게 주총 의결권을 위임하지 않았음은 송건호 선생이 직접 작성하여 원고들에게 준 1·2차 '확인서'(갑 제4호증의 1·2)를 통하여 분명하게 밝히고 있다.

-1차 확인서(93. 6. 22) 내용은 "확인서, 송건호 1993. 6. 19. 한겨레신문사 임시주총에서 본인에게 위임된 주 의결권을 김명걸 사장에게 위임한 사실이 없음을 확인함. 1993. 6. 22. 송건호"이다.

-2차 확인서(93. 6. 25) 내용은 "확인서, 송건호 1993. 6. 25. 본인은 1993년 6월 19일 한겨레신문 임시주총에서 본인의 주식 의결권과 본인에게 위임된 다른 분의 주식 의결권 어느 한 가지도, 또 어느 의결권 하나도 김명걸 대표이사에게 위임한 사

실이 없음을 확인합니다. 1993. 6. 25. 송건호 사인"이다.

나. 송건호 선생은 '언론계를 떠나면서'(갑 제7호증)의 글 가운데 '임시주총에 대한 나의 의견'에서 "…나는 주총 의결권을 다시 위임한 일도 없고 회사에서도 그러한 부탁을 한 일도 없다."고 답변하였다. "내가 의결권을 사인하여 위임한 일이 없는데도 만일 위임장을 회사에서 가지고 있다면 필시 회사에서 위임장을 조작한 것이라고 생각할 수밖에 없다. 이것이 사실이라면 회사 경영진의 도덕성에 큰 문제가 있다고 볼 수밖에 없다. 그리고 나는 회사의 일방적인 고문 임명에 동의한 사실도 없다."고 분명하게 밝히고 있다.

다. 본건 제2차 재판(93. 9. 9. 화요일) 때 송건호 선생은 원고들의 신문(증인 신문조서−2차 변론조서의 일부)에 대해 법정 증언을 통해 다음과 같이 밝혔다.

−"임시주총 회의장을 나올 때, 김두식 상무이사가 따라나왔고 장윤환도 따라나왔지만 증인(송건호 선생)도 또 어느 누구도 표결을 생각하지 못했기에 증인이 임시주총장을 나가는 것을 보고도 표결을 걱정하지 않았고 주총 의결권 위임을 요구한 사람이 없었다."

−"증인(송건호 선생)이 회의장을 나올 때 김두식·장윤환 씨가 따라나오다가 장윤환 씨가 먼저 안녕히 가시라고 인사했을 뿐 위임장 얘기는 누구도 말한 적이 없고 증인(송건호 선생)도 표결을 생각하지 못했기 때문에 어느 누구에게도 주총 의결권 위임은 안 하였다."

−"증인(송건호 선생)의 자택으로 돌아온 다음 두 시간쯤 후에 기획관리실 차장 이병 씨에게서 전화가 왔다."

−"이병 씨는 전화로 '표결하게 되었으니 회장님께서 협조해

주셔야겠습니다.' 했을 때 증인(송건호 선생)은 '나는 이사 후
보 10명에 대해 상의받은 일도 없고 10명의 이사 후보에 대해
찬성할 수 없다. 반대다.'고 답하였다."

－"이병 씨는 계속 전화로 '회장님께 위임한 것은 회장 자격
으로 위임받은 것이지 개인 송건호에게 위임한 것은 아니지
요?' 이렇게 말할 때 '나는 여하튼 반대다.' 그렇게 말하고 전
화가 끝났다."

－"증인(송건호 선생)은 원고 신맹순에게 전화로 '나는 누구
에게도 주총 의결권을 위임한 일이 없다. 어느 누구도 주총 의
결권을 재위임해 달라고 부탁한 사람도 없다.'고 강경하게 대
답하였다."

－"증인(송건호 선생)은 1956년 서울대 법대를 졸업하였는데
증인(송건호 선생)의 법철학으로 주총 의결권을 위임받은 다
음 다시 그 주총 의결권을 재위임하는 것은 무효라고 생각한
다."

라. 본건 2차 재판 때 피고 대리인의 반대신문에 송건호 선
생은 다음과 같이 증언(증인 신문조서-2차 변론조서 가운데
피고 대리인 부분)하였다.

－23문. "이에 대해 증인(송건호 선생)이 '몸이 불편해서…'"
라고 답하자 장(장윤환) 주간이 그러면 김명걸 사장에게 의결
권을 재위임이라도 하시면 안 되겠습니까? 해서 증인(송건호
선생)이 '그렇게 하시오.'라고 말한 사실이 있지요?"라고 물을
때

답 : "그런 사실이 없다."고 증언하였다.

－27. "이에 증인(송건호 선생)은 '이번 이사진 추천에 반대
한다.'고 이야기하였다."

2) 본건 4차 재판(93. 11. 9. 화요일) 때 김명걸 증인은 원고들의 신문과 피고 소송 대리인의 반대신문에 "송건호 선생으로부터 주총 의결권을 위임 또는 재위임하겠다는 언질이나 제안이 없었다.", "증인은 위조된 위임장을 본 적이 없다.", "증인에게 위임된 위임장을 증인이 직접 보지 않았으므로(주총 진행 요원들이) 사무적으로 처리했다.", "재위임장이라는 것을 본 적도 없다. 그 관계는 보고조차 받은 사실이 없다. 재위임장이 표결에 어떻게 사용되었는지 모르나 주식수 란을 증인에게 위임된 것과 재위임된 것 함께 그 숫자는 정확히 모르므로 사무적으로 알아서 써넣어서 행사했다."고 증언하였다. 이는 '위임의 의의와 효력'을 규정한 민법 제680조에 정면으로 위배된다.

가. 김명걸 증인은 원고들의 신문에 다음과 같이 증언하였다.

-67문. "증인(김명걸)은 송건호 선생에게 주총 의결권을 위임 또는 재위임을 해달라고 부탁한 일이 있거나 송건호 선생이 증인에게 주총 의결권을 위임 또는 재위임하겠다는 언질이나 제안이 있었나요?"

답 : "없었다."

-68문. "송건호 선생이 증인(김명걸)에게 위임했다는 위임장이 위조된 것을 언제 알았나요?"

답 : "이 건 소송이 제기된 다음 알았다. 증인(김명걸)은 위임장을 본 적이 없다."

-69문. "이때 갑 제36호증을 제시, 송건호 선생이 증인에게 위임했다는 위조된 위임장을 증인(김명걸)은 송건호 선생에게서 직접 받았나요?"

답 : "본 적 없다. 김두식 상무로부터 들었다."

-70문. "증인(김명걸)은 그 위조된 위임장을 가지고 직접 10

명의 이사를 뽑자는 ‘개의안’에 투표를 했나요?”

답 : “증인(김명걸)에게 위임된 위임장을 증인이 직접 보지 않았으므로 (주총 진행요원들이) 사무적으로 처리했다.”

나. 김명걸 증인은 피고 대리인의 반대신문에 다음과 같이 증언하였다.

―“위 임시주총 당시 증인(김명걸)은 의장석에서 회의진행을 하고 있었기 때문에 송건호 선생의 퇴장 당시의 상황을 직접 알지 못했다. 그러나 투표 개시 직전 김두식 상무로부터 송 회장이 퇴장하면서 수임 의결권의 행사를 증인(김명걸)에게 재위임했다는 보고를 들었다. 그래서 증인(김명걸)이 위 의결권을 대리행사한 것이다.”

―“당시 증인(김명걸)은 재위임장이라는 것은 본 적도 없다. 그 관계는 보고조차 받은 사실이 없다. 재위임장이 표결에 어떻게 사용되었는지 모르나 주식수 란은 증인에게 위임된 것과 재위임된 것 함께 그 숫자는 정확히 모르므로 사무적으로 알아서 써넣어서 행사했다.”

3) 본건 5차 재판(93. 11. 22) 때 피고 대리인의 증인신문과 원고들의 반대신문에서 증인 장윤환과 이병은 임시주총 당일, 주총 시작 20~30분쯤 지난 후에 송건호 선생으로부터 ‘구두’로 김명걸 당시 사장에게 위임받고 또 주총 시작 2시간쯤 지난 다음 이를 ‘전화’로 확인하였다고 증언하였다. 그러나 위임 또는 재위임의 당사자인 송건호 선생은 2차 재판(93. 9. 9. 화) 때 증언을 통하여 이를 분명히 부인하고 있으며, ‘1·2차 확인서’, ‘언론계를 떠나면서’, ‘법정증언’이 이를 뒷받침하고 있다.

또 위 장윤환과 이병의 증언은 상법 제368조 3항(주주는 대리인으로 하여금 그 의결권을 행사할 수 있다. 이 경우에는 그

대리인은 대리권을 증명하는 '서면'을 총회에 제출해야 한다)
의 '서면' 규정에 정면 위반된다. 또 '의결권의 위임'을 규정
한 한겨레신문주식회사 정관 제19조(주주는 대리인으로 그 의
결권을 행사할 수 있다. 그러나 그 대리인은 이 회사 주주에
한한다. 대리인은 대리권을 증명하는 '서면'을 '총회 전'에 제
출하여야 한다)의 '서면' 규정과 '총회 전' 규정에 정면 위배
되어 '임시주총 1호 안건인 '이사·감사 선임에 관한 결의'는
무효이다. 가사 무효가 아닐지라도 '위법한 결의'이므로 마땅
히 '최소'되어야 한다.

(3) 임시주총 당일 김명걸 당시 대표이사 사장은 피고회사
기획관리실 차장 이병이 작성한 '사문서 위조의 위임장'으로
투표를 행사하여 회사가 내놓은 '10명의 이사안(개의안)'에 찬
표를 던져 '개의안'에 찬성한 총 투표수 2,034,801주로 '임시주총
1호 안건'인 '이사·감사 선임안'이 통과되었음을 선포하였다.

1)그러나 '위조된 주총 의결권'은 의결능력이 없으므로 그
1,589,586주를 빼면 '개의안'이 얻은 투표수는 445,215주에 불과
해 상법 제368조 1항 규정 '발행주식 총수의 과반수에 해당하
는 주식을 가진 주주의 출석으로 그 의결권의 과반수로서 하
여야 한다'는 '의결 정족수' 규정에 위반되어 '임시주총 1호
안건'인 '이사·감사 선임에 관한 결의'는 마땅히 무효이다.

2) 특히 주식회사에 이사가 얼마나 중요한가를 강조한 '이사
선임결의의 정족수'를 규정한 상법 제384조(이사의 선임결의는
정관에 다른 정함이 있는 경우에도 발행주식의 총수의 과반수
에 해당하는 주식을 가진 주주의 출석으로 그 의결권의 과반
수로 하여야 한다)에 정면으로 배치된다.

3) 또 이병이 작성한 '사문서 위조의 위임장'은 '밝힙니다'

의 "'한겨레 송사' 발단부터 지금까지"(갑 제40호 : 〈한겨레가족〉 제44호, 93. 11. 30. 화)의 글 가운데 '메모 형식의 위임장(초안)'이며 '정식 위임장으로 요건을 결하고 있으므로 주총 종료 후 임원진이 송 전회장댁을 방문, 주총 내용도 보고하고 송 전회장이 직접 서명한 정식 위임장을 받아 공식문건으로 보관해야 할 것이라는 의견을 제시'에서, 증인 이병의 5차 재판 때 증언과 〈한겨레가족〉 제44호 '밝힙니다'에서 '메모 형식의 위임장이 정식 위임장으로 요건을 결하고 있으므로' 의결능력이 없음을 알면서도 표결에 행사하였기에 '임시주총 1호 안건'인 '이사·감사 선임에 관한 결의'는 무효이다. 가사 무효가 아닐지라도 '위법한 결의'이므로 마땅히 '취소'되어야 한다.

　(4) '복위임권의 제한'을 규정한 민법 제682조 1항에 위반되어 '임시주총 1호 안건'인 '이사·감사 선임에 관한 결의'는 무효이다. 가사 무효가 아닐지라도 '위법한 결의'이므로 마땅히 '취소'되어야 한다.

　1) 위임 당사자인 송건호 선생의 명백한 부인에도 불구하고 증인 장윤환과 이병은 총회 시작 20~30분 뒤에 '구두'로 장윤환을 통하여 김명걸에게 재위임하였다고 증언하고, 이병은 '전화'로 김명걸에게 재위임했음을 '확인'하였다고 주장하고 있다.

　2) 장윤환·이병은 '구두' 위임과 이를 '전화'로 확인하였다고 증언하고 있으나 송건호 선생의 명백한 부인과 함께 민법 제682조 1항(수임인은 위임인의 승낙이나 부득이한 사유없이 제3자로 하여금 자기에 갈음하여 위임사무를 처리하지 못한다)의 '복위임권 제한' 규정에 정면 위배된다.

　2. '주총 의결권 재위임'과 '주총 의결권 위임장 위조'를 용인하

면 큰 혼란 일어나

(1) 지난 임시주총(93. 6. 19. 토)에서 총 투표주식수의 76.7% 의 주총 의결권을 행사할 당사자인 송건호 선생은 상법 제368 조 1항의 규정에 따라 누구에게도 이를 '위임' 또는 '재위임' 한 사실이 없으며, 또 불법한 재위임은 복위임권의 제한을 규정한 민법 제682조 1항에 위배되므로 임시주총 1호 안건인 '이사·감사 선임에 대한 결의'는 마땅히 무효이다.

(2) 앞으로 열릴 주총에서 '적법한 재위임'이 아닌 경우는 모두 무효이므로 이 건이 용인되면 복위임권의 제한(민법 제682조, 민법 제121조)에 어긋나는 재위임으로 일어날 '주총결의 유·무효 다툼'이 거듭될 것으로 예상되는데 그 다툼으로 일어날 혼란과 시간·노력의 낭비를 미리 막아야 한다.

(3) 한겨레신문사 경영진 또는 그 직원이 주총 의결권 위임장을 17,000주, 12,500주, 11,000주, 8,030주, 7,511주 등 무작위 100여 장을 위조하여 표결에 행사하면 이를 확인할 방법이 없으며(이번 건은 송건호 선생이라는 유명인에게 위임된 것으로 위조하였기에 확인에 의해 그 진실이 바로 드러날 수 있었으나) 이들 무작위 100여 장의 위조된 주총 의결권 위임장을 행사하여 경영진의 부정·비리를 은폐하고, 주주들의 감시기능을 차단히여 한번 자리한 경영진이 계속 그 자리를 차지하고 물러나지 않으면 한겨레신문이 아예 6만여 주주와 40만 독자 그리고 국민주주의 신문이 아닌 몇몇 불법·부도덕한 경영진들의 사유물로 전락하는 것을 막을 수 없게 된다.

(4) '주총 의결권 위임장 위조' 사실이 밝혀지면 회사의 부도덕성이 드러나 한겨레신문 독자가 떨어져나가고 회사 경영

에 위기가 닥쳐오므로 주총 의결권을 위조해서 경영진이 구성
되었다 하더라도 '경영진 직무집행정지 가처분 신청'이나 '주
총결의 취소의 소'를 제기해서는 안 된다는 취지로 피고측 소
송 대리인은 주장하고 있으나

1) 이처럼 목적을 위해서는 불법·부정한 어떤 수단도 합리
화될 수 있다는 주장은 그 동안 양식있는 사회여론이나 한겨
레신문이 비판대상으로 삼아온 사회병리 현상이며 이는 한겨
레신문 창간정신과 사회정의에 명백히 배치된다.

2) 또 부정과 비리가 드러나더라도 독자가 줄어들고 회사경
영에 위기가 다가오므로 그냥 넘어가야 한다는 반한겨레적인
주장은 그 동안 한겨레신문의 지면훼절과 경영비리의 과오를
은폐하기 위한 변명에 불과하다. 부정과 비리에 관련된 경영진
이 계속 자리를 유지하는 것을 막기 위해서는 임시주총 당일
총 투표수의 76.7%에 해당하는 '주총 의결권 위임장'을 '위조'
하여 경영진을 선출한 중대한 범죄행위를 반드시 바로잡아야
한다.

3. 한겨레신문 탄생배경과 창간정신

한겨레신문은 이 땅에 민주주의와 민주언론을 실현하려는
국민들의 오랜 염원과 정성이 모아져 창간되었다.

이승만 독재정권에 맞선 '언론자유'의 외침과 박정희 유신독
재의 언론탄압을 뚫고 일어난 '자유언론 수호운동', 10·26 이
후 주인없는 정권을 거머쥐려는 전두환 등 12·12 신군부가
1980년에 저지른 '언론통폐합'과 '보도지침'에 항거한 '언론
투쟁'에 뿌리를 두고 한겨레신문은 태동하였다.

특히 1980년 5월, 신군부가 저지른 '광주대학살'의 만행은 '언론대말살'로 이어져 '언론 탈취'와 '언론 통폐합'으로 언론(사)의 기를 꺾은 다음, 정부기관이 나누어주는 '보도자료'를 베껴쓰도록 길들여져 '불의와 거짓'이 '정의와 진실'인 양, 이 신문 저 신문들은 1면 머리기사에서 사회면 1단 기사까지 같은 크기, 같은 제목, 같은 활자로 지면을 메울 지경에 이르렀다.

거짓으로 활자가 덮인 지면, 진실이 가리워진 언론이 판을 치는 '5공'의 조작된 언론정책 아래 '촌지'라는 당근과 '보도지침'이라는 채찍으로 길들여져 가는 신문, '재갈'이 물리고 '족쇄'가 채워져 할 말을 못하고 갈길을 못 찾는 언론과 기자들의 무기력 속에서 국민들은 '진실을 알리는 새 신문', '정의를 외치는 용감한 신문'을 애타게 기다렸다.

'박종철 군 고문치사사건'과 '이한열 군의 죽음'을 지켜본 국민들의 독재정권과 거짓 언론에 대한 울분은 1987년 6월, '시민 대항쟁'으로 번져 끝내 한겨레신문의 창간을 일궈냈다.

구두닦이 소년도, 농촌의 농부와 도시의 주부도 갓 태어난 아기의 이름으로, 결혼을 앞둔 아가씨도, 또는 온 가족 모두가 형편 닿는 대로 용돈을 털며 돼지저금통을 뜯고 생활비를 줄여 '진실의 샘', '용기의 물줄기', '정의의 강물' 한겨레신문 창간 성금을 다 함께 마련했다. 그리하여 마침내 세계 역사상, 또 세계 언론사상 그 유례가 없는 해직언론인의 자유언론 수호의지와 61,847명 주주의 염원, 그리고 40만 독자의 희망을 안고 1988년 5월 14일 저녁, 눈물과 환호, 애환과 감격 속에 한겨레신문사 윤전기는 바람소리를 내며 5월 15일자 창간호가 발행되었다.

이로써 우리는 나라의 민주적 기본질서 확립과 민족의 통일, 사회정의 구현을 목표로 국민에 바탕을 둔 자유롭고 책임있는 언론을 실천할 희망을 갖게 되었다.

4. 그 동안 거듭된 지면훼절과 경영비리 바로잡아야

임시주총에서 저지른 '주총 의결권 위임장 위조'와 '불법·부정 표결행사'를 척결하고 자질과 경험, 도덕성과 용기를 갖춘 적법하고 창간정신에 투철한 경영진을 새로 구성해 그 동안 거듭된 지면훼절과 경영비리를 바로잡아야 한다.

(1) 스러져가는 창간정신과 거듭된 지면훼절

제3기 주총(91. 3. 23. 토) 이후 송건호 선생을 경영 일선에서 물러나게 한 후 김명걸 대표이사 사장이 경영·편집·인사 등 실권을 장악한 이후 지면훼절은 거듭되고 창간정신은 무너져 내리기 시작하였다.

1) '동아일보 사회면 머리기사 표절'

2) 〈인사이더 월드〉 광고 삭제 및 사설 삭제·수정'

3) '이동호 내무장관 촌지기사 묵살'

4) '부산 378인, 경남 352인 선언기사 지연·축소보도'

5) '백범 살해범 안두희 자백제보 취재 묵살'

6) 'YS 언론장학생사건 축소보도'

7) 프랑스 알스톰사(TGV) 초청 '촌지성 취재여행' 등 지면훼절이 거듭되어 "이제 한겨레신문도 볼 게 없다."는 불만이 이어져 독자가 계속 떨어져 나가는데도 그 지면훼절 당사자와 책임자에 대한 적정한 징계가 없어 차츰 창간정신이 스러져가고 근무기강이 흐트러지고 있다.

(2) 그 동안 거듭된 경영비리 바로잡아야

한겨레신문 창간 이래 사규와 정관 그리고 한겨레신문사 윤리강령을 뒤흔드는 경영비리가 거듭되었으나 올바른 대책은커녕 이를 지적하는 사원의 사표를 수리하는 등 징계하고 그 경영비리를 은폐하려 하였다.

1) '마포사옥 터 취득세 과태료' 5,900만 원
2) '무담보배서 기업어음 매입'으로 일어난 2억 원 경리사고
3) '만화세계' 60만 부를 결재과정 없이 불법인쇄로 1,400여만 원 손실
4) '주먹구구식으로 추진한 〈겨레의 노래〉 사업으로 9,000여만 원 손실'
5) '회사공금 횡령에 대한 응분의 징계 누락'
6) '유인물 배포지침' 공고와 '한겨레정론' 발행인 징계사건
7) '대책 촉구 묵살하여 발생한 서울광고영업소 5억 부도와 이를 지적한 사원 사표수리'
8) '움직이는 소주병' 현상 등 회사에 끼친 손실에 대한 환수와 과오 당사자·책임자에 대한 적정한 징계가 없어 무원칙한 경영 속에 책임주체의 실종과 방만한 업무집행의 선례로 회사는 날로 적자의 폭이 커질 수밖에 없고 부정·비리는 계속될 수밖에 없다.

가. 회사 경영진들은 '특별감사위원회'를 구성하여 거듭된 지면훼절과 경영비리를 바로잡자는 주주총회 때 주주들의 제안을 묵실하며 발언권조차 주지 않았고

나. '한겨레신문전국독자주주대표자모임'이 직접 회사를 방문하여 요구하거나 〈한겨레전국독자주주모임〉 소식지를 통해 내논 의견·주장 등을 묵살하며 전국 지국망에 '배포금지' 공문을 보내 주주들 사이 언론을 차단·봉쇄했고

다. 그 동안 부정·비리와 관련된 자들이 이사에서 제외될

경우 과거의 과오가 드러나기 때문에 '위조된 주총 의결권'을 '불법·부정하게 표결행사'를 강행해서라도 경영진에 남아 있으려는 집단적·구조적 구조악이 드러났다.

(3) 상임감사가 회사에 버티고 앉아 있어도 부정·비리가 계속되었는데 김중배 씨는 비상임감사로 체제를 전환하여 직무감사와 회계감사를 제대로 시행하지 못하여 이제는 대낮부터 '움직이는 소주병' 상태가 사내에 만연되고, 프랑스 알스톰사(TGV)의 '촌지성 초청'으로 해외취재가 이루어졌다.

(4) 그 동안 경영진은 독자·주주모임을 훼방하고 주주들 사이 언로를 차단하였다.

1) '전국독자주주대표자모임'은 91년(6월~12월) 제3차 한겨레신문 발전기금 모금의 절박성과 독자배가 및 외부압력에 대항(안기부의 회사 수색 등)하기 위해 회사가 수천만 원의 경비를 들여 전국 주요도시를 돌며 주주들을 모아 간담회·설명회를 갖는 과정에서 자연스럽게 지역모임이 태동·출범하게 되었으며, 회사 경영진의 주도하에 지역모임의 대표자들이 한데 모여 '전국독자주주대표자모임'으로 발전하게 되었다.

2) 그후 '전국독자주주대표자모임'이 회사의 엄청난 부정과 비리를 알게 되어 경영·지면쇄신을 요구하며 이를 바로잡으려 하자 경영진들은 주총 때 주주들에게 약속한 주주실 마련 거부 및 상법 제396조에 규정된 '정관 등의 비치·공시의무'를 위반하고 끝내는 주주들 사이 언로를 원천적으로 차단하기 위해 전국 각 지국에 '전국독자주주대표자모임'의 소식지 '배포금지' 공문을 통하여 주주들의 단결과 주주역량 집결을 노골적으로 막아 전국 6만여 주주를 '모래알 주주'로 머물게 하였다.

3) 제5기 주총 때에는 정관을 개악하기 위해 주총 의결권을

'회사'에 위임받은 상태에서 김명걸 당시 주총의장은 주주들의 긴급동의까지 묵살하고 날치기로 안건을 통과시키는 등 파행적인 의사진행 끝에 폭력까지 행사하여 주주들의 정당한 항의를 가로막았다. 주총 진행요원인 회사직원이 아기를 안은 서울 김두루한(장충중 교사) 주주의 안경 쓴 얼굴 위를 폭행해 안경알이 빠지게 하고 사지를 들어 주총장 밖으로 들어내 아기는 일 주일 동안 '경기'를 하는 등 주총현장에서 회사직원이 주주에게 폭력을 행사했는데도 경영진은 그 해당 직원을 징계조차 아니하고

4) 제5기 주총을 1개월 앞둔 93년 2월초 '한겨레신문전국독자주주대표자모임'은 상법 제396조의 규정에 따라 주주명부 열람·등사를 요구하였으나 경영진은 이를 묵살·봉쇄하였다. 또 임시주총(93. 6. 19. 토)에서 회사가 주총 의결권 위임장을 위조하고 이를 불법·부정하게 표결에 행사하여 '이사·감사가 선임'되었는데도 주주들은 상법 제396조에 보장된 주주명부 열람·등사의 권리가 경영진에 의해 봉쇄돼 주주명부를 확보하지 못함으로써 주주들의 주요 권한인 상법 제366조(5% 주식을 확보)에 의한 임시주총 소집요구를 하지 못하고 있다.

5) 위 임시주총에서 주총 의결권 위임장을 위조하여 불법·부정하게 표결에 행사한 내용이 본건 재판과정의 증거와 증언을 통해 자세히 밝혀졌음에도 경영진은 그 위조 당사자를 '징계처리' 하지 않고 오히려 삼싸고 도는 한심한 작대를 보이고 있다.

(5) 독소조항투성이의 정관개악으로 지면훼절과 경영비리와 관련된 경영진은 장기집권 기도.

제5기 주총 때 개정된 정관은 한겨레신문의 '헌법'에 해당하

고 당시 개정된 내용은 정관 중에서도 가장 핵심적인 규정으로서 공청회는 물론 주주들과 전문가들의 폭넓은 의견수렴이 필수적인 절차인데도, 회사 임직원 몇몇의 '밀실작업'에 의해 독소조항이 가득 찬 '개악 정관안'이 주주총회에 상정되었다.

1) 더구나 제5기 주총(93. 3. 20. 토요일)을 앞두고 주총 의결권 위임장을 갑자기 특정 개인이 아닌 한겨레신문사로 위임받은 후 이를 김명걸 당시 사장이 불법적으로 장악하고(원칙적으로는 송건호 회장이 회사로 위임된 주총 의결권 위임장을 행사할 당사자였음: 이는 임시주총(93. 6. 19. 토요일) 때 송건호 선생에게 대부분 위임된 주총 의결권 위임장이 이를 증명하며, 송건호 당시 회장은 대외를 관장하고 김명걸 사장은 대내를 관장하므로) 독소조항이 가득 찬 정관개정안을 표결에 부쳤지만 김명걸 당시 사장이 이를 표결에 행사할 것이 분명하기 때문에 주주들은 정관개정안에 대해 '수정동의안'을 제출할 수 없어 속수무책으로 만장일치 형식으로 통과되는 것을 지켜볼 수밖에 없었다.

2) 개악된 정관의 문제점과 독소조항들은 다음과 같다.

가. 개악된 정관에는 2% 이상의 주식(77,000주 : 3억 8천5백만 원)을 위임받으면 자문위원이 될 심사 대상(직능·지역을 고려한 사외주주 10명으로 구성된 자문위원회의 심사를 거쳐야)이 될 수 있다(정관 제30조 2항)고 하나 이는 주주명부 열람·등사(상법 제396조)를 봉쇄한 불법적 회사방침 아래에서는 도저히 불가능하며

나. 주식 총 지분율이 2.1%에 불과한 사내주주 및 주주 아닌 회사 직원들이 경영진추천위원회 위원 50%를 장악하도록 규정함으로써 97.9%의 사외주주에게는 불평등조항(정관 제37조)

이며

다. 자문위원은 무조건 50% 이상을 교체한다(정관 제32조 2항)고 규정하면서 이사진은 무조건 전임자의 50% 이상을 유임시켜야 한다는 조항은 심각한 독소조항이다. 경영진인 이사진은 창간정신을 드높이고 경영실적이 좋으면 100% 유임시켜야 하며 지면훼절과 경영비리 그리고 편파적 조직관리와 인사행정의 파행적인 모습이 드러날 때는 전원 교체할 수 있어야 함에도, 그 수를 강제규정한 것은 엄청난 독소조항임에 틀림없다.

라. 대표이사(후보)가 이사 후보를 추천(정관 제39조 2항)하는 것은 '대표이사와 이사는 대등한 권리를 가진다'(상법 제389조)는 규정에 정면 위배된다.

마. 경영진의 책임에 대한 규정이 없기 때문에 책임경영의 확보와 책임추궁의 방안과 대책을 마련할 수 없어 주주를 허수아비로 전락케 하는 정관개정안이다.

5. 창간정신 실현하는 '제2의 창간' 계기로

(1) 한겨레신문은 이번 임시주총에서 일어난 '주총 의결권 위조'와 '불법·부정 표결행사'의 부정·비리를 반드시 바로잡고 창간정신에 투철한 경영진을 새로 뽑아 '제2의 창간'을 위한 발판을 마련해야 한다.

(2) 이번 주총 의결권 위임장을 위조하여 표결에 행사한 범죄행위를 바로잡고 경영진을 올바로 뽑아 그 동안 거듭된 지면훼절과 경영비리를 과감히 척결하고 지면쇄신과 경영혁신 그리고 독자확대와 판매망 확장으로 한겨레신문의 진정한 발전 계기를 마련해야 한다.

(3) 한겨레신문이 권력과 재벌로부터 독립하여 '국민의 알 권리'를 지켜내고 '민족·민주·민생'에 바탕한 '자주·민주·통일'의 창간 대의를 드높이기 위해 제기한 이번 '임시주총 결의 취소의 소'는 한겨레신문의 창간정신을 회복하려는 중요한 의미를 갖는다.

6. 결 론

한겨레신문(주) 임시주총(93. 6. 19. 토요일)에서 발생한 송건호 선생 명의의 '주총 의결권 위임장 위조'와 '불법·부정 표결사건'은 세계언론사상 그 유례가 없는 범죄이다. '온 국민이 주인'인 한겨레신문에서 주주의 주권을 이처럼 짓밟는 불법·부정행위가 용납되어서는 안 되며, 이에 대한 엄정한 심판을 통해 국민주권을 확립하고 스러져가는 창간정신을 일으켜세워야 한다.

(1) 그 동안 거듭된 지면훼절과 경영비리, 이를 둘러싼 상·벌체계의 공정성 결여와 편파적 조직관리·인사행정은 점점 파벌적 구조악으로 자리잡아 지면훼절·경영비리의 악순환을 낳고 6만여 주주와 40만 독자의 기대를 저버리는 결과를 가져왔다.

1) 이번 '주총 의결권 위임장 위조' 및 '불법·부정 표결사건'은 이 '악순환의 필연적 귀결'이다. 이번에 불법으로 선임된 이사·감사들은 그들의 부도덕성 때문에 '움직이는 소주병' 현상, '알스톰사(TGV) 경비부담 해외취재' 사례 등 한겨레신문의 윤리강령을 뒤흔드는 불법·부도덕 풍조가 계속 번져 나간다 하여도 부도덕·불성실한 사원을 통제하지 못하여 회

사 안에서 일어나는 지면훼절·경영비리를 막을 길이 없으며,

2) 이번 임시주총에서 불법·부도덕하게 선임된 이사·감사의 직무집행을 정지시키고, 새 경영진을 뽑기 위한 주주총회는 한겨레신문 정관 제15조 2항에 따라 열릴 94년 3월의 정기 주주총회(제6기 주주총회)로 갈음하면 경비 및 인력 동원 그리고 시간 모두를 절약할 수 있게 되어, "임시주총을 다시 열게 되면 경비·노력이 과다하게 소요된다."는 회사 쪽의 주장은 설득력이 없다.

(2) 이번 '주총 의결권 위임장 위조'와 '불법·부정 표결행사' 사건은 한겨레신문 창간정신과 언론사가 지녀야 할 도덕적 신뢰성에 비추어 한겨레신문사 존립의 근거를 부정하는 엄청난 불법이며 범죄이므로 '임시주총 1호 안건'인 '이사·감사 선임에 관한 결의'는 마땅히 '무효'이다. 가사 '무효'가 아니라 할지라도 '위법한 결의'이므로 '취소'되어야 한다.

1) 사원 이병이 저지른 1,589,586주(총 투표수의 76.7%)의 '주총 의결권 위임장 위조' 행위와 김명걸 당시 사장의 '불법·부정 표결행사' 사건은 '경미한 절차상의 하자'가 아닌 한겨레신문 존립의 근거를 뒤흔든 엄청난 불법이며 부정이다.

2) 피고 대리인은 법적 하자 자체를 인정하면서도 회사의 개혁과 경영혁신을 위해 현 경영진이 계속 일할 수 있도록 '재량기각'되어야 한다고 주장하고 있으나, 언론기관은 상업적 이윤만을 추구하는 영리회사이기에 앞서 그 존립과 운영의 설대적 기반을 도덕성에 바탕한 사회정의구현에 두고 있다. '국민의 신문', 더구나 군부독재정권의 타락과 부도덕을 질책하여 왔고 거대 재벌과 정부의 부정·비리에 맞서 '정의와 진실'을 외쳐야 할 한겨레신문에서 자신의 중대한 부정과 비리를 파묻어두

고 다른 개인과 조직, 사회의 불법을 비판할 수 있겠는가?

3) 한겨레신문사에서 저질러진 그 동안의 부정·비리가 분명한 자기 반성 없이 분파적 경향에 따라 처리되었기에 그 조직적·집단적 구조악의 모순들이 쌓여 주총 의결권을 위조하기에 이르렀다.

신성한 주권을 도둑질한 경영진이 부끄러운 줄 모르고 잘못 감추기와 자리유지에 급급하고 임시주총의 부정·비리에 대한 항의의 표시로 최근 노향기 편집부위원장이 사표를 제출했으나, 불법으로 선임된 경영진은 한 명도 자진 사퇴하지 않는 등 한겨레신문사 현경영진의 도덕성에 문제가 있음이 극명하게 드러났다.

(3) 회사 쪽 소송대리인은 1,589,586주(총 투표주식의 76.7%)의 '주총 의결권 위조'와 '불법·부정 표결사건'을 '경미한 절차상의 하자' 운운하며 상법 제379조에 의한 '법원의 재량기각'을 요구하고 있으나 이는 '결의 취소의 소'의 경우를 규정한 상법 제376조와 '결의 무효 및 부존재 확인의 소'의 경우를 규정한 상법 제380조, 그리고 '이사 선임 결의의 정족수'를 규정한 상법 제384조에 정면 위반되었다. 이는 '결의 방법에 법령 또는 정관에 위반하거나 현저하게 불공정할' 뿐만 아니라 '결의 방법에 총회 결의가 존재할 수 없을 정도의 중대한 하자'이다. 또한 '이사 선임 결의 정족수'를 위반한 근본적인 범죄이며 회사 존립 자체를 뒤흔든 불법행위이므로 본건 '주주총회 결의'는 마땅히 '무효'이다.

1) 위 '주총 의결권 위조'와 '불법·부정 표결행사사건'은 '결의 취소의 소'의 경우를 규정한 상법 제376조(총회의 소집 절차 또는 결의 방법이 법령 또는 정관에 위반하거나 현저하

게 불공정한 때에는 주주·이사 또는 감사는 결의의 날로부터 2개월 내에 결의 취소의 소를 제기할 수 있다)에 따라 엄정히 심판되어야 한다.

2) 위 '주총 의결권 위조'와 '불법·부정 표결사건'은 또 '결의 무효 및 부존재 확인의 소'의 경우를 규정한 상법 제380조(…총회의 소집절차 또는 결의 방법에 총회 결의가 존재한다고 볼 수 없을 정도의 중대한 하자가 있는 것을 이유로 하여 결의 부존재의 확인을 청구하는 소에 이를 준용한다)에 비추어 보아도 명백히 위법한 것이다.

3) 또한 위 '주총 의결권 위조'와 '불법·부정 표결행사사건'은 주식회사에서 '이사의 위치가 얼마나 중요한가?', 그리고 '이사 선임의 방법이 얼마나 엄정해야 하는가'를 규정한 '이사 선임 결의의 정족수'를 규정한 상법 제384조(이사 선임 결의는 정관에 다른 정함이 있는 경우에도 발행주식의 총수의 과반수에 해당하는 주식을 가진 주주의 출석으로 그 의결권의 과반수로 하여야 한다)에 정면 위반되었다. 그러므로 '임시주총 1호 안건'인 '이사·감사 선임 결의'는 '무효'이다. 가사 '무효'가 아닐지라도 위법한 결의이므로 취소되어야 마땅하다.

(4) 본건 임시주총은 상법 제368조 1항, 동 제384조, 민법 제680조·동 제682조 1항, 상법 제368조 3항, 한겨레신문사 정관 제19조에 위반되어 '임시주총 1호 안건'인 '이사·감사 선임에 관한 결의'는 '무효'이다. 가사 '무효'가 아닐지라노 '위법한 결의'이므로 '취소'되어야 한다.

1) 임시주총 당일 주총 의결권을 '언질' 또는 '서면'으로 '위임' 또는 '재위임'한 사실이 없음은 본건 재판 진행과정에서 증거물과 증언, 즉 송건호 선생의 '1·2차 확인서', '언론계

를 떠나면서’ 그리고 ‘법정증언’을 통해 그 진실이 분명히 밝혀졌고

2) 임시주총 당일 총 투표수의 76.7%인 1,589,586주의 주총 의결권을 행사할 권한을 가진 송건호 선생이 주총 회의장을 떠난 순간부터 총 발행주식의 과반수가 주총 회의장에 참석지 않아 주총 ‘의사 정족수’ 부족으로 상법 제368조 1항의 규정에 따라 임시주총 토론 자체가 원인무효이며

3) 송건호 선생의 ‘주총 의결권 위임장을 위조’하여 ‘불법·부정하게 표결에 행사’하였으므로 이 위조된 주총 의결권을 빼면 회사가 내놓은 ‘10명의 이사안(개의안)’이 얻은 투표수는 445,215주(총 발행주식의 11.56%)에 불과하므로 ‘의결 정족수’ 미달로 상법 제368조 1항과 상법 제384조의 규정에 따라 그 결의는 ‘무효’이다. 가사 무효가 아닐지라도 위법한 결의이므로 ‘취소’되어야 마땅하다.

4) 위임 당사자인 송건호 선생은 ‘언질’ 또는 ‘서면’으로 누구에게도 위임한 사실이 없으며, 상대방인 김명걸 당시 사장도 송건호 선생으로부터 직접 위임 승낙절차가 빠진 채 “김두식 상무를 통해 간접적으로 위임했다는 송건호 선생의 말을 들었다.”고 주장하므로 민법 제680조 ‘위임의 의의와 효력’의 규정에 위배되며

5) 장윤환은 임시주총 당일 주총 시작 20~30분쯤 지나 송건호 선생이 주총 회의장을 떠날 때 ‘구두’로 ‘김명걸 사장에게 재위임하였다’고 주장하고, 이병은 송건호 선생이 자택에 도착한 다음인 오후 4시경 ‘전화’로 그 ‘재위임을 확인하였다’고 주장하고 있으나, 당사자인 송건호 선생은 분명하게 부인하고 있다. 장윤환·이병의 그 주장은 대리권을 증명하는 ‘서면’ 제

출을 규정한 상법 제368조 3항에 위반이며 대리권을 증명하는 '서면' 규정과 '총회 전'에 서면제출을 규정한 한겨레신문 정관 제19조에 정면 위배되어 '임시주총 1호 안건'인 '이사·감사 선임에 관한 결의'는 무효이다. 가사 무효가 아닐지라도 '위법한 결의'이므로 마땅히 '취소'되어야 한다.

6) '구두'로 송건호 선생이 장윤환을 통하여 김명걸에게 위임하고, 이병은 '전화'로 이를 '확인'하였다고 주장하고 있으나, '간접의 간접' 형식을 빌린, '재위임의 재위임' 방법으로 주총 의결권을 위임하였다는 주장은 '복위임'을 제한한 민법 제682조 1항에 위반되어 그 결의는 '무효'이다. 가사 무효가 아닐지라도 '위법한 결의'이므로 마땅히 '취소'되어야 마땅하다.

(5) 피고 쪽이 강조한 한겨레신문의 특수성에 비춰보더라도 총 투표주식수의 76.7%에 해당하는 주총 의결권 위임장을 위조하여 이를 불법·부정하게 표결에 행사한 '이사·감사 선임에 관한 결의'는 마땅히 '무효'이며 '취소'되어야 한다.

1) 송건호 선생은 '확인서'와 '언론계를 떠나면서'의 글, 그리고 '법정증언'을 통하여 누구도 송건호 선생에게 주총 의결권을 위임해 달라고 요구한 적이 없으며 누구에게도 송건호 선생이 '언질'이나 '서면'으로 주총 의결권을 재위임하지 않았다고 분명히 밝혔다.

2) 이병은 법정증언에서 송건호 선생 명의의 위조된 이 위임장(갑 제36호증)을 '메모' 정도로 생각하여 자신이 작성한 후 박규봉에게 전달하였다고 주장하고, 이것이 표결에 행사되었으므로 '임시주총 1호 안건'인 '이사·감사 선임에 관한 결의'는 중대한 불법행위이다. 그러므로 '임시주총 1호 안건'인 '이사·감사 선임에 관한 결의'는 '무효'이다.

3) 더구나 이번 임시주총에서 일어난 '주총 의결권 위임장 위조'와 '불법·부정 표결행사'로 일어난 불법·부정 사태에 대해 책임 당사자들이 자정 의지를 보이지 않고 문제의 심각성을 외면하는 반면, 양심적인 대부분의 한겨레신문 사원들은 이번 범죄행위가 엄정하게 심판되어 주주들의 주권이 보호되고 한겨레신문이 국민의 신뢰를 받는 신문으로 거듭나기를 절실히 바라고 있는 사실이 본사 기자들의 법정증언으로도 명백히 확인되었다.

그러므로 '주총 의결권 위임장 위조'와 '불법·부정 표결행사'에 의한 '임시주총 1호 안건'인 '이사·감사 선임의 건'에 관한 '주총 결의는 무효'이다. 가사 '무효'가 아니라 할지라도 '위법한 결의'이므로 마땅히 '취소'되어야 한다.

따라서 '위조된 주총 의결권 위임장'을 '불법·부정하게 표결에 행사'하여 선임된 피신청인들이 자리를 계속 유지하는 불법상태를 용납해서는 안 되며, 이를 엄정히 척결하여 주주들의 주권을 보호해야 한다. 이 불법상태가 방치되면 도덕성을 생명으로 하는 한겨레신문의 신뢰성이 땅에 떨어져 존립기반을 잃게 되고, 이에 따른 경영상의 중대한 불이익을 피할 수 없기 때문에 '대표이사 등 직무집행정지·직무대행자 선임의 가처분' 신청은 즉각 받아들여져야 한다.

1993. 12.

신청인 곽병준 신맹순

서울지방법원 서부지원 민사2부 귀중

소장 II

원 고

    1. 신맹순(인천시 남동구 간석4동 267의 2)

    2. 이전오(대전시 중구 유천2동 209의 25)

피 고

    한겨레신문주식회사(서울 마포구 공덕동 116의 25)

    대표이사 김두식

주주총회 결의 부존재·무효 확인 및 결의 취소의 소

청구 취지

1. 피고 한겨레신문주식회사가 1994. 6. 11.(토) 제6기 정기주주총회에서 이사로 소외 김두식, 소외 권근술, 소외 문영희, 소외 변형윤, 소외 윤활식, 소외 이돈명, 소외 장윤환, 소외 최학

래, 감사로 소외 박재승, 소외 이계종을 각 선임한 결의는 결의 부존재·무효임을 확인하며 이를 취소한다.

2. 소송비용은 피고의 부담으로 한다.

라는 판결을 구합니다.

청구 원인

1. 피고 한겨레신문주식회사(이하 피고회사라고 합니다)는 신문의 발행 및 판매 등을 사업목적으로 하는 법인이고 원고들은 피고회사의 주식을 소유하여 주주명부에 등재된 적법한 주주들입니다.

2. 피고회사는 1994. 6. 11.(토) 오후 3시 서울 중구 정동 22번지 소재 문화체육관에서 제6기 정기주주총회 1호 의안인 '제6기 재무제표 승인의 건', 2호 의안인 '신규임원 선임의 건', 3호 의안인 '임원 보수 한도액 결정의 건'을 의안으로 제6기 정기주주총회를 개최하였습니다. 당시 피고회사 대표이사 직무대행으로서 의장을 맡았던 소외 김두식은 발행주식의 총수는 3,885,000주, 주주총수는 61,666명으로 72,650주를 소유한 673명의 주주가 출석하고 17,463명의 주주가 정기주주총회에 참석하여 성원이 되었음을 선언하였고 위 1·2·3호 의안이 의결되었음을 선포했습니다.

3. 위 주주총회 개최 당시 원고 이전오는 '93. 6. 19.(토)의 임시주총에서는 총 표결주식의 76.7%인 1,589,586주의 주총 의결권 위임장을 위조하였으며, 지난 3월 19일(토)에는 성원미달 여부를 확인하자는 주주들의 동의안이나 제안을 묵살하고 '유회' 선언하였으며 오늘은 아무런 성원 확인절차도 없이 54%

이상의 주총 의결권이 참석하였다니 신뢰할 수 없다."며 성원 주식을 검표해 진실로 성원이 되었는지를 확인하자는 '성원 확인 동의안'을 내고 원고 신맹순 등이 찬성발언이나 재청 · 삼청을 하여 '동의안'으로 성립되었으나 의장 김두식은 이를 묵살했습니다.

위 6기 주주총회 뒤 94. 6. 21.(화) 원고 신맹순과 주주 황남익, 주주 주희상 등은 한겨레신문사를 방문하여 '한겨레신문(주) 제6기 주총 성원보고 확인요청'을 하였으나 피고회사는 이를 거부하며 소외 이돈명, 소외 변형윤이 제6기 정기주총에서 위임받은 주식수에 대한 확인조차 회피했습니다.

따라서 원고들은 위 주주총회 성원주식의 진정성에 대한 의혹을 떨칠 수 없으며 성원 여부에 대한 검증이 필요하다고 판단합니다.

4. 또한 위 정기주주총회의 결의는 다음과 같은 사유로 결의 자체가 부존재하거나 무효이며 적어도 취소되어야 합니다.

1) 피고회사 김두식 대표이사 직무대행이 주총의장으로 의사 진행을 시작하는 과정에서 소외 김두식의 '주총의장 불신임 안'과 '성원확인 동의안'이 나왔으나 이를 묵살하고 성원확인 없이 의사진행을 하였습니다.

또 제1호 의안, 제2호 의안, 제3호 의안 모두 찬성하는 동의 안만 박수와 거수로 그 주식수의 계산도 없이 수많은 이의제 기를 묵살하고 날치기로 통과선언하였습니다.

그러므로 제6기 주총의 의사진행과 날치기 통과의 불법성으 로 그 '결의 자체가 부존재하거나 무효이다' 아니할 수 없습니 다.

2) 피고회사가 제6기 정기주주총회의 주총 의결권 수임인으

로 선정한 소외 이돈명, 소외 변형윤은 한겨레신문(주) 발행주
식 총수의 22%, 17.6%를 각각 위임받아 의결권을 행사했습니
다. 이들이 위임받은 의결권은 위 주총 당일 성원주식수의
73.2%에 해당됩니다.

소외 이돈명, 소외 변형윤은 93. 6. 19. 한겨레신문(주) 임시주
주총회 의결권 위임장 위조 및 표결행사와 관련한 '주주총회
결의 부존재·무효 확인 및 결의 취소의 소'(사건94 나 8404)
피고회사의 이사이자 '대표이사 등 직무집행정지 가처분 신
청'(사건 94 나 8398)의 피신청인들로서 제6기 정기주주총회의
결의에 관하여 '특별한 이해관계가 있는 자'로서 상법 제368조
4항에 따라 의결권을 행사하지 못할 뿐 아니라 타인의 대리인
으로서도 의결권을 행사할 수 없습니다.

소외 이돈명, 소외 변형윤이 위임받은 주총 의결권(제6기 주
총 당일 성원주식수의 73.2%)을 빼면 그 나머지 의결권은
26.8%에 불과해 의결 정족수가 성립되지 않습니다.

5. 그러므로 위 제6기 정기주주총회는 결의 내용과 방법이
법령과 정관에 위반하여 결의 자체가 부존재하거나 무효이며
적어도 취소되어야 하므로 원고들은 피고회사의 적법한 주주
로서 이 건 청구에 이르렀습니다.

입증 방법

1. 갑 제1호증 주식회사 등기부등본
1. 갑 제2호증 피고회사가 이돈명, 변형윤을 수임인으로 지정
한 위임장 사본
1. 갑 제3호증 제6기 정기주주총회 의사록

1. 갑 제4호증 원고들이 주주임을 입증하는 서류
1. 갑 제5호증의 1 한겨레신문(주) 제6기 정기주총 성원 보고
확인요청
1. 갑 제5호증의 2 답변서
기타 변론시 제출하겠습니다.

1994. 8. 5.
원고 신맹순 이전오

서울지방법원 서부지원 귀중

유현석 자문위원장과 자문위원들에게 보내는 공개서한

1. 한겨레신문 임시주주총회(93. 6. 19. 토)에서 전국 주주들이 송건호 선생에게 위임한 주총 의결권 등 1,589,586주(주총 당일 총 투표주식수의 76.7%)의 위임장을 본사 기획관리실 이병 차장이 위조하고 이것을 당시 김명걸 사장(당일 주총의장)이 표결에 행사하여 경영진추천위원회가 추천 인준한 김중배 대표이사 후보 등 이사·감사 후보가 경영진으로 불법 선임되었습니다.

2. 한겨레신문 전국독자·주주대표자모임은 송건호 선생의 확인서 등을 통해 송건호 선생 명의의 주총 의결권 위임장이 위조된 사실을 밝혀내고 93년 6월 28일부터 본사에 세 차례 공개질의서를 보내 이 엄청난 사태의 수습을 촉구했습니다. 그러나 책임 당사자들은 거듭 '적법하고 정당하다'는 답변으로 일관했습니다. 당사자들의 자정을 기대할 수 없고 법적 시효가 임박한 상황에서 대표자모임은 부득이 93년 7월 22일 '대표이사 등 직무집행정지 가처분 신청'과 '임시주총 결의 취소의

소'를 제기했습니다.

3. 대표자모임은 김중배 씨에게 공개질의서를 낼 때 유현석 자문위원장에게도 '참조' 형식으로 문제를 제기하고 우편으로 '공개질의서'를 보냈으며 전화로 이에 대한 대책을 물었습니다. 그러나 유 자문위원장은 이 문제에 '책임이 없다'는 취지로 신맹순 집행위원장에게 대답했을 뿐, 사태 수습에 별다른 관심과 노력을 보이지 않았습니다.

4. 유 자문위원장은 임시주총 당일 주총현장에서 경영·지면 비리에 직접 책임이 있는 이사 후보들에 대한 독자·주주들의 비판을 생생하게 들었습니다. 주주들의 비판과 지적으로 김중배 대표이사 후보가 추천한 이사 후보를 경영진추천위원회가 원안 그대로 인준한 것이 얼마나 무책임한 일이었는지 드러났습니다.

5. 자문위원장과 자문위원들은 한겨레신문 정관 제32조(권한과 기능)에 따라 막대한 권한과 책임을 부여받고 있습니다. 임시주총 당일 주총 의결권 위임장이 위조되고, 그 위조된 위임장이 불법하게 표결에 행사된 사실이 드러난 지 6개월이 넘도록 이를 수수방관하고 있는 자문위원회의 무책임한 태도에 항의하며, 창간정신과 주권을 유린한 임시주총 부정·비리를 척결하고 한겨레신문이 국민의 신뢰를 받는 신문으로 거듭나도록 유현석 자문위원장과 자문위원들이 맡은 권한과 책임을 다할 것을 촉구하면서 공개서한을 드립니다.

1993. 12. 29.

한겨레신문전국독자주주대표자모임 상임대표 김택중

경영진은 주주·독자·사원에게 사죄하라

김중배 씨는 94년 1월 10일 오전 10시 사원조회에서 특별담화를 통해 한겨레신문 경영진이 모두 사퇴한다고 공표했다.

그러나 가처분 결심공판 4시간을 앞두고 나온 그들의 사임 표명은 직무집행정지 가처분을 피해 가려는 정략적 발상에서 나온 '깜짝쇼'에 불과하다.

93년 6월 19일 임시주총에서 1,589,586주(당일 총 투표주식수의 76.7%)의 의결권 위임장이 위조되고 그것이 표결에 행사돼 경영진이 불법선출된 사실은 공판을 통해 이미 밝혀졌다. 그들이 '특별담화'에서 주총 주권유린 사태의 자정과 책임에 대한 한마디 언급없이 '정면돌파' 운운하며 자신들의 합리화에 급급한 것을 보고 우리는 '사임'이라는 미봉책을 내세워 기득권을 고수하려는 그들의 속셈을 읽을 수 있다.

경영진의 비이성적 태도는 한겨레신문의 자정과 개혁을 촉구한 김근·김종철 논설위원의 성명에 대해 감봉 3개월 징계로 대응한 데서도 분명하게 드러난다. 두 논설위원에 대한 징계는 경영진이 스스로 더 이상 언론인이기를 포기한 반언론적 만행이다.

그들은 주간지 창간으로 돌파구를 마련하겠다고 공언한다. 그러나 적법성과 정통성을 결여한 그들이 과연 주간지 사업을 마음대로 결정할 권한을 가질 수 있는가? 한겨레신문의 모든 사업은 창간정신에 충실한 적법하고 정통성 있는 경영진을 세우는 데서 출발해야 한다.

"시사주간지 창간으로 뉴저널리즘을 실현하겠다."고 떠들썩하게 선전·공고한 94년 1월 1일자 한겨레신문에서, 한겨레신문이 매년 1월 1일 한 해를 전망하고 지향점을 제시해 온 통단 신년사설조차 싣지 못한 현실은 무엇을 말해 주는가.

경영진은 그 동안 임시주총 부정비리와 관련해 송건호 전회장을 희생양으로 삼아 자신들을 합리화했고 주권유린을 심판하려는 주주들에게 저항하며 이를 왜곡·선전해 왔다.

경영진이 진정으로 한겨레신문의 앞날을 생각한다면 주총의 불법을 심판하려는 주주들과 대결하려는 태도를 버려야 한다. 경영진은 더 이상 주주들을 우롱하지 말고 주권 유린에 대해 국민에게 사죄하라.

1994. 1. 10.

한겨레신문전국독자주주대표자모임

도덕성 되찾아 한겨레신문 제2창간을
-창간 4돌에 즈음하여

김종철 외

우리는 지금 한겨레신문의 존립근거이자 생명력의 원천인 도덕성이 무너져내리는 사태에 직면하여 부끄러움과 착잡한 마음, 위기의식으로 창간 4돌을 맞고 있다.

최근 한 달간 앞서거니 뒤서거니 발생한 아파트공사 사고기사 삭제와 정치지도자의 사생활 관련 잡지 광고 취소 및 사설 삭제·수정, 대검기자단 호화판 제주도 관광에 한겨레 기자 참여 등은 한겨레신문의 존립기반을 밑동부터 뒤흔든 중대 사태가 아닐 수 없다. 특히 집권당 대통령 후보경선에 나선 정치인의 사생활에 관한 기사를 실은 월간지의 광고를 '관례'에 어긋나게 거부하고, 대표이사의 개입으로 관련사설의 내용을 삭제·수정한 사건은 한겨레의 변질을 단적으로 보여준 바 있다. 이 사태에 대해 논설위원실의 실무자가 공개질의서를 냈으나 대표이사는 침묵으로 응답하고, 사내의 민주적 토론을 위한 유인물 배포를 사실상 금지하는 '포고령'을 냄으로써 민주적 경영과는 어긋나는 길을 걷고 있다.

지난해에 있었던 허위공문서를 이용한 정부지원 모스크바 연수기도 실패 및 급여혜택 연수, 사회면 머리기사 표절사건 등도 도덕성이 최대 생명인 한겨레정신과 한겨레인의 자긍심에 씻을 수 없는 먹칠을 했다.

이런 일련의 사태는 우연한 실수가 아니라 그 동안 안에서 곪아온 온갖 모순이 일부 드러난 것에 불과하다는 것이 우리의 판단이다.

이런 걷잡을 수 없는 사태는 능력본위 적재적소 인사원칙을 무시한 파벌 내 나눠먹기식 정실인사와 무원칙한 조직운영에서 잉태된 구조적인 것으로서 일찍이 예견 가능한 것이었다. 더욱 실망스럽고 있을 수 없는 일은 이런 부도덕한 행위에 대해 일부 간부와 파벌의 구성원들이 적극 옹호하거나 책임을 회피하기에 급급해 온 사실이다.

제동장치가 없는 맹목적 파벌이기주의는 창간정신에 입각한 문제제기에 대해 시정의지는커녕 쉬쉬 하거나 마치 없는 문제를 만들어내는 듯이 역선전하면서 개혁요구를 오히려 분파행동으로 매도하기까지 해왔다.

이런 구조적인 문제는 지면에 그대로 반영되어 백범암살배후 제보 묵살 등 한겨레 지면이 중요 사건 위에 잠자거나 한겨레가 그토록 비난해 왔던 '밀실 북방외교 밀사'를 '통일을 생각하는 사람'으로 부각시키는 등 방향을 잃은 사례가 나타난 적이 한두 번이 아니었다.

지금 한겨레신문사에는 편집위원장 직선제를 시행하는 과정에서 파벌이기주의가 점점 뿌리깊게 자리잡아가고 있을 뿐 시시비비를 가려내려는 기자정신은 선비의 닳은 옷자락 모양 조롱당하고 있다. 이런 현실은 "한겨레에 과연 정의가 살아 있는가.”라는 근본적인 물음을 불러일으킨다.

사회의 비리와 잘못을 들추어내는 기자집단이 자신들의 문제에 대해서는 성역의식을 갖는 것은 무슨 근거에서인가. 한국 언론계의 ‘보안관’ 역할을 자임하고 나선 한겨레가 일련의 사태로 말미암아 전 언론계의 조소의 대상으로 전락해 가고 있다. 한마디로 소금이 짠맛을 잃어가고 있는 것이다.

이런 상황에서 사내 일각에서는 주주들의 정당한 개혁요구도 묵살하면서 주인이 ‘많다’는 것을 주인이 ‘없다’는 것으로 착각한 나머지 주주를 한낱 ‘돈내는 사람’ 쯤으로 여기거나 심지어 경계해야 할 ‘외부세력’으로 비하하는 경향마저 공공연히 나타나고 있다.

우리는 지금 한겨레신문이 도덕성 상실현상으로 말미암아 점차 위기의 구렁텅이로 빠져들고 있다고 진단한다. 최근의 심각한 도덕성 상실은 한겨레의 존재의의와 사회적 역할은 물론 존립 자체까지도 위협하고 있다. 이러다가는 한겨레가 급속도로 붕괴의 과정을 밟는 것이 아니냐는 판단으로까지 이어진다. 더구나 6만 주주의 위임을 받아 회사경영의 책임을 지고 있는 이사회를 비롯, 국·실장회의, 윤리위원회, 편집위원회 등 사내 어느 공식기구도 도덕성 상실의 위기를 위기로 인식하지 못하고 있는 듯한 현실이 위기를 더욱 부채질하고 있다. 하루 아침에 이루어지지 않았던 로마제국이 급속도로 붕괴되었던 것은 바로 도덕성 상실 때문이었다는 역사적 교훈을 되새겨야 할 시점이다.

이에 우리는 창간 4돌에 즈음하여, 최근 일련의 사태와 직간접적으로 관련된 당사자들은 스스로 합당한 처신을 함으로써 자성의 계기로 삼아줄 것을 권고한다.

회사의 책임있는 기구들은 이런 사태의 재발방지를 위한 근본적인 개혁조처를 가시화할 것을 촉구한다.

한겨레 구성원 모두는 기득권 의식을 과감히 버리고 자정과 의식개혁의 구체적 실천을 통해 민족·민주·민중언론으로 다시 태어나는 제2창간 운동에 적극 나서줄 것을 호소한다.

1992년 5월 14일

〈한겨레정론〉 1992년 5월 15일자

※이 글은 김종철·김근 논설위원을 비롯해 한겨레신문 기자 42명이 연명해 발표한 성명서이다.

김명걸 사장의 '배포금지' 공문에 대한 우리의 입장

우리는 김명걸 대표이사 사장이 지난 2월 16일 한겨레신문 전국독자주주대표자모임 소식지 〈한겨레전국독자주주모임〉 창간호를 비방하고 지사·국장에게 '배포금지 협조요청' 공문을 보낸 데 대해 엄중 항의하며 이의 취소를 다시 한 번 요구한다.

김명걸 사장은 이 공문에서 '무단 배포', '모임 내부에서조차 합의를 거치지 않고 발행', '한겨레신문 지면·경영에 대한 건전한 비판·제언이라기보다는 사실의 오인과 회사 현실과는 어긋난 시각을 담고 있어' 등의 표현으로 독자주주모임의 정당한 활동을 왜곡했다.

김 사장이 지난해 '유인물 배포지침 시행' 공고로 커다란 물의를 빚고 사내외의 거센 비판을 받은 끝에 결국 이를 취소한 데 이어 이번에 다시 그 망령이 되살아난 듯한 '배포금지' 공문을 내 독자 주주들의 언로를 차단한 것이 한겨레신문 창간 정신과 윤리강령에 충실한 일인지 묻지 않을 수 없다.

우리는 이미 2월 23일 '항의서'를 보내 '배포금지' 공문의 취소를 요구했으나 아직껏 아무런 답변이 없다. 독자주주들의 비판을 겸허히 받아들이기는커녕 '배포금지' 조처로 말길을 막으려 한 김명걸 사장은 독자주주에게 사과하고 이를 취소해야 하며 소식지 배포에 적극 협조해야 할 것이다.

1993년 3월 13일
한겨레신문전국독자주주대표자모임

반김대중 입장 고수로 정치불신 확산

박승관

(서울대 교수·언론학)

6공 이후 새로운 정치상황과 관련하여 한겨레신문의 위상을 검토하기 위해서는, 우선 6공 시기 한겨레신문 역할에 대한 반성적 성찰을 필요로 한다.

88년 창간 당시 한겨레신문은 이 시대의 양심으로서 국민적 기대와 지원을 한몸에 받았다. 13대 대선에서의 패배와 민주세력의 분열이 가져온 혼돈과 좌절을 새로운 질서와 희망으로 대체해 줄 든든한 믿음의 대상으로 다가왔던 것이 '한겨레'였다. '한겨레'는 이러한 기대에 부응하는 지울 수 없는 공적을 그 동안 이루어냈다.

반면, 한겨레의 앞날을 검토하는 데서 그 동안 족적에 대한 한 가지의 비판적 반성을 촉구하고자 한다. 그것은 무엇보다도 한겨레의 정치적 편협성이었다고 말하지 않을 수 없다. 한겨레는 출범 이후 줄곧(적어도 야권통합 이전까지는), 정치적으로는 반평민·반김대중의 입장을 고수하였다. 이것은 재야 민주세력 일각이 평민당과 김대중을 주타격 방향으로 설정하였던 정치적 전술과 궤를 같이하였다.

이러한 입장이 은근히 함축하였던 정치관은 다음과 같이 요약할 수 있다. 1.한국정치 민주화의 최대 걸림돌은 김대중과 평민당이다. 2.김대중과 평민당이야말로 한국정치의 부패와 퇴행성의 상징이다. 3.김대중과 평민당의 소멸이야말로 야권통합과 정권교체를 용이하게 하는 전제조건이다. 4.야권의 정통 개혁세력 내지 정권 대체세력은 구민주당이거나 민중당이지, 평민당과 김대중을 정통 야권세력의 반열에서 논할 수 없다. 5.김대중과 평민당에 대한 그나마의 지지는 전라도 사람들의 단순하고도 불합리한 지역감정의 결과일 뿐이다. 아마 많은 사람들이 의식적으로 동의하려 하지 않겠지만, 창간호에서 지금까지의 지면에 대한 필자의 관찰대로라면 한겨레는 분명 이와 같은 기조에 서 있었다. 그리고 한겨레 다수파의 소망대로(?) 아니면 전망대로 김대중에 의한 정권교체는 무위로 끝났다.

그러나 김대중이 퇴거한 이 시점에서 한국정치의 민주화에 대한 전망은 과거 그 어느 때보다 과연 확실한가? 한국정치의 최대의 걸림돌이 제거된 이제는 과연 정권교체도 소위 민중의 독자적 정치세력화도 과거 그 어느 때보다도 희망적인가?

흔히들 한 사회의 모순을 논할 때 수직적 지배구조를 거론한다. 상하위층 계급을 거론하는 것이 대표적 예이다. 그러나 늘 간과되기 쉬우나, 수직적 지배양식만큼 중요한 것은 바로 수평적 분할지배방식이다. 수평적 분할지배전술을 동원함으로써, 지배세력은 정치적 갈등의 전선을 우회하여, 본질적으로 지배세력과 피지배세력의 싸움을 피지배세력 사이의 싸움으로 전환시킨다. 그럼으로써 싸움의 전선은 본질적 악과 본질적 선과의 사이에서 형성되는 것이 아니라, 최선과 차선 사이에서, 선끼리의 자리싸움으로 바뀐다. 이것이야말로 정녕 이 시대의 비극이다.

6공 내내(최소한 야권통합 이전까지는) 한겨레신문 역시 한국정치의 보수파 연합과 합세하여(?), 무차별적으로 정치권을 공격하였다. 날마다 기존 정치인의 구습이 도마에 올랐고, 4당체제의 비효율성, 그들의 당리당략이 칼질되었다. '당리당략'이라는 표현이 정치면에서 빠지는 날이 없었다. 정치권이 무슨 일을 도모하든, 그 어떤 합리적인 안을 제시하든 그것은 '모조리' 당리당략이었다. 한국정치권은 '신문'에 의하면 이 시대의 '시대악' 그 자체였다. 한겨레도 마찬가지였다.

그리하여 한국의 언론은(미안한 말이지만 한겨레를 포함하여), 여소야대에 대한 '정치적 탈환상'(disenchantment), 정치 불신을 국민적으로 확산시키는 데 크게 공헌하였다. 우파 보수 신문은 그들의 입장에서(지배 헤게모니의 안정을 위해서), 한겨레신문은 그 나름대로의 입장에서(속히 김대중과 평민당을 무력화시키고 민중의 독자적 정치세력화를 앞당기기 위해서), 정치권의 해체를 위해 노력하였다. 날이면 날마다 정치권(여야를 싸잡아)의 부패와 파행과 권위주의와 지역주의에 대한 개탄으로 일관하지 않았던가.

그리고 모두의(적어도 언론의) 소원대로, 4당체제도 극복되고 여소야대도 극복되고, 김대중은 해체되었다. 그 지긋지긋하던 구정치의 시대는, 3김시대는 이제는 갔다. 그 결과, 남은 것은 정치적 패배주의와 허무요, 정녕 바라던 민중의 독자적 정치세력화도 정권교체도 별반 나은 전망을 갖게 된 것 같지도 않다. 야권통합 이후 한겨레신문이 그토록 애절하고 눈물겹게 호소했던 연합주의 역시 패배로 끝났고, 이제는 목소리 높던 사람들의 침묵과 무책임, 그리고 다수의 눈물만이 남았다.

충언컨대 기억하기 바란다. 4·19 이후 한국정치가 그나마 가장 활성화되었던 시절은 바로 다름아닌 여소야대 정국, 4당 체제 아래에서였지 않았던가. 그러나 이러한 최대의 정치활성화 시기에 한겨레신문이 보수언론의 다른 축에서, 보수언론을 편들어 정치적 불신을 심화시키고 야권과 그 리더의 무력화를 위하여 협공하였다. 그리고 이러한 정치의 파괴를 위하여 한겨레는 소위 '재야'의 권위와 도덕성을 빌려주었다.

이러한 언급에 다소나마 공감한다면, 앞으로의 한겨레는 다음과 같았으면 좋겠다. 첫째, 연합주의의 원칙을 지키기 바란다. 당신들은 지금 고립되고 있다. 이러한 조건에서는 사소한 차이에 대한 고집보다는 범민주세력의 결집과 연대의 원칙 이상의 원칙이 있을 수 없다. 최소한 잠재적 우호세력에 대한 무차별적 공격을 일삼는 분할지배전략에 동원되는 우는 앞으로 다시는 범하지 말아야 한다.

둘째, 소위 7공이 주도하는 개혁은 '지배의 합리화'의 범주를 벗어나지 못할 것이다. 기무사의 민간사찰 금지, 지방 청와대의 개방 등 지배의 본질에 대한 훼손이 없이, 불필요한 중복 억압장치의 재조정에 주력할 뿐, 본질적인 구조적 모순 해결을 추진하지 못할 것이다. 그렇다면 한겨레의 앞으로 역할은 이러한 비근본적인 개혁주의의 본질을 드러내고, 보다 철저한 개혁의 필요성을 시민적으로 각성시키는 일이 될 것이다.

〈한겨레전국독자주주모임〉 93년 3월 18일자

김영삼 정권 관련보도 차별성 약화돼

강준만

(전북대 교수 · 신문방송학)

언론개혁 어떻게 할 것인가? 나는 최근 언론에 대해 이야기할 기회가 있을 때마다 이 물음을 던지곤 한다. 제도적 · 법적 개혁? 수용자운동? 둘 다 좋은 방법이다. 그러나 누가 제도와 법을 바꿀 것이며 누가 바쁜 시간을 쪼개 수용자운동에 참여할 것인가? 아무래도 현상황에선 좀더 효과적인 방법이 있어야겠고 또 있을 것 같다. 그건 바로 한겨레신문이다. 모든 면에서 한겨레신문을 한국에서 으뜸가는 신문으로 만들면 되는 것이다.

나는 한겨레신문 주주나 독자들이 한겨레신문을 구독하지 않는 주위 친지들에게 6개월분 정기구독료를 선납해 주는 운동을 대대적으로 전개할 것을 제안한다. 설사 한겨레신문을 못마땅하게 보는 사람들이라도 민주주의의 필수요건이라 할 언론의 다양성 구현이라는 차원에서 한겨레신문이 얼마나 소중한 신문인가를 깨닫게 해주는 것이 필요하다. 신문 1부를 수십 명에서 수백 명이 읽는 대학생들도 용돈을 조금만 아껴 모두 한겨레신문을 구독해야 할 것이다. 현재 전북대에서는 신문방송학과 학생들을 중심으로 하여 이 운동이 추진되고 있다.

한겨레신문에 대한 일체의 비판은 한겨레신문의 발전을 전제로 한 것이다. 그러나 최근 한겨레신문이 처해 있는 상황이 너무도 악화돼 한겨레신문이 애정어린 비판조차 감당하기 어려운 건 아닌가 우려된다. 따라서 한겨레신문 주주와 독자들은 한겨레신문에 대한 비판을 하더라도 그와 동시에 예전보다 더 깊은 애정을 보내는 배려가 있어야 할 것이다. 이제부터 이야기할 한겨레신문의 최근 보도경향에 대한 고찰도 그런 입장에서 출발한 것임을 밝혀둔다.

김영삼 씨의 대통령 당선 이후 한겨레신문이 다소 흔들리는 모습을 보여주고 있다. 물론 여전히 믿음직스런 사설과 칼럼들이 한겨레신문을 지켜주고 있는 건 분명하다. 그러나 아주 드물게나마 사설들 가운데에서 다른 신문들의 사설과 크게 다를 바 없는 '엉거주춤' 사설이 눈에 띄며, 일부 정치 관련 해설기사들과 정치보도의 '의제설정'은 다른 신문들과의 차별성이 점차 약화되고 있다는 느낌을 주기에 충분하다.

혹시 한겨레신문 내외의 일각에서 이젠 한겨레신문도 비판 일변도의 편집방식에서 어느 정도 벗어나야 한다는 '강박관념'이 작용하고 있는 건 아닐까. 실제로 한겨레신문을 아끼는 사람들 가운데에서도 그런 생각을 갖고 있는 사람은 심심치 않게 만날 수 있다. 그런 만한 실질적인 이유에서 그런 변화가 필요하다면 그건 바람직한 일임에 틀림없다.

그러나 '대중의 정서'를 앞세워 막연하게 그래야 할 것 같다는 식의 느낌에 근거하여 그런 변화를 추구한다면 그건 한겨레신문이 그간 보여온 날카로운 비판정신을 '비판을 위한 비판'으로 스스로 격하시키는 것이 아닐까.

지난 2월 한 달 간 발행된 한겨레신문의 1면 머리기사 제목을 점검해 본 결과 전체의 2분의 1이 다른 신문들의 1면 머리기사 제목과 아무런 차별성을 갖지 못하는 것들이었다. 나머지 2분의 1도 모두 '한겨레신문다운' 의제였다고 보기는 어렵다.

'한겨레신문답다'는 것은 여러 측면에서 이야기될 수 있겠지만 그 가운데 몇 가지 빼놓을 수 없는 것은 사회현상을 피상적으로 보지 않고 구조적이고 역사적인 관점으로 깊고 멀리 꿰뚫어보며, 권력이 던져준 '의제'보다는 스스로 찾아낸 '의제'에 더 무게를 두며, 위에서 밑을 보기보다는 밑에서 위를 보는 자세를 견지하는 게 아닐까.

지금 한겨레신문이 안고 있는 가장 큰 문제는 자신감의 결여가 아닌가 생각된다. 엉거주춤한 자세로 다른 신문들의 '대세'를 따르는 경우가 많다. 예컨대, 2월 22일자 1면 머리기사 '새 총리·감사원장 오늘 발표'나 대통령의 첫 국무회의 발언 중 일부를 그대로 인용한 2월 28일자 1면 머리기사 제목 '권위·관료주의 청산돼야' 같은 것들은 문제가 많다. 비판적인 언어를 사용하지 않아서 문제가 되는 게 아니라, 투철한 '주제의식'이 결핍된 게으름이 문제가 되는 것이다. 만약 한겨레신문이 단지 '기록의 신문'을 지향하겠다면 모를까 그렇지 않다면 한겨레신문은 제목 하나에서부터 그 어떤 메시지를 던져주려는 노력을 해야 할 것이다.

2월 13일자 1면 머리기사 제목 '수학능력시험 8, 11월 실시' 같은 것도 한국언론의 기존의 오도된 보도방식을 그대로 답습하는 것에 다름아니다. 앞으로 한겨레신문도 입시철만 되면 일개 대학에 불과한 서울대의 입시상황을 1면 머리기사로 올리는 다른 신문들의 작태를 그대로 따르겠단 말인가. 2월 5일자 1면 머리기사 제목 '대학입시 부정 총·학장 책임' 같은 것도 마찬가지다. 한겨레신문이라면 마땅히 대학입시 부정에 직접적인 책임이 있는 교육부의 그런 상투적인 책임회피 발언에 1면 머리기사를 내주는 일은 하지 말았어야 한다. 그간 교육부가 부정방지대책을 몰라서 그 지경이 되었단 말인가. 그리고 명문 사립대들이 다 저지른 입시부정을 광운대만을 희생양으로 삼아 초토화한, 법 적용의 형평성 문제를 건드리지 않은 채 광운대 입시부정을 두 번이나 1면 머리기사로 올린 건 근시안적인 사건인식이 아니었나 생각된다.

한겨레신문이라고 해서 특종에 대한 욕심이 없겠는가. 그러나 1월 27일자 1면 머리기사 '수도권 비행금지구역 완화 검토'는 그것이 적어도 한겨레신문의 독자들에게 무슨 큰 의미를 갖는 것인지 이해하기 어려웠다. 그리고 2월 25일자 1면에서 '민주 '용공' 사과내용 반발'이라는 제하의 기사를 우측 하단으로 내밀고 좌측 상단에 머리기사 큰 제목이 없이 비교적 작은 활자로 '청와대 앞길·인왕산 오늘부터 전면 개방'이라는 제목을 뽑은 것은 그것이 새로운 형식의 편집을 시도하려는 것인지는 알 수 없으나 꼭 그래야 되는 것인지 이해하기 어려웠다. 다른 신문들이, 조선일보마저도 1면에 청와대 부근의 약도를 그려넣는 것으로 끝났으나 유독 한겨레신문만이 약도에다 기 사진까지 싣는 파격적인 성의를 보인 것은 선의로 해서되는 면도 없진 않았으나 '글쎄'라는 의아심을 떨쳐버리기 어려웠다.

그리고 가끔 일부 해설기사에서는 거의 모든 기사를 긍정적인 어조로 일관하다가 마지막 끝부분에 가서 갑자기 부정적인 말 몇 마디를 집어넣는 걸 볼 수 있었다. 무언가 비판을 하지 않으면 한겨레신문답지 않다고 느끼는 것일까. 그런 식의 비판은 오히려 안 하느니만 못하다. 해설을 좀더 넓은 맥락에서 하려는 의식과 노력이 필요하다. 예컨대, 대통령이나 정부의 행위와 관련된 해설기사는 취재원의 말만 옮겨놓다 보면 기자는 본의 아니게 취재원의 '메신저'로 전락하고 만다. 그것이 보도기사라면 모를까 해설기사에서까지 그 노릇을 해야 할 이유가 무엇이란 말인가.

  만약 한겨레신문이 앞으로 달라져야 한다면 그건 입장을 더욱 분명히 하고 좀더 과감한 편집방식을 도입하는 것이다. 그 입장이 정리되지 않았다면 그건 쉬쉬 덮어둘 일이 아니라 열린 공간에서 뜨거운 논의의 주제로 삼는 것이 바람직하다. 과감한 편집방식도 원래의 창간이념에 충실하고자 한다면 다른 신문들과의 차별성을 위해서도 택할 수밖에 없는 당연한 귀결이다. 한겨레신문이야말로 유일한 국민의 신문이요 또 국민의 신문이어야 한다. 한겨레신문이 잘되는 것이 곧 한국언론의 개혁이다.

<한겨레전국독자주주모임> 93년 3월 18일자

벼랑에 선 '한겨레'를 살려야 합니다
-사원·주주·독자께 드리는 호소문

노향기 외

오늘 우리는 참으로 부끄럽고 참담한 마음으로 한겨레신문의 사원 여러분과 주주·독자들께 이 글을 드립니다. 모든 사원들과 관심 있는 주주·독자들이 잘 알고 있듯이, 지금 한겨레신문사는 경영진 구성의 적법성을 둘러싼 민형사소송의 피고가 되어 있습니다. 지난 6월 19일 열린 임시주주총회에서 '선임'된 이사 10명이 "적법한 절차를 거쳐 뽑히지 않았으므로 직무를 정지시켜야 하고, 주총의 의결과정에서 회사 쪽이 위임장을 위조했기 때문에 당시 대표이사 사장과 거기 관련된 사원들이 형사처벌을 받아야 한다."면서 한겨레신문전국독자주주대표자모임의 간부들이 소송을 제기한 것입니다.

8월 19일 가처분 및 민사소송의 첫 공판이 열린 이래 여러 차례 재판이 벌어져 한겨레신문 창간사장인 송건호 선생과 전 사장 김명걸 씨가 법정에 증인이나 피고로 서야 하는 딱한 광경이 벌어졌습니다. 먼저 원고이며 고발인인 주주독자모임 간부들의 주장을 보면, "임시주총에 추천된 10명의 이사 후보 가운데 지난날 경영비리나 지면비리에 관련된 4명에 대해 일부 주주들이 이의를 제기하면서 이사 수를 7명으로 줄이자는 동의안을 냈으나 표결에서 10명 모두 이사로 선임되는 결과가 나왔는데, 그 표결에 적법성이 없다는 것"입니다. 왜냐하면 "당일 주총 참여주식의 79.7%를 위임받은 송 회장이 주총이 시작된 뒤 10여 분 만에 퇴장하면서 아무에게도 의결권을 재위임하지 않았기 때문"이라는 것입니다. 그리고 그들은 "설령 송 회장이 재위임을 했다 하더라도 재위임을 인정하는 조항은 헌법이나 한겨레신문사 정관 어디에도 없다."고 주장하고 있습니다.

이에 대해 송건호 회장은 지난 7월 18일 〈한겨레전국주주독자모임특보〉라는 인쇄물에 실린 '언론계를 떠나면서'라는 글을 통해 이렇게 말했습니다. "나는 주총 의결권을 다시 위임한 일도 없고 회사에서도 그러한 부탁을 한 일도 없다고 (나를 찾아와 항의한 주주들에게) 답변하였다. 내가 의결권을 사인하여 위임한 일이 없는데도 만일 위임장을 회사에서 가지고 있다면 필시 회사에서 조작한 것이라고 생각할 수밖에 없다. 이것이 사실이라면 회사 경영진의 도덕성에 큰 문제가 있다고 볼 수밖에 없다. 그리고 나는 회사의 일방적인 고문 임명에 동의한 사실도 없다."

한겨레신문사가 창간 5년 만에 처음 맞은 이 불행한 법적 다툼에 대해 경영진은 처음에는 "임시주총의 절차와 이사선출에 법적 하자가 없다."고 주장하다가 재판이 진행되는 과정에서 "법적 하자가 있다 하더라도 회사의 개혁과 경영혁신을 위해 현경영진이 계속 일할 수 있게 해야 한다."는 논리를 소송대리인을 통해 전개했다고 합니다.

우리는 소송이 제기되고 나서 한참 뒤에 일부 텔레비전과 신문에 이 사건이 보도되었을 때, 경영진과 주주독자모임이 이성적이고 합리적인 대화를 통해 문제를 해결하기를 기대했습니다. 그것은 '국민의 신문', '6만 주주를 주인으로 섬기는 신문'이라는 한겨레에서 일어날 수 없는, 일어나서도 안 되는 사태라고 보았기 때문입니다. 그러나 결국 재판은 벌어지고 말았고, 전사장이 피고로 서서 주주대표의 신문을 받아야 하는 처참한 광경이 펼쳐지고 있습니다. 그리고 임시주총에 이사 후보로 오른 한 회사간부와 한 간부사원이 송 회장에게서 구두위임을 받았다고 주장함으로써 송 회장을 상대로 진실성을 다투어야 하는 처지에 놓이게 되었습니다.

우리는 민형사소송에서 원고 쪽이 이겨서 현경영진의 직무가 정지되고 법원이 관리이사진을 보낸다면, 한겨레는 더 이상 '국민의 신문'이라고 주장할 수 없게 되고 몇몇 사원이 형사처벌을 받게 되는 비극이 일어나리라는 것을 걱정합니다. 재판부가 민형사 모두 회사 쪽에 '승리'를 안겨준다 해도 한겨레 경영진이 이미 입은 도덕적 상처는 아물어들지 않을 것입니다. 왜냐하면 송건호 회장이 서면으로 재위임장을 작성하지 않았다는 사실은 이미 경영진이 인정한 바 있고, 구두위임을 했다 하더라도 법과 상식으로 그 정당성을 납득할 수 없는 '구두 재위임'으로 선출된 이사진의 도덕적 자격에는 언제나 흠집이 있기 때문입니다.

그래서 우리는 경영진과 주주독자대표자모임에 다음과 같이 호소합니다.

경영진 가운데서도 김중배 대표이사 사장은 이번 사태에 대해 가장 무거운 책임을 느껴야 한다고 봅니다. 김 사장은 6월 19일의 임시주총까지만 해도 이 사태에 아무런 책임이 없는 제

3자의 입장이었습니다. 김 사장은 개정된 정관에 따라 구성된 경영진추천위원회에서 대표이사로 추천된 뒤 이사 후보들을 지명해서 임시주총에 천거했습니다. 그 주총의 적법성 여부는 그와는 무관한 일이었습니다. 그런데 김 사장은 주주독자대표 자모임이 임시주총의 적법성에 관한 질의서를 여러 차례나 보냈을 때 “본인과는 무관하지만 법에 어긋난다면 임시주총을 다시 열도록 주선하겠다.”고 답변하지 않고, 이사회를 주재하면서 ‘하자가 없다’는 결론을 내리고 주주독자대표자모임과 언론에 그렇게 전했던 것입니다. 그는 다른 한편으로 사내에 ‘소송대책반’을 구성해서 소송을 낸 사람들을 회유하거나 설득하는 일을 밀고나가고 재야인사들을 만나 그들을 무마해 달라고 부탁했다는 것입니다.

우리는 이번의 소송과 관련해서 김 사장이 저지른 과오말고도 지면제작과 경영에서 극도의 침체에 빠진 한겨레신문을 쇄신하는 데 그가 어떤 기여를 했는지 의문을 품지 않을 수 없습니다. 지난 4월 편집위원장으로 선출된 그는 한겨레신문사 조직 내부의 분열과 무기력과 편집간부들의 무능을 질타하면서 대통합을 이루어 이 회사를 최고의 직장으로 만들도록 애쓰겠다고 공약했고, 대표이사로 선임된 뒤에도 강한 의욕을 보였습니다. 그러나 지금 회사의 유일한 ‘상품’이나 다름없는 신문은 ‘정치적 비판과 견제’의 기능을 충실히 하지 못하고 목표가 명확하지 않은 제작방침 아래 표류하고 있으며, 광고와 판매는 크게 개선되지 않아 올해도 적자를 낼 것이 거의 분명하다고 합니다. 더구나 최근 회사가 한 여론조사기관에 부탁해서 조사한 결과 한겨레신문의 유가부수는 30만 부에서 훨씬 아래로 내려가 있어서 창간 직후의 수준에 머물고 있다는 것입니다. 이번 조사에서 드러난 결과에 따라 한겨레의 유가부수를 다른 주요 신문들과 비교해 보면 낯이 뜨거워짐을 어쩔 수 없습니다.

우리는 유감스럽게도 김 사장이 경영권을 맡고 편집을 지휘 감독하는 직책에 오른 뒤에도 지면과 경영이 제자리걸음을 하거나 어느 면에서 뒷걸음치고 있음을 지적하지 않을 수 없습니다. 그리고 그가 약속한 대통합을 위한 노력이 실종되었음을 확인할 수 있을 뿐입니다. 오히려 일부 사원 사이에 기회주의와 업무태만이 한 풍조로 굳어지고 있다는 비판의 소리가 높습니다.

우리는 특히 재산공개와 관련해서 김 대표이사와 이사회가 보이는 무책임한 태도를 지적합니다. 회사의 노동조합이 실시한 여론조사에서 응답자의 90% 가까이가 한겨레가 언론계 재산공개에 앞장서야 한다는 의견을 말했고, 노조가 신문사 현관에 현수막까지 걸면서 그것을 촉구했으나 대표이사를 비롯한 이사회는 아무런 반응을 보이지 않고 있습니다. 언론노련과 기자협회가 "언론계의 도덕성 회복을 위해 반드시 해야만 한다."고 주장하는 재산공개를 한겨레신문사 이사회가 단호하게 하지 못하는 이유가 어디 있는지 사원들과 주주독자들은 궁금해할 것입니다.

마지막으로 우리는 소송을 제기한 주주독자대표자모임의 간부들에게 권고합니다. 비록 임시주총의 절차에 법적 잘못이 있다 하더라도 법원의 판결에 기대어 한겨레를 위기에서 구하려는 것은 거기에 들이는 노력만큼 좋은 결과를 얻을 수 없는 방법이라고 생각합니다. 물론 우리는 그 동안 주주들이 신문사 경영에서 소외되고, 심지어 귀찮은 간섭자 같은 대접을 받아온 사실을 잘 알고 있습니다. 이런 현실을 바로잡기 위해서라도 소송을 결정한 주주독자대표자모임은 경영진을 상대로 하루 빨리 대화를 갖고 법정이 아니라 회사 안에서 문제를 해결하는 길을 찾기 바랍니다.

우리는 그 유일한 방법은 지금의 경영진이 빠른 시일 안에 임시주총을 소집하기로 결의하고 경영진추천위원회를 구성해서 사원들과 주주들의 의견을 널리 들어 새로운 이사 후보들을 추천하는 것이라고 믿습니다. 경영진과 주주독자대표자모임 모두가 깊은 성찰과 대화를 통해 이 문제를 성실하게 풀고, 벼랑에 선 한겨레를 살리는 길로 함께 나가기를 간절히 호소합니다.

1993년 11월 10일

〈한겨레전국독자주주모임〉 1994년 1월 12일자

※ 이 글은 노향기 편집부위원장, 김근·김종철 논설위원이 93년 11월 10일 발표한 성명서이다. 한겨레신문 경영진은 이 성명과 관련해 93년 12월 28일 두 논설위원에 대해 감봉 3개월의 징계를 가했다.

진실규명과 책임자 처벌로 대개혁의 계기를

배동인

(강원대 교수 · 사회학)

한겨레신문의 창간발기인 3,342명 가운데 한 사람으로서, 그리고 6만여 주주의 한 주주로서 평소에 한겨레신문의 발전에 특별한 관심을 두어왔다. 그러나 지난해 3월의 제5기 정기주주총회가 있기까지 한 번도 주주총회에 참석하지 않거나 못했다. 참석하지 않은 이유는 한겨레신문사의 경영책임자들, 기자들을 비롯한 모든 구성원에 대한 전폭적 신뢰감이 무의식적으로 작용했기 때문이라고 생각한다. 하지만 주주총회에의 불참 때마다 항상 마음 한구석에 죄송스럽고 부끄러운 느낌을 떨쳐버릴 수 없었다. 그것은 주주로서의 의무를 다하지 못함을 의미하기 때문이다. 그래서 지난해 6월의 임시주주총회는 꼭 참석하기로 작정했었다. 특히 '회의목직 사항'으로서 '임원 선임의 선'만이 유일한 안건으로 소집통지서에 적혀 있었고, 대학시절부터 교회모임을 통해 친구가 된 김명걸 사장이 물러나고 김중배 씨가 신임사장으로 취임하게 된다는 소식이 이미 보도되었기에 나의 호기심을 자극하기도 했거니와 마땅히 인사드려야 한다고 생각했기 때문이다.

약간 마음 설레이며 지난 6월 19일 오후 2시가 훨씬 지나서야 나는 회의장에 도착했다. 기대했던 것보다는 참석한 주주들의 수가 적어 보였다. 처음으로 들리는 논의가 회의진행을 맡고 있는 분은 들어가시고 사장이 당연히 사회자로서 회의를 주관해야 한다는 주주들의 목소리로 표출되는 것을 보고 회의진행 자체가 좀 어수룩하다는 느낌이 들었다. 드디어 나의 오랜 친구 김명걸 사장이 단상 뒤 의자에서 일어나 연단에 다가와 마이크 앞에 섰다. 이제 비로소 제대로 회의가 진행되기 시작하는구나 하고 다소 불안한 안도감을 가지고 지켜봤다.

신문사 쪽에서 추천하는 김중배 씨를 포함한 10명의 이사 후보와 2명의 감사 후보가 소개됐다. 즉각 주주들 쪽에서 이의가 제기됐다. 그렇게 많은 이사를 둘 필요가 없고 7명 정도면 충분하다는 것과 거명된 4명의 이사 후보들은 과거의 행적으로보아 이사자격이 없으므로 제외되어야 한다는 것이었다. 나는 문제가 상당히 심각함을 감지했고 매우 놀라웠다. 물론 걱정스러웠다. 사회자는 곧 신문사 쪽의 안과 주주들의 반대안을 두고 표결에 부치려고 했다. 나는 특히 주주들의 이의제기의 타당성 여부에 대해 명확한 판단을 내리기에 충분한 정보를 갖고 있지 않았고 또 나처럼 이번 총회에 처음으로 참석한 주주들도 있을 것을 고려해서 신문사 쪽에서 주주 쪽의 이의에 대한 반박의견이 있다면 이를 표명해 달라는 의견을 냈다. 왜냐하면 나로서는 양쪽의 의견을 충분히 들음으로써 그것을 판단근거로 삼아 어느 쪽에 투표할 것인지를 결정할 수 있다고 생각했기 때문이다. 나의 요청은 받아들여지지 않았다. 이런 논의가 진행되는 과정에서 나는 김 사장이 사회자로서 주주들에게 의견표출의 기회조차 허용하지 않으려는 의도를 간파할 수 있었다. 그런 행태는 내가 한겨레신문을 만드는 사람들에게 걸어온 기대에 훨씬 못 미치는 것이었고 상식 이하의 수준이라고 평가했으며 매우 개탄스러웠다.

김 사장이라는 한 인간에 대한 나의 존경심과 우정이 한꺼번에 무너짐과 동시에 한겨레신문을 제작하는 사람들에 대한 나의 종래의 거의 무조건적 신뢰가 너무 안이하고 실상을 모르는 무지에 기초한 허구였음을 직시하니 배신감에서 오는 환멸과 비애를 금치 못했다. 또한 주주로서의 나 자신의 무책임성을 동감했다.

신문사 쪽은 주주들의 의견을 존중하고 폭넓게 수렴하여 가능한 한 최선의 의사결정에 이르도록 노력하는 것이 아니라 다만 자기들의 미리 짜놓은 방침대로 안건이 처리되도록 형식적 회의절차만을 거치기 위해 총회를 열고 진행시키는 의도가 가식적으로 드러남을 감지할 수 있었다.

왜, 무엇 때문에 그래야 하는가? 한겨레신문이 어떻게 해서 태어난 신문이길래 그런 작태가 주주총회에서 일어나야 하는가? 아마도 그들이 주주들 덕택에 누리고 있는 기득권을 계속 유지하기 위해서 그럴 것이라고 나는 추정한다. 그러나 이것은 어디까지나 주주들의 동의에 근거해서만 정당화될 수 있다.

주주들이 곧 신문사의 주인이기 때문이다. 주주들의 정당한 의견을 묵살하거나 부당한 방법으로 의사형성과 의사결정의 과정에서 탈락시킨다면 그것은 그들이 설 자리를 스스로 무너뜨리는, 어리석은 짓이나 다름없고 전혀 용납될 수 없다. 민주적으로 투명하게 회의진행을 하지 않는 이유는 또한 신문사 경영자가 숨기고 싶은 과오나 비리를 지니고 있기 때문이 아닌가 하는 의혹을 자아낸다.

나는 투표결과가 나오기까지 꽤 오랜 시간이 경과하는 동안 여러 비판적 주주들로부터 신문사의 문제상황에 관해 염려스러운 이야기들을 들었다. 지난 총회에서는 심지어 발언하고자 한 주주에 대해 신문사 쪽이 폭력을 행사했다고 하니 거기서 나오는 신문이 과연 민주언론이며 민족의 정론을 펼 수 있겠는가 매우 의심스러웠다.

총회가 막바지에 이르러 의결 자체의 무효에 대한 시비가 긴장된 분위기 속에서 벌어지는 것도 목격했다. 결국 신문사의 계획대로 안건이 처리되었으나 매우 씁쓸한 뒷맛을 남겼다. 집으로 향하는 나의 발걸음은 무겁기만 했다. 법정투쟁으로까지 격화된 이번 분쟁이 진실규명과 책임자 처벌을 통해 신문사의 대개혁의 계기가 되기를 바라면서 나는 아직도 진행중인 재판 과정을 지켜보고 있다.

〈한겨레전국독자주주모임〉 1994년 1월 12일자

한겨레 지정·개혁을 바라는 사원·독자·주주의 '양심선언'
–『다시 태어나야 할 겨레의 신문』에 대한 서평

배동인

(강원대 교수·사회학)

한겨레신문은 군부독재정권이 민주국민들의 끈질긴 저항에 굴복함을 뜻한 1987년 6·29선언 이후 약 일 년째 되던 1988년 5월에 자주·민주·민족통일의 이념을 실현하기 위해 6만여 명의 독자주주들에 의해 창간되었다.

자주·민주·통일의 횃불

역사상 유례가 없는 이 신문의 탄생에는 국내외에 걸쳐 많은 관심과 기대가 쏠려 있었다. 그후 6년이 흐른 지금 한겨레신문은 어떤 상황에 놓여 있는가? 이 물음에 대한 가장 직접적이고 진솔한 해답을 이 책은 밝혀주고 있다.

이 책은 한겨레신문의 창간정신을 똑바로 세워나가려는 신문사의 구성원들과 독자주주들의 투쟁의 기록이다. 이 투쟁의 적은 주로 이 신문의 창간정신을 망각하거나 명심하기를 소홀히 하는 신문사 안의 경향성과 행태이다. 한겨레신문의 운명을

걱정하는 이들의 투명한 증언과 문제 해결방안과 소원이 담겨
있다. 이 책은 세 권으로 구성되어 있고 모두 814쪽이며 '한겨
레신문사 주주총회 소송백서'라는 부제를 달고 있다. 제1권은
1993. 6. 19. 한겨레신문사 임시주주총회에서 경영진이 송건호
전회장의 의결권 위임장을 위조하여 김중배 대표이사 후보 등
임원선출을 감행한 사실의 불법성에 대해, 한겨레신문전국독자
주주대표자모임이 제기한 무효확인소송의 전모를 상세히 다루
고 있고, 제2권은 언론조직으로서의 신문사 안에서 발생한 비
리와 불합리한 운영사례들과 관련된 사원들의 투쟁을 통해 터
져나온 의로운 절규들을 수록했으며, 제3권은 한겨레신문의 창
간정신을 견지하고 강화하기 위해 투철한 주인의식으로써 신
문제작과 신문사의 운영실태를 지켜보면서 한국언론이 당면해
온 주요문제들에 관해 합리적 견해를 표명한 독자주주들의 힘
찬 목소리를 담고 있다.

'한겨레' 거듭남을 위하여

이렇듯 이 책은 지난해 6월의 주주총회에서 노출된, 더 이상
묵과될 수 없는 만큼 악화된 신문사의 치명적 만성중병에 대
한 독자주주들의 명확한 진단에 따라 개혁적 처방의 긴박성에
뜻이 모아진 결과로서, 주주총회의 의결무효를 법정에서 확인
받지 않으면 안 되었던 문제상황에서 출간되었다고 볼 수 있다.
이 책은 따라서 한겨레신문의 거듭남을 위한 필수적 전제조건
으로서의 역할을 수행하게 되었을 뿐만 아니라 한국언론의 올
바른 좌표를 제시하는 데에도 중요한 몫을 지니고 있다고 평
가된다. 또한 이 책이 오는 3월 19일의 제6기 정기주주총회를

앞두고 적시에 출간된 것은 매우 다행스러운 쾌거이며, 이 어려운 일을 끈기와 인내로써 해낸 박해전 기자에게 경의를 표함과 동시에 깊은 감사를 드린다. 박 기자와 뜻을 같이하는 사원들이 비록 소수자일지라도 건재하다는 사실은 우리 모두에게 희망과 힘을 준다.

이 책이 지니는 가장 중요한 의미는 진실이 진실로서 바로 서야 함을 되새기도록 하는 데에 있다고 본다. 그런데 아이러니컬하게도 이 진실의 천명과 재확인이라는 주제가 마땅히 그것을 일상과제로 삼고 거기에 존재이유를 갖는 신문이라는 대중 의사소통매체, 그것도 한겨레신문이라는 특별한 역사적 · 사회적 배경에서 독특한 창간이념 아래 탄생한 언론기관에서 검증되어야 하는 문제상황이 전개되고 있으며, 여기에 이 책이 바로 총체적 증언의 임무를 맡고 있는 것이다. 다시 말하면 진실을 알려야 할 신문이 진실을 억압하거나 봉쇄하거나 왜곡, 조작하는 작태를 다반사적으로, 그리고 조직적으로 자행한다면 그런 신문의 존재이유는 무엇인가라는 물음이 제기되고 있는 형편에 처하고 있는 것이 한겨레신문의 심각한 문제라는 것이다. 신문사의 경영책임자들이 진실을 적대시하며 한겨레신문과 신문사의 진상을 잘 알지 못하는 대다수의 주주들과 다른 세상 사람들에 대면해서 자기의 거짓됨으로 마치 참되고 성실한 것처럼 호도하고 떳떳한 체 거드름을 피우는 짓은 자기 기만과 동시에 남을 속이는 이중 기만의 범죄행위임에 틀림없다. 이는 또한 조직적 범죄로 신문으로서 자신의 존재근거를 스스로 허물어뜨리는 어리석음이며, 한겨레신문이 창간정신으로 거듭나기 위해서는 당장 청산되지 않으면 안 된다.

가면 벗기는 변혁 일궈

이런 의미에서 이 책은 한겨레신문사 경영진의 간악한 이중적 사기행각과 범죄성의 탈을 백일하에 벗겨버리는 조용한 변혁을 일구고 있다. 가짜가 진짜 행세를 해왔고 아직도 하고 있음을 이 책을 읽는 이들은 알게 될 것이며, 여태껏 한겨레신문의 경영진에 전폭적 신임을 주었던 주주들은 이 책을 일독함으로써 자기의 신문사에 대한 신뢰가 얼마나 허황된 것이었는가를 깨닫게 될 것이며, 배신감에서 오는 분노를 억제하기 어려울 것이다. 이 책의 또 하나의 효과는 지난 2월 3일 사기꾼을 두둔하고 승자로 만든 결과를 가져오도록 판결한 법원이 법과 정의의 원칙을 파기함으로써 자신의 권위를 스스로 실추시킴은 물론이고, 여전히 국민들의 사법부에 대한 불신을 계속 강화시키고 있음이 재확인되고 있는 데에 있다. 이는 두말할 나위없이 국제적 수치거리이며 웃지 못할 비극적 희극이다.

자기 정체성 확립은 진실성 회복에서

이 책이 궁극적으로 강조하는 것은 한겨레신문의 위기는 본래의 특유한 자기 정체성의 상실에 있고 이 위기를 극복하는 길은 언론의 생명인 진실성의 회복에서부터 비롯되리라는 경고라고 해석된다. 무릇 사람이 하는 일의 가치는 그에 대한 도덕적 신뢰를 전제로 해서만 인정될 수 있고, 이 신뢰는 다시금 그의 사고와 말과 행위의 진실성 또는 정직성에 기초한다.
〈한겨레전국독자주주모임〉 94년 3월 15일자

주총 의결권 위임은 주주 대표자에게

신맹순
(한겨레전국독자주주모임 공동대표)

우리는 창간 5년 동안 경영진이 주주를 진정한 주인으로 받들었는지 묻지 않을 수 없다. 지난 5년의 주총을 되돌아볼 때, 경영진에게 또다시 이번 주총 의결권을 위임한다면 주주들의 정당한 주권행사는 더욱 어렵게 될 것이다.

한겨레신문 주주는 이번 5기 주총에 적극 참석하거나 전국·지역 주주대표자에게 의결권을 위임하여 창간 5년의 경영비리와 지면훼절을 바로잡아 '제2의 창간' 계기로 발돋움해야 한다.

91년 3월 21일(목) 창간위 전체회의에서 이돈명, 변형윤, 김명걸, 최학래, 서한영, 최일남 6인(존칭 생략)을 이사 후보로 제시했으나 일부 창간위원이 송건호, 조영호, 김태홍 3인 추가 의견을 내어 결국 송건호, 조영호 2인을 추가하고 최일남 논설위원을 제외(본인 고사)하여 23일(토) 3기 주총에 후보 7인을 추천하였다. 23일 주총에서 송, 이, 변, 김, 최, 서, 조 등 7인 이사 외에 참석 주주들의 적극적인 제의로 광고수익 증대에 많은 공헌을 한 김태홍 이사가 추가로 선임되었다.

3일 뒤인 26일(화) 노동조합(당시 위원장 김영철) 집행부는 3인 이사(송, 조, 김태홍) 퇴진요구 성명을 내고 조합사무실 입구에 대자보를 붙이는 등 주총결의를 뒤엎는 사태가 일어났다. 또한 27일 노조 임시대의원대회는 노조성명을 지지하는 결의와 함께 28일 열릴 이사회에 이를 촉구한다고 공고했다.

28일 이사회에서 송 사장 연임이 결정되었으나 4월 1일 사원 동의투표에서 과반수 지지를 얻지 못했다. 다음날 조간신문들이 이를 보도했다.

시사저널 제77호(91. 4. 19)는 "그 동안 한겨레신문에 대한 '심상치 않은 소문'이 흘러나왔던 터라 '한겨레의 얼굴'이라고 할 수 있는 송 사장의 불신임결의 소식은 언론계 안팎의 비상한 관심을 끌었다."고 보도했다. 이를 보고 놀란 서울주주 5자매(한경자 외 : 창간기념일마다 몇 말씩의 떡을 만들어 어려운 근무조건 속에서 수고하는 본사직원을 격려해 왔다)가 4월 하순 본사를 방문하였다.

이즈음 이사회의 결의에 따라 '회사경영의 유일한 집행기구인 대표이사 직무대행 겸 전무이사'로 선임된 당시 김명걸 이사는 4월 12일 오후부터 "회사의 위기를 실감케 하기 위해"(16일 열린 제89차 이사회 때 본인 신상발언) 모든 결재를 거부한 채 6일 동안 출근하지 않아 경영 공백과 함께 회사는 더욱 혼란에 빠졌다. 4월 하순 다시 송건호 이사와 김명걸 이사가 사원임명동의 투표에서 (공동)대표이사로 결정되어 각각 대표이사 회장, 대표이사 사장을 맡게 되었다.

한겨레신문사를 방문하여 구성원들의 반한겨레적 모습에 충격을 받은 5자매는 '한겨레가족에게 드리는 말씀'이라는 유인물을 내고 3일 동안 김명걸 사장에게 주식반환을 요구하는 농성 끝에 3천5백80만 원을 찾아가게 되었다.

92년 9월 서울광고영업소에서 5억 1천만 원(이후 3천만 원 변제, 실제 4억 8천만 원) 부도의 경영사고가 일어났다. 당시 광고국 지교철 차장(현재 '효력 잃은 사직서에 의한 부당해고' 상태)의 91년 영업소 관리부실에 따른 감사요청(사장, 감사, 노조위원장)에 무능한 관리와 미온적 감사로 끝내 4억 8천만 원의 부도를 냈다. 이번 5기 주총에서는 미리 막을 수 있었던 부도사태의 책임을 엄중히 물어야 한다.

창간 5년이 지나면 손익분기점을 넘어야 하는데 92년 3·24 총선, 12·18대선의 정치특수광고에도 불구하고 8억 적자 외에 5억의 광고부도까지 낸 것이다. 기금이 부족하다고 주주에게 손을 벌리고 이제 기채까지 거론한 김명걸 사장의 신년사(〈한겨레가족〉 93년 1월 30일자)는 '권력과 자본으로부터 독립'을 스스로 무너뜨리는 신호가 아닌가!

지금까지 주주들은 주총 의결권을 본사에 위임했기에 파행적 경영책임을 엄히 문책하지 못했다. 근본원인은 주총에서 주인된 결정을 할 힘이 없기에 허수아비 주주·모래알 주주로 거수기 노릇만 하였다. 허수아비 주주는 허수아비 경영을 가져오게 된다.

51% 이상의 주권을 위임받은 경영진이 스스로 물러나지 않는 한 어떻게 책임을 추궁할 길이 있겠는가? 진국에 흩어진 모래알 주주가 자신의 권리를 제대로 행사하려면 제5기 주총의 의결권을 지역주주모임 대표자에게 위임해야 한다.

또한 경영진은 한겨레신문 지면에 대한 책임도 져야 한다. 지면 문제점으로 사회면 머리기사 표절(동아일보)사건과 지난해 6월 이동호 내무장관의 광주 촌지사건 보도기사 묵살을 비롯해 '김영삼 숨겨논 딸' 기사 실린 〈인사이더 월드〉(92년 5월호) 광고 게재 거부와 김명걸 사장 지시로 관련사설 삭제·수정 및 최계식 광고부국장의 김영삼 비서실장 신경식 방문, '김영삼 장학생' 심층·기획취재 요구 묵살, 부산·마산 730인사의 '김영삼 후보 반대선언' 변칙·축소 보도, 최근 김기춘(전 법무장관)의 기자 뇌물사건 지연·축소 보도, 전병민 김영삼 당시 정책수석 내정자 관련제보 처리 지연 등 창간정신을 무너뜨리는 변칙보도가 계속되어 국민의 알 권리를 저버림으로써 "이제 한겨레신문도 볼 게 없다."는 말이 오르내리게 되었다. 한겨레신문 편집위원회가 논의 끝에 묵살, 지연, 변칙처리된 보도는 특정인에 관련된 사안에 집중되어 있기에 더욱 놀라지 않을 수 없다.

'권력과 자본'으로부터 독립의 깃발을 올린 한겨레신문 창간이념은 해가 바뀔수록 경영·지면 모두에서 훼손·퇴색되고 있다. 이번 주총에서는 합리적 경영, 국민의 알 권리를 지키는 지면(보도)을 위해 지난날의 파행적 경영·훼절된 지면의 책임을 묻고 한겨레신문의 뼈대를 바로세워야 한다.

그러자면 의결권 위임을 전국독자주주대표자모임으로 모아야 한다. 독자·주주가 주인으로 일어서는 길은 바로 여기에 있다.

〈한겨레전국독자주주모임〉 93년 3월 6일자

한겨레신문의 문제상황과 개혁방안

배동인
(강원대 교수·사회학)

1. 문제상황

1) 한겨레신문사 경영진은 1993년 6월 임시주주총회에서 제기된 문제들과 관련하여 진실을 왜곡하거나 은폐해 왔다. 사실보도의 진실규명을 생명으로 하는 언론기관이 스스로 진실을 왜곡 또는 은폐하기를 일삼는다면 그런 언론기관은 존재할 이유가 없다. 이러한 진실왜곡은 이중적 사기행위이다. 그것은 자기 기만행위일 뿐만 아니라 주주, 독자, 그리고 온 국민을 속이는 행위이기 때문이다. 이러한 기만행위를 공공연히 자행할 수 있음은 대부분의 순수한 주주 독자들의 한겨레신문 경영진에 대한 거의 무조건적 신뢰를 악용한 데에 기인한다고 추정할 수 있다. 6만여 국민주주에 힘입어 민족, 민주언론으로서의 정론을 펴겠다고 천명했고 그러한 의지표명을 기회 있을 때마다 외쳐온 한겨레신문이 설마 상식 이하의 비리를 저지르겠느냐, 한겨레신문을 비판하는 사람들은 분명히 한겨레신문이 없어지

기를 바라는 불순세력일 것이라고 속단할 수 있기 때문이다.(〈한겨레가족〉 제45호, 1994. 1. 26. 3쪽 '주주들 우려의 목소리' 참조)

2) 한겨레신문이 창간이념을 실현하기 위해 노력해 왔음을 전혀 부인하기는 어렵다. 주주들과 독자들은 물론 한겨레신문이 그 본래의 창간정신을 굳건히 견지해 나가기를 기대하고 있으며 신문사의 전 직원은 이 국민적 기대에 어긋나지 않도록 앞으로도 성실히 업무수행에 전력해야 함은 당연하다. 그러나 다른 한편으로 신문사는 조직내적 이해관심의 갈등상황 속에서 많은 어려움을 겪어왔다. 이것은 조직 구성원들이 지연, 학연, 가치관, 정치철학, 현정권에 대한 선호도, 기득권 확보 등 특수주의적 이해관심에 따라 조직 안에 비공식적 이해집단을 형성하게 되고 저마다 이기적 목적들을 추구하는 데에 기인한다. 그래서 때때로 조직의 궁극적 목표를 망각하고 사적인 이해 관심만을 관철하려는 행태를 드러내게 된다. 이런 현상은 어느 조직에서나 어느 정도 보편적으로 관찰될 수 있으나 특히 한국적 의식풍토에서 고질적으로 구조화되어 있음을 자주 확인하게 된다. 한겨레신문도 예외일 수 없다. 이런 한겨레신문의 조직내적 분파적 세력관계가 빚어내는 갈등상황에서 지금까지 신문제작과 회사경영에 있어서 여러 가지 과오와 비리가 발생했는데 그때그때 비리의 청산이 철저히, 그리고 합리적으로 이뤄지지 않고 누적되어 왔기 때문에 관성적으로 과오를 반복할 수밖에 없었다고 진단된다.

3) 이와 관련하여 신문사의 무책임 경영이 지속됨으로써 조직 안에 전도된 질서가 구축되었다.(회사경영의 정상화를 위한 구성원들의 비판적 직언에 대한 징계조치의 사례들에서 악화

가 양화를 축출하는 불의를 확인할 수 있음)

2. 개혁방안

1) 책임경영의 원칙
중대한 과오를 범했음에도 충분히 제재받지 않은 경영책임
자들의 교체가 필요하다.
2) 참여 민주주의 원칙
비판적 주주대표들의 경영참여가 보장되어야 한다 이를 위
해 각 지역의 주주독자모임의 활성화가 필요하다.
3) 자율적 조직결성의 원칙
신문사 안에 구성원들의 자율적 집단형성이 다양하게 이뤄
지도록 허용하여 상호 협력, 견제할 수 있도록 한다. 각 부서별
로 공식적 회의를 활성화하고 노조의 구성과 운영을 합리화한
다.
4) 의사소통의 공개성, 정보처리의 상호성, 의사결정의 합리
성의 원칙
자유로운 의사소통 또는 의사형성, 그리고 합리적인 의사결
정을 위해 조직체계가 재조정되어야 한다. 회의 등 의사결정
과정의 공개를 원칙으로 하며, 문제제기와 논의에 관한 정보를
신문사의 전체 구성원과 주주들이 공유할 수 있도록 한다.
〈한겨레전국독자주주모임〉 94년 6월 3일자

'창간이념 복원'은 해직기자 원상회복에서 출발

송진복

(한겨레전국독자주주모임 사무국장)

독자·주주와 함께 하는 한겨레신문의 자정·개혁운동에 앞장서다 해직된 박해전 기자가 20개월 만에 쟁취한 원상회복은 정의·진실·양심의 값진 승리이자 이 신문을 바로세우려는 독자주주운동의 정당성을 입증해 준 쾌거이다.

박 기자의 복직 의의를 살려 한겨레신문이 정도를 걷기 위해서는 먼저 그 동안 경영과 노조의 문제상황에 대한 책임 당사자들의 철저한 반성이 따라야 하며, 이 신문을 바로 세우려는 독자주주운동을 더 이상 부정하지 말아야 한다. 박 기자는 법원에 낸 준비서면에서 윤리강령을 침해한 '유인물 배포지침 시행' 사건과 1993. 6. 19. 임시주총 '1,589,586주(당일 총 표결주 식수의 76.7%) 의결권 위임장 위조·행사' 사건 등 대표적인 경영비리를 밝히고, "국민주주 의사의 상시적 대변기구로서 경영진에게 책임을 묻기는커녕, 오히려 빼앗긴 주권을 되찾아 피고 회사를 바로세우려는 주주들을 해사행위자로 매도하고 나선 노조집행부의 비민주성"을 통렬히 비판했다. 이런 과거에 대한 진정한 반성과 청산 없이는 이 신문이 모든 사람에게 희망과 감동을 주는 매체로 성장하기는 어려울 것이다.

또한 한겨레신문에서 사내외 문제를 막론하고 구성원들의 언론의 자유가 침해받는 풍토가 허용돼서는 안 된다. 사내민주 언론의 실천을 의무로 규정한 윤리강령과 그 실천과 관련해 해직기자를 만든 현실은 엄청난 이중성을 드러낸 것이다. 구성원들이 소수의 의견도 존중하고 비판과 반비판의 민주적 토의를 활발히 벌일 때라야 이 신문의 발전을 기약할 수 있을 것이다.

권근술 대표이사는 지난해 5월 사보를 통해 '창간이념의 복원'을 떠맡기로 자임했다. 권 대표이사가 강조한 '창간이념의 복원'은 바로 창간정신을 지키기 위해 자정·개혁을 촉구하다 해직된 최성민 기자 등의 원상회복에서 출발하지 않으면 안 된다. 칠천 만 겨레의 염원인 자주·민주·통일의 실현을 창간이념으로 하는 한겨레신문은 박해전 기자의 복직을 계기로 지금 경영·조직·지면 등 모든 면에서 창간이념에 충실한지 검증을 요청받고 있다.

〈한겨레〉 96년 3월 21일자

제호 밑그림 백두산의 부활을 소원하며

이전오

(한겨레전국독자주주모임 운영위원장)

어느 날 갑자기 한겨레신문의 제호에서 그 웅대한 형상으로 솟아 있었던 백두산 천지의 밑그림이 소리없이 자취를 감추고 난 뒤, 내 마음 속엔 지우려 해도 지워지지 않는 하나의 환상이 생겨났습니다. 나는 그것이 왜 하나의 환상으로 남아 있어야 하는지도 모른 채 그 환상으로 가슴앓이를 하고 있습니다.

나의 환상은 환상이 아니라 변함없는 실체로서 우리에게 언제나 다가와야 마땅했을 것입니다. 마땅히 존재해야 할 것이 사라진 지 몇 해…. 그것은 하나의 그림이 사라진 게 아니라 우리의 정신과 용기까지 사라지게 한 사실임을 가슴 저리도록 느끼게 합니다.

누구는 말할지 모릅니다. 그까짓 그림 하나쯤 없어진 게 뭐 그리 대단한 것이라고 호들갑을 떠느냐고. 그러나 나는 그 그림이 사라져서 가슴 후련한 사람들이 몇 명이나 되는지 알 수 없습니다. 누군가 웬 호들갑이냐고 비웃고 넘어간다 해도, 수많은 사람들이 다 그렇게 비웃고 넘어간다 해도 내 가슴엔 그 그림을 그리워하는 아픔으로 가득 차 있는 것을 어찌합니까.

사실 하나의 그림은 그 민족과 그 나라의 상징일 수도 있습니다. 독일이 2차 대전의 개시와 동시에 폴란드를 침공하여 점령하고 나서 제일 먼저 한 일이 세계지도에서 폴란드를 지워버린 일입니다. 지도는 그 나라와 그 민족이 살아 있다는 가장 위엄있는 증표입니다. 그 증표가 사라지고야 어찌 그 민족과 그 나라가 살아 있다고 할 수 있겠습니까. 독일이 패망하고 폴란드가 해방되었을 때 폴란드 국민이 제일 먼저 찾고자 했던 것이 무엇이었겠습니까? 애국심에 불타는 폴란드 국민은 당연히 그들의 지도를 되찾은 것입니다.

우리에게 백두산 천지의 밑그림은 무엇을 뜻했습니까? 한겨레신문 윤리강령에 적혀 있듯이 분단을 극복하여 통일을 이루자는 창간정신의 바탕이자 시대정신의 바탕이었으며 한겨레라는 이름, 그 자체적 증표였습니다. 백두산 천지의 밑그림은 단순한 그림의 형상이 아니었습니다. 민족분단의 이 기구하고 기막힌 현실 속에서 기어이 이 분단을 극복하고 통일을 이루어내야 한다는 가장 숭고한 시대정신의 증표였습니다.

그 증표가 사라졌음은 무엇을 의미합니까?

나는 차마 그 의미의 아픔을 이야기할 수 없습니다. 한겨레신문의 창간호를 들고 "이것봐, 이것이 나왔어!"라고 거리로 뛰쳐나와 외치고 싶었던 그 뜨거운 가슴에는 백두산 천지의 숭고한 징기가 그 제호의 밑그림 속에서 용솟음쳐 올라왔던 것입니다. 내가 95년도 여름 한겨레신문사 주관의 백두산 순례단의 일원으로 백두산에 올랐을 때, 구름과 안개비가 가려 천지에 오르고도 천지를 보지 못하고 내려와야 했던 아픔은 한겨레신문에서 백두산 천지의 밑그림을 볼 수 없는 아픔에 비하면 일순의 아픔이었을 뿐입니다. 백두산이야 훗날 다시 찾아가 볼 수 있겠지만 일부 인사와 일부 경영진의 일방적 직권에 의하여 사라져버린 백두산 천지의 밑그림은 다시 찾기가 요원할지 모르기 때문입니다.

이 땅의 기득권자와 미국의 국익에 의해 물리적으로 분단된 한반도가 다시 통일되기가 어렵듯이 일부 인사와 경영진의 자의에 따라 사라진 백두산 천지의 밑그림은 다시 찾기가 요원할 것이기 때문입니다.

아! 암울한 시대에 찬란한 빛을 발하며 탄생한 한겨레신문의 창간정신이여! 이 시대의 자주·민주·통일을 향한 불타는 시대정신이여! 그 살아 있음의 증표이던 백두산 천지의 밑그림이 사라짐과 함께 사라져버렸는가. 몇몇 기득권자의 손에 의해 너는 필연적으로 사라져야 할 운명이었던가.

누구냐, 그 기득권자가. 누가 한겨레신문에서 백두산 천지의 밑그림을 사라지게 했느냐. 그 기득권자가 정권이든 경영진이든 그 어떤 계획과 계산에 의해 말살시켰든간에 제아무리 백두산 천지의 밑그림을 없애고 또 없애고 수천 수만 번을 없애도 우리 가슴속에 불타는 시대정신과 살아 숨쉬는 창간정신은 없앨 수 없을 것이며, 이 민족의 통일을 향한 열망은 지울 수 없을 것입니다.

독일의 패망과 함께 뜨거운 가슴으로 자기 나라의 증표인 지도를 찾았던 폴란드 사람처럼 우리도 한겨레신문 창간정신의 증표인 백두산 천지의 밑그림도 찾고 이 시대를 가로막고 있는 분단의 장벽도 극복하여 기어이 자주적이고 평화적인 남북 통일을 이루어내야 할 것입니다.

한겨레신문에서 백두산 천지의 밑그림은 되살아나야 합니다.

짓밟힌 우리의 시대정신과 창간정신은 다시 찬란히 살아나야 합니다.

백두산 천지의 밑그림은 반드시 되살아나야 합니다. 창간 때의 그 찬란한 빛처럼….

〈한겨레〉 96년 3월 21일자

제9기 주총에서 주주·독자·사원에게 드리는 글

한겨레신문의 창간은 권력과 자본으로부터 독립된 자주언론을 염원해 온 겨레에게 희망을 안겨준 쾌거였다. 소액주주가 다수인 민중의 정성으로 일궈낸 이 신문은 '온 국민이 주인인 신문'으로서 '또 하나의 신문'이 아닌 '새 신문'이 될 것임을 다짐했다. 이 신문은 그 동안 가로쓰기 한글전용을 비롯해 이 땅의 언론문화를 한차원 높이는 데 이바지했다.

그런데 한겨레신문은 시간이 흐르면서 지면·조직·경영에서 점차 창간정신이 퇴색했다는 비판을 받았고, 이제는 독자 주주들뿐만 아니라 회사 임직원도 '창간이념의 복원'을 힘주어 말하고 있다. 이 신문 경영진은 그 동안 한겨레신문을 바로 세우려는 독자주주운동을 겸허히 받아들이기는커녕 해사행위로 매도하며 배척했다. 그 결과 이 신문은 더 이상 '온 국민이 주인인 신문'이라기보다 '임직원 이기주의'에 빠진 특정 파벌 신문으로 전락했다는 비판을 면할 수 없게 되었다. 회사는 경영진이 직원 상여금을 400% 깎아야 한다고 주장하는 등 여러 가지 어려움에 처해 있다고 한다. 이런 위기를 극복하는 길은 전 임직원이 창간정신으로 돌아가 독자·주주들을 진정한 주인으로 받들어 '온 국민이 주인인 신문'으로 되돌리는 데서 찾아야 한다. 경영진은 이제라도 독자주주운동을 겸허히 받아들여야 한다. 이 신문이 독자주주운동에 필요한 주주명부 공개를 더 이상 거부하지 말고 독자주주운동을 성심껏 지원함으로써 온 국민이 동참하는 민주집중제의 지혜와 역량을 모을 수 있고, 그러할 때 이 신문의 활로는 열릴 것이다.

한겨레신문이 창간이념을 복원하고 창간정신에 충실한 지면·조직·경영으로 거듭나려면 이 신문에 관한 사내외 언로를 열고, 잘못된 과거를 청산해야 한다. 책임져야 할 간부들은 이 신문을 바로잡으려는 독자주주운동을 해사행위로 몰아붙인 데 대해 사죄하고, 노향기 편집부위원장, 최성민 기자, 지교철 차장 등 자정과 개혁을 촉구하다 해직된 사원들을 원상회복해야 한다. 그리고 한겨레신문은 이런 바탕에서 공청회 등을 통해 온 국민의 지혜와 역량을 모아 창간정신에 충실한 정관을 새롭게 마련하고, 조직·지면·경영을 가다듬어 이 신문이 역사와 민중에게 약속한 민족자주정론의 길을 힘차게 걸어가야 할 것이다.

1997년 3월 15일
한겨레신문전국독자주주모임

'한겨레' 경영 심판하고 민족자주언론 실현하자

한겨레신문전국독자주주모임

정권교체와 언론개혁

민중의 '선거혁명'을 통해 김대중 정권이 출범했다. 97년 12월 국제통화기금 구제금융협약에 따라 경제주권마저 외세에 내주는 상황에서 안기부의 '북풍공작'에 흔들리지 않고 민중은 50년 만에 수평적 정권교체를 이룩해 구체제를 청산하고 총체적 개혁을 추진할 계기를 마련한 것이다. 김대중 대통령은 오늘의 국난이 민주주의를 제대로 하지 않았기 때문에 도래한 것으로 진단하고, 민주주의와 경제를 동시에 발전시켜 '제2 건국'의 길로 나아갈 것임을 취임을 전후해 여러 차례 강조했다. 우리 사회에서 변화와 개혁의 바람이 일기 시작한 것이다.

이 정권교체의 의의를 살려 한국사회의 총체적 개혁을 성취하려면 무엇보다 언론개혁이 선행되어야 한다. 언론을 개혁하지 못하면 사회개혁도 기대할 수 없다. 경제주권이 국제통화기금에 넘어가는 청천벽력의 상황에서 민중은 무능한 정권뿐만 아니라 위기의 실상을 제때 알리지 못한 한국언론에도 분노의 화살을 날렸다. 언론이 민족의 양심으로 깨어 있었다면 부패하고 무능한 독재정권이 국가 부도에 이르도록 권좌에 앉아 연명할 수 없었을 것이고, 헌법에 보장된 기본권과 생존권이 짓밟히는 참혹한 상황으로 민중이 내몰리지도 않았을 것이다.

대부분의 언론은 그 동안 우리 민족사의 최대과제인 자주·민주·통일을 위해 살아가는 민중의 진실을 외면하고 독재정권과 독점재벌 등 분단기득권을 옹호하고 대변해 왔다. 특히 한총련과 범민련의 조국통일운동에 대한 보도가 언론에서 금기시돼 온 사실을 간과할 수 없다. 이렇게 민족의 운명을 개척하는 민족의 양심을 외면하고 묵살한 것이야말로 한국언론사의 수치요 가장 큰 과오라 아니할 수 없다.

조국통일운동 외면한 한국언론

돌이켜보면 민중의 고통을 강요하는 국난의 뿌리는 외세의 강점에 따른 조국 분단임을 알 수 있다. 분단정권에서 민중의 기본권은 짓밟히고 수많은 양심수들이 옥고를 치르는 등 민주주의가 질식했고, 민족자주경제의 토대를 침식해 온 기형적 분단경제의 파탄으로 마침내 경제주권을 세계금융자본가에게 내주게 되었다. 따라서 국난극복의 길은 바로 조국통일에 있고, 벼랑에 몰린 분단경제를 살리는 길도 김대중 대통령이 공약한 남북합의서를 이행하여 남북경제공동체와 민족 자주경제를 실현하는 데 있다. 분단기득권에 안주해 민족의 살 길인 조국통일운동을 사갈시해 온 한국언론은 이제 근본적으로 개혁되어야 한다.

한국언론의 개혁에서 한겨레신문이 예외일 수 없다. 오히려 이 신문의 개혁은 다른 어떤 매체보다도 절실하며 특별한 의미를 갖는다. 한겨레신문은 한국의 진보언론을 대표하는 것으로 알려져 있고, '온 국민이 주인'인 신문으로서 한국언론의 지표가 되기 때문이다. 올해 창간 10돌을 맞는 이 신문의 지면과 경영이 과연 국민주주들의 염원을 받들어 창간정신을 빛내왔는지 총체적 반성과 대중적 검증이 요구된다.

창간 10년의 총체적 반성

제도언론을 비판하고, 권력과 자본으로부터 독립을 선언한 한겨레신문은 87년 6월항쟁의 성과물로서 민족적·역사적 과제에 충실한 참된 언론을 갈망하는 민중의 모금으로 88년 5월 15일 창간호를 냈다. 이 신문의 창간이념은 언론의 자유와 민족자주언론의 실천이라고 할 수 있다. 이 신문의 '창간발기선언문'은 창간 이유에 대해 "진정 민족을 위한 자주적 언론을 갖지 못함으로써 오늘에 이르기까지 민주·민족언론의 숙원을 이루지 못하고 있다."며 "우리가 굳이 새 신문을 창간하고자 하는 것은 국민의 목소리와 민족의 양심을 대변하는 바르고 용기있는 언론이 없기 때문"이라고 밝혔다.

한겨레신문의 창간은 한국언론사에서 적지 않은 공헌을 했다. 제도언론에 절망한 민중은 자신의 정성으로 나온 이 신문이 민족자주언론으로서 역사적 사명을 다할 것이라고 믿고 커다란 기대와 희망을 가졌다. 창간 초기 민중이 이 신문에 보낸 애정은 뜨거웠다. 그러나 시간이 지남에 따라 점점 이 신문의 조직·지면·경영에서 창간정신과 윤리강령이 퇴색해졌다는 비판을 안팎에서 받게 되었다.

이런 비판을 의식한 듯 한겨레신문 권근술 대표이사는 사보 〈한겨레가족〉 95년 5월 20일자 1면 '창간이념 복원이 바로 경쟁력'이라는 제목의 창간 7돌에 부치는 글에서 "한겨레가 그들의 열망과 꿈을 제대로 이뤄가고 있는지 걱정이 된다. 신문 지면 또한 우리가 추구해 온 고급 정론지의 품격을 지켜가기보다는 오히려 다른 '대중지'를 닮아가고 있지 않나 하는 의구심을 지우기 어렵다."며 "창간 멤버의 한 사람으로서 제가 한겨레에서 해야 할 일이 무엇인지 진지하게 되돌아보지 않을 수 없었다. 그 결론은 한마디로 창간이념의 복원이었다. 그 일을 자임한 것이 제가 오늘 대표이사의 직을 맡게 된 배경이기도 하다."고 천명했다.

그러나 권 대표이사의 이런 공언 뒤에도 한겨레신문은 민족의 양심으로서 이 땅 민족운동의 진실을 충실히 대변하지 못했다. 95년 8월 서울대학교에서 열린 제6차 범민족대회 보도와 관련해 범민련 남측본부는 이 신문에 항의문을 보냈다고 밝혔다. 또 류재을 열사 보도와 관련해 한총련이 항의하고 남총련 학생들은 이 신문 불매운동을 벌이기도 했다.

한총련 전면광고 삭제

한겨레신문은 한총련이 낸 전면광고를 일방적으로 삭제하는가 하면 범민련 광고 접수를 거부해 파문을 일으켰다. 한총련은 97년 6월 28일 '한겨레신문 한총련 전면광고 삭제에 대한 한총련 입장'이라는 성명을 내어 이 신문이 한총련 광고를 접수해 97년 6월 28일자 1판 24면에 전면광고를 실었다가 3, 4판

부터 이를 전면삭제한 사실을 비판하고, 광고가 삭제된 과정과
그 이유가 무엇인지 지면을 통해 공개 해명해 줄 것을 한겨레
신문에 요구했다. 또 부울전협은 지난 2월 26일 피시통신에 올
린 글을 통해 "2월 25일 김대중 대통령 취임에 맞춰 범민련 부
경연합에서 양심수 석방, 국가보안법 철폐를 촉구하는 내용으
로 한겨레신문에 광고를 내려 했지만 이 신문에서 단호히 거
부했다."고 밝혔다. 보수우익단체와 정당의 광고뿐만 아니라 민
족의 양심에 어긋나는 97년 1월 22일자 22면 일본단체 '여성을
위한 아시아평화기금'의 '위안부기금' 전면광고까지 실은 이
신문이 범민련과 한총련 광고에서 보인 행태는 형평에 맞지
않는 반언론적 처사라는 지탄을 면할 수 없다.

한겨레신문전국독자주주모임(전국독자주주모임)은 주총에서
경영진에게 범민련의 조국통일운동에 대한 적극적인 보도를
요구했으나, 결국 한겨레신문의 지면도 다른 제도언론과 같이
한총련과 범민련 관련보도와 광고에서 민족자주언론의 소임을
다하지 못했다는 비판을 피할 수 없게 되었다.

전국독자주주모임은 창간정신에 따라 한겨레신문을 바로세
우기 위한 독자주주운동을 벌여왔다. 이 모임은 한겨레신문 발
전기금을 모으려는 경영진의 주선으로 태동해 오래 전부터 오
늘날 참여연대 등이 경제민주화운동의 유력한 방법으로서 강
조하는 소액주주운동의 귀중한 역사를 창조해 왔다. 이 모임이
한겨레신문 주총부정비리를 척결하기 위해 벌인 투쟁은 소액
주주운동의 전형으로서 한국언론사에 길이 남을 것이며, 이를
교훈삼아 이 신문은 국민주권을 유린한 과거를 엄정하게 청산
해야 한다.

소액주주운동의 전형 창조

독자주주모임은 93년 6월 19일 임시주총에서 한겨레신문 임직원에 의해 대다수 국민주주들이 당시 송건호 대표이사에게 위임한 158만 9,586주(당일 총 투표주식의 76.7%)의 의결권 위임장이 위조, 행사된 충격적인 사실을 송건호 선생의 증언을 통해 확인하고 당시 김중배 대표이사 등 경영진에게 세 차례나 공개질의서를 보내 이 국민주권 유린사건의 진상공개와 수습을 촉구했으나 "귀 주주들이 질의한 내용들은 적법하게 이루어진 것"이라며 끝내 자정을 거부했다.

전국독자주주모임은 93년 7월 22일 임시주총의 진실을 밝힌 송건호 선생의 '언론계를 떠나면서'라는 제목의 양심선언을 모임 소식지 특보에 담아내고, 곽병준 공동대표와 신맹순 공동대표 겸 집행위원장을 주총소송의 원고로 결정해 이 주총 부정과 비리를 척결하기 위한 소송투쟁을 전개했다. 유종필 기자는 이 특보가 나온 다음날 "한겨레신문사가 지난 6월 임시주총에서 다수 주주의 뜻에 반하여 송건호 선생을 이사직에서 제외함으로써 송 선생이 회사를 떠나는 결과를 초래한 데 대해 강력히 항의"하고 "〈한겨레전국독자주주모임〉 특보에 실린 송 선생의 글은 그 동안 말로만 떠돌던 임시주총의 불법성에 대해 시사하는 바가 많다고 판단한다."며 "이러한 상황에 대한 총체적 항의의 뜻에서 더 나아가 한겨레신문의 도덕성을 회복토록 촉구하는 뜻에서 부득이하게" 사직서를 제출하고 회사를 떠났다.

그러나 회사 쪽은 진실을 밝힌 송건호 선생을 비난하고 빼앗긴 주권을 되찾아 한겨레신문을 바로세우려는 독자주주운동을

‘해사행위’로 몰아붙이며 고 문익환 목사, 윤영규 전전교조위
원장 등 재야인사를 내세워 원고들을 무력화시키려 했다. 심지
어 일부 임직원은 전국독자주주모임을 대표한 주총소송 원고
등을 ‘안기부 프락치’라고 매도하는 행태를 보이기까지 했다.
그러나 전국독자주주모임의 곽병준 공동대표는 통일운동에 헌
신하다가 조국통일범민족연합 남측본부 감사로서 김영삼 정권
에서 옥고를 치렀고, 신맹순 공동대표 겸 집행위원장은 지방자
치가 부활된 뒤 민선 인천광역시의회 초대 의장으로서 풀뿌리
민주주의 발전에 공헌했다.

이런 상황에서 박해전 기자는 〈한겨레정론〉 93년 10월 14일
자 ‘한겨레신문과 민주언론운동’이란 제목의 글에서 “이 ‘임시
주총 부정 비리사태’를 우연한 일로 치부할 수 없다. 이번 사
태에서 창간 5년 동안 쌓여온 무책임한 경영·지면비리와 모
순이 대폭발한 듯한 모습을 본다.”고 비판하고 “국민주주들이
주총 부정비리를 심판하고 주권을 확립하려는 것은 정당하다.
한겨레신문이 사회의 부정비리를 고발하고 이를 척결할 언론
의 사명을 다하려면 자신의 부정비리를 엄정하게 바로잡아야
한다. 현경영진은 법정 판결을 기다리지 말고 이번 사태의 수
습을 위해 진상을 밝히고 지체없이 임시주총을 열어 국민주주
의 뜻을 물어야 마땅하다.”고 주장했다.

해직기자 양산한 경영진

이 주총소송과 관련해 93년 11월 10일 노향기 편집부위원장,
김근·김종철 논설위원은 ‘벼랑에 선 한겨레를 살려야 합니
다’는 사원·주주·독자께 드리는 호소문을 내어 김중배 사장

의 과오를 지적하고 한겨레신문의 자정개혁을 촉구했다. 그러
나 이들에게 돌아온 것은 경영진의 감봉 등 징계조처였고, 노
향기 편집부위원장은 결국 해직으로 이어졌다.

주총이 적법하고 정당하다고 강변해 온 경영진은 94년 1월
10일 주총소송 결심공판 4시간을 앞두고 사원조회의 특별담화
를 통해 세계언론사에서 찾아볼 수 없는 경영진 총사퇴를 발
표했다. 그러나 그들의 사임표명은 진정 주총 부정비리에 대한
책임을 지려는 것이 아니라 법원의 직무집행정지 가처분을 피
해 가려는 정략적 발상에서 나온 '깜짝 쇼'였다. 최성민 기자
는 이와 관련해 모임 소식지 94년 1월 12일자 특별기고 '김중
배 쇼 어찌할 것인가'라는 글에서 "많은 사람들은 이번 임원진
'총사퇴'를 '가처분'을 피하기 위한 쇼라고 말한다. 그 동안
'적법'을 주장하며 자신을 보여온 태도와는 정반대이기 때문
이다. 한겨레가 내세우는 '도덕성'은 저리간 지 오래다. 그러면
서도 '가장 의연하고 적절한 조처'라고 덧씌워 내세운다."고
비판했다. 경영진은 이 글을 쓴 최 기자에게 징계해직을 결의
한 끝에 정직 6개월의 중징계 조처를 했다.

다시 태어나야 할 겨레의 신문

한국언론은 한겨레신문의 주총 부정비리 사태와 자정개혁을
요구한 기자들의 잇단 징계 등 반언론적 문제상황에 대해 침
묵으로 일관했다. 〈사회평론 길〉 94년 5월호는 이런 언론계의
침묵과 관련해 "그것은 언론사끼리의 일종의 담합이었는지도
모른다. 심하게 말하면 늘상 문제가 돼온 동종업체끼리의 봐주
기가 분명하다. 일간지, 주간지뿐만 아니라 〈기자협회보〉 〈언론

노보〉〈민주언론운동〉등의 언론비평기능지까지도 침묵했다."
고 비판했다. 이런 상황에서 박해전 기자는 94년 2월 편저『다
시 태어나야 할 겨레의 신문』(전 3권)을 출판해 주총소송과 독
자주주운동의 진실을 국민에게 알렸다. 이 책에는 한겨레언론
연구회의 〈한겨레정론〉을 통해 분출된 한겨레신문사원들의 자
정개혁운동과 독자주주운동의 역사가 담겨 있다.『다시 태어나
야 할 겨레의 신문』은 97년 3월 전국독자주주모임이 그 동안
발행된 모임 소식지 등을 모아 리강호 선생 추모집으로 묶어
낸『조국과 더불어』와 함께 한겨레신문의 진로를 밝히는 소중
한 등불이다.

한겨레신문 경영진은 94년 5월 10일 박해전 기자를 징계해직
시켰다. 박 기자는 이에 앞서 전국독자주주모임 소식지 94년 3
월 15일자 특별기고 '김중배 쇼와 한겨레 자정개혁'이란 제목
의 글에서 "창간정신을 지켜가기 위해 '김중배 쇼'를 비판하다
징계당한 김근·김종철·노향기·오인철·최성민 기자에 대한
징계는 원인무효로 하루빨리 이들의 원상회복이 이루어져야
한다."고 요구했는데, 경영진은 이 글과 앞의 책 출판을 해직사
유로 들었다.

주총소송은 경영진이 '총사직'함으로써 소의 실익이 소멸했
다는 이유로 결국 법원에서 각하되었지만 주총 부정비리의 자
정을 거부하고 주주들을 적대시한 경영진의 과오와 책임, 도덕
성까지 면죄부를 받은 것은 결코 아니다.

전국독자주주모임에 주권 집중

국민주주들은 그 동안 한겨레신문 경영진에 의해 모래알 주

주로 방치되고 경영에서 소외돼 왔다. 전국독자주주모임은 소액주주운동의 발전을 위해 상법에 보장된 주주명부의 등사를 여러 차례 요구했으나, 경영진은 "한겨레신문이 갖는 사회적 특성상 주주가 자신의 신분노출로 받을 수 있는 사회적 불이익이 현존하므로 창간 이래 주주명부를 공개한 바 없으며 본사는 93년 2월 5일 제123차 이사회에서 주주 개인의 이익을 보호하기 위하여 주주명부를 외부에 공개하지 않는 것을 원칙으로 재차 결의했다."며 이를 거부했다. 한겨레신문의 주인인 주주들을 주주명부조차 등사할 수 없는 외부로 규정하는 경영진의 처사를 용납할 수 있는지 6만 주주에게 묻지 않을 수 없다. 이렇게 경영진은 독자주주운동을 장려하고 도와주기는커녕 6만 주주의 단결권을 원천봉쇄해 온 것이다.

독자주주들은 이제 한겨레신문의 개혁을 위해 무엇을 어떻게 해야 할까. 먼저 독자주주운동의 최우선 목표를 창간이념을 복원해 이 신문의 정체성을 확립하는 데 두고, 민족자주언론을 충실히 실천하지 못한 지면에 대한 책임을 물어야 한다. 또 주총에서 국민주권을 유린하고 주주명부 등사 거부로 6만 주주의 단결권을 방해한 경영진에 대한 엄정한 심판을 내려야 한다. 바른 말을 하는 기자들이 잇따라 해직되는 등 경영진에 의해 억압돼 온 한겨레신문에 대한 언로를 안팎으로 트고 지면과 경영에 대한 총체적 개혁을 이루어내야 한다. 이렇게 창간 10년을 올바로 결산해야만 이 신문이 민족자주언론의 큰 길로 힘차게 나아갈 전망이 열릴 것이다.

한겨레신문 경영진은 그 동안 확대경영을 거듭해 주주들의 정성이 담긴 자본금을 반이나 축내고 100억 원이 넘는 기채를 끌어들여 자립경영의 토대를 크게 위축시켰으며, 경영비리를 비판하며 자정개혁을 촉구한 기자들을 부당해직시켰다. 박해전 기자가 해고무효 소송에서 승소해 96년 2월 5일 제자리를 찾아 명예를 회복하고, 이에 따라 같은 소송에 들어갔던 최성민 기자가 97년 10월 회사 쪽 요구로 소를 취하하고 무조건 원상복귀했는데도 부당해고를 자행한 경영진은 누구 하나 책임지지 않았다.

이런 한겨레신문 지면과 경영비리에 관련된 현경영진은 퇴진해야 마땅하며, 이 신문의 도덕성 회복을 위해 부당하게 '축출'된 송건호 선생에 대한 명예회복이 이루어져야 한다. 이와 함께 자정개혁을 외치다 해직된 노향기 편집부위원장과 주총 부정비리에 항의해 부득이하게 회사를 떠난 유종필 기자, 노조가 부당해고라고 성명했던 광고국 지교철 차장은 지체없이 원상회복돼야 한다. 한겨레신문의 자정개혁은 경영진의 퇴진과 부당해직된 이들에 대한 원상회복에서 출발해야 한다.

자주 · 민주 · 통일의 횃불로

전국독자주주모임은 그 동안 한겨레신문의 진로를 묻는 공청회를 여러 번 개최해 이 신문의 근본적인 개혁방안을 밝힌 바 있다. 독자주주들이 한겨레신문의 개혁을 성공시키려면 무엇보다도 주주명부를 확보해 6만 주주의 단결을 촉구해야 한다. 그리하여 주권을 회사 쪽 경영진에게 위임하지 말고 한겨레신문을 바로세우려 힘써온 전국독자주주모임 대표자에게 집중적으로 위임하는 소액주주운동을 벌여야 한다.

온 국민이 주인인 한겨레신문을 비롯한 한국언론의 총체적 개혁을 이루어내려면 이 신문 독자주주들만이 아니라 민족의 운명을 자주적으로 개척하는 민족운동단체와 민족자주언론을 염원하는 민중의 적극적인 동참이 필요하다. 한겨레신문 주주총회는 6만 주주가 단결해 경영·지면비리를 척결하고 조직을 혁신해 내는 희망의 광장이어야 한다. 전국독자주주모임이 공청회와 인사청문회 등을 통해 비민주적인 정관개정과 경영진교체 등 당면한 문제해결을 위한 여론을 적극 수렴하고 절대다수의 소액주주들의 주권을 위임받아야 주주총회에서 창간이념을 복원하고 민족자주언론을 실현할 경영진을 꾸려낼 수 있다.

언론이 바로서야 민중이 살고 나라가 산다. 구체제를 청산하고 한국사회의 총체적 개혁을 수행해야 할 김대중 정권 시대를 맞아 한겨레신문은 창간 10년을 반성하고 창간이념을 복원해 민족자주언론으로 거듭나야 한다. 온 국민이 주인인 이 신문이 '제2창간'에 성공해 한국언론 개혁의 견인차로서 칠천만 겨레의 염원인 자주·민주·통일의 횃불로 활활 타오를 때 민중은 새 '국민정부'의 장점을 살려 민주개혁을 이루고 국난을 극복하면서 민족의 활로인 조국통일의 그날을 앞당길 것이다.

〈한겨레〉 98년 3월 21일자

제3부

해직기자는 말한다

준비서면 Ⅰ

사건 94가합 8167호

원고 박해전

피고 한겨레신문주식회사

위 사건에 관하여 원고는 아래와 같이 변론을 준비합니다.

1994년 10월 19일

원고 박해전

차 례

Ⅰ. 사실의 개요

1. 한겨레신문 창간정신과 윤리강령

권력과 자본으로부터 독립한 신문, 상업주의를 배격하는 대중적 정론지, 겨레의 염원인 자주·민주·통일을 실현하고 민중의 생존권을 대변하는 언론, 이것은 모두 한겨레신문의 창간정신을 담은 말이다.

한겨레신문은 이 땅에 민주주의와 민주언론을 실현하려는 국민들의 오랜 염원과 정성이 모아져 1988년 5월 15일 창간호를 펴냈다. 이 신문은 권력과 자본에 예속된 '제도언론'의 굴레를 깨고 일어선 자주언론으로서 이 시대, 이 땅의 진실을 밝히고 민중의 염원을 담아냄으로써 반자주·반민주·반통일을 극복하고 사회의 민주화와 조국통일에 헌신할 것임을 역사와 민중에게 약속했다.

한겨레신문은 인간의 자유와 기본권을 유린해 온 오랜 독재체제를 청산하고 사회 구석구석에 만연되어 있는 비민주적인 요소들을 제거하여 국민이 주인이 되는 진정한 민주화를 실현시키고, 분단을 극복하여 민족의 평화통일을 성취해야 할 중대한 과업과 왜곡된 민족경제를 재건하고 민중의 생존권을 확보하여 생활의 향상을 이룩하는 한편, 사회정의를 실현하고 민족정기를 바로잡아 이 병든 사회를 건강한 사회로 바꾸어놓아야 할 시급한 과제를 안고 있고, 표현의 자유 속에서 참다운 민족문화를 꽃피게 하는 한편 비뚤어진 교육을 바로잡아 인간의 자주성과 창조성을 발휘케 할 수 있는 민주교육을 실현시키는 것 역시 우리가 성취해야 할 주요과제라고 선언했다.(갑 제6호

중 한겨레신문 창간발기선언문 참조)

시대정신을 대변한 이런 한겨레신문의 창간정신은 이 신문을 받쳐주는 기본 뼈대이며, 이 신문의 존재의의를 밝혀준다. 이 신문의 창간은 이 땅에 언론매체가 부족한 때문이 아니라 국민의 목소리와 민족의 양심을 대변하는 바르고 용기있는 언론이 절실했기 때문이다. 권력과 자본으로부터 독립한 자주언론으로서 제 몫을 다하기 위해 한겨레신문은 범국민적인 모금으로 소액 다수의 국민주에 의해 창간되었다. 그것은 이 신문이 기존의 언론처럼 몇 사람의 사유물이 되거나 권력에 예속되지 않게 하는 필수 장치이고, 명실공히 국민이 주체로서 참여하는 신문을 만들고자 했기 때문이다. 한겨레신문은 '또 하나의 언론'이 아니라 '제도언론'의 병폐를 타파하고 언론의 정도를 걷는 국민이 주인인 '새 언론'임을 보여주겠다고 천명했다.

한겨레신문은 언론의 사회적 책무를 다하고 '새 언론'에 대한 국민의 기대에 부응하기 위해서는 민주언론을 실천하려는 언론인 자신의 윤리적 결단이 반드시 뒷받침되지 않으면 안 된다는 취지에서 '한겨레신문 윤리강령'을 마련·채택하고 모든 임직원들이 1988년 5월 5일 양평동 사옥에서 이를 지키기로 다짐하는 선서식을 가졌다.

한겨레신문 윤리강령은 무엇보다도 '언론자유의 수호'를 강조한다. 강령 제1조(언론자유의 수호) 1항에는 "우리는 언론의 자유와 표현의 자유가 인간의 기본적인 권리이며 모든 자유의 기초임을 믿는다. 따라서 언론자유의 수호는 한겨레신문사에서 일하는 우리 모두의 의무이다."고 적시되어 있다. 또 강령 제2조(사실과 진실보도의 책임) 2항에는 "우리는 나라와 민족, 그리고 세계의 중대사에 관하여 국민이 알아야 할 진실을 밝힌

다. 사실과 진실을 바르게 전달하지 않는 것은 언론인으로서
알릴 권리와 의무를 저버리는 것이며 국민의 알 권리를 침해
하는 것이다."고 규정하고, 3항에는 "우리는 불의와 부정에 대
한 비판자로서 봉사하며 정치권력 등에 의한 인권침해를 파헤
친다."고 명시하고 있다. '사내 민주주의 확립'에 관해 강령 제
10조에는 "우리는 사내의 문제에 대해 자유롭게 의견을 내고
이를 모아 신문제작과 회사의 운영에 반영한다."고 밝히고 있
다.(갑 제7호중 한겨레신문 윤리강령 참조)

한겨레신문의 창간은 그 동안 언론의 객체로 소외되어온 민
중을 언론의 주체·창조자로 불러낸 민주언론사에 획기적인
일로 기록되었다. 제도언론이 판을 치는 상황에서 이 나라 언
론의 지표인 이 신문이 역사와 민족 앞에 천명한 자주언론으
로서 자기 사명을 다하려면 창간정신에 충실한 언론으로 정진
해야 하고 국민들은 이를 위해 다 함께 힘써야 하며, 민주집중
제적 지혜와 정성을 모아 이 신문의 조직·지면·경영이 창간
대의와 윤리강령에 충실하고 정의와 진실이 살아 숨쉬는 기풍
을 진작시켜 나가야 한다. 또한 한겨레신문이 사회의 부정·비
리를 고발하고 제도언론의 병폐를 척결하려면 창간정신이 훼
손·변질되지 않도록 다 함께 비판·감시하고 한겨레신문의
부정·비리를 엄정하게 바로잡아야 한다.

'온 국민이 주인인 한겨레신문'의 장래는 독자·주주들의 참
여와 성원에 달려 있다. 한겨레신문이 민족의 고통에 동참한
가운데 90년대 통일언론의 큰길을 힘차게 달려나갈 수 있도록
'계속 창간'의 정신으로 88년 창간 때의 열의와 함성을 되살려
온 국민의 지혜와 역량을 모으는 민주언론운동의 불꽃을 더욱
세차게 피워내야 할 것이다.

2. 한겨레언론연구회 창립과 〈한겨레정론〉

한겨레언론연구회(한언연)는 1991년 11월 12일 서울 영등포구 양평동 한겨레신문사 신관 회의실에서 한겨레신문노동조합원 10여 명과 안동수 한국방송공사노동조합 전위원장, 전영일 방송공사노조 중앙위원(현부위원장), 정지석 목사(당시 한국기독교교회협의회 언론대책위 간사) 등이 참석한 가운데 창립모임을 갖고 활동에 들어갔다.

한언연은 이날 모임에서 한겨레신문 창간정신인 자주언론 실천의 관점에서 한겨레신문을 비롯한 우리나라 언론 전반에 대해 연구하며 참언론 실천을 도모해 나갈 것을 결의했다. 한언연은 창립모임에서 박해전 조합원의 한언연 창립 기조발제와 참석자들의 토론을 통해 한겨레신문의 발전과 제도언론의 개혁, 90년대 민중의 자주언론운동, 외국 말글에 찌든 우리 말글을 살려내는 일에 관한 문제를 주요 연구과제로 삼아 총체적으로 접근해 나가기로 다짐했으며, 편집국 교열부 박해전 조합원을 대표로 선출했다.(갑 제15호증의 2 〈한겨레노보〉 제39호 새동아리 출발의 변 참조)

한언연의 창립은 언론노동자가 스스로 자신을 역사와 민중 앞에 객관화하는 계기를 마련한 것으로 우리 언론사에서 처음 있는 일로 언론계의 커다란 관심과 기대를 모았으며, 이 모임은 연구성과를 회보 〈한겨레정론〉에 담아 축적해 나갔다.

송건호 당시 한겨레신문 대표이사 회장은 〈한겨레정론〉 창간호에 실은 '한겨레언론연구회의 발족을 축하한다' 제목의 축사에서 "한겨레신문은 자주적인 독립언론을 실제 제작할 뿐 아니라 오늘의 한국언론이 당면한 여러 가지 문제에 대해서 이론적 연구도 있어야 하는데 지금 그 연구를 한겨레언론연구회가 담당하여 발족한다고 하니 그 뜻이 자못 크다고 하지 않을 수 없다."며 "한겨레신문의 보도나 논평도 자유롭고 민족적 입장에서 제대로 제작되고 있는지를 관심을 갖고 반성해 주었으면 좋겠다."고 격려했다.

윤석인 당시 한겨레신문노동조합 위원장은 〈한겨레정론〉 창간호 축사 '한겨레언론회보의 발행을 축하한다'에서 "한겨레언론연구회의 회보 발행에 대해 축하와 격려의 박수를 보낸다. 아울러 이를 계기로 한언연이 동아리모임이라는 좁은 틀을 벗어나 한겨레신문의 발전과 전체 언론 현실의 개혁을 위한 책임감있는 발언자로 발돋움해 가기를 기대한다."며 "언론노동자들은 누구나 부단한 연구·토론활동을 통해 스스로 시대정신을 체현하고 또 창달해 가려는 책임의식을 가져야 하는 것"이라고 강조했다.

권영길 전국언론노동조합연맹 위원장은 〈한겨레정론〉 창간호 축사 '언론노동자들에게 각성제가 되길'에서 "지난해부터 한겨레언론연구회를 만들어 언론민주화운동을 펴오고 있는 한겨레 동지들이 이번에 〈한겨레정론〉이란 회지를 발간한다고 하니 그 용기와 정진에 격려를 보낸다."며 "언론노동자들이 외압과 내압에 부딪치면서 위축돼 있는 현상황을 타파하기 위해선 조직력의 복원과 활성화가 시급하다는 판단은 우리들 모두기 내리고 있으나 막상 행동으로 옮기지 못해 왔음도 부인할 수 없다. 이러한 상황에서 언론노동운동의 활성화를 위한 실천적 방안의 하나로 〈한겨레정론〉을 발간하는 한겨레언론연구회에 큰 기대를 건다. 한겨레언론연구회는 앞으로 〈한겨레정론〉을 통해 침체돼 있는 언론민주화운동에 새바람을 불러일으키고 〈한겨레정론〉이 언론노동자들의 각성제가 될 것을 바란다."
고 기원했다.

정지석 목사(당시 한국기독교교회협의회 언론대책위 간사)
는 〈한겨레정론〉 창간호 축사에서 "언론사는 이미 진리와 양심
의 거소라는 위엄을 잃어버린 지 오래다. 이제 언론인은 더 이
상 가난하나 범할 수 없는 지성과 기개를 지닌 사람으로 인식
되지 않는다. 이러한 전락은 우리를 슬프게 한다. 이 땅 위의
온갖 검은 세력들이 아무런 저항을 받지 않고 활개칠 수 있음
도 모두 이러한 언론의 전략 때문이라고 한다면 너무 과장일
까? 언론이여! 진리의 파수꾼이여, 양심이여! 그대 이름만 들어
도 가슴설레던 우리 국민들의 그 짝사랑을 다시 찾고 싶다."고
토로하고 "우리는 정말 자랑스런 언론인을 보고 싶다."고 격려
했다.(갑 제10호증 〈한겨레정론〉 창간호 2면 참조)

한겨레언론연구회는 1992년 3월 25일 박해전 기자를 발행·
편집인으로 해 〈한겨레정론〉 창간호를 타블로이드판 8면으로
선보인 이래 1993년 10월 14일 8호까지 그 동안 총 57면을 발행
했는데, 창간정신에 충실하려는 한겨레신문노동조합원들, 전국
언론노동조합연맹의 동료 조합원들, 일선 언론학자들, 노동운
동가들, 독자·주주들이 〈한겨레정론〉의 필진으로 참여했다.

한겨레언론연구회는 창립모임에서 설정한 실천과제와 지향
을 〈한겨레정론〉에 담아내려고 노력했다. 먼저 〈한겨레정론〉은
한겨레신문이 창간정신에 충실한 신문으로 발전하기를 염원하
며 한겨레신문에 관한 문제를 집중적으로 탐구했다.

〈한겨레정론〉 창간호 4면 강준만 교수(전북대 신방과)의 '한
겨레신문 4년의 평가와 전망', 5면 채만수 민족민주운동연구소
상임이사의 '한겨레신문, 그 보람과 한계', 6면 박해전 조합원

의 '한겨레 양심 어디 갔나', 92년 4월 28일자 제2호 2면 한겨레신문 2기 노조위원장 최성민 조합원의 '민주집중제가 살아나는 편집국을', 92년 5월 15일자 제3호 1면의 '한겨레신문 유인물 지침 회오리' 보도, 고승우 생활환경부 편집위원의 '원칙과 윤리의 보강작업 서둘 때', 2면 문학진 조합원의 '우리 여기에 무엇 때문에 와 있는가', 김철홍 조합원의 〈인사이더 월드〉 광고가 빠지기까지 경위', 3면 42명의 기자들이 서명 발표한 '도덕성 되찾아 한겨레신문 제2창간을', '김종철 논설간사 공개질의서 전문', 4면 전영일 전국언론노동조합연맹 총무국장의 '올바른 비판은 발전의 원동력', 92년 6월 5일자 제4호 2면 김동민 박사의 '유인물배포지침과 계엄포고령', 3면 강준만 교수의 '한겨레신문 정치보도의 문제점', 92년 6월 30일자 제5호 1면 '한겨레 경영 개혁의지 안 보여' 보도, 2면 안종주 조합원의 '한겨레노조 가면 벗고 거듭나야', 〈한겨레정론〉 편집위원회의 '내무장관 기자단 촌지살포 파문', 92년 8월 15일자 제6호 1면 '언론사 비리도 취재 · 보도대상이 돼야' 보도, '김 사장이 정론 발행인을 징계—발행 · 배포를 문제삼아…경악'' 보도, 2면 박종문 조합원의 '경영진의 각성을 촉구한다', 〈한겨레정론〉 편집위의 '한겨레정론 탄압 파문', 92년 9월 25일자 제7호 1면 '서울광고영업소가 5억 원 부도내—지 차장 부당해고로 파문이 확산' 보도, 2면 송진복 한겨레신문을 사랑하는 독자모임 간사의 '한겨레정론 부당징계사건의 조속한 해결을 촉구하며', 93년 10월 14일자 제8호 박해전 조합원의 '한겨레신문과 민주언론운동' 등은 〈한겨레정론〉이 그 동안 한겨레신문의 조직 · 경영 · 지면에서 드러난 문제를 지속적으로 비판하며 자정 · 개혁을 촉구한 보도와 논평이다.

〈한겨레정론〉은 한언연이 주요과제로 상정한 제도언론의 개혁에 관한 글도 폭넓게 담아내려 노력했다. 〈한겨레정론〉 창간호 1면 '위기의 한국언론 돌파구는 없는가' 보도, 창간선언문 '자주언론의 승리를 향하여', 7면 안동수 한국방송공사노동조합 전위원장의 '4월의 봄을 기다리며', 제2호 2면 소설가 방현석의 '오늘의 언론을 생각하며', 3면 장명국 석탑노동연구원장의 '언론노동운동이 가야 할 방향', 4면 강상현 동아대 교수(언론학)의 '총선보도의 권언유착-불의의 합창 속에 묻히는 정의의 독창', 5면 고성국 한국사회과학연구소 연구원의 '언론의 힘과 정치의 저발전-국민당 코미디에 놀아난 언론', 6면 진천규 조합원의 '총선 사진보도 비판-국민의 알 권리 충족시키는 사진기사를', 9면 권중희 민족정기구현회장의 '민족정기가 약동하는 새 역사를', 제4호 1면 오연호 〈말〉 기자의 '한국언론의 전진을 위하여', 제5호 1면 민주주의민족통일전국연합 정책국 박충렬의 '범민주 국민회의와 언론의 임무', 4면 최규엽 서울노동운동연구소장의 '노동운동과 언론의 태도', 제6호 4면 방정배 성대 교수(신방과)의 '통일보도 비판-비통일적인 언론보도는 성찰돼야', 5면 이해학 목사의 '통일운동과 언론-민족대단결원칙에서 통일문제 다루자', 6면 김명식 아시아아프리카라틴아메리카연구원장의 '한국군 해외파병에 관한 보도 비판', 제7호 1면 '언론, 한 전군수 관권선거 폭로에 제 역할 못해' 보도, 5면 최상일 문화방송노조 부위원장의 '방송자주화 운동의 현주소-문화방송 노동자들은 민주방송을 위해 싸우고 있다', 14면 김동민 한양대 강사(언론학)의 '대선기의 언론', 15면 조성우 평화연구소장의 '범민족대회 보도에 대한 단상' 등은 당시 한겨레언론연구회가 제도언론을 개혁하려는 신문과 방송노

동자들의 투쟁에 연대와 지지를 보내며 함께 한 사실을 말해
준다.

한언연은 언론의 주인인 민중의 자주언론운동을 기록하는
데도 심혈을 기울였다. 〈한겨레정론〉 창간호 1면 '창간선언문-
자주언론의 승리를 향하여', 제2호 8면 장종택 전한국출판문화
운동협의회 사무국장의 '출판운동의 현실과 과제', 10면 김덕
수 전국대학신문기자연합 의장의 '대학언론 어디로 가야 하
나', 11면 신맹순 인천독자·주주모임 대표의 '한겨레 주주모
임의 의의와 진로', 제4호 1면 '주주·독자, 한겨레 개혁 한목
소리' 보도, 4면 강창덕 마산·진해·창원독자주주모임 공동대
표의 '한겨레신문 전국가족모임 지리산 등반대회 참관기', 제7
호 1면 '국민주주의 경영참여권을 창출해야' 보도, 6면 신맹순
인천연구소 대표의 '특집기획·한겨레신문의 발전을 위하여
1-한겨레 주주모임의 역할과 사명', 7면 강창덕 대표의 '특집
기획 2-주주, 방관자 입장에서 주체자로 바로서야', 8~9면 고
승우 한겨레신문 편집위원의 '특집기획 3 한겨레신문 주주 조
직화방안-대중의 지혜와 역량을 모아 재도약을 이루자', 10면
김동한 법학박사의 '특집기획 4-관련법에 비춰본 주주의 경영
권', 11면 언론학자 정용준의 '특집기획 5-한겨레신문의 마지
막 파수꾼 한겨레주주운동' 등은 이 나라 언론의 지표인 한겨
레신문의 위상을 바로세우려는 독자·주주운동을 조명한 것이
다. 〈한겨레정론〉의 이런 보도와 논평은 한겨레신문의 주인으
로 일어서려는 독자·주주운동의 의의를 밝히고, 이 운동과 한
겨레신문 노동자들의 언론노동운동이 만나는 계기를 마련했다.

외국 말글에 찌든 우리 말글을 살려내는 일에 대한 연구 역
시 〈한겨레정론〉에서 빼놓을 수 없는 것이었다. 창간호 8면 최

인호 조합원의 '무너져가며 버티는 말글살이', 제2호 12면 권정숙 조합원의 '외국 말글에 찌든 한국언론', 제6호 8면 언어문제연구가 고길섶의 '언론의 언어관 비판—말글문제 사회변혁 관점에서 풀어야', 제7호 16면 리의도 한글학회 연구부장의 '우리나라 신문의 말글 쓰기에 대한 비판' 등에서 한언연의 말글문제에 관한 연구 지향을 읽을 수 있다.

이상에서 살핀 바와 같이 한겨레언론연구회의 〈한겨레정론〉을 통한 활동은 국민의 알 권리를 충족시키는 민주언론 창달을 목표로 하는 한언연 창립정신을 실천한 것이었으며, 이는 바로 한겨레신문노동조합 규약과 전국언론노동조합연맹 강령에 충실한 것이었다.

한겨레신문노동조합 규약은 전문에 "한겨레신문사 노동조합 조합원들은 통일과 민주화를 열망하는 온 국민의 성원으로 태어난 한겨레신문을 민중과 함께 하는 정론지로 만들어나가며 더욱 나은 신문제작을 통해 국민의 알 권리를 충족시키는 한편 언론노동자로서의 권익을 확립하기 위하여 이 규약을 만든다."고 명시하고 있다. 규약은 제1장 제4조(연합단체)에서 "조합은 전국언론노동조합연맹에 가입한다."고 적시하고 있다. 규약은 제6조(목적)에서 "조합은 한겨레신문주식회사에서 일하는 노동자들의 민주적인 노사관계를 정립하여 정치·경제·사회적 지위 향상과 민주언론 창달에 기여함을 목적으로 한다."고 밝히고 있다. 규약은 제7조(활동)에서 "조합의 목적을 달성하기 위하여 다음과 같은 활동을 한다. 1. 민주적인 노사관계 정립 2. 노동조건 개선 및 노동3권의 확립 3. 민주언론 실천 및 지면제작 개선 실현 4. 회사 경영과 발전에 대한 조사연구 및 건의 5. 조합원 교육과 후생복지 6. 기타 조합의 목적달성에 필요한 사항"이라고 명시하고 있다. 규약은 제10조(자격상실의 예외)에서 "회사에서 임의로 해고한 조합원은 해고처분에 불복하여 낸 구제신청 및 소송이 계류중인 동안에는 그 자격을 잃지 아니한다."고 정하고 있다. 규약은 제11조(권리)에서 "조합원은 조합의 모든 사업 혜택을 균등하게 분배받으며 총회에서 동등한 발언권과 의결권을 가진다. 또 임원으로 선출되거나 임원을 선출할 권리를 가지며 그밖에도 노동관계법과 이 규약에 정한 권리를 가진다."고 명시하고 있다.(갑 제8호증 한겨레신문노동조합 규약 참조)

또한 전국언론노동조합연맹강령은 다음과 같다.

1. 우리는 언론의 역사적·사회적 책임을 깊이 인식하여 보도자유의 확보와 민주언론 실천에 진력한다. 2. 우리는 전국 언론사 노동조합간의 굳건한 단결력을 바탕으로 언론노동자의 정치적·사회적·경제적 지위향상과 권익의 보호 및 신장을 위하여 투쟁한다. 3. 우리는 민주적인 노동운동을 강력 지원하며 타산업 노동자들과의 광범한 연대를 통하여 민주사회 건설에 기여한다. 4. 우리는 편집·편성권에 대한 정치권력이나 자본 등 어떠한 세력의 간섭도 거부하며 언론과 노동 등 자유로운 활동을 가로막는 제반 악법의 개폐투쟁을 과감히 전개한다. 5. 우리는 민주적인 조직운영으로 조합원 대중의 폭넓은 참여를 보장하고 가맹조합의 자주성을 존중한다. 6. 우리는 언론 내부의 권위주의석·비민주적 요소 척결에 노력하고 공동의 번영을 추구한다.(갑 제9호증 전국언론노동조합강령 참조)

한겨레언론연구회원들은 한겨레신문노동조합과 전국언론노동조합연맹 조합원으로서 한겨레신문노동조합 규약과 전국언론노동조합연맹 강령, 노동관계법에 따라 조합활동을 할 권리

를 갖고 있다. 한언연은 언론노동자로서 모든 노동자가 노동조
합의 주체임을 자각한 가운데 자주적으로 민주언론 실천에 진
력함으로써 언론노동조합 본연의 임무인 경영과 지면에 대한
감시·비판활동을 수행해 왔다.

3. 한겨레신문 독자주주운동

한겨레신문 독자주주운동은 소액 다수의 민중이 지혜와 정
성을 모아 권력과 자본에 예속된 제도언론을 거부하고 자주적
으로 민족의 양심을 대변하는 참언론을 열망하며 '또 하나의
언론'이 아닌 '새 언론' 한겨레신문을 창간한 데서 출발했다.
독자·주주들은 창간 초기엔 이 신문 임직원들이 창간정신
에 충실한 조직·경영·지면을 꾸려낼 것이라 기대하며 적극
적인 비판과 참여 의지를 보이지 않았다. 그러나 해가 거듭되
면서 점차 경영비리가 드러나자 독자주주들은 경각심을 갖고
이를 비판하기 시작했다. 91년 3월 한겨레신문 제3기 주주총회
에서 주주들은 한겨레신문 제2기 노조집행부가 〈한겨레노보〉
를 통해 밝힌 '2억 원 무담보 기업어음 매입 경리사고', '5천9
백만 원 가산세 납부사건' 등 경영진의 비리에 근거해 이를 성
토하고 책임을 추궁했다.
독자주주운동은 독자주주모임이 결성되면서 점차 활성화되
었다. 애초 독자주주모임 결성은 한겨레신문 경영진에 의해 주
도되었다. 한겨레신문은 1991년 6월부터 12월 하순까지 모금특
위를 설치해 한겨레신문 제3차 발전기금을 모금했다. 모금과정
에서 회사의 막대한 경비를 쓰면서 김태홍 이사와 최성민 기
자가 실무를 맡은 가운데 송건호 대표이사 회장, 김명걸 대표

이사 사장, 최학래 전무, 편집위원 1명씩은 전국 중소도시를 순회하면서 주주들에게 편지와 전화로 연락해 주주간담회·모금설명회를 열고 3차 발전기금을 내달라고 독려하였다. 이 주주간담회·설명회에서 회사는 참석 주주들에게 "회사가 어려울 때 도와주고 잘못된 점은 비판을 하는 등 진실로 주인 역할을 하도록 주주모임을 만들어 달라."며 회사가 현장에서 대표와 간사를 뽑아 주주모임이 결성되었다. 이와 같이 회사는 전국적으로 독자주주모임 결성을 적극 권유하였고, 독자주주모임에 정통성을 부여하고 활성화를 위해 노력했다.

이러한 과정을 거쳐 92년 1월 26일 한겨레신문 김태홍 이사·박해전 기자와 지역주주모임 대표자 10여 명이 대전 유성에 있는 경하호텔에 모여 한겨레신문 전국주주대표자모임 결성의 필요성을 확인했고, 이후 이 모임이 거듭되면서 전국적으로 지역모임이 활발히 꾸려지고 마침내 '한겨레신문 전국독자주주대표자모임'(이하 대표자모임)으로 발전하였다. 그리하여 독자주주운동은 이후 대표자모임을 중심으로 전개되었다. 대표자모임은 92년 5월 16~17일 전국 독자주주 및 본사 임직원 3백여 명이 참여한 지리산 등반대회를 주관하는 등의 의욕적인 활동을 벌이고 93년 들어 소식지 〈한겨레전국독자주주모임〉을 발행하는 역량을 보였다.

대표자모임은 그 동안 두 차례 '한겨레신문의 당면과제와 진도'를 밝히는 공청회를 열었다. 제5기 주주총회를 잎두고 93년 2월 27일 오후 서울 종로3가 천주교 노동사목회관 강당에서 전국 각지역 독자주주들이 회장을 가득 메운 가운데 5시간 동안 진행된 공청회에서 참석자들은 발제·토론·질의응답을 통해 창간 5년 동안 드러난 경영·지면의 문제, 한겨레신문의 자정과 개혁, 창간이념의 실천 등에 관한 의견을 폭넓게 내놓았다. 참석자들은 한결같이 "권력과 자본으로부터 독립을 선언하며 자주언론으로 출발한 한겨레신문이 점차 창간이념이 퇴색되고 조직이기주의에 빠져드는 경향을 보이고 있다."고 진단하고 "국민대중의 지혜와 역량을 모아 창간정신에 충실한 경영진을 구성하고, 그 동안 드러난 모순과 비리를 청산해 경영과 지면이 살아나는 '제2의 창간'을 이루어내야 한다."고 역설했다. 이날 강준만 교수는 발제에서 "한겨레신문에서 조직이기주의의 문제가 대두됨으로써 왜 존재해야 하는가의 당위성보다 생존논리 우위로 전도된 감이 든다."고 지적하고 "조직이기주의에서 벗어나 한겨레신문의 문제를 대중에게 공개하는 열린 자세가 필요하다."고 강조했다. 그는 한겨레신문이 해결해야 할 당면과제로 도덕성 회복, 민주성 회복, 창간이념 실천을 위한 방법론적 목표의 설정, 시장경쟁을 위한 전략수립, 마케팅 강화를 들었다. 이날 공청회는 한겨레신문의 자정·개혁에 관해 처음 열린 대중적인 공청회로 기록되었다.

대표자모임은 한겨레신문 창간 6돌 기념 공청회를 94년 5월 14일 오후 3시 서울 명동 전진상교육관에서 열어 한겨레신문의 위기상황을 진단하고 그 대안을 모색하는 자리를 마련했다. 이날 신맹순 대표자모임 집행위원장은 '독자주주운동의 의의와 제6기 주총의 과제', 배동인 강원대 교수(사회학)는 '한겨레신문의 문제상황과 개혁방안', 박해전 한겨레언론연구회 대표는 '한겨레신문의 위기와 자주언론의 전망'에 대해 발제했다. 토론자로는 김준기 전 신구전문대학 교수, 심병호 한겨레신문 중화지국장, 최성민 전한겨레신문 노조위원장이 참여했다. 배동인 교수는 발제에서 한겨레신문의 문제상황과 관련해 "한겨레신문사 경영진은 93년 6월 임시주주총회에서 제기된 문제들과 관련하여 진실을 왜곡하거나 은폐해 왔다. 사실보도와 진실규명을 생명으로 하는 언론기관이 스스로 진실을 왜곡 또는 은폐하기를 일삼는다면 그런 언론기관은 존재할 이유가 없다. 이러한 진실왜곡은 이중적 사기행위이다. 그것은 자기 기만행위일 뿐만 아니라 주주, 독자, 그리고 온 국민을 속이는 행위이기 때문이다."고 비판했다. 그는 이에 대한 개혁방안으로 책임경영의 원칙(중대한 과오를 범했음에도 충분히 제재받지 않은 경영 책임자들의 교체), 참여민주주의의 원칙(비판적 주주대표들의 경영참여 보장), 자율적 조직결성의 원칙(구성원들의 자율적 집단형성이 다양하게 이뤄지도록 허용), 의사소통의 공개성·정보처리의 상호성·의사결정의 합리성의 원칙(자유로운 의사소통 또는 의사형성, 합리적 의사결정을 위해 조직체계 재조정, 회의 등 의사결정 과정의 공개, 문제제기와 논의에 관한 정보를 신문사 전체 구성원과 주주들이 공유)을 제시했다.

대표자모임은 93년 2월 13일 소식지 〈한겨레전국독자주주모임〉 창간호를 낸 이래 지금까지 모두 8호를 발행하여 한겨레신문을 바로세우기 위한 여론을 확산시키는 데 헌신적인 노력을 기울였다. 이 소식지는 독자주주들이 한겨레신문의 주인임을 일깨우고 독자주주들이 주인 역할을 다할 것을 촉구해 왔다.

독자주주들은 한겨레신문 주주총회는 창간정신으로 한 해 경영·지면·조직을 검증하고 독자주주운동의 성과를 총화해 발전의 계기를 마련하는 민주집중제적 행사가 되어야 한다고 보고 있다. 이 신문의 주총은 대중의 지혜와 역량을 모아 지난해 한겨레신문 사업이 창간정신에 충실했는지 반성하고 당해 연도의 지향점을 공동으로 확인하는 중요한 자리이다. 대중이 주체적으로 참여하는 창간정신에 충실한 주총은 대중을 끊임없이 한겨레신문으로 끌어들여 발전을 이루어내는 원동력이다. 이 신문의 문제상황이 해를 거듭하면서 증폭된 것은 주총이 요식행사에 그치고 경영·지면·조직의 문제점을 제대로 해소하지 못한 데 따른 것이다.

독자주주운동은 이런 주총의 중요성을 인식하고 주체적이고 능동적으로 주총에 참여하기 위한 조직활동을 활발히 벌여왔다. 대표자모임은 그 동안 다달이 지역을 순회하며 전국모임을 꾸리고 독자주주운동의 역사를 창조해 왔다. 독자주주운동은 한겨레신문의 주인으로서 그 동안 드러난 한겨레신문의 경영·지면비리를 청산하고 조직을 혁신해 한겨레신문이 창간정신에 충실한 민주신문으로 도약하는 계기를 마련하고 자주언론운동의 새로운 출구를 열기 위해 노력하고 있다.

4. 1993년 6월 19일 '주총 부정' 사태

한겨레신문 임직원이 93년 6월 19일 서울 잠실 역도경기장에서 열린 임시주주총회에서 당시 송건호 대표이사 회장이 국민주주들로부터 위임받은 1백58만 9천5백86주의 주총 의결권(당일 총 표결주식수의 76.7%) 위임장을 위조해 경영진 선출을 위한 표결에 행사한 사건이 발생해 이 땅 민주언론의 견인차로서 '민족의 양심을 대변하는 언론'이어야 할 이 신문의 도덕성을 실추시키며 독자주주들에게 커다란 충격을 주었다.

임시주총에서 송건호 회장의 주총 의결권 위임장이 조작됐다는 사실은 독자·주주들의 소식지를 통해 처음으로 알려졌다. 송건호 선생은 〈한겨레전국독자주주모임〉 특보 93년 7월 22

일자 기고문 '언론계를 떠나면서'에서 "나는 주총 의결권을 다시 위임한 일도 없고 회사에서도 그러한 부탁을 한 일도 없다고 답변하였다. 내가 의결권을 사인하여 위임한 일이 없는데도 만일 위임장을 회사에서 가지고 있다면 필시 회사에서 위임장을 조작한 것이라고 생각할 수밖에 없다. 이것이 사실이라면 회사 현경영진의 도덕성에 큰 문제가 있다고 볼 수밖에 없다."고 밝혔다.(갑 제11호증의 1 '언론계를 떠나면서' 참조)

대표자모임은 송건호 선생으로부터 주총 의결권을 김명걸 당시 사장에게 위임한 사실이 없음을 확인(갑 제11호증의 2 확인서 참조)한 뒤 임시주총 비리 관련 공개질의서를 93년 6월 28일부터 세 차례 경영진에게 보내 사태수습을 촉구했으나, '정당하고 적법하다'는 답변을 받고 93년 7월 22일 소송을 제기했다. 대표자모임은 "임시주총 당일 김중배 대표이사 후보가 추천한 '10명 이사 후보안'과 경영·지면비리와 관련된 사람들은 이사로 선출돼서는 안 된다며 주주들이 내놓은 '7명 이사 후보 동의안'을 놓고 표결에 들어간 결과, 표결 참여주주 2백43명 가운데 '동의안' 찬성이 1백37명으로 '10명 이사안' 찬성 98명보다 많았으나 주총의장인 김명걸 사장이 위조된 위임장을 행사해 '10명 이사안'을 통과시켰다."고 밝히고 "송건호 선생이 퇴장한 뒤의 주총진행과 표결은 의사 정족수와 의결 정족수가 성립되지 않기 때문에 원인무효"라고 주장했다. 송건호 선생은 93년 9월 9일 서울지법 시부지원 112호 법정에서 앞의 사실을 재확인하는 증언과 함께 "임시주총 당일 주주총회장에 끝까지 남아 있었다 하더라도 (회사가 내놓은) 10명의 이사안에 반대했을 것"이라고 증언했다. 또 한겨레신문 기획실 이병 차장은 93년 11월 22일 법정에서 임시주총 당일 송건호 선생이 주주총

회장을 떠난 뒤 송건호 선생 명의의 위임장(갑 제11호증의 3 위임장 참조)을 주총 현장에서 자신이 직접 작성했음을 시인 했다. 경영진은 주총에서 절대다수의 주권이 유린된 사건에 대한 자정을 거부하다가 94년 1월 10일 오전 주총소송 결심 4시간을 앞두고 언론사상 전무후무한 '임원진 총사퇴'를 발표해 파란을 일으켰다.

5. 자정·개혁운동과 회사측의 부당해고

한겨레신문의 존립기반인 주주들의 주권과 관련한 주주총회 부정비리 사태는 이전의 지면훼절과 경영비리의 정도를 뛰어넘는 총체적인 위기를 불러왔다. 이 주총비리를 엄정하게 척결하지 않고서는 더 이상 '온 국민이 주인인 한겨레신문'의 위상을 상정할 수 없게 되었다.

이런 상황에서 한겨레신문의 자정·개혁을 촉구하는 신문 구성원의 목소리가 터져나왔다. 민권사회부 유종필 기자는 주총 비리에 항의해 93년 7월 23일 사직서를 내고 회사를 떠났다. 그는 사직서에서 "본인은 한겨레신문사가 지난 6월 임시주총에서 다수 주주의 뜻에 반하여 송건호 선생을 이사직에서 제외함으로써 송 선생이 회사를 떠나는 결과를 초래한 데 대해 강력히 항의합니다. 한겨레신문사가 송 선생을 사실상 떠나도록 한 것은 송건호 개인 차원을 떠나 회사이익에도 반하는 행동일 뿐 아니라 우리나라 언론자유운동에 대한 부정이기도 합니다. 더욱이 송 선생은 한겨레신문 창립과 발전에 상징적 인물로서 현경영진이 송 선생을 배제한 행위는 일종의 '살부' 행위라고 본인은 생각합니다."고 피력하고 "최근 일련의 사내 상황은 한겨레신문사가 점점 도덕적 불감증에 빠져드는 게 아닌가 하는 생각이 들게 합니다. 간부진은 간부진대로 젊은 기자는 젊은 기자대로 현상황을 어떻게 하면 자신에게 유리하게 이용할까만을 생각하는 이기적 태도가 노골화되고 있습니다. 이에 본인은 이러한 상황에 대한 총체적 항의의 뜻에서 더 나아가 한겨레신문이 도덕성을 회복토록 촉구하는 뜻에서 부득이하게 사표를 제출합니다."고 밝혔다.(갑 제12호중 '사직서' 참조)

박해전 조합원은 〈한겨레정론〉 93년 10월 14일자 '한겨레신문과 민주언론운동' 제목의 글에서 "이 '임시주총 부정·비리 사태'를 우연한 일로 치부할 수 없다. 이번 사태에서 창간 5년 동안 쌓여온 무책임한 경영·지면비리와 모순이 대폭발한 듯한 모습을 본다."고 지적하고 "국민주주들이 주총 부정·비리를 심판하고 주권을 확립하려는 것은 정당하다. 한겨레신문이 사회의 부정·비리를 고발하고 이를 척결할 언론의 사명을 다하려면 자신의 부정·비리를 엄정하게 바로잡아야 한다. 현 경영진은 법정 판결을 기다리지 말고 이번 사태의 수습을 위해, 진상을 밝히고 지체없이 임시주총을 열어 국민주주의 뜻을 물어야 마땅하다."고 주장했다.

노향기 편집부위원장, 김근·김종철 논설위원은 93년 11월 10일 임시주총 소송과 관련해 김중배 사장의 '과오'를 지적하고 한겨레신문의 자정·개혁을 촉구한 '벼랑에 선 한겨레를 살려야 합니다'는 성명을 공동명의로 냈다. 이들은 성명서에서 "경영진 가운데서도 김중배 대표이사 사장은 이번 사태에 대해 가장 무거운 책임을 느껴야 한다고 봅니다. 김 사장은 6월 19일의 임시주총까지만 해도 이 사태에 아무런 책임이 없는 제3

자의 입장이었습니다. 김 사장은 개정된 정관에 따라 구성된 경영진추천위원회에서 대표이사로 추천된 뒤 이사 후보들을 지명해서 임시주총에 천거했습니다. 그 주총의 적법성 여부는 그와는 무관한 일이었습니다. 그런데 김 사장은 주주독자대표자모임이 임시주총의 적법성에 관한 질의서를 여러 차례나 보냈을 때 '본인과는 무관하지만 법에 어긋난다면 임시주총을 다시 열도록 주선하겠다.'고 답변하지 않고, 이사회를 주재하면서 '하자가 없다.'는 결론을 내리고 주주독자대표자모임과 언론에 그렇게 전했던 것입니다. 그는 다른 한편으로 사내에 '소송대책반'을 구성해서 소송을 낸 사람들을 회유하거나 설득하는 일을 밀고나가고 재야인사들을 만나 그들을 무마해 달라고 부탁했다는 것입니다."고 지적하고 "우리는 특히 재산공개와 관련해서 김 대표이사와 이사회가 보이는 무책임한 태도를 지적합니다. 회사의 노동조합이 실시한 여론조사에서 응답자의 90% 가까이가 한겨레가 언론계 재산공개에 앞장서야 한다는 의견을 말했고, 노조가 신문사 현관에 현수막까지 걸면서 그것을 촉구했으나 대표이사를 비롯한 이사회는 아무런 반응을 보이지 않고 있습니다. 언론노련과 기자협회가 "언론계의 도덕성 회복을 위해 반드시 해야만 한다고 주장하는 재산공개를 한겨레신문사 이사회가 단호하게 하지 못하는 이유가 어디 있는지 사원들과 주주독자들은 궁금해 할 것입니다."고 비판했다.

경영진은 이 성명과 관련해 두 논설위원에 대해 93년 12월 28일 '감봉 3개월'의 징계를 가했고, 노향기 편집부위원장에 대해서는 우여곡절 끝에 94년 1월 31일 '징계해고' 했다. 특히 노 부위원장에 대한 해직조치는 해직기자가 중심이 되어 창간한 한겨레신문에서 '80년 해직기자'를 또다시 자신의 손으로 해직시킨 비극적인 사건으로 기록됐다.

주총소송 과정에서 '적법하고 정당하다'고 주장해 온 한겨레신문 김중배 대표이사 등 경영진은 94년 1월 10일 오전 10시 편집국에서 사원비상총회를 열고 담화문을 통해 '임원진 총사퇴'를 발표했다.

김중배 사장은 담화에서 "우리는 법정이든 권력이든 자본이든, 그 주체가 누구이건간에, 우리의 명운을 타율에 의탁할 수 없다."며 "우리는 '한겨레'의 기둥과 뿌리를 흔들어대고자 하는 어떠한 음모와 책동에도 결연히 대처해야 한다."고 말하고 "임원진의 사퇴는 의연한 정면돌파의 결의이며, 동시에 해사음모와 책동에 부치는 결연한 경고장"이라고 강조했다. 김 사장은 이어 "단 한순간의 (경영) 공백이나 결손을 허용하지 않겠다."며 "퇴임한 이사진은 '새로 선임된 이사진이 취임할 때까지 이사의 권리와 의무를 갖는다'는 법률강제규정을 기다릴 필요도 없이, 우리 임원진이 선언했던 책임경영과 적극경영을 가속화할 것"이라고 천명했다.

주총 관련 가처분 신청 결심공판 4시간을 앞두고 나온, '주총 부정' 사태에 대한 자정과 책임에 대한 한마디 언급도 없이 사임 후에도 계속 경영권을 행사하겠다는 의지를 담은 경영진의 이와 같은 사임표명은 독자·주주들로부터 직무집행정지 가처분을 피해 가려는 정략적 발상에서 나온 '깜짝 쇼'에 불과하나는 비판을 받았다.

최성민 조합원은 '임원진 총사퇴 담화'와 관련해 〈한겨레전국독자주주모임〉 제5호 94년 1월 12일자 특별기고 '김중배 쇼 어찌할 것인가'에서 "이러한 사태는 지난해 6월 임시주총에서 절대다수 주총 의결권 위임장을 위조한 사실이 물증과 함께 발각돼 주주들로부터 제소당하면서 비롯됐다. 그 동안 주주들이 서너 차례 서신을 보내 시정을 촉구했으나 거절하고 일 년 가까이 '적법성'을 강변하며 재판에 버텨왔다. 그러다가 오래 전부터 소문에 나돌던 대로 결심일에 이르러서야 솔직하게도 '정면돌파'를 외치며 '위장사퇴'로 돌파구를 찾으려 한 것이다."라고 비판했다.(갑 제13호증의 1 '김중배 쇼 어찌할 것인가' 참조)

'김중배 쇼'란 말을 최초로 정식화한 사람은 한겨레신문 노조위원장을 지낸 최성민 기자이다. 그는 앞의 기고문에서 '김중배 쇼'란 말이 유래한 배경에 대해 "김중배 씨는 저지난해 회사 쪽에서 사람들이 이사로 '모시러' 갔을 때 극구 사양했다.(그러나 그 뒤 이사로 왔다) 또 지난해 편집위원장을 맡아달라고 하자 이사직을 그만둘 듯한 모습까지 보이며 역시 극구 사양했다.(그러나 역시 편집위원장을 맡았다) 그는 편집위원장 취임 일성으로 '하시라도 물러나겠다!'는 말을 강조했다. 그때 나는 "공인으로서 무책임한 말을 한다."고 했는데 주위에서는 나더러 너무 순진하다고 했다.

바로 얼마 뒤 그는 대표이사 후보가 되어 2인의 편집위원장 후보를 추천했는데 3차 투표까지 가서도 두 후보가 과반수득표 미달로 모두 거부당하는 사태가 일어났다. 이는 한겨레신문 편집위원장 선거 사상 처음 있는 일이었다. 김중배 씨는 곧바로 '나에 대한 불신임'이라고 선언하고 또다시 회사를 떠나면서 "다시는 어떤 일이 있어도 복귀하지 않겠으며, 이것은 쇼가 아니다."고 말했다. 그때는 임시주총을 불과 사흘 앞둔 시점이어서 주위에서는 김중배 씨의 태도를 "너희들 이래도 까불 테냐."는 식으로 받아들이는 사람이 많았다. 예상했던 대로 편집국 간부 등 많은 사원들이 김중배 씨를 모시러 달려갔다. 아니나다를까 김중배 씨는 다시 돌아왔다.(그는 또다시 같은 후보 두 사람을 추천하여 규정을 바꾸면서까지 마침내 뜻을 관철했다)"고 밝혔다.

그는 또 이 글에서 주총 의결권 위임장 위조사건과 관련해 "대표이사가 된 김중배 씨는 문제인사들을 대거 이사 후보로 영입하는 등 개혁은커녕 주주들이 차마 그냥 넘길 수 없는 일들을 저지르기 시작했다. 지난해 6월 임시주총에서는 이처럼 주주들에게 도발하는 듯한 내용의 이사진 구성을 위해 절대다수의 주총 위임장(송건호 선생 수임분)이 위조됐다. 말하자면 주주들의 생명인 주권이 도둑질당한 것이다. 송 선생 사인까지 위조해서 꾸며진 가짜 위임장을 김중배 씨가 '대리작성'이라고 강변하면서 개혁과는 반대의 길을 가자 김종철·김근 논설위원 등이 시정촉구 성명을 냈고 김중배 씨는 이를 '감봉 징계 조치'로 보답했다."고 비난하고 "주주들과 사원들이 하나가 되는 일, 사원들이 창간정신을 되새기고 주주들이 전국적 조직을 결성해 부수배가운동과 상시기금(특별 구독료 포함) 납부운동에 적극 나서는 일, 그것이 바로 한겨레신문의 유일한 혁명의 길이다."고 강조했다.

그 동안 김중배 사장의 '권위'에 눌려 있던 고정관념을 깨고 용기있게 '김중배 쇼'를 폭로한 최성민 조합원에 대해 경영진은 반성의 세기로 삼기는커녕 징계로 대응했다. 김 사장은 이 기고문과 94년 1월 10일 주총 관련소송에서 진실을 밝힌 최 조합원의 법정증언 등을 사유로 94년 2월 1일 최 조합원을 징계위원회에 넘겼다(갑 제13호증의 2 징계위원회 개최통보 참조)

독자주주소식지 기고문 '김중배 쇼 어찌할 것인가'와 법정

증언을 문제삼아 편집위원회와 임원회가 최성민 기자에 대해 징계해직을 결의한 사건은 '김중배 쇼'의 무대에 등장한 한겨레신문 간부들의 '유신독재의 광기'를 재현한 듯한 반언론적 폭력성을 여실히 드러냈다. 송건호 전회장·유종필 기자협회보 편집국장·박해전 기자가 증인으로서 징계위에 의견서를 내거나 직접 참석해 최 기자의 정당성을 밝히고 징계불가를 강조했으나, 그들은 거수로써 '김중배 쇼'의 가면을 벗긴 최 기자의 '뉴저널리즘'을 '단죄'한 것이다. 게다가 다음날엔 최 기자 징계에 반대한 편집위원에 대한 '보복인사'가 뒤따르고, 편집위원장은 편집위원회에서 최 기자를 옹호하는 증언을 한 박해전 기자를 승진인사에서 배제한다고 공표했다. 김 사장은 〈언론노보〉의 보도 등 최 기자 징계사건에 대한 여론이 악화되자 최 기자 징계결재를 한 달이나 끌다가 끝내 정직 6개월로 확정했다.

이와 같이 한겨레신문 경영진은 도덕성을 생명으로 삼는 한겨레신문의 존립기반을 뒤흔든 주총 부정·비리를 척결하고 그 동안 드러난 지면훼절과 경영비리에 대한 총체적 반성과 자정·개혁으로 창간정신에 충실한 언론으로 거듭나기를 바라는 사원·독자·주주들의 비판을 외면했다. 그들은 또 주총과 관련해 송건호 선생을 매도하고 주권유린 사태를 심판하려는 주주들과 대결하려는 자세를 보이며, 이에 대한 자정·개혁요구를 징계로 대응하면서 광고국에서 광고료를 받고 접수한 대표자모임의 '한겨레 주총소송 진상보고대회' 광고마저 싣지 않아 국민의 알 권리를 묵살했다.

한겨레신문에서 이처럼 주객이 전도되고 비이성적·반언론적 분위기가 득세한 상황에서 『다시 태어나야 할 겨레의 신문』(박해전 편저)이 94년 2월 말 전3권으로 출판돼 언론계의 커다란 반향을 불러일으켰다.

　편저자 박해전은 머리말에서 "권력과 자본으로부터 독립을
선언한 한겨레신문의 창간은 겨레의 염원인 자주·민주·통일
을 열망하는 민중이 지혜와 정성을 모아 자주언론사의 새 장
을 연 쾌거였다. 그러나 창간 7년을 맞는 오늘 한겨레신문의
모습은 어떠한가. 이 나라 언론의 지표요 희망인 한겨레신문은
거듭된 지면훼절과 경영비리로 창간정신이 점차 퇴색하면서
'제도언론'으로 안착하려는 모습을 보이고 있다는 비판을 받
고 있다."고 지적하고 "나는 한겨레신문에서 말과 행동이 다른
이중성으로 독자·주주·사원들의 양심을 분열시키는 행태가
더 이상 방치돼서는 안 되며, 창간정신을 확인하고 한겨레신문
의 올바른 지향점을 모색하는 계기가 마련되어야 한다는 소망
으로 이 책을 묶어낸다."고 밝혔다.(갑 제4호증의 5 머리말 참
조)

　『다시 태어나야 할 겨레의 신문』은 모두 세 권으로 구성돼
세 가지 줄거리를 담고 있다. 하나는 '한겨레신문 주총소송'의
전모를 알리는 것이고, 둘은 그 동안 한겨레신문의 이러저러한
사건과 관련해 자정·개혁을 촉구한 사원들의 육성을 기록했
고, 셋은 한겨레신문의 마지막 파수꾼으로서 창간정신을 지켜
가려는 독자주주운동을 밝힌 것이다.

　제1권에는 한겨레신문의 '대부' 송건호 선생의 '양심선언'이
라 할 수 있는 '언론계를 떠나면서'를 앞머리에 싣고 있다. 송
선생은 이 글에서 송건호 선생 명의의 임시주총 의결권 위임
장이 조작됐음을 생생하게 밝히고 있다. 여기에서는 또 송 선
생의 증언으로 주총 부정·비리가 드러난 뒤 이의 자정과 심
판을 요구한 사원·독자·주주의 목소리와 임시주총과 제5기

정기주총의 분위기를 되돌아보게 해주는 주총 참관기 등을 볼 수 있다.

그리고 대표자모임의 결의에 따라 곽병준 공동대표와 신맹순 집행위원장이 원고(신청인)로서 소송에 들어가기까지 경위와 소송에서 피고(피신청인)와 주고받은 관련문건들이 수록돼 '소송백서'로 읽을 수 있다. 특히 한겨레신문 전대표이사 회장, 전대표이사 사장, 논설주간, 기자, 독자·주주 등이 포함된 원고와 피고가 신청한 증인의 법정증언은 쌍방의 각기 다른 시각을 반영해 준다.

제2권에는 90년 말 편집국 기자의 인사문제를 놓고 첨예한 대립과 갈등을 빚은 '편집국 사태'의 본질을 밝힌 글과, 이의 연장선에 있는 91년 3월 제3기 정기주총 뒤 적법하게 선임된 '송건호·조영호·김태홍 이사 퇴진요구사건'을 비판한 사원·주주의 목소리를 담고 있다. 또한 91년 7월 동아일보 사회면 머리기사 표절사건의 파문을 다룬 글, 이의 연장선에서 이 사건을 비판한 언론비평을 문제삼아 언론학자를 한겨레신문 신문비평모임에서 제명한 사건에 대한 자정을 요구한 문서를 싣고 있다. 그리고 92년 4월 '대통령후보는 발가벗어야 한다'는 사설이 삭제·수정된 사건에 대한 공개질의서를 읽을 수가 있다.

특히 92년 5월 '유인물 배포지침' 시행·공고사건과 이에 대한 비판으로 이것이 취소되기까지 경위를 살펴볼 수 있고, 〈한겨레정론〉 발행인 징계사건에 대한 항변의 기록을 찾아볼 수 있다.

'2억 원 부실어음매수 경리사고사건', '5천9백만 원 가산세 납부사건' 등과 함께 중대한 경영비리로 지탄받은 '광고영업

소 5억 원 부도사건'은 경영진이 정상적인 조치를 했다면 미리
막을 수 있었다는 사실을 당시 광고국 사원의 감사청원서 등
을 통해 확인할 수 있다.

제3권에는 90년대 언론민주화운동의 전형을 창조한 한겨레신
문 전국독자주주대표자모임을 중심으로 결집한 독자·주주들
의 헌신적인 활동과 육성을 담고 있다. 여기에서 우리는 대표
자모임의 발자취를 떠올리면서 한겨레신문에 대한 열정을 가
진 전국 각지역 독자·주주들의 숨결을 느낄 수 있다. 이와 함
께 언론의 말글살이에 대한 비판을 비롯해 〈한겨레정론〉이 담
아낸 한겨레신문과 한국언론 전반을 다룬 언론비평과 언론시
들을 만날 수 있다.

이와 같이 정리된 글 대부분은 한겨레언론연구회 회보 〈한겨
레정론〉, 대표자모임 소식지 〈한겨레전국독자주주모임〉, 대표자
모임이 개최한 '한겨레신문의 당면과제와 진로를 묻는 공청
회' 발제·토론자료집, 93년 1월 25일 자주언론시민연대모임이
펴낸 『역사와 진실 2』에 실린 것이고, 책 제목은 91년 1월 '편
집국 사태'를 비판하면서 당시 이인철·김근·이종욱 논설위
원이 낸 성명 제목에서 따온 것이다.

한겨레신문의 자정·개혁을 촉구한 사원들에 대한 징계가
잇따른 가운데 한겨레신문 경영진추천위원회가 94년 3월 3일
김중배 사장을 제6기 정기주주총회에 올릴 대표이사 후보로
선출해 독자·주주들의 기센 빈발을 불러일으켰다.

독자·주주들은 경추위의 이런 결정은 김 사장이 그 동안 임
시주총 부정·비리 척결을 거부하다가 94년 1월 10일 '가처분'
결심공판 4시간을 앞두고 발표한 '임원진 총사퇴'가 '위장사
퇴'였음을 입증해 주며, 이에 대한 자정·개혁을 요구한 사원

들에 대해 해직·정직·감봉 징계를 내리며 벌인 '김중배 쇼'를 합리화하는 것이라고 비판하며 이의 취소를 촉구했다.

이와 관련해 서울독자주주모임 회원 20여 명은 94년 3월 13일 본사를 찾아가 '김중배 대표이사 후보 사퇴'와 '징계 취소'를 요구했다. 이들은 이날 발표한 성명에서 "경영진은 그 동안 임시주총 부정비리와 관련해 송건호 전회장을 희생양으로 삼아 자신들을 합리화했고, 주권유린을 심판하려는 주주들에게 저항하며 이를 왜곡 선전해 왔다."며 "임시주총 의결권 위임장을 위조하고 이를 표결행사한 부정·비리를 정당화하고 은폐해 왔을 뿐 아니라 최근 주주들의 정당한 권리인 주주명부 열람·등사 청구를 거부한 김중배 씨를 제6기 주총에 대표이사 후보로 추천한 경영진추천위원회는 40만 독자와 6만여 주주에게 사과하고 이를 취소하라."고 촉구했다.(갑 제14호증의 6 성명서 참조)

독자·주주들은 이어 "징계위원회와 임원회의에서 최성민 기자를 파면결정하는가 하면 6개월 정직의 중징계 조치를 하는 등 유신시대의 징계칼날이 소용돌이치고 있음을 보면서 해직기자가 중심이 되어 출발한 한겨레신문사에서 파면·징계가 웬말인가 묻지 않을 수 없다."고 지적하고 김근·김종철·노향기·오인철·최성민 기자에 대한 징계를 취소할 것을 요구했다.

박해전 한언연 대표는 이런 사태와 관련해 〈한겨레전국독자주주모임〉 94년 3월 15일자 특별기고 '김중배 쇼와 한겨레 자정·개혁'에서 "한겨레신문 경영진추천위원회가 지난 3월 3일 김중배 사장을 제6기 정기주총에 올릴 대표이사 후보로 선출하고, 김 사장이 이를 수락한 것은 '김중배 쇼'의 극치를 보여준 사건이라는 독자주주들의 비난이 거세게 일고 있다. 이것은 지난 1월 10일 김 사장의 대표이사직 사퇴가 직무집행정지 가처분을 피해 가려는 '위장사퇴' 또는 '깜짝 쇼'에 불과하다는 독자·주주들의 지적을 재확인해 주며, 경추위가 '김중배 쇼'를 합리화해 주는 역할을 떠맡았다는 비판을 면키 어렵게 됐다'고 비판했다.(갑 제4호증의 3 '김중배 쇼와 한겨레 자정·개혁' 참조)

그는 이 기고문에서 '김중배 쇼'의 성격에 대해 "이제 '주총 부정·비리' 척결거부와 반자정·개혁을 이르는 말로 통하게 된 '김중배 쇼'는 특정 개인현상이 아니라 집단현상으로 드러나고 있다. 다시 말해 '김중배 쇼'는 한겨레신문 조직이 중병을 앓는 모습을 총체적으로 상징해 준다. 여기에는 주연과 조연 등 여러 배역이 등장한다. 심지어 노조집행부마저 '어용노조'로서 '김중배 쇼'에 힘을 보탰다. 더 나아가 '김중배 쇼'가 득세한 배경에는 한겨레신문의 부정·비리에 대한 언론계의 침묵과 방관, 일부 인사들의 김 사장에 대한 무조건적 비호와 고무가 자리잡고 있다. 결국 '김중배 쇼'를 통해 한겨레신문의 병리현상만이 아니라 기존 언론민주화운동의 실상과 한국언론의 병리현상이 총체적으로 드러났다고 말할 수 있다."고 분석했다.

그는 이어 "무엇보다도 '김중배 쇼'가 연출한 가장 큰 과오는 주총 부정비리의 심판과 자정·개혁을 요구한 독자·주주운동을 부정한 데 있다. 한겨레신문 94년 2월 3일자는 노조의 성명을 빌려 '주주 대표성 없는 극소수 주총소송, 한겨레신문의 발전에 큰 해악 끼쳐'라는 제목의 보도로써 독자·주주운동을 왜곡·비방했다. 이 보도뿐만이 아니라 사보 〈한겨레가족〉을 통해 그 동안 송건호 선생과 소송을 제기한 주주들을 매도해 왔다.”고 지적하고 “경영진이 주총 부정·비리를 심판하고 한겨레신문을 바로세우려는 독자·주주들을 이와 같이 왜곡·매도하는 것은 바로 한겨레신문의 존립기반인 주인(주주)을 부정하는 것이고, 이것은 한겨레신문을 스스로 부정하는 것으로 귀결될 수밖에 없다. ‘한겨레’ 발전에 큰 해악을 끼친 것은 회사의 잘못을 바로잡으려는 독자·주주운동이 아니라, 한겨레신문 탄생의 역사성을 망각하고, 자정·개혁을 거부하며 기득권 고수를 위해 벌인 ‘김중배 쇼’이다.”고 비판하며 “서울독자주주모임 회원 20여 명이 3월 13일 본사 항의방문에서 요구한 것처럼 ‘김중배 쇼’에 등장한 인사들의 자기 반성과 함께, 한겨레신문 창간정신을 지켜가기 위해 ‘김중배 쇼’를 비판하다 징계당한 김근·김종철·노향기·오인철·최성민 기자에 대한 징계는 원인무효로 하루빨리 이들의 원상회복이 이루어져야 한다.”고 주장했다.

김두식 대표이사 직무대행은 최성민 기자의 징계에 이어 또다시 박해전 조합원에 대해 94년 3월 15일자 〈한겨레전국독자주주모임〉 기고문,『다시 태어나야 할 겨레의 신문』 출판, 94년 4월 4일자 〈월요신문〉 회견기사를 사유로 94년 5월 10일 징계해고해 파문을 일으키며 독자주주들의 거센 항의를 받았다.

서울독자주주모임 곽병준·이문휘·이장수·김강길 공동대표 등 회원 10여 명은 94년 5월 25일 본사에서 김두식 직무대행을 만나 박해전 기자 징계해고 취소를 요구하는 성명서를 직접 전달했다. 성명은 다음과 같다.

“우리는 한겨레신문 김두식 대표이사 직무대행이 94년 5월 10일 박해전 기자의 〈한겨레전국독자주주모임〉 특별기고와『다시 태어나야 할 겨레의 신문』 출판 등을 문제삼아 ‘징계해직’

조처한 것은 언론의 자유와 표현의 자유수호를 뼈대로 한 한겨레신문 창간정신과 윤리강령을 침탈한 반언론적 폭거이자 독자주주들에 대한 도발이라 단정하며, 박 기자의 해직조처를 즉각 취소할 것을 요구한다.

널리 알려진 바와 같이 박 기자는 그 동안 한겨레신문의 자정·개혁을 촉구하며 독자주주운동을 적극 지지·옹호해 왔다. '온 국민이 주인'인 한겨레신문의 언론노동자로서 박 기자가 국민의 알 권리를 위해 진실을 밝힌 민주언론 실천행위는 정당하며, 이는 자주적인 언론노동운동의 귀감으로 삼기에 충분하다.

한국언론민주화운동의 상징인 송건호 전 대표이사 회장은 박 기자가 신청한 증인으로서 징계위원회에 낸 증언서를 통해 "회사가 박해전 기자에 대한 징계사유로 제시한 것을 듣건대, 이는 언론·출판의 자유에 대한 침해로 정당화될 수 없다."며 "박 기자에 대한 징계 논의를 그만두는 것이 좋을 것"이라고 권고했으나, 김 대행은 이를 받아들이지 않았다. 이어서 김 대행은 지난 5월 4일 창간 이후 회사의 모든 징계조처를 사면한다고 공고하면서도, 유독 박 기자에 대해서만은 생존권을 박탈하는 극한 조처를 서슴지 않았다. 그러나 창간 이래 회사에 가장 큰 손실을 입힌 5억 6천만 원 광고영업소 부도사건의 책임당사자인 김 대행이 자신의 손으로 자신의 과거 감봉 3개월 징계를 사면하면서 〈한겨레정론〉을 통해 광고부도사건을 밝힌 박 기자를 보복징계하는 작태에서 김 대행의 파렴치한 면모를 또다시 보게 된다.

김 대행은 지난해 임시주총 부정비리에 대한 자정을 거부한, 적법성과 정통성을 결여한 인물로서 원칙적으로 자신을 사면할 자격도 없고, 박 기자를 징계할 권한도 없다. 우리는 한겨레신문 창간정신과 윤리강령을 짓밟은 김 대행이 국민에게 사죄하고 박해전 기자에 대한 해직조처를 즉각 취소할 것을 다시 한 번 촉구한다."(갑 제14호증의 8 성명서 참조)

한겨레신문노동조합 한겨레언론연구회 대표인 박해전 기자는 94년 5월 27일 자신의 언론·출판에 대한 김두식 대표이사 직대의 징계해고조처가 언론자유의 수호를 핵심으로 하는 한겨레신문 윤리강령을 짓밟은 반언론적 폭거라며 윤리위원회에 제소하는 한편, 정당한 노동조합활동을 탄압한 부당노동행위라며 단체협약에 따라 감사실에 감사를 청구했다.

박 기자는 윤리위심의청구서에서 "본인에 대한 징계해고를 결정한 김두식·문영희·장윤환·권근술 이사의 행위는 윤리강령 전문의 정신과 강령 제1조 '언론자유의 수호', 제2조 '사실과 진실보도의 책임', 제10조 '사내민주주의 확립'을 위배한 것으로 심판받아야 한다."고 주장했다.

그는 또 감사청구서에서 "본인에 대한 징계해고는 적법하고 정당한 노동조합활동을 탄압한, 노동조합법 제39조에 명시된, 부당노동행위로 정당화될 수 없다."며 "본 사건에 대한 공정한 감사로써 단체협약 제35조 2항(회사는 비조합원으로서 노동조합법상의 부당노동행위를 한 자를 징계해야 하며 그 결과를 조합에 통보해야 한다)에 따라 본인에 대한 징계해고를 결의한 김두식·문영희·장윤환·권근술 이사를 징계해 주기 바란다."고 요구했다.

이에 대해 윤리위원회(위원장 오성호)는 94년 6월 14일 박 기자에게 전달한 '윤리위원회 심의청구에 대한 회신'에서 "귀하의 심의청구건에 대한 회의소집을 94년 6월 10일 실시"했다고 밝히고 '윤리위원회 의견'이라며 "본건은 윤리위원회에서 심의하는 것이 적절치 않다고 판단됨."이라고 통보했다. 한겨레신문 박재승 감사는 감사청구건에 대한 답변을 내놓지 않았다.

송건호 전회장은 94년 6월 2일 신맹순 〈한겨레전국독자주주모임〉 편집인과의 특별회견에서 한겨레신문의 연이은 해고 사태에 대해 "내가 회사를 경영할 때엔 한 사람도 해직시키지 않았지요. 그때 나는 회사를 그만두려는 사람이 있어도 사표를 받지 않고 만류하는 일에 힘썼어요. 정당한 이유없이 나를 물러나라고 요구하며 벽보를 붙이고 유인물을 낸 사람들에 대해서도 일체 문제삼지 않고 불문에 부쳤습니다. 그것은 언론의 자유가 보장돼야 하기 때문입니다. 그런데 요즘은 해고가 너무 잦은 것 같아요. 오랜 해직생활을 겸험해 해고의 고통을 절실히 느꼈을 사람들이 회사에 대해 비판한다고 해고시키는 것은 온당치 못한 일입니다. 해고는 당사자뿐 아니라 한 가정이 파괴되는 결과를 낳을 수도 있어요. 과거 해직 뒤 언론민주화투쟁에 동참하지 않거나 소극적이었던 사람들이 경영진의 자리에 앉아 양심적인 기자와 사원들의 해고를 너무 간단히 생각하는 것 같습니다."고 우려했다.

87년 6월 민주항쟁 기념일인 94년 6월 10일 한겨레신문 해고노동자 박해전 기자와 지교철 차장은 한겨레신문해고노동자원상회복투쟁위원회(위원장 박해전)을 결성하고 한겨레신문 해고사태에 대한 성명을 채택했다. 두 사람이 94년 6월 11일 한겨레신문 제6기 주주총회장에서 독자·주주들에게 배포한 '자정개혁하자는데 해고가 웬말인가-한겨레신문 창간정신·윤리강령을 유린한 사이비 언론인들은 국민에게 사죄하라' 제목의 성명서 전문은 다음과 같다.(갑 제14호증의 10 성명서 참조)

"우리는 오늘 한겨레신문 창간의 토양을 일군 87년 6월민주항쟁의 그날을 되새기며 민중의 생존권을 옹호하고 해고노동자들의 원상회복 실현에 헌신해야 할 한겨레신문 경영진이 이 신문의 자정·개혁을 촉구한 노동자의 언론행위를 문제삼아 해고에 앞장선 만행을 역사와 민중 앞에 고발한다.

한겨레신문 김두식 대표이사 직무대행은 94년 4월 4일 한겨레신문노동조합 한겨레언론연구회 대표 박해전 기자에 대한 '징계'를 발의해 놓고 두 달여를 끌다가 결국 6월 7일 '징계해고'를 확정·공고했다. 그러나 김 대행의 이런 처사는 한겨레신문 창간정신과 윤리강령에 따라 국민의 알 권리를 위해 독자주주소식지 특별기고('김중배 쇼'와 '한겨레' 자정·개혁)와 『다시 태어나야 할 겨레의 신문』 출판 등 민주언론을 실천한 박 기자의 정당하고 적법한 언론노동운동을 탄압한 부당노동행위이며, 언론자유를 핵심으로 하는 창간정신과 윤리강령을 짓밟은 반언론적 범죄행위로 용납될 수 없다.

우리는 한겨레신문 창간 '대부' 송건호 전대표이사 회장의 징계위원회 증언을 통한 '박 기자 징계 불가' 권고와 독자주주들의 항의에 아랑곳하지 않고 박 기자에 대한 '징계해고' 결정에 참여한 사람들이 바로 75년 권력과 언론자본으로부터 부당해직돼 해고의 아픔을 알 만한 김두식·문영희·장윤환·권근술 씨임을 기록해 두고자 한다. 그들은 더 이상 한겨레신문의 창간정신과 윤리강령을 그들의 입에 담을 수 없을 것이다.

김 대행은 94년 5월 4일 창간 이후 모든 징계를 사면하기로 결정했다고 공고하면서도 '사면조처' 이전의 사안인 박 기자에 대한 '징계'를 강행했고, 독자주주소식지 특별기고('김중배 쇼' 어찌할 것인가')와 법정증언을 통해 임시주총 부정·비리의 진상을 밝힌 여론매체부 최성민 차장의 정당한 행위에 대한 '정직 6개월 징계'를 사면한다면서 3개월 안에 보직을 받지 못하면 자동해고되는 인사부 대기발령을 내는가 하면, 언론사에 들어와 지금까지 17년 동안 오직 취재·편집업무에 종사해온 민권사회부 왕길남 차장을 본인의 사전 동의없이 어느 날 갑자기 광고국 특수광고팀으로 전배시키는 부당인사를 자행했다. 또 '대사면'에도 불구하고 93년 11월 10일 '벼랑에 선 한겨레를 살려야 합니다'라는 성명을 내어 한겨레신문의 자정·개혁을 촉구한 노향기 편집부위원장에 대한 부당해고와 '서울광고영업소 5억 6천만 원 부도사건'에 항의하며 관련 책임자의 문책을 촉구한 광고국 지교철 차장에 대한 92년 9월 16일자 부당해고를 취소하지 않았다. 한겨레신문의 이런 부당해고와 부당인사는 즉각 취소돼야 한다.

한겨레신문에서 주권을 유린한 주주총회 부정의 진상이 드러나고 부당해고와 부당인사가 잇따랐으나 민주언론운동협의회를 비롯한 기존 언론운동계는 대부분 침묵하고 있다. 우리는 특히 조합원의 권익을 대변해야 할 언론노동조합 집행부가 노동운동의 대의를 망각한 채 한겨레신문 노동자의 부당해고 사태에 수수방관하며 언론노동귀족으로 안주하려는 모습을 보이는 데 우려하며, 이들이 해고노동자의 고통을 푸는 데 적극 나서줄 것을 촉구한다.

우리는 한겨레신문에서 언론노동운동의 대의와 정의·진실이 살아나는 역사를 창조하기 위해 창간정신과 윤리강령을 유린한 사이비 언론인들을 척결하고 해고노동자들이 원상회복되는 그날까지 참언론을 열망하는 민중과 함께 모든 노력을 다할 것임을 다짐한다."

Ⅱ. 피고측 '답변서'와 '준비서면'에 대한 반론

1. 서론

'온 국민이 주인'인 한겨레신문의 창간정신과 윤리강령, 한겨레신문노동조합원들의 모임인 한겨레언론연구회의 활동과 〈한겨레정론〉, 한겨레신문의 '마지막 파수꾼' 독자주주운동, 1993년 6월 임시주주총회 부정비리 사태, 그리고 한겨레신문의 자정·개혁운동을 개관하고 나면, 한겨레신문사에서 해직된 원고 박해전에 대한 해고사유는 사회적 책임이 특수한 한겨레신문노동조합과 전국언론노동조합연맹의 조합원으로서 원고가 행한 민주언론 실천 이외의 아무것도 아님이 뚜렷해진다.

원고는 한겨레신문노동조합원으로서 〈한겨레노보〉 제37호 1991년 10월 16일자 20면 노보 게시판에 '한겨레언론연구회원 모집 - 언론연구모임을 함께 할 동지를 찾습니다. 한겨레신문을 비롯한 한국언론 전반에 대한 연구와 참언론 실천을 도모하려 합니다. 교열부 박해전(구내 275번)에게 연락하면 됩니다. 조합원 여러분의 많은 참여를 바랍니다.'는 공고문을 낸 뒤 91년 11월 12일 한겨레신문 신관회의실에서 조합원 10여 명이 참석한 가운데 한겨레언론연구회(한언연) 창립모임을 열고 한언연 대표로 선출돼 지금까지 회보 〈한겨레정론〉을 발행하는 등 노동조합규약에 충실한 조합활동을 펴왔다.(갑 제15호증의 1 '한겨레언론연구회원 모집', 갑 제15호증의 2 '새동아리 출발의 변' 참조)

그럼에도 불구하고 피고 한겨레신문사측은 답변서(94. 7. 22)와 준비서면(94. 9. 28)에서 시종여일하게 한겨레신문의 주총 부정비리 사태 등 당면한 문제상황이나, 한겨레신문의 조직·지면·경영 등에 대해 언론노동운동의 대의에 충실해야 할 노동조합원으로서 총체적 반성과 자정·개혁을 촉구한 원고 행위의 본질적인 동기는 의식적으로 묵살하고 아무런 정당한 근거 제시없이 원고가 피고회사의 명예와 신용을 훼손한 양 왜곡하여 주장하고 있다.

심지어 피고측 준비서면은 해고사유와 관련해 취업규칙 규정을 장황하게 서술하여 노동조합원으로서 언론노동운동의 대의를 관철시키려는 원고의 노력이 온당치 못한 것인 양 인상받도록 하려는 악의적인 의도까지 드러내고 있다.

그러나 원고가 한겨레신문 창간정신과 윤리강령에 따라 구체적 사실에 근거하여 그 동안 드러난 한겨레신문의 경영·지면 비리를 언론 노동자 본연의 임무인 보도와 논평을 통해 비판한 것은 한겨레신문이 창간정신에 충실한 신문으로 발전하기를 바라는 애사심의 발로였음을 밝혀두고 원고 해임에 대한 피고 한겨레신문사측 주장의 허구와 부당성을 논급하고자 한다.

2. 원고 박해전 기자 해고의 부당성

(가) 해임사유에 대하여

한겨레신문 경영진이 94년 5월 10일 박해전 기자의 언론·출판행위를 문제삼아 징계위원회를 열어 '징계해직'을 결의한 사건은 언론의 자유실천을 핵심으로 하는 한겨레신문 창간정신과 윤리강령을 짓밟은 반언론적 폭거로 결코 정당화될 수 없다.

김두식 대표이사 직무대행은 94년 4월 4일 박해전 기자에 대한 징계위원회를 4월 12일 개최한다고 당사자에게 통보해 왔

다. 김 직무대행은 이 통보에서 원고의 94년 3월 15일자 〈한겨
레전국독자주주모임〉 기고문 '김중배 쇼와 한겨레 자정·개
혁', 『다시 태어나야 할 겨레의 신문』 출판, 94년 4월 4일자 〈월
요신문〉 회견기사를 징계사유로 들었다.

그러나 김 대행이 원고에 대한 징계사유로 제시한 것이야말
로 바로 원고의 주장이 얼마나 정당한지, 거꾸로 경영진이 얼
마나 잘못되었는지를 입증해 주는 유력한 증거이다.

원고는 앞의 기고문과 출판물에서 확인되는 바와 같이 구체
적 사실에 근거하여 이를 적시하며 한겨레신문의 자정·개혁
을 촉구해 왔다. 그러나 김두식 대행 등 경영진은 원고가 기고
문 등에서 언급한, 주총에서 절대다수의 주권을 유린함으로써
한겨레신문의 명예와 신용을 크게 실추시킨 주총 부정비리 등
에 대한 자정·개혁을 거부하고, 원고의 비판에 대한 공개적이
고 정당한 반론 제시없이, 또 구체적인 사실의 제시없이 원고
의 언론·출판자유를 침해하는 '징계해고조치'를 자행했다. 그
러나 이것은 회사의 잘못을 바로잡아 한겨레신문의 명예와 신
용을 회복시키려는 원고의 애사행위에 대해, 경영비리의 자정
을 거부해 결과적으로 회사의 명예와 신용을 떨어뜨리는 해사
행위를 한 경영진이 "원고가 한겨레신문의 명예와 신용을 실
추시켰다."며 '단죄'한 본말이 전도된 웃지 못할 희극이다.

한겨레신문과 관련된 사안과 행위를 논할 때 어떤 관점과 접
근방식이 온당한지 확인해 둘 필요가 있다. 한겨레신문에는
75·80년 해직기자, 경력기자, 공채사원 등 구성요소가 다양하
다. 이런 다양한 구성요소에 상관없이 창간정신과 윤리강령에
충실한 사람들은 한겨레신문의 주체로서 존중받아야 하고, 이
에 어긋나는 사람은 분파로 비판받아 마땅하다. 다수냐 소수냐

의 형식적 패권주의를 배격하는 이런 주체적 관점과 접근방식을 확립해야 양비론을 극복하고 한겨레신문의 창조적 전통을 일궈나갈 수 있다. 또 한겨레신문의 문제상황을 외면하고 한겨레신문에 관한 비판에 대해 내부문제를 외부로 끌고가려 한다고 비난하는 것은 지양되어야 한다. 정당한 비판은 발전의 원동력으로 존중되어야 한다. '온 겨레가 주인'인 한겨레신문의 독자주주가 과연 외부로 치부될 수 있는가? 내부·외부 논리를 앞세우는 것은 주체적 관점과는 거리가 먼 조직이기주의적 분파적 태도에 다름아니다.

송건호 전대표이사 회장은 1994년 5월 9일 원고에 대한 징계위원회의 증인으로서 서면을 통해 다음과 같이 증언했다.(갑제4호증의 7 '박해전 기자에 대한 징계위원회에 부치는 글' 참조)

"본인은 박해전 기자가 신청한 증인으로서 본인의 증언을 짧은 글로 대신합니다. 한겨레신문에서 최성민 기자의 언론행위를 문제삼아 정직 6개월 징계한 데 이어, 비슷한 사유로 박해전 기자를 징계하려는 데 대해 우려합니다.

회사가 박해전 기자에 대한 징계사유로 제시한 것을 듣건대, 이는 언론·출판의 자유에 대한 침해로 정당화될 수 없다고 봅니다. 박 기자는 한겨레신문 창간 초기부터 창간정신과 윤리강령에 따라 일관되게 처신해 온 용기있는 사람입니다. 이런 양심적인 사람이야말로 한겨레신문에서 꼭 필요한 사람이 아닌가 생각합니다.

독자주주 소식지에 실린 박 기자의 글은 회사를 살리려는 충정이 담겨 있을지언정 해사행위로 볼 까닭은 없다고 봅니다. 또 『다시 태어나야 할 겨레의 신문』 책자에서 한겨레신문을 생각하는 박 기자의 열정을 느낄 수 있습니다. 〈월요신문〉의 회견문도 창간정신을 되새기려는 박 기자의 고민을 토로한 것으로 읽었습니다.

　이러한 언론·출판행위를 한겨레신문에서 징계로 다루는 것은 반언론적 태도로 극구 피할 일이라고 생각합니다. 박 기자는 지난날 〈한겨레정론〉 발행 등과 관련해 중징계를 받은 걸로 압니다. 과거 2번의 징계도 온당하지 못한 것이었는데, 이번에 또다시 징계를 하면 결과적으로 한겨레신문의 위신을 실추시키는 일이 되지 않을까 염려됩니다. 본인은 박 기자에 대한 징계 논의를 그만두는 게 좋을 것이라 생각합니다.”

　(나) 〈한겨레전국독자주주모임〉 기고문의 정당성

　김 대행이 첫번째 징계사유로 든 독자주주 소식지 기고문 '김중배 쇼와 한겨레 자정·개혁'에서 원고는 93년 6월 임시주총 이후 자정·개혁과는 동떨어진 행태를 보인 경영진을 비판하고, 자정·개혁을 촉구하다 해직·정직·감봉 징계를 당한 사원들에 대한 원상회복을 주장했다. 그리고 '김중배 쇼'로 상징되는 한국언론의 집단병리현상을 심층적으로 분석·폭로함으로써 부족하나마 한겨레신문이 당면한 위기의 본질을 밝히려 했다. 원고는 이 글에서 특히 주총 부정비리 척결 거부와 반 자정개혁을 이르는 말로 통하게 된 '김중배 쇼'가 연출한 가장 큰 과오는 주총 부정비리의 심판과 자정·개혁을 요구한 독자·주주운동을 부정한 데 있다고 강조하고, 한겨레신문 94년 2월 3일자는 노조의 성명을 빌려 '주주 대표성 없는 극소수 주총소송, 한겨레신문의 발전에 큰 해악 끼쳐'라는 제목의 보도로써 독자·주주운동을 왜곡·비방했다고 지적했다.

만약 동아일보나 조선일보 주총에서 지난해 한겨레신문 임시주총의 것과 같은 주총 부정사태가 벌어졌다면 한겨레신문은 이에 대해 어떤 태도를 보였을까? 사회정의의 구현을 위해 그런 주총 부정·비리를 척결해야 한다고 보도했을까, 아니면 '동업자의식'으로 눈감아 주거나 그런 문제제기를 하는 주주들을 동아일보나 조선일보 발전에 큰 해악을 끼쳤다고 보도했을까. 빼앗긴 주권을 찾으려는 독자·주주들의 주총소송은 정당하다. 그것은 언론을 바로세우는 언론운동이자 주권을 확립하는 인권·민권운동의 의의를 갖는다.

이미 한겨레신문 임시주총 관련공판에서 주총 때 1백58만 9천5백86주(주총 당일 총 표결주식의 76.7%)의 주총 의결권이 위조·행사됐음이 관련 당사자들의 법정증언과 증거물을 통해 입증되었다. 결국 한겨레신문 경영진은 '적법하고 정당하다'는 자신들의 주장과는 달리 정통성을 결여한 것이다. 이런 사실이 드러난 뒤에도 경영진은 그 동안 진실을 밝힌 송건호 선생과 독자·주주, 사원들을 매도하면서 이들을 희생양으로 삼아 자신들의 잘못을 호도하고 합리화하려 했다.

이러한 행태는 과연 사회정의 구현을 사명으로 하는 언론의 바른 모습일 수 있는가.

경영진이 주총 부정비리를 심판하고 한겨레신문을 바로세우려는 독자주주들을 이와 같이 왜곡 매도하는 것은 바로 한겨레신문의 존립기반인 주인을 부정하는 것이고, 이것은 한겨레신문을 스스로 부정하는 것으로 귀결될 수밖에 없다. 한겨레신문 발전에 큰 해악을 끼친 것은 회사의 잘못을 바로잡으려는 독자주주운동이 아니라 한겨레신문 탄생의 역사성을 망각하고 자정·개혁을 거부하며 기득권 고수를 위해 벌인 '김중배 쇼'

이다.

 이러한 객관적 사실에 비춰보면 원고의 기고문('김중배 쇼'
와 '한겨레' 자정·개혁)의 정당성이 두드러지는데도, 피고측
준비서면은 원고의 기고문을 두서없이 재단하여 인용하면서
아무런 사실에 근거한 반론을 제시하지 않고 '극단적 표현' 등
행위의 공소한 외형만 주관적으로 왜곡하여 마치 원고가 한겨
레신문의 신용과 명예를 훼손한 양 주장하고 있다.

 그러나 주총 부정사태에 대한 자정 거부로 장기간 경영을 표
류시킨 경영진과 그러한 잘못을 지적하고 시정을 촉구한 원고
중 진정 누가 한겨레신문의 명예와 신용을 실추시켰는지, 누가
한겨레신문에 희망을 주는 윤리적 실천을 했는지는 창간정신
과 윤리강령을 들지 않더라도 누구나 분명하게 판단할 수 있
는 일이다. 피고측의 주장은 적반하장의 후안무치한 것이다.

 (다)『다시 태어나야 할 겨레의 신문』 출판의 정당성

 93년 임시주총 뒤 경영진이 자정·개혁의 정상적인 길을 갔
다면『다시 태어나야 할 겨레의 신문』을 출간한 필요는 없었을
것이다. 그러나 한겨레신문은 주권을 되찾으려는 독자·주주들
을 해사행위자라고 매도하고 한국언론은 이 신문의 문제상황
에 대해 침묵으로 일관했다. 〈사회평론 길〉 94년 5월호는 이러
한 언론계의 침묵과 관련해 "그것은 언론사끼리의 일종의 담
합이었는지도 모른다. 심하게 말하면 늘상 문제가 돼온 동종업
체끼리의 봐주기가 분명하다. 일간지, 주간지뿐만 아니라 〈기자
협회보〉 〈언론노보〉 〈민주언론운동〉 등의 언론비평기능지까지
도 침묵했다."고 지적했다.

 이런 상황에서 원고는 대중에게 진실을 알리기 위해서는 이

책을 내는 것이 절실하다고 생각했다. 원고는 3권으로 구성된 이 책을 통해 주총소송의 전모를 알리고, 자정·개혁을 촉구한 사원들의 육성과 한국언론 전반을 다룬 언론비평, 90년대 언론 민주화운동의 전형을 창조한 한겨레신문 독자주주운동의 진면목을 보여주는 글을 묶어내고자 했다. 원고는 언론노동자로서 진실을 알려야 할 의무가 있으며, 독자·주주들은 알 권리가 있다고 확신한다. 이 책에 모은 글은 대부분 사보나 노보에서 찾아볼 수 없는 것들이고 〈한겨레정론〉과 〈한겨레전국독자주주모임〉 등이 공식적이고 공개적으로 담아낸 것이다. 당연히 사보 〈한겨레가족〉과 〈한겨레노보〉도 이런 내용의 글을 실어 독자·주주의 알 권리를 충족시키고 자정·개혁의 횃불이 됐어야 한다고 생각한다.

이 책은 〈한겨레전국독자주주모임〉 3월 15일자에 게재된 바와 같이 사회학자의 긍정적인 평가를 받았다. 배동인 강원대교수(사회학)는 '한겨레' 자정·개혁을 바라는 사원·독자·주주의 '양심선언'이라고 제목을 단 서평에서 "이 책은 한겨레신문의 거듭남을 위한 필수적 전제조건으로서의 역할을 수행하게 되었을 뿐만 아니라 한국언론의 올바른 좌표를 제시하는 데에도 중요한 몫을 지니고 있다고 평가된다."고 밝혔다.

배 교수는 서평에서 책의 구성과 관련해 "역사상 유례가 없는 이 신문의 탄생에는 국내외에 걸쳐 많은 관심과 기대가 쏠려 있었다. 그후 6년이 흐른 지금 한겨레신문은 어떤 상황에 놓여 있는가? 이 물음에 대한 가장 직접적이고 진솔한 해답을 이 책은 밝혀주고 있다.

이 책은 한겨레신문의 창간정신을 똑바로 세워나가려는 신문사의 구성원들과 독자주주들의 투쟁의 기록이다. 이 투쟁의 적은 주로 이 신문의 창간정신을 망각하거나 명심하기를 소홀히 하는 신문사 안의 경향성과 행태이다. 한겨레신문의 운명을 걱정하는 이들의 투명한 증언과 문제해결방안과 소원이 담겨 있다. 이 책은 세 권으로 구성되어 있고 모두 814쪽이며 '한겨레신문사 주주총회 소송백서'라는 부제를 달고 있다. 제1권은 1993. 6. 19. 한겨레신문사 임시주주총회에서 경영진이 송건호 전회장의 의결권 위임장을 위조하여 김중배 대표이사 후보 등 임원선출을 감행한 사실의 불법성에 대해, 한겨레신문전국독자주주대표자모임이 제기한 무효확인소송의 전모를 상세히 다루고 있고, 제2권은 언론조직으로서의 신문사 안에서 발생한 비리와 불합리한 운영사례들과 관련된 사원들의 투쟁을 통해 터져나온 의로운 절규들을 수록했으며, 제3권은 한겨레신문의 창간정신을 견지하고 강화하기 위해 투철한 주인의식으로서 신문제작과 신문사의 운영실태를 지켜보면서 한국언론이 당면해온 주요 문제들에 관해 합리적 견해를 표명한 독자주주들의 힘찬 목소리를 담고 있다."고 분석했다.

그는 이어 책의 출간시기와 관련해 "이렇듯 이 책은 지난해 6월의 주주총회에서 노출된, 더 이상 묵과될 수 없을 만큼 악화된 신문사의 치명적 만성 중병에 대한 독자주주들의 명확한 진단에 따라 개혁적 처방의 긴박성에 뜻이 모아진 결과로서 주주총회의 의결무효를 법정에서 확인받지 않으면 안 되었던 문제상황에서 출간되었다고 볼 수 있다. 이 책은 따라서 한겨레신문의 거듭남을 위한 필수적 전제조건으로서의 역할을 수행하게 되었을 뿐만 아니라 한국언론의 올바른 좌표를 제시하는 데에도 중요한 몫을 지니고 있다고 평가된다. 또한 이 책이 오는 3월 19일의 제6기 정기주주총회를 앞두고 적시에 출간된 것은 매우 다행스러운 쾌거이며, 이 어려운 일을 끈기와 인내로써 해낸 박해전 기자에게 경의를 표함과 동시에 깊은 감사를 드린다. 박 기자와 뜻을 같이하는 사원들이 비록 소수자일지라도 건재하다는 사실은 우리 모두에게 희망과 힘을 준다."고 말했다.

배 교수는 책의 출간의의에 대해 "이 책이 지니는 가장 중요한 의미는 진실이 진실로서 바로서야 함을 되새기도록 하는 데에 있다고 본다. 그런데 아이러니컬하게도 이 진실의 천명과 재확인이라는 주제가 마땅히 그것을 일상과제로 삼고 거기에 존재이유를 갖는 신문이라는 대중 의사소통 매체, 그것도 한겨레신문이라는 특별한 역사적·사회적 배경에서 독특한 창간이념 아래 탄생한 언론기관에서 검증되어야 하는 문제상황이 전개되고 있으며, 여기에 이 책이 바로 총체적 증언의 임무를 맡고 있는 것이다. 다시 말하면 진실을 알려야 할 신문이 진실을 억압하거나 봉쇄하거나 왜곡, 조작하는 작태를 다반사적으로, 그리고 조직적으로 자행한다면 그런 신문의 존재이유는 무엇인가라는 물음이 제기되고 있는 형편에 처하고 있는 것이 한겨레신문의 심각한 문제라는 것이다. 신문사의 경영책임자들이 진실을 적대시하며 한겨레신문과 신문사의 진상을 잘 알지 못하는 대다수의 주주들과 다른 세상 사람들에 대면해서 자기의 거짓됨으로 마치 참되고 성실한 것처럼 호도하고 떳떳한 체 거드름을 피우는 짓은 자기 기만과 동시에 님을 속이는 이중기만의 범죄행위임에 틀림없다. 이는 또한 조직적 범죄로 신문으로서 자신의 존재근거를 스스로 허물어뜨리는 어리석음이며, 한겨레신문이 창간정신으로 거듭나기 위해서는 당장 청산되지 않으면 안 된다.

이런 의미에서 이 책은 한겨레신문사 경영진의 간악한 이중적 사기행각과 범죄성의 탈을 백일하에 벗겨버리는 조용한 변혁을 일구고 있다. 가짜가 진짜 행세를 해왔고 아직도 하고 있음을 이 책을 읽는 이들은 알게 될 것이며, 여태껏 한겨레신문의 경영진에 전폭적 신임을 주었던 주주들은 이 책을 일독함으로써 자기의 신문사에 대한 신뢰가 얼마나 허황된 것이었는가를 깨닫게 될 것이며, 배신감에서 오는 분노를 억제하기 어려울 것이다."고 밝히고 "이 책이 궁극적으로 강조하는 것은 한겨레신문의 위기는 본래의 특유한 자기 정체성의 상실에 있고 이 위기를 극복하는 길은 언론의 생명인 진실성의 회복에서부터 비롯되리라는 경고라고 해석된다. 무릇 사람이 하는 일의 가치는 그에 대한 도덕적 신뢰를 전제로 해서만 인정될 수 있고, 이 신뢰는 다시금 그의 사고와 말과 행위의 진실성 또는 정직성에 기초한다."고 결론지었다.

이처럼 객관적인 평가를 받은 원고의 정당한 출판물에 대해 피고측 준비서면은 원고의 책자가 왜곡된 사실을 근거로 출판됐다고 구체적 근거 제시없이 왜곡하여 주장했고, 피고회사가 92년 7월 24일 원고의 〈한겨레정론〉 '발행·배포' 만을 문제삼아 징계한 사실(갑 제3호중의 8 '징계 통보' 참조)과 관련해 "종전 원고가 왜곡된 사실을 근거로 제작, 배포하여 징계를 받은 바 있는 〈한겨레정론〉 수록 기사 등을 전재하여 판매함으로써"라고 서술하여 마치 원고가 왜곡된 사실을 근거로 〈한겨레정론〉을 제작, 배포한 것처럼 사실을 왜곡하고 있다.

피고측 준비서면은 또 책자의 판매광고는 출판사가 책임을 지는 고유한 영업영역이고 원고와는 무관함에도 사실을 왜곡하여 "더구나 광주매일, 전남일보 등 호남권 신문에 동 책자의 판매광고가 실려 피고회사의 명예, 신용의 실추는 물론 판매에도 심대한 악영향을 미침으로써 원고의 이러한 행위는"이라고 서술하여 원고에게 그 책임을 묻는 몰상식을 드러내고 있다.

『다시 태어나야 할 겨레의 신문』은 구체적 사실에 근거한 진실한 언론비평을 담은 것으로 피고측 준비서면이 피고회사의 문제상황을 외면한 채 아무런 정당한 근거없이 사실을 왜곡하여 원고를 비방하는 것은 실체적 진실과 아무 관련이 없다.

(라) 〈월요신문〉 회견기사에 대하여

김 대행이 또 하나의 징계사유로 적시한 〈월요신문〉의 보도는 『다시 태어나야 할 겨레의 신문』의 출판의의를 전하면서 한겨레신문의 자정·개혁을 촉구하는 것으로 〈진보저널〉이 3월 15일자에서 표지이야기로 '한겨레신문 특정 파벌 사유물로 전락할 것인가'를 다룬 것과 마찬가지로 독자추주운동과 〈한겨레정론〉을 긍정적으로 평가한 것이다.(갑 제4호증의 6 '회견기사' 참조)

〈월요신문〉의 기사 가운데 피고측 준비서면이 예시한 사항은 모두 사실에 근거한 원고의 정당한 비판으로 아무 근거 제시 없이 원고가 피고회사의 명예와 신용을 실추시켰다는 피고측 주장은 이유없다.

(마) 징계방법의 자의성

노동조합법 제39조는 사용자가 정당한 노동조합활동을 한 근로자를 해고한다든지, 단체교섭을 정당한 이유없이 거부한다든지, 또는 노동조합의 조직운영에 지배, 개입한다든지 하는 등의 행위를 부당노동행위로서 금지하고 있다.

김두식 대표이사 직무대행이 원고에 대한 징계사유로 적시
한 것은 한겨레신문노동조합 한겨레언론연구회 대표로서 원고
가 행한 민주언론 실천에 대한 탄압이고, 한겨레신문 창간정신
과 윤리강령, 단체협약을 위배한 것이므로 받아들일 수 없다.
원고는 그 동안 한겨레신문노동조합과 전국언론노동조합연맹
조합원으로서 한겨레신문노동조합 규약과 언론노련 강령에 충
실한 조합활동을 해왔다. 김두식 대행이 원고에 대한 징계를
강행한 것은 적법하고 정당한 노동조합활동을 탄압한 부당노
동행위이다.

피고회사의 단체협약은 특히 다음과 같은 조항의 규정을 통
하여 노동조합원의 지위를 보장하고 있다.(갑 제5호증 한겨레
신문단체협약 참조)

제2조(협약의 적용) 이 협약은 모든 조합원에게 적용한다.

제3조(노동3권보장) 회사는 조합의 단결권, 단체교섭권 및
단체행동권을 보장하며 그 정당한 행사를 방해하지 못한다.

제4조(협약의 우선) 이 협약에 정한 기준은 근로기준법, 회
사의 취업규칙 및 여타의 사규에 우선하며 협약기준에 못 미
치거나 상반되는 개별 노동계약은 무효로 하고 무효로 된 부
분은 이 협약기준에 따른다.

제5조(근로조건 저하금지) 회사는 기존의 조합활동 권리 및
근로조건을 저하시키지 않는다.

제6조(조합활동 방해금지) 회사는 노동자의 조합가입이나 조
합활동에 대하여 어떠한 이유나 방법으로도 방해하지 못하며
탈퇴를 강요할 수 없다.

제10조(조합활동 보장) 회사는 조합원의 합법적인 조합활동
을 보장하여야 하며 조합활동을 이유로 조합원에게 어떠한 불

이익한 처분도 할 수 없다.

제14조(선전활동의 보장) 회사는 조합활동으로 행하여지는 각종 유인물 및 기타 인쇄물의 게시와 배포에 협조한다.

제17조(부당노동행위 금지) 회사는 노동조합법 제39조 각호에 해당하는 부당노동행위를 할 수 없다. 노동위원회 또는 법원에 의하여 회사가 부당노동행위를 한 것으로 판정될 경우 회사는 부당노동행위로 해고되거나 불이익을 받은 조합원에 대하여 즉각 다음의 조치를 취하여야 한다.

1. 판정서 접수 즉시 불이익 또는 해고 무효처분

2. 원직에의 복귀

3. 해고기간중에 대하여 평균임금 지급

4. 회사가 해당기관의 판정에 불복하여 재심을 청구하거나 행정소송을 제기하더라도 일단 초심 결정에 따라 즉각 2, 3의 조치를 취하여야 한다.

제19조(목적인정) 회사는 공정보도의 실현이 조합활동의 중요한 목적 중의 하나임을 인정한다.

제35조(징계)

1. 회사가 조합원을 징계하고자 할 때에는 징계위원회의 의결을 거쳐야 하며 그 절차는 다음과 같다.

가) 회사는 징계대상자의 인적사항, 징계사유, 징계위원회 개최 일시 및 장소를 명시하여 징계위원회 소집 5일 전에 조합 및 해당 조합원에게 서면통보하여야 한다.

나) 징계위원회는 대상자에게 반드시 소명기회를 주어야 하며 증인을 신청할 때는 이를 승인한다.

2. 회사는 비조합원으로서 노동조합법상의 부당노동행위를 한 자를 징계하여야 하며 그 결과를 조합에 통보하여야 한다.

제38조(입증책임) 징계사유에 대한 객관적인 입증책임은 회사에 있으며 객관적 입증없이는 징계할 수 없다.

그럼에도 불구하고, 피고회사는 원고가 한언연 대표로서 한겨레신문노동조합 규약과 언론노련 강령에 충실한 조합활동으로 행한 민주언론 실천에 대해 "한겨레언론연구회 대표로서가 아니라 사원으로서의 개인의 행위에 대한 징계심의임"을 내세우며 취업규칙 규정을 앞세워 '징계해고'했다.

그러나 원고에 대한 피고회사의 '징계해고' 결정은 위 단체협약 제4조(협약의 우선) '이 협약에 정한 기준은 근로기준법, 회사의 취업규칙 및 여타의 사규에 우선하며 협약기준에 못 미치거나 상반되는 개별 노동계약은 무효로 하고 무효로 된 부분은 이 협약기준에 따른다.' 등을 정면 위배한 것으로 당연 무효이다.

원고에 대한 '징계해직조처'는 원고가 한겨레신문 창간정신과 윤리강령에 따라 진실을 밝히고 경영진을 비판한 데 대한 보복으로밖에 볼 수 없다. 그것은 특히 김두식 대표이사 직무대행이 94년 5월 4일 '사면조처를 단행하며'라는 공고문을 통해 "회사는 이 시간 이전에 이루어진 일체의 징계조처에 대해 사면하기로 결정했다."고 천명하면서도, 사회 상규에 벗어나 5월 4일 이전의 사안으로 김 직무대행이 94년 4월 4일 징계사유를 통보했던 원고에 대한 '징계'를 94년 5월 9일 강행한 데서도 분명히 드러났다.

김두식 대표이사 직무대행은 94년 5월 4일 '사면조처를 단행하며'라는 공고문을 통해 다음과 같이 선언했다.(갑 제3호증의 4 '사면조처를 단행하며' 참조)

"사원 여러분.

회사는 이 시간 이전에 이루어진 일체의 징계조처에 대해 사면하기로 결정했습니다. 이는 이전의 징계사실이 이 시간 이후의 제반 인사관리에 있어 영향을 미치지 않음을 의미합니다.

잘 아시는 바와 같이 '상'과 '벌'은 경영권 중에서도 요체라 할 인사권의 주요한 수단입니다. 조직의 활력과 기강은 엄정한 상벌권의 행사로써 보장되며 따라서 그 기록은 인사의 중요한 자료로써 활용되는 것이 상례입니다. 그럼에도 회사가 이번 '사면' 조처를 하고자 하는 것은 창간 이래의 적지 않았던 혼란과 갈등의 잔재를 떨고 한겨레가족 모두가 '처음처럼' 새롭게 출발해 보자는 데 뜻을 두고 있습니다.

회사는 그간의 징계조처들이 당사자들의 자성이나 일벌백계의 효과를 이끌어내기보다는 심정적 상처와 응어리로만 남아 조직의 인화와 단결을 해치고 있음에 주목하지 않을 수 없었습니다. 반면에 오늘의 한겨레신문은 안팎의 여러 가지 어려운 여건으로 그 어느 때보다도 모두의 지혜와 힘을 필요로 하고 있으며 이를 바탕으로 새롭게 거듭나야 할 때라고 판단하고 있습니다. 따라서 당사자들에게는 항상 마음속에 부담으로 남을 수밖에 없는 징계를 사면함으로써 새로운 자세로 회사의 발전에 동참해 줄 것을 기대하며 이 조처를 단행키로 한 것입니다.

이 조치가 혹여 인사권의 포기나 이완으로 이해되어서는 결코 안 되겠습니다. 오히려 이 시간 이후 회사의 상벌권은 더욱 엄정하고 원칙있게 집행될 것입니다. 또한 이 조처가 이전의 징계조처에 문제가 있어서 단행되는 것으로 이해되어서는 더더욱 안 되겠습니다.

한겨레가족 전체의 화합과 동참을 위해, 이전의 인사권자들

에게는 대단히 송구스러울 수밖에 없는 이 같은 조처를 단행
코자 하는 회사의 고뇌어린 결단에 대한 이해와 동참을 당부
드립니다.

　사원 여러분, 다시 시작합시다."

　이 '사면조처'에 따라 창간 이래 회사에 가장 큰 규모의 손
실을 입힌 5억 6천만 원 서울광고영업소 부도사건의 책임당사
자인 김두식 직무대행은, 이와 관련한 '감봉 3개월 징계'를 자
신의 손으로 사면하면서 〈한겨레정론〉 제7호 92년 9월 25일자
보도를 통해 광고부도사건을 밝힌 원고를 보복징계한 작태는
파렴치하기 그지없다.

　김 대행은 지난 5월 4일의 '사면'에도 불구하고 서울광고영
업소 5억 6천만 원 부도사건에 항의하며 관련 책임자의 문책을
촉구한 광고국 지교철 차장에 대한 92년 9월 16일자 부당해고
와 93년 임시주총에서 저질러진 주총 의결권 위임장 위조와 불
법 표결행사에 대한 자정·개혁을 촉구한 노향기 편집부위원
장에 대한 부당해고를 취소하지 않았다. 뿐만 아니라 김 대행
은 대표자모임 소식지 특별기고와 법정증언을 통해 임시주총
부정·비리의 진상을 밝히고 자정·개혁을 촉구한 여론매체부
최성민 차장의 정당한 행위에 대한 '정직 6개월 징계'를 사면
한다면서 같은 날 3개월 안에 보직을 받지 못하면 자동해고되
는 인사부 대기발령을 내는가 하면, 임시주총에서 송건호 전
대표이사 회장 명의의 1,589,586주(당일 표결주식수의 76.7%) 주
총 의결권 위임장을 위조하고 이를 고발한 신맹순 대표자모임
집행위원장을 폭행하여 전치 3주의 상해를 입힌 이병 차장을
부장대우로 승진시키는 파벌적 인사를 자행해 독자주주들의
항의를 받았다.(갑 제14호증의 9 성명서 참조)

그 뒤 최성민 조합원은 94년 8월 4일 '자동해고' 되었고, 이병 부장대우는 10월 초순 인사에서 부장으로 '고속승진' 했다.

김두식 대행은 애초 94년 4월 4일 원고에 대한 징계위원회를 4월 12일 개최한다고 원고에게 통보해 왔다(갑 제3호증의 1 '징계위원회 개최 통보' 참조). 그러나 김 대행은 4월 12일 정당한 이유 제시없이 징계위원회 개최를 무기연기한다고 원고에게 일방적으로 알려왔다.(갑 제3호증의 2 '징계위원회 개최 연기 통보' 참조)

원고는 이에 대해 즉시 "징계위 연기에 반대한다. 예정대로 오늘(4월 12일) 징계위를 열어 결말을 내달라. 그렇지 않으면 징계 발의를 취소하라."고 항의했으나, 피고회사는 이를 묵살했다. 원고가 이렇게 항의한 것은 4월 4일자 '징계위 개최 통보'에서 피고회사가 원고를 부당해고하려는 저의를 드러냈기 때문에 원고는 하루하루를 심한 충격과 정신적 고통 속에 지낼 수밖에 없었고, 이런 비정상적인 상태는 가부간 빨리 매듭지어야 마땅하기 때문이다.

김 대행은 94년 4월 4일 징계사유를 원고에게 통보하고 이렇게 징계위 심의를 한 달이나 미루다가 '5·4사면조처' 공고 하루 전인 5월 3일 징계위를 5월 9일 연다고 원고에게 통보했다.(갑 제3호증의 3 '징계위 개최 통보' 참조)

'5·4사면조처' 공고문의 취지에 따르면 5월 4일 이전에 징계사유가 통보되고 징계위에 계류된 원고에 대한 징계 발의는 자동취소되었어야 함에도 불구하고 김 대행은 '5·4사면조처' 이후에 '징계해고'를 자행함으로써 원고에 대한 '징계'가 형평에 맞지 않는 보복조치임을 여실히 드러냈다.

피고회사가 고문으로 추대한 송건호 전대표이사 회장은 징계

위원회 심의과정에서 원고가 적법하게 신청한 증인으로서 징
계위에 증언서를 통해 "회사가 박해전 기자에 대한 징계사유로
제시한 것을 듣건대, 이는 언론·출판의 자유에 대한 침해로
정당화될 수 없다."며 "박 기자에 대한 징계 논의를 그만두는 것
이 좋을 것"이라고 촉구했으나, 징계위는 이를 묵살했다.(갑 제
4호증의 1 '증인신청서', 갑 제4호증의 7 '증언서' 참조)

원고는 징계위에서 각종 소명자료와 진술을 통해 원고를 징
계하려는 피고회사의 위법함을 입증했으나 피고회사는 아무런
정당한 이유를 제시하지 않고 '징계해고' 결정을 내렸다.

특히 징계위원인 문영희·권근술·장윤환 이사는, 원고가 징
계위 심의과정을 끝까지 지켜보면서 왜 원고를 징계하려는지
그 이유와 근거를 확인하고 이에 합당한 소명을 할 수 있도록
해달라는 요구를 거절하였을 뿐 아니라, 김두식 대행은 원고
징계사유에 대한 객관적 입증을 제시하지 않고 징계위 1심·2
심 회의록 열람·등사와 개관적 입증제시를 요구한 원고의 청
구를 받아들이지 않음으로써 원고가 충분하고도 합당한 소명
을 할 수 없도록 했다. 따라서 원고에 대한 징계는 절차상으로
도 충분한 소명을 보장한 단체협약을 위배한 것이다.(갑 제4호
증의 9 '징계위 녹취록', 갑 제4호증의 10 '징계위 회의록 열
람·등사 청구서', 갑 제3호증의 7 '회의록 열람·등사 요청에
대한 회신' 참조)

3. '원고의 징계전력'에 대하여

피고측 준비서면은 '원고의 징계전력'에 대해 정당한 근거
없이 "원고는 피고회사의 교열부 기자로 근무하면서 '한겨레

정론' 배포, '한겨레언론연구회' 유인물 배포로 피고회사의 신
용과 명예를 실추시켜"라고 서술하고 있으나 이는 전혀 사실
이 아니다.

피고측의 이런 주장 역시 잘못을 범한 사람이 이를 지적하는
사람을 매도하는 것과 같은 본말이 전도된 것이다.

〈한겨레정론〉과 한언연 유인물과 관련해 피고회사가 92년 7
월 24일과 92년 10월 26일 각각 원고에게 가한 '중징계' 역시
언론의 자유수호를 핵심으로 하는 한겨레신문 창간정신과 윤
리강령을 짓밟은 처사로 큰 파문을 일으키며 사내외의 거센
비판을 받았다.

한겨레언론연구회는 〈한겨레정론〉 징계와 관련해 92년 7월
25일 '한겨레정론과 관련한 대표이사 사장의 징계결정을 즉각
취소하라' 는 제목의 성명을 통해 다음과 같이 비판했다.(갑 제
14호증의 1 성명서 참조)

"우리는 국민이 주인인 한겨레신문의 자정과 개혁을 요구한
〈한겨레정론〉의 배포행위를 처벌하겠다는 대표이사 사장의 7
월 24일자 '징계' 결정은 한겨레신문 창간 이래 가장 극단적인
창간정신 훼손행위로 보며 이를 엄중히 규탄한다.

〈한겨레정론〉의 발행·배포를 문제삼아 박해전 기자를 징계
한 것은 전국언론노동조합연맹 한겨레신문노동조합 한겨레언
론연구회 노동자들이 벌이는 자주적인 언론노동운동에 대한
탄압으로 묵과할 수 없다.

지난해 사회면 머리기사 표절사건을 비롯해 최근 내무부장
관 '촌지' 기사 묵살에 이르기까지 한겨레신문 창간정신을 훼
손한 사건에 대한 회사 쪽의 파행적·방관적 행위를 지적하며
창간대의의 회복을 촉구한 〈한겨레정론〉의 배포가 어떻게 '사

내질서를 문란케 하고 회사의 명예를 손상시킨' 행위란 말인가?

만약 대표이사 사장이 휘두른 징계사유의 연장선상에서 이를 확대해석해 '한겨레신문은 국가질서를 문란케 하고 국가의 명예를 손상시키는 행위'를 하고 있다고 권력이 언론탄압에 나선다면 이런 논리에 우리가 어떻게 대응할 수 있을 것인지 대표이사 사장에게 묻지 않을 수 없다.

우리는 자유로운 의사표시 행위는 헌법적 권리라고 보며 진실을 밝히는 언론의 자유야말로 6만 주주·독자와 함께 한겨레신문을 지켜나갈 우리의 정신적인 최후 보루라고 확신한다.

그런데 대표이사 사장은 〈한겨레정론〉의 내용에 대하여서는 침묵하면서 배포행위를 '징계'하는 반언론적 작태를 서슴지 않고 있다. 대표이사 사장은 〈한겨레정론〉의 배포행위를 '징계'하기에 앞서 사내 비리를 뿌리뽑고 언로를 활성화할 혁신적인 경영의지를 먼저 보여야 할 것이다. 한겨레신문의 도약을 위한 자정과 혁신을 요구하는 '바른말'을 징계하려는 발상은 궁극적으로 한겨레신문의 디딤돌을 마련해 준 6만 주주·독자에 대한 정면 도전행위가 아닐 수 없다.

대표이사 사장의 '유인물 배포지침'은 폐기되어야 하며 한겨레언론연구회 박해전 대표에 대한 징계는 즉각 취소되어야 한다.

대표이사 사장은 사내 언로를 차단할 것이 아니라 그 동안 쌓인 창간정신을 훼손한 모든 사건에 대한 철저한 진상조사와 원칙적인 해결을 통해 창간정신을 드높일 사내 기풍을 확립해야 할 것이다."

또 〈한겨레정론〉 탄압저지대책위원회(위원장 최성민)는 92년

7월 29일 〈한겨레정론〉 탄압에 대한 우리의 입장'이라는 성명을 통해 원고에 대한 부당징계의 철회를 아래와 같이 요구했다.(갑 제14호증의 2 성명서 참조)

"우리는 지금 이 글을 통해 〈한겨레정론〉의 발행과 배포를 원천적으로 배제하고자 하는 회사경영진의 상식밖 조처와 관련하여 우리의 정당한 입장을 밝히고자 한다.

〈한겨레정론〉은 창간 4년을 넘기면서도 파행을 거듭해 온 신문사 경영의 잘못을 반성하고 신문제작과 관련해 꼬리를 물고 있는 일련의 비상식을 시정토록 촉구하기 위해 발행되어 온 논의의 장이다.

〈한겨레정론〉의 필진은 우리 사회의 진정한 민주화를 위해 노력하는 주주와 독자, 일선 교수, 그리고 우리 동료기자들이었으며, 이들은 언론의 양식과 건설적인 비판정신 아래 한겨레신문의 보다 바람직한 지향점을 제시하려 했음을 확인한다.

조직은 어떤 목표의 달성을 위해 이뤄지고 나면 특정한 집단이 세력을 모아서 독단을 감행하며, 대항하는 비판세력을 소수라는 미명 아래 묵살하고 어느 단계에 이르러서는 탄압을 서슴지 않는 생리를 가진다는 점을 우리는 불행하게도 지금까지의 한겨레신문 경영조직을 통해 체험하고 있음을 고통스럽게 생각한다.

〈한겨레정론〉은 무너져 가는 한겨레신문의 민중·민주·통일 창간이념을 일으켜세우려는 충정의 산물이며, 이의 발행·배포를 포함한 신문사 안팎의 자유로운 언론활동은 절대로 금지·배제될 수 없다.

우리는 이러한 점에서 박해전 기자에 대한 회사 쪽의 일방적인 징계결정이 반민주적, 반한겨레적인 것으로 받아들인다. 우리는 한겨레신문을 사랑하는 독자·주주 그리고 〈한겨레정론〉 편집위원들과 함께 박 기자의 부당징계와 유인물 배포지침이 철회되기를 정중하게 요구한다.

우리는 우리의 정당한 호소와 요구가 하루빨리 받아들여지도록 노력하기 위해 우선 사내에서 〈한겨레정론〉 탄압저지대책위원회를 구성했다. 이 대책위는 〈한겨레정론〉의 발행취지와 논지를 지지하는 모든 사우들의 의사를 대표할 것이다."

탄압저지대책위는 당시 김명걸 사장이 92년 8월 8일 사내외 언로를 통제해 온 '유인물 배포지침'을 취소하면서도 원고에 대한 '징계'를 풀지 않자 92년 8월 10일 이를 비판하는 성명을 다음과 같이 발표했다.(갑 제14호증의 3 성명서 참조)

"유인물 배포지침은 철회하면서 〈한겨레정론〉 발행인 박해전 기자에 대한 중징계 취소를 하지 않는 것은 어처구니없는 모순이다.

유신시절 긴급조치와 계엄포고령을 방불케 했던 한겨레 유인물 배포지침이 깨어 있는 사원들의 저항과 한겨레를 아끼는 주위 사람들의 비판에 부딪쳐 뒤늦게 전면 철회된 것은 역시 진실은 끝내 승리한다는 사실을 그대로 보여준 사건이다.

그러나 유인물 배포지침의 철회와 함께 이 지침에 따라 취해졌던 〈한겨레정론〉 발행인 교열부 박해전 기자에 대한 중징계 처분은 마땅히 취소되어야 함에도 이에 대한 조처가 이루어지지 않고 있는 것은 아직까지도 일부 경영진들이 허위의 탈을 벗지 않고 있음을 뜻하는 것이다.

그것은 김명걸 사장이 '유인물 배포지침을 철회하면서'라는 담화문을 발표하면서 구차한 변명과 허위사실(예를 들면 〈한겨레정론〉이 반론권을 보장하지 않아 사원들의 명예를 실추시킨다는 등의 지적)을 늘어놓고 있는 것에서도 잘 뒷받침되고 있다.

우리는 누구보다도 원칙과 도덕성 그리고 정의를 앞세우며 실천해 왔던 박해전 기자에 대해 중징계 결정을 내린 인사위원회 위원들과 김명걸 사장에게 즉각 자신들이 내린 처분이 잘못됐음을 솔직히 시인하고 더 이상 역사의 죄인이 되지 않으려면 징계취소 결정을 내릴 것을 촉구한다.

더 이상 한겨레에서 이와 같은 부도덕한 사건이 일어나지 않기를 간절히 바라며 어처구니없는 작태가 벌어지고 있는데도 회사의 조합원에 대한 부당 중징계에 대해 침묵으로 일관하고 있는 노조집행부의 각성이 반드시 있어야 할 것이다.

이번 유인물 배포지침 철회를 계기로 계속해서 '한겨레' 정신을 해치고 부도덕한 일을 저지르는 내부 세력이 있으면 그 지위고하를 막론하고 떨쳐 일어나 대항하는 양식있는 '한겨레' 사원들이 더욱 많아지기를 두 손 잡아 빈다."

〈한겨레정론〉과 관련한 부당징계를 규탄하는 목소리는 사외에서도 터져나왔다. '한겨레신문을 사랑하는 독자모임'은 92년 9월 25일 '〈한겨레정론〉과 관련한 부당징계를 촉구하는 독자연대서명에 들어가며'라는 제목의 성명을 아래와 같이 발표했다.(갑 제14호증의 4 성명서 참조)

"우리는 한겨레신문노동조합 한겨레언론연구회가 펴낸 〈한겨레정론〉의 배포를 문제삼아 경영진이 노동자를 중징계한 현실에 놀라움을 금할 수 없다. 국민이 주인인 한겨레신문의 자정과 개혁을 촉구해 온 〈한겨레정론〉의 배포행위를 처벌하겠다는 것은 창간정신을 부끄럽게 하는 자가당착적인 처사로 한겨레신문의 발전을 바라는 주주와 독자를 실망시킨 중대사건으로 받아들인다.

국민이 한겨레신문에 거는 기대는 매우 크며 한겨레신문은 우리 언론사에 커다란 발자취를 남겼다. 국민의 신망을 받는 신문으로 한겨레신문이 더욱 발전하기 위해서는 지면과 경영에서 그 동안 드러난 잘못과 부족한 점에 대한 반성과 이를 고쳐나가는 실천이 뒤따라야 할 것이다. 〈한겨레정론〉이 이러한 반성의 계기를 마련하려고 노력한 점을 부인할 수 없다. 그런데 경영진은 〈한겨레정론〉이 제기한 문제에 대한 자정·개혁 의지를 보이지 않고 오히려 발행인 박해전 기자의 언론행위를 탄압하고 징계했다.

'징계' 결정과정에서 송건호 대표이사 회장 등 일부 경영진은 〈한겨레정론〉과 관련한 징계를 극구 반대한 것으로 알려졌다. 한겨레신문에서 국민에게 진실을 밝히려는 노동자의 말길을 '징계'로 막는 것이 과연 한겨레신문의 가치규범에 어긋남이 없는지 묻지 않을 수 없다.

지난해 사회면 머리기사 표절사건을 비롯해 최근 충격적인 내무부장관 '촌지' 기사 묵살에 이르기까지 한겨레신문 정신에 맞지 않는 사건들을 40만 부를 발행하는 사보 〈한겨레가족〉〈한겨레노보〉는 보도를 외면함으로써 주주·독자들의 알 권리를 저버렸다. 이러한 상황에서 〈한겨레정론〉이 한겨레신문의 있는 그대로의 사실을 주인들에게 전하려 한 점을 주목하지 않을 수 없다. 〈한겨레정론〉과 관련한 부당한 징계에 대해 사내 기구와 노조집행부는 해결의지를 보이지 않고 있다. 이런 병든 현실은 한겨레신문 조직과 구성원의 무감각하고 무기력한 모습을 보여주는 것이 아닌가 우려한다.

경영진이 사내외에 커다란 물의를 빚은 '유인물 배포지침'을 지난 8월 8일 취소하면서도 이 지침과 밀접한 연관이 있는 '징계'를 취소하지 않는 것은 일부 경영진의 자성의 정도를 드러낸 것이라 본다. 한겨레신문의 자정과 개혁을 요구해 온 〈한겨레정론〉과 관련한 '징계'는 주주·독자들의 알 권리를 침해한 부당한 것으로 지체없이 취소돼야 한다. 진실을 밝히려는 어떤 사람의 노력도 탄압받아서는 안 되며, 마땅히 보호받고 적극 장려돼야 하기 때문이다.

우리는 사리에 맞지 않는 '〈한겨레정론〉 부당징계사건'에 대한 자정을 요구하며 박해전 기자의 부당징계 취소를 촉구하기 위해 뜻있는 독자들과 함께 연대서명에 들어간다."

독자모임은 1천여 명의 연대서명을 받아 당시 피고회사의 김명걸 사장에게 전달하며 〈한겨레정론〉 발행인 박해전 기자에 대한 징계취소를 촉구했으나 김 사장은 끝내 이를 거부했다.

피고회사의 한겨레언론연구회 유인물 관련 부당징계에 대해 한겨레언론연구회는 92년 10월 27일 성명을 내어 아래와 같이 비판했다.(갑 제14호증의 5 성명서 참조)

"우리는 한겨레신문의 '김영삼 장학생 보고서' 사건 축소보도를 비판한 한겨레언론연구회(한언연)의 10월 6·10일자 성명서와 관련해 10월 26일자로 박해전 기자에 대해 정직 6개월의 중징계를 결정한 경영진의 반언론적 행태에 개탄과 우려를 금치 못하며 이의 철회를 요구한다.

한겨레언론연구회가 제기한 축소보도 의문에 대한 책임있는 답변을 내놓지 않고 심층취재·보도 요구를 외면한 채 회사쪽이 노동자들의 지면개선을 위한 정당한 조합활동을 징계로 억누르는 것이 온당한 처사인지 편집위원장과 대표이사 등 경영진에게 묻지 않을 수 없다.

우리는 한겨레언론연구회의 지면에 대한 비판과 제안을 징계로 대응한 편집위원장과 경영진의 반언론적 발상에 놀라움을 금할 수 없다. 우리는 이미 10일자 성명에서 6일자 성명 중 부정확한 표현을 확인해 정정하고, 이에 대해 가장 적극적인 방법으로 정중히 공개사과한 바 있다. 그런데도 편집위원장은 이를 성실한 해명으로 볼 수 없다며 징계발의를 했다 하니 문제의 본질을 호도하려는 것으로밖에 볼 수 없다.

한편 경영진은 최근 '서울광고영업소 5억 원 부도사건'에 대한 항의와 관련해 광고국 지교철 차장을 부당해고하고, 이번에는 지 차장의 부당해고 취소와 부도사건의 수습책을 요구한 광고국 조합원 다수가 연명한 성명서를 문제삼아 강신순 차장에 대해 정직 2개월 징계를 결정했다. 경영진의 이러한 일련의 부당노동행위는 경영과 지면을 감시·비판하는 한겨레신문 노동자들의 정당한 조합활동을 부정하고 문제의 본질을 호도하는 것으로 한겨레신문에서 이를 척결할 진정한 노동운동이 절실하게 요청됨을 웅변으로 말해 준다.

한겨레언론연구회의 '김영삼 장학생 보고서' 사건 축소보도 비판과 문제제기의 정당성은 한겨레신문의 보도를 비판한 〈말〉 11월호 기사와 〈기자협회보〉 10월 1·9·15일자 보도내용에서 충분히 입증됐다고 본다.

〈말〉 11월호는 한겨레신문의 이러한 보도태도에 대해 "특히 '독자적인 취재'를 스스로 제한하는 고질적 병폐가 이를 통해 공식확인됐다는 점에 주목해야 한다. 6공 언론구조상 모든 악폐의 근원은 바로 언론사 스스로의 취재제한과 취재통제에 있음을 감안하면 이것은 그야말로 언론자유를 침해하는 중대요건이다."고 비판했다. 〈기자협회보〉는 'YS 장학생' 실제 확인

충격'(10월 1일자 머리기사), '김정훈 부국장 작성 확인'(10월 9일자 머리기사), '김정훈 씨, 정치공작까지 벌였다'(10월 15일자 머리기사) 등 3회(기간으로는 1~15일)에 걸쳐 이 사건을 1면에 중점 보도하고 여러 면에서 시민·언론계 등의 여론을 적극 소개하고 '보고서'에 등장한 각 언론사 정치부장들의 반응을 취재·보도했다. 이러한 내용들은 한겨레신문이 의지가 있었다면 대부분 독자취재·보도가 가능한 것이었다.

그 동안 많은 논란을 빚어온 '김영삼 장학생'의 실체를 드러내주는 이번 사건은 정치·언론사에 커다란 파장을 던질 수 있는 중대사안이다. 이런 중대사안을 최초 보도에서 한겨레신문이 독자취재·보도가 가능한 조건에서 이를 포기함으로써 국민 독자의 알 권리를 저버린 결과를 낳았다. 한겨레신문이 심층취재·보도로 '김영삼 대통령 만들기'에 발벗고 나선 제도언론 '김영삼 장학생'들의 발목을 묶을 수 있었다면 대선기의 공정한 언론풍토를 조성하는 데 크게 기여함과 동시에 한겨레신문의 성가를 높일 수도 있었을 것이다.

그럼에도 한겨레언론연구회에 보복성 징계를 가한 것은 어떠한 이유로도 합리화될 수 없다. 또한 서울광고영업소 부도사건과 관련해 김두식 상무 등에 징계가 결정돼, 지교철 차장의 주장과 광고국 조합원들의 성명서의 정당성이 입증됐음에도 당사자들을 부당해고하고 중징계한 것은 한겨레적 양식을 짓밟는 처사로밖에 볼 수 없다. 부당해고와 부당징계로 노동자들의 생존권이 위협받고 있는 현실을 한겨레신문의 6만 주주와 40만 독자들은 어떻게 납득할 수 있겠는가? 경영진의 이런 부당한 처사는 한겨레신문 내부의 언로를 차단하고 참된 통합을 저해하는 해사행위로 비판받아 마땅하다.

우리는 한겨레신문노동운동의 장래를 위해 회사 쪽의 부당
해고 취소와 부당징계 철회를 요구한다. 우리는 부당해고의 취
소와 부당징계의 철회가 이루어질 때까지 언론노동자의 권익
을 되찾기 위해 힘껏 노력할 것임을 거듭 밝힌다."
　이런 사실들은 '원고의 징계 전력'에 관한 피고측 준비서면
의 주장이 얼마나 왜곡되고 허구적인지를 뚜렷이 밝혀준다.

4. 결론

　이상의 사실을 종합해 보면 피고회사의 원고에 대한 '징계해
고'가 터무니없고 피고측 답변서와 준비서면의 주장이 허구임
이 분명하게 확인된다. 또한 한겨레신문의 명예와 신용을 실추
시킨 장본인은 다름아닌 창간정신과 윤리강령을 훼손한 경
영·지면비리를 저지른 자들이며, 노동조합원으로서 언론노동
운동의 대의에 따라 구체적 사실에 근거하여 이에 대한 자
정·개혁을 촉구해 온 원고의 정당한 민주언론 실천은 피고회
사의 명예와 신용을 회복시키는 애사적 행위임을 알 수 있다.
아울러 피고회사의 판매 등 영업에도 악영향을 끼치는 것 또
한 피고회사의 경영·지면비리에서 기인하는 것이지 이에 대
한 자정·개혁운동 때문이 아님을 식별할 수 있다. 이와 같이
피고회사의 원고에 대한 해고사유는 아무런 정당한 근거가 없
으며, 따라서 원고에 대한 부당해고는 즉각 취소돼야 한다.
　원고는 창간주주로서 창간사원으로서 노동조합원으로서 한
겨레신문 노동현장에서 지금까지 창간정신과 윤리강령을 지키
고 실천하기 위해 나름대로 노력했고, 어느 누구 못지않게 애
사심을 지니고 있다고 자부해 왔다. 원고는 피고회사에서 아무

런 정당한 사유없이 '징계해고' 된 현실이 도저히 믿기지 않아 커다란 충격과 고통 속에서 악몽을 꾸는 것 같은 나날을 보내고 있다. 언론·출판을 업으로 삼고 있는 피고회사가 언론노동자의 정당한 언론·출판행위에 대해 공개적이고 정당한 반론 대신 '징계해고'한 것은 국내 노동관계법이나 세계인권선언, 국제인권규약 등을 거론하지 않더라도 반언론적 야만행위이며 국제적인 웃음거리이다.

원고에 대한 '징계해고'를 결의한 피고회사의 징계위원 4인은 모두 1975년 동아일보에서 부당해고당한 경험을 갖고 있다. 해고의 고통을 알 만한 경험자들에 의해 해고당한 원고의 가슴은 더욱 쓰라리다.

그들은 75년 권력의 압력을 받은 언론자본에 의해 부당해고됐다고 주장한다. 그러나 한겨레신문에서 벌어진 원고에 대한 징계해고는 권력과 자본에 의한 압력이 아니라 이들이 창간정신과 윤리강령을 망각한 때문으로 한겨레신문 조직이 안고 있는 문제의 심각성을 드러냈고, 송건호 선생이 징계위원회 증언에서 우려한 바처럼 원고에 대한 부당해고가 피고회사의 위신과 명예를 실추시켰다. 원고는 이런 현실에 대한 자정·개혁이 절실하다고 보며 한겨레신문 노동현장에 복귀해 이에 동참할 수 있기를 바라고 있다.

피고회사의 부당해고로 원고의 노동권, 언론·출판권, 생존권이 크게 유린되었다. 원고는 민중의 생존권을 대변해야 할 한겨레신문이 인권의 사각지대로 방치될 수 없다고 믿는다. 한겨레신문에서 경영진의 파벌성에 의해 정의·진실·양심을 죽이는 역사가 허용돼서는 안 된다. 한겨레신문 창간정신과 윤리강령을 지켜가기 위해, 언론노동운동의 대의를 위해, 국민의 알

권리를 위해, 피고회사의 명예와 신용을 위해, 피고회사의 원고
에 대한 부당해고는 엄정하게 심판돼야 한다.

1994년 10월 19일
원고 박해전

서울지방법원 서부지원 민사2부 귀중

준비서면 II

사건 95나 24847호

원고(피항소인) 박해전

피고(항소인) 한겨레신문주식회사

공정한 심리로 한겨레신문 해직기자의 진실을 밝혀준 서울지방법원 서부지원 민사2부(김기수 재판장님, 권순익·최인규 판사님 : 양동관 재판장님, 지영란 판사님)에 감사드리며, 위 사건에 관하여 원고는 다음과 같이 변론을 준비합니다.

1. 서론

원고는 1994년 6월 7일 피고회사에서 해고된 뒤 같은 해 6월 30일 법원에 해고무효확인 등 소송을 내어, 마침내 1995년 5월 17일 서울지방법원에서 복직판결을 받았습니다.

원고는 복직판결을 받은 직후 피고회사 권근술 대표이사 회장을 찾아가 한국방송공사 해고자들의 복직사례를 들면서 원만한 복직조치를 요청하였습니다. 또 피고회사가 항소한 뒤에도 그를 찾아가 항소를 취하하고 피고회사의 창간정신에 따라 복직조치를 취해 줄 것을 촉구하였습니다. 그러나 피고회사에서 복직발령을 내지 않아 원고는 현장에 복귀하지 못하고 있습니다.

법원의 복직판결에도 불구하고 아직까지 피고회사에서 원고에 대한 원상회복이 이루어지지 않은 것은 민중의 생존권 확보를 강조한 피고회사 창간정신과 평소 해고노동자의 권익을 옹호하는 논조를 펴온 이 신문의 위상에 맞지 않습니다. '제도언론'이라 지탄받은 한국방송공사까지도 '집단폭력행사' 등을 사유로 해고했던 조합원들을 1993년 7월 1심법원의 복직판결에 따라 복직시킨 사실을 우리는 기억하고 있습니다. 이런 사실에 비춰보면 피고회사가 원고에 대한 복직발령을 회피하고 항소한 조처는 납득할 수 없습니다. 더욱이 피고회사 단체협약 제17조는 조합원의 부당해고에 대한 1심법원의 판결문이 송달되는 즉시, 당사자를 회사 쪽의 항소 여부에 관계없이 원직복귀시키도록 규정하고 있습니다.

원고는 그 동안 피고회사 노동조합과 전국언론노동조합연맹의 조합원으로서 피고회사 노동조합 규약과 언론노련 강령에 충실한 조합활동을 해왔습니다. 피고회사 김두식 대표이사 직무대행이 원고에 대한 징계사유로 적시한 것은 피고회사 노동조합 한겨레언론연구회 대표로서 원고가 행한 민주언론 실천에 대한 탄압으로 피고회사 창간정신과 윤리강령, 단체협약을 위배한 것입니다.

원고의 민주언론실천의 내용과 피고회사의 원고에 대한 해고의 부당성에 대하여는 종전 원고의 준비서면을 원용하며, 본 준비서면에서는 피고회사의 징계해고조치는 원고의 정당한 노동조합 활동에 대한 부당노동행위임을 밝히고자 합니다.

2. 한겨레언론연구회 활동의 정당성

한겨레언론연구회(이하 한언연·대표 박해전)는 피고회사 노동조합 조합원들이 1991년 11월 12일 자주적으로 창립한 모임으로 회보 〈한겨레정론〉 등을 통해 활동해 왔습니다.

피고회사는 제도언론을 비판하며 해직기자들이 중심이 되어 만든 회사로 도덕성을 생명으로 하는 '한겨레신문 윤리강령'을 핵심 사규로 삼고 있고, 피고회사의 취업규칙도 제9조(복무의 기본원칙) 제1항에서 '직원은 회사의 윤리강령 및 그 실천요강을 준수하여야 한다'고 규정하고 있습니다. 피고회사 노동조합 규약은 제6조(목적)에서 조합의 목적을 '민주언론 창달'로 규정하고, 제7조(활동)에서 '민주언론실천'과 단결권 등 '노동3권의 확립'을 명시하고 있는데, 이는 '언론자유의 수호'와 '민주언론의 실천'을 뼈대로 하는 피고회사 윤리강령의 취지와 일치합니다. 또한 피고회사의 단체협약은 제2조에서 '협약의 적용'을, 제3조에서 '노동3권 보장'을, 제4조에서 '협약의 우선'을, 제6조에서 '조합활동 방해금지'를, 제10조에서 '조합활동 보장'을, 제14조에서 '선전활동의 보장'을, 제17조에서 '부당노동행위 금지'를, 제38조에서 '입증책임'을 규정하고 있습니다(갑 제5, 제8호증).

한겨레신문노동조합에서는 노래모임, 미술모임, 등산모임, 볼링모임, 역사기행모임 등의 조합원 모임이 조합활동을 하고 있습니다. 원고와 2기 노조 최성민 위원장 등이 회원으로서 회보 〈한겨레정론〉을 발행한 한언연은 어느 조합동아리 못지않게 조합규약에 충실한 조합활동을 해왔습니다.

피고회사 4기 노조 윤석인 위원장은 한겨레언론연구회에 대해 창립 때부터 1992년 4월 말까지 매달 2만 원씩 조합활동지원비를 교부했고, 한언연은 이 돈으로 1992년 3월 25일 회보 〈한겨레정론〉 창간호를 펴냈습니다(갑 제16호증).

당시 피고회사 노동조합 윤 위원장은 〈한겨레정론〉 창간호에 기고한 축사 '한겨레언론회보의 발행을 축하한다'에서 "한겨레언론연구회의 회보발행에 대해 축하와 격려의 박수를 보낸다. 아울러 이를 계기로 한언연이 동아리모임이라는 좁은 틀을 벗어나 한겨레신문의 발전과 전체 언론현실의 개혁을 위한 책임감 있는 발언자로 발돋움해 가기를 기대한다. 언론노동자들은 누구나 부단한 연구·토론활동을 통해 스스로 시대정신을 체현하고 또 창달해 가려는 책임의식을 가져야 하는 것이다."고 밝히고 "한언연이 창립 4개월 만에 그 동안의 연구결과를 발표하는 것은 그래서 매우 뜻깊은 일이다. 이를 계기로 한겨레 안에 연구하고 치열하게 토론하는 발전지향의 문화가 한걸음 더 진전하기를 다시 한 번 기대한다."고 강조했으며, 피고회사 송건호 대표이사 회장은 〈한겨레정론〉 같은 호에 기고한 '한겨레언론연구회의 발족을 축하한다'는 글에서 "한겨레언론연구회는 오늘날의 한국언론이 제 길을 걷지 못하는 이유가 무엇인지를 연구·분석해야 하고 이것을 극복하는 길이 무엇인가도 연구해야 한다."고 격려하고 "끝으로 한 가지 욕심을 말한다면 한겨레신문의 보도나 논평도 자유롭고 민족적 입장에서 제대로 제작되고 있는지를 관심을 갖고 반성해 주었으면 좋겠다."고 요청했습니다.

또 당시 권영길 전국언론노동조합연맹 위원장은 〈한겨레정론〉 창간호에 기고한 '축하의 말'에서 "지난해부터 한겨레언론연구회를 만들어 언론민주화운동을 펴오고 있는 한겨레동지들이 이번에 〈한겨레정론〉이란 회지를 발간한다고 하니 그 용기와 정진에 격려를 보낸다. 연맹이나 단위노조 차원에서도 노보를 발행하면서 겪는 어려움은 한두 가지가 아니다. 그래서 정기적으로 노보를 내지 못하고 있는 노조도 많다. 한겨레언론연구회 회원들도 그런 실정이나 어려움을 잘 알고 있을 터인데 신문 형태의 회지를 발간한다는 것은 대단한 용기와 결단이라고 하지 않을 수 없다. 민주적이고 자주적인 노동운동이 위기에 처해 있다고들 하는 요즘이다."고 전제하고 "이러한 상황에서 언론노동운동의 활성화를 위한 실천적 방안의 하나로 〈한겨레정론〉을 발간하는 한겨레언론연구회에 큰 기대를 건다. 한겨레언론연구회는 앞으로 〈한겨레정론〉을 통해 침체돼 있는 언론민주화운동에 새 바람을 불러일으키고 〈한겨레정론〉이 언론노동자들의 각성제가 될 것을 바란다."고 밝혔습니다(갑 제10호증).

그 뒤 피고회사 6기 노조 원병준 위원장도 1993년 9~10월 매달 2만 원씩을 조합활동지원비로 한언연 대표인 원고에게 직접 지급했고, 한언연은 이 돈으로 1993년 10월 14일 〈한겨레정론〉 제8호를 발행했습니다(증인 원병준 증언).

한언연은 창립 때부터 위 피고회사 4기 노조 윤석인 위원장, 언론노련 권영길 위원장, 피고회사 송건호 대표이사 회장이 격려하고 요청한 바를 피고회사 윤리강령과 노조규약에 따라 충실하게 실천해 왔고, 지금까지 이 모임에 회원으로 참여한 조합원들 중 누구도 피고회사 노조에서 이 모임활동을 사유로 제명되거나 징계받은 사실이 없으며, 〈한겨레정론〉에 기고한 많은 조합원들 중 누구도 노조에서 제명되거나 징계받은 사실이 없습니다.

3. 원고의 정당한 노동조합활동과 피고회사의 부당노동행위

원고는 피고회사가 해고사유로 든 1994. 3. 15. 독자주주 소식지에 기고한 '김중배 쇼와 한겨레 자정·개혁' 글에서 한언연 대표로서 당시 최성민 전노조위원장과 오인철 전노조부위원장에 대한 회사 쪽 징계조처의 부당성을 지적하며 이들 조합원의 원상회복을 촉구했고, '주총소송'과 관련해 소송을 제기한 원고주주를 비난하는 성명을 낸 노조집행부의 비민주성을 비판했습니다(갑 제4호증의 3). 원고가 이와 같이 조합원의 권익 옹호에 나서며 조합 집행부의 어용성을 비판한 행위는 통상 언론사 노조에서 조합활동으로 인정되고 보호받는 것입니다.

원고는 위 글에서 1993년 6월 피고회사 임시주총 이후 자정·개혁과는 동떨어진 행태를 보인 당시 김중배 대표이사를 비판하고, 자정·개혁을 촉구하다 해직·정직·감봉 징계를 당한 사원들에 대한 원상회복을 주장했습니다. 피고회사가 1994. 5. 4. 공고한 '5·4 사면조처'로 1994. 3. 중순경 '정직 6개월 징계'와 '감봉 6개월 징계'를 각각 확정받았던 최성민 조합원과 오인철 조합원에 대한 '징계조처'가 해제되고, 오 조합원은 같은 날 총무부 차장으로 승진·전배됨으로써 원고의 위 글의 정당성이 결과적으로 입증되었습니다.

원고는 언론노련 대의원 재직시 1991년 11월호 〈사회평론〉에 기고한 '김중배 선언과 동아일보의 자본논리'란 글에서 당시 '동아일보 보도지침'을 비판하며 동아일보에서 사직한 김중배 전 편집국장의 행위에 지지를 보내며 동아일보에 그의 원상회복을 촉구했습니다(갑 제31호증). 이러한 글들에서 보는 바와 같이 김중배 씨와 관련된 사안에 대한 원고의 논평은 사감에 치우치지 않고 구체적 사실에 근거해 시종일관 피고회사의 창간정신과 윤리강령에 따라 언론노동자로서 '민주언론 실천'의 책무를 다하려고 한 것이었습니다.

피고회사가 두번째 해고사유로 든 원고의 편저 『다시 태어나야 할 겨레의 신문』 책에 원고는 피고회사 노동조합 기관지 〈한겨레노보〉와 한언연 회보 〈한겨레정론〉 등에 게재된, 원고와 피고회사 노동조합원, 언론노련 간부 등이 쓴 글을 실었습니다.

이 책에 수록된, 원고가 쓴 글을 구체적으로 모두 열거하면 다음과 같습니다.

'한겨레신문노동조합에 거는 기대'(〈한겨레 기평회보〉 1988. 11. 5. 창간호), '창간정신을 닦아세우자'(〈한겨레노보〉 1990. 11. 30), '자주언론의 큰길을 가자'(〈한겨레노보〉 1991. 9. 17), '한겨레언론연구회 출발의 말'(〈한겨레노보〉 1991. 11. 18), '자주언론의 승리를 향하여'(〈한겨레정론〉 1992. 3. 25), '한겨레 양심 어디 갔나'(〈한겨레정론〉 1992. 3. 25), '한겨레신문 창간정신에 충실한가'(〈군산·옥구 한겨레가속〉 1992. 11. 1), '한겨레신문과 민주언론운동'(〈한겨레정론〉 제8호 1993. 10. 14).

이러한 원고의 글은 〈한겨레노보〉에 기고한 글은 물론이고 한언연 회보 〈한겨레정론〉에 실었던 글 두 편('한겨레 양심 어디갔나' 〈한겨레정론〉 1992. 3. 25, '한겨레신문과 민주언론운동' 〈한겨레정론〉 1993. 10. 14)도 모두 피고회사 4기 노조집행부와 6기 노조집행부가 한언연 활동을 조합활동으로 공인해 준 기간에 피고회사 조합으로부터 조합활동 지원비를 교부받아 발표된 것으로 원고의 정당한 조합활동으로 이루어진 것입니다.

피고회사 단체협약은 제14조(선전활동 보장)에서 "회사는 조합활동으로 행하여지는 각종 유인물 및 기타 인쇄물의 게시와 배포에 협조한다."고 규정해, 조합원이 조합활동으로 이루어진 글을 출판을 통해 선전하는 활동을 보장하고 있습니다.

피고회사가 원고에 대한 세번째 징계사유로 든 〈월요신문〉의 보도는 『다시 태어나야 할 겨레의 신문』의 출판 의의와 피고회사의 문제상황을 다룬 것으로 〈진보저널〉이 1993년 3월 15일자에서 표지이야기로 '한겨레신문 특정 파벌 사유물로 전락한 것인가'를 집중 조명한 것과 마찬가지로 독자주주운동과 〈한겨레정론〉을 긍정적으로 평가한 것입니다.

원고가 〈월요신문〉의 취재에 응한 것은 언론인의 직업윤리에 따른 정당한 것으로, 피고회사가 이를 해고사유로 문제삼은 것은 "기사내용을 제공한 사람을 보호한다."는 피고회사 윤리강령 제5조 '취재원 보호' 조항 취지에 어긋난 일입니다(갑 제7호증).

이상에서 살펴본 바와 같이 피고회사가 원고에 대한 징계사유로 적시한 것은 피고회사 4기 노조 윤석인 위원장, 6기 노조 원병준 위원장, 언론노련 권영길 위원장이 공인해 준 한언연 대표로서 피고회사 노동조합에서 조합활동지원비를 교부받아 원고가 행한 정당한 노동조합활동이고, 이를 문제삼은 피고회사의 징계조치는 조합원의 조합활동을 보장한 피고회사의 단체협약을 위배한 부당노동행위임이 분명합니다.

4. 피고측 주장의 부당성

피고회사는 1994. 5. 4. 김두식 대표이사 직무대행 명의의 '사면조처를 단행하며' 공고문을 통해 "회사는 이 시간 이전에 이루어진 일체의 징계조처에 대해 사면하기로 결정했습니다."라고 선언했습니다. 피고측은 준비서면에서 "이 담화문(사면조처를 단행하며) 발표 이후 사면조처 이전에 이미 이루어진 징계를 무효화하거나 원상회복한 바도 없고 현실적으로 그렇게 할 수도 없는 것입니다."고 주장했지만, 이는 사실과 다릅니다. 위 '사면조처'에 따라 '정직 6개월'과 '감봉 6개월'의 '징계기간 중'에 있던 최성민 조합원과 오인철 조합원에 대한 '징계'가 풀리고, 오 조합원은 같은 날 총무부 차장으로 승진·전배된 바 있습니다.

피고회사는 이 '사면조처'와 관련해 위와 같은 궁색한 변명을 하지 말고 언론사의 공신력이 더 이상 훼손되지 않도록 위 '사면조처'를 엄정하게 시행해야 할 책임을 다해야 할 것입니다.

피고측은 원고가 업무시간을 비워가며 임시주총소송 관련 재판을 방청했다고 주장하지만, 이것 또한 사실이 아닙니다. 원고는 교열부 기자로서 당시 주 2~3회 야근을 하고 다음날은 비번으로 휴무했는데, 이 비번날을 이용했을 뿐 업무시간을 비워가며 재판을 방청한 사실이 한번도 없습니다. 원고는 위 소송에 증인으로 법정에 출석할 때도 비번 휴무일을 택했습니다. 만약 원고가 피고측 주장과 같은 행동을 했다면 당시 피고회사 경영진의 태도로 보아 원고는 벌써 이를 사유로 '징계' 받았을 것입니다.

피고측은 또 원고의 책자에 대해 "너무나 편향적이고 악의적인 표현과 내용으로, 제소 주주의 시각 및 원고 자신의 주관적 단정하에 피고회사의 신용과 명예를 훼손하고 있는 것"처럼 주장하지만, 이것 또한 사실이 아닙니다. 원고는 위 책자에서 피고회사 '주총소송'의 진상을 이해할 수 있도록 원고·피고의 소장과 답변서, 준비서면, 쌍방의 증인신문 내용 등 쌍방이 법정에서 주고받은 소송자료를 출판 당시 수집 가능한 한 빠짐없이 객관적이고 공평하게 수록했습니다.

피고측은 『다시 태어나야 할 겨레의 신문』 등 원고의 민주언론 실천행위 때문에 피고회사 신문의 판매부수가 떨어진 양 주장하지만, 이는 본말이 뒤바뀐 것으로 판매 감소현상이 나왔다면 그것은 피고회사의 경영·지면비리에서 기인하는 것이지 이에 대한 자정·개혁을 촉구한 원고의 언론비판 때문이라고 할 수 없습니다.

원고의 위 책자 등과 관련해 강원대 배동인 교수(사회학)는 서평에서 "이 책은 한겨레신문의 거듭남을 위한 필수적 전제조건으로서의 역할을 수행하게 되었을 뿐만 아니라 한국언론의 올바른 좌표를 제시하는 데에도 중요한 몫을 지니고 있다고 평가된다."고 밝혔고, 피고회사 송건호 전대표이사 회장, 독자·주주모임, 〈성대신문〉 등도 원고의 정당성을 인정했습니다 (갑 제4호 증의 4, 제4호증의 7, 제30호증의 1).

또 피고측은 피고회사의 문제상황과 사안의 본질을 외면한 채 원고의 글이 피고회사의 신용과 명예를 훼손한 것처럼 왜곡하고 원고가 악의를 지닌 양 주장하지만, 원고는 피고회사 구성원으로서 진정으로 피고회사의 발전을 바라는 마음으로 피고회사의 조직·지면·경영에 대한 깊은 고민과 자기 반성

끝에 내놓은 선의의 비판이었음을 밝힙니다.

서울대학교 신문학과 학술지 〈차원〉은 1993. 2. 11. '한겨레신문의 제 모습 찾기'라는 논문에서 〈한겨레노보〉 35호 7면에 게재되고 원고의 위 책에 수록된, 원고의 글 '자주언론의 큰길을 가자'를 예시하며 "잘못된 점이 있다면 이를 공론화하고 국민에게 사과하는 것이 한겨레신문의 이미지 제고를 위해 도움이 되며 이것이야말로 진정한 애사심"이라고 강조했습니다.

피고측은 원고의 한언연 활동이 피고회사 구성원들로부터 아무런 지지를 받지 못하고 고립된 것인 양 매도하고 있으나, 이것 또한 사실이 아닙니다. 원고가 발행해 온 한언연 회보 〈한겨레정론〉에는 그 동안 피고회사 2·4기 노조위원장 등 노동조합원들, 편집국 간부들, 언론노련 권영길 위원장과 전영일 총무국장 등 집행부원, 강준만·강상현·방정배 교수 등 언론학자, 재야민주 인사, 독자·주주 등이 필자로 대거 참여했고, 특히 양심적인 피고회사 노동조합원과 간부사원들의 성원과 동참으로 한언연이 '유인물 배포지침' 등 피고회사의 탄압을 뚫고 창간호에서 8호까지 타블로이드판으로 총 57면에 이르는 〈한겨레정론〉을 펴낼 수 있었습니다.

원고는 해직기간 월간 〈말〉에 공채돼 근무하면서 피고측 주장과 같이 〈말〉지 조합원들을 비난하고 이간시키려는 행동을 한 일이 없고, 1995. 5. 17. 법원의 복직판결을 받고 피고회사에 복귀하기 위해 즉시 사직서를 내어 〈말〉지를 정리하기까지 성실하게 업무를 수행하였습니다(갑 제33호증).

피고측은 해고사유로 적시한 원고의 민주언론실천을 포함한 일련의 행위가 노동조합활동이 아니라고 부인하며, 그 근거로 피고회사 노조집행부가 한언연을 노조의 소모임으로 인정하지 않기로 한 결의를 들고 있습니다.

그러나 피고회사가 원고에 대한 해고사유로 제시한 사항은 통상 민주노조에서 정당한 조합활동으로 인정되는 것이고, 특히 피고회사 노조집행부가 한언연을 조합의 공식모임으로 인정하고 조합에서 조합활동지원비까지 교부해 준 동안에 이루어진 원고의 정당한 노동조합활동이었음은 앞에서 밝힌 바와 같습니다.

더 나아가 피고회사 노조집행부가 한언연에 대해 조합동아리 자격을 인정하지 않기로 결의한 것은 노동조합의 통제권의 범위를 벗어난 것으로 원인무효입니다. 피고회사 노조집행부는 조합원들의 자주적 활동인 한겨레언론연구회를 지원할 의무는 있을지언정 동아리 자격을 박탈할 권한은 없습니다. 그것이 인정된다면 노동자의 단결권을 조합이 스스로 부정하는 결과를 낳게 될 것입니다.

원고는 피고회사 노동조합창립에 주도적으로 참여해 피고회사 노조 대의원과 언론노련 대의원을 역임했으며, 지금까지 노조에서 징계를 받거나 제명된 바 없습니다. 원고는 피고회사 노동조합 조합원으로서 조합규약과 단체협약에 따라 조합활동을 할 권리가 있습니다. 따라서 피고회사 노조집행부가 한언연의 조합동아리 자격을 부인하는 기간에 노조규약과 단체협약에 따라 이루어진 원고의 조합활동도 정당한 것입니다. 원고의 행위가 피고회사 노조규약의 조합활동에 어긋나는 것이었다면 조합집행부는 한겨레언론연구회의 조합동아리 자격을 박탈하는 결의를 할 것이 아니라 원고와 한언연 회원들을 조합에서 제명해 조합원 자격을 박탈했어야 할 것입니다.

노조활동에는 노조의 구성원으로서 행하는 일체의 행위가

포함된다는 점에 관하여는 이론이 없습니다. 따라서 조합규약, 조합의 결의나 지시 혹은 승인에 의하여 행하는 노조간부나 조합원의 활동도 노동조합의 행위에 포함됩니다. 또한 어용적인 노조집행부에 대하여 비판을 가하면서 집행부의 불신임을 호소하는 활동도 노동조합의 행위라고 할 것입니다(박상훈, 『노동법 연구』, 서울대학교 노동법연구회편, 까치출판사, 222쪽 참조).

　노동조합이 민주적인 단체인 이상 조합의 건전한 운영에 관한 조합원의 활발한 발언 내지 비판의 자유는 단결활동에서 불가결한 요소입니다. 노동조합이라는 조직체는 본래 소수의견을 존중하고 비판과 반비판의 민주적 토의 가운데 성립하고 거기서 최고의 단결력을 발휘하는 특질이 있으므로, 언론의 자유가 보장되지 않고는 조합의 존립 발전은 있을 수 없으며 조합 내부로부터의 비판을 모두 통제권으로 봉쇄하는 것은 조합의 자살행위와 같습니다. 따라서 조합원의 조합 내지 조합간부에 대한 비판활동은 원칙적으로 자유이며 다소 격한 언사가 사용되었다고 해서 곧바로 단결을 문란하게 한 것으로 평가할 수는 없습니다.

　조합원의 언론, 비판의 표현방법에는 어떠한 제한도 허용되지 않습니다. 언론, 비판활동은 그것을 조합기관에서 하든 또는 유인물·기관지, 정당기관지를 통하든, 정당의 세포활동으로서 또는 독자적인 조합 내 조직을 형성하여 그 기관지의 형태로 하든 정당성이 승인되어야 합니다. 단결활동은 기본적으로 당파활동일 수밖에 없고, 자기 주장의 정당성을 들어 다수파 형성을 위한 운동 그 자체가 단결형성행위이기 때문에 표현방법을 제한할 수는 없는 것입니다. 다만 조합 내의 대립이 외부로 표출되는 형태로 전개되는 경우에는 문제가 될 수 있습니다. 그러나 이 경우에도 부정사건의 고발이나 보도기관에의 정보 제공을 조합의 통제력으로 구속할 수는 없으며, 일반 시민에게 호소하든 정당이나 타기관의 손을 빌려 하는 경우에도 조합 내부문제를 외부에 표출하였다는 이유로 조합의 통제대상으로 할 수는 없습니다.

조합원의 언동이 조합 결의 내지 다수의사에 반하고 형식적 으로는 분파활동으로 보일지라도, 그 조합결의 결정이 단결권 보장의 취지에 비추어 법적 보호를 받을 가치가 없고 오히려 조합원의 자주적, 자발적인 단결활동을 억압 내지 저해하는 것 으로 보일 때에는 통제권의 행사가 허용되지 않는다고 할 것 입니다. 더욱이 조합이 평소 조합활동을 등한히 하고 직접 문 제삼을 수 있는 사안에 대해서도 착수를 태만히 하여 조합원 의 불만을 충분히 흡수하지 못한 것이 직접 원인이 되었다고 인정되는 경우에는 조합은 조합원의 통제위반의 책임을 물을 자격조차 없습니다.

또한 조합의 기본적 기능은 근로조건에 대한 기준을 설정하 거나 자본의 일방적 결정구조에 개입하여 행동하는 데에 있으 므로, 예를 들면, 해고문제에 대하여 본인 및 동조자의 의사를 포함하여 반대하지 않는다는 것을 결정할 수 있는 권한 등은 없다고 할 것이다.

아무리 비판자에게 발언의 자유가 보장된 상황에서 논의가 이루어진다고 하더라도 본질적으로 다수결이란 다수의사의 확 인이며 대립하는 의견의 일시적 조정에 불과합니다. 그러므로 다수결에 의한 결정이라고 하여 항상 그 정당성을 주장할 수 있는 것은 아닙니다. 그렇다면 다수결에 의해 결정된 후에도 정당성 의식에 기초한 자주적 활동의 여지는 남아 있다고 할 것입니다.

조합 통제권의 정당성의 계기는 통일의사를 양도함으로써 조합원의 이익이 옹호된다고 하는 점에 있습니다. 때문에 조합의 통일의사가 조합원 개인의 이익이나 단결활동의 자유에 저촉하는 경우에는 그것에 대항하여 그 이익이나 자유를 옹호하는 조합원 개인의 자주적 활동권은 보장되어야 할 것이며, 그 한도에서 조합의 통일의사는 통제권의 근거로서의 정당성을 갖지 않습니다. 즉, '그 결의가 노동조합의 단결권 보장의 취지에 비추어 법적 보호의 가치가 없을 때는 이러한 결의 위반을 이유로 통제권을 발동할 수는 없다'고 할 것입니다(김인재, 위의 책, '노동조합의 통제권과 조합민주주의' 참조).

이제 피고회사 노조집행부가 경영의 감시자 역할을 방기하고 한언연이 자주적으로 노조 본연의 임무를 수행한 주요 사례를 들어보겠습니다.

먼저, 언론사 노동조합의 특수성은 조합원의 조합활동이 주로 유인물 제작·배포 등 언론비판 활동을 중심으로 이루어지는 데 있습니다. 그런데 1992. 5. 7. 당시 피고회사 김명걸 대표이사 사장은 '사내 임직원 및 그 가족·주주·지국원과 사외 유관기관 및 개인'의 언로를 통제하는 '유인물 배포지침시행'을 공고했습니다. 이 공고문에 이어 1992. 5. 9. 김 사장은 원고에게 "〈한겨레정론〉의 발행을 비롯한 한겨레언론연구회의 활동을 중지하라."고 통보해 왔습니다. 그러나 원고는 〈한겨레정론〉 등을 통해 피고회사 윤리강령과 단체협약을 침해한 '유인물 배포지침'의 비민주성을 비판하며 이의 취소를 요구했습니다. 그러자 김 사장은 〈한겨레정론〉의 발행·배포를 문제삼아

1992. 7. 24. 원고에 대해 감봉 3개월의 징계처분을 했습니다. 한 언연과 독자·주주들의 거센 비판을 받고 피고회사는 결국 1992. 8. 8. 위 '유인물 배포지침'을 취소하였습니다. 그러나 당시 피고회사 노조집행부는 이 '유인물 배포지침' 사건과 관련해 경영진에 대해 어떠한 비판도 내놓지 않고 침묵으로 일관했습니다(증인 원병준 증언).

피고회사가 문제삼은 원고의 행위는 원고가 한언연 대표로서 피고회사에서 일어난 경영·지면·조직의 비리를 비판하며 자정·개혁을 촉구한 것입니다. 피고회사 노조집행부가 앞장서서 이를 해결하려고 노력했어야 마땅합니다. 그러나 이에 대해 침묵하면서 오히려 한언연 활동을 문제삼은 노조집행부 태도는 그들의 어용성을 드러낸 것일 뿐 아무런 정당성이 없습니다.

다음의 사례는 앞의 것보다 훨씬 심각한 내용을 담고 있습니다. 피고회사 임직원이 1993. 6. 19. 임시주주총회에서 송건호 회장에게 위임된 1,589,586주(당일 총 표결주식수의 76.7%)의 의결권 위임장을 위조·행사한 사건은 송 회장의 증언 등으로 진실이 드러났습니다(갑 제11호증의 1, 2, 3 각 참조). 피고회사 임원진은 이런 진실이 밝혀지고 주주들이 세 차례나 공개질의서를 보내 시정을 촉구했으나 "적법하고 정당하다."고 강변하며, 이 엄청난 부정에 대한 자정을 회피하다가 1993. 1. 10. 주총소송 결심일을 앞두고 모두 사직서를 냈습니다. 그러나 그들이 사직서를 낸 것은 패소판결을 면하려는 데 있었지 이 부정사건에 진심으로 책임을 지려 한 것이 아니었습니다.

이런 '주총부정' 사태에 대해 피고회사 노조집행부는 국민주주 의사의 상시적 대변기구로서 경영진에게 책임을 묻기는커녕, 오히려 빼앗긴 주권을 되찾아 피고회사를 바로 세우려는 주주들을 해사행위자로 매도하고 나섰습니다. 피고회사가 원고에 대한 해고사유로 든 글에서 원고는 피고회사 경영진과 노조집행부의 이런 비민주성을 비판했던 것입니다.

원고가 피고회사 노동조합 규약과 단체협약에 따라 조합원들의 모임인 한언연 대표로서 행한 조합활동에 대해 피고측이 조합활동이 아니라고 부인하며, 원고에 대한 징계해고가 부당노동행위가 아니라고 주장하는 것은 위와 같은 자신들의 잘못을 덮으려는 억지에 지나지 않습니다.

원고는 해직된 뒤 해고무효확인 등 소송을 내고 조합집행부에 해고노동자의 소송지원, 생계지원 등 해고대책 마련을 요구해 왔습니다. 그러나 피고회사 노조 송우달 위원장은 원고의 해고에 대한 입장이 없는 것이 조합의 입장이라며 이를 묵살했습니다. 또 복직판결을 받고는 송 위원장에게 단체교섭이나 노사협의회를 회사 쪽에 요구해 원고에 대한 즉각 복직을 실현시켜 줄 것을 요구했으나, 이를 또한 외면했습니다.

그런 노조집행부가 1995년 5월 17일 법원에서 원고에 대한 복직판결이 나오자 곧바로 집행위원회를 열어 회사 쪽의 원고에 대한 해고가 단체협약 제17조(부당노동행위 금지)에 해당되지 않는다고 확인하는 논의를 하고, 이를 다음날 회사에 공식 통보했습니다.

이에 그치지 않고 피고회사 노동조합 송 위원장은 1994. 10. 16. 저녁 대의원회를 소집하여, "대의원회에서 논의될 사항이 아니다."는 일부 대의원들의 반대에도 불구하고, "사원들의 결집된 의견이 나타나면 재판에 영향을 줄 수도 있으나, 그렇지 않을 경우 회사가 패소할 수도 있다."는 어느 대의원의 주장에 따라 재적대의원 총 51명 중 찬성 21, 반대 2, 기권 11로 조합원인 원고에 대한 회사 쪽 해고가 정당하다는 취지의 결의안을 채택한 뒤 지난 11월 15일 이를 송 위원장이 법원에 나와 재판부에 접수시켰습니다(갑 제27호증의 2).

피고회사 노조집행부의 이런 행태는 노동계와 독자·주주들의 거센 비판을 받았습니다.

'전국 구속수배해고노동자 원상회복투쟁위원회'는 피고회사 노동조합집행부와 대의원회가 원고의 권익을 외면하는 행태를 보인 것과 관련해 1995. 11. 9. 피고회사 노조 송 위원장 앞으로 보낸 공문에서 "노동조합의 임무는 조합원의 권익을 대변하는 것이며, 특히 해고노동자의 원상회복은 어느 조합에서나 무엇보다 우선해 해결하지 않으면 안 될 긴급과제입니다. 물론 조합집행부나 대의원회는 원천적으로 해고노동자의 권익옹호에 반하는 결의를 하거나 그러한 행동을 할 권한은 없습니다."고 지적하고 "그러나 귀 조합집행부가 해고노동자 박해전 조합원의 원상회복과 관련해 보인 일련의 태도는 반노동조합적이고 반노동자적인 것으로 지탄을 면치 못할 것입니다. 특히 지난 10월 19일 박 조합원에 대한 항소심 제2차 심리과정에서 귀 조합 전위원장이 회사 쪽 증인으로 법정에 나와 해고노동자의 권익에 반하는 진술을 하고, 이에 앞서 10월 16일 귀 조합 대의원회가 해고노동자의 권익을 해치는 결의안을 채택하는 등의 행위는 해고노동자의 고통을 더욱 크게 하는 것으로, 민주노조에서 찾아볼 수 없는 일입니다."고 비판했습니다(갑 제28호증의 1, 2).

또한 한겨레신문 전국독자주주모임은 법원의 복직판결에도 불구하고 지금까지 원고가 복직하지 못한 것과 관련해, 1995. 11. 22. 김동환 상임대표 등 대표자 10명이 피고회사에서 권근술 대표이사와 노조 송우달 위원장을 만나 원고의 즉각 복직을 요구하며 전달한 성명서에서 "법원의 복직판결이 나온 이후 한겨레신문 경영진이 박 기자에 대한 복직발령을 내지 않고, 노조집행부와 대의원회가 해고노동자 조합원의 권익에 반하는 결의안을 채택해 이를 공문형식으로 항소심 재판부에 보낸 행위 등은 비이성적이고 비민주적인 것으로 국민의 지탄을 면치 못할 것이다. 이것은 '민중의 생존권 확보'를 강조한 창간정신과, 노동조합원의 부당해고에 대한 1심법원의 판결문이 송달되는 대로 당사자를 회사 쪽의 항소 여부에 관계없이 즉각 원직복귀시키도록 규정한 단체협약을 무시한 것으로 독자주주들에 대한 배신행위이다. 특히 조합원의 권익옹호에 앞장서야 할 노동조합집행부가 발벗고 나서서 해고노동자 조합원의 권익을 침해하는 행태를 보인 것은 민주노조에서 용납될 수 없는 것이다."고 밝혔습니다(갑 제29호증).

피고회사 권근술 대표이사는 1995. 5. 20. 사보 〈한겨레가족〉 1면 '창간이념 복원이 바로 경쟁력' 표제의 글에서 "창간 멤버의 한 사람으로서 제가 한겨레에서 해야 할 일이 무엇인지 진지하게 되돌아보지 않을 수 없었습니다. 그 결론은 한마디로 창간이념의 복원이었습니다. 이 일을 떠맡기로 자임한 것이 제가 오늘 대표이사의 직을 맡게 된 배경이기도 합니다."고 천명했습니다(갑 제30호증의 3).

피고회사가, 권 대표이사가 밝힌 대로 '창간이념의 복원'을 목표로 원칙 있는 사내통합을 추진하고, 창간정신의 수호를 위해 일관되게 노력하며, 평소 편집국뿐만 아니라 업무국 사원들과도 원만한 인간관계를 맺어온 원고가 피고회사에 복귀하면 피고회사 조직의 민주적 발전에 기여할 것이라고 언론계와 노

동계는 물론이고 피고회사의 많은 사원·독자·주주들이 기대
하고 있습니다.

5. 결론

언론노련을 비롯해 언론사 노동조합은 언론자정운동을 언론
노조운동의 출발점으로 삼고 언론계의 자정·개혁을 추구해
왔습니다. 원고는 그 동안 '온 국민이 주인'인 피고회사 노조
의 언론노동자로서 노동조합 규약과 단체협약에 따라 〈한겨레
정론〉 등 민주언론실천을 통해 창간정신에 어긋나는 사건들에
대한 자정·개혁을 촉구하며 국민의 알 권리를 위해 헌신해
왔습니다. 이는 바로 피고회사 윤리강령과 윤리강령의 준수를
규정한 취업규칙의 복무 기본원칙을 충실히 지킨 것입니다. 그
런데도 피고회사가 원고의 이러한 행위를 문제삼아 취업규칙
위반 명목으로 징계한 것은 원고의 정당한 조합활동에 대한
부당노동행위로 용납할 수 없습니다.

지금 우리 사회의 각 부문에서 부정부패의 청산과 '역사바로
세우기운동'의 목소리가 높아지고 있습니다. 피고회사에서 짓
밟힌 원고의 인권이 회복되어 '창간이념의 복원'이 온전하게
이루어지고 정의·진실·양심이 살아나는 역사가 펼쳐지길 바
랍니다.

1995. 12. 19.

위 원고 (피항소인) 박해전

서울고등법원 민사 16부 귀중

해직기자의 편지

한겨레신문사 권근술 회장님께

권 회장님. 오늘도 바른 언론 건설작업에 무척 노고가 많으실 줄 압니다. 다른 일로도 분주하실 권 회장님 앞에 또다시 이처럼 무거운 서신을 드리게 됨을 용서해 주십시오. 아무쪼록 제가 드리는 말씀이 제 개인의 신상문제에 지나는 것이 아니라 한겨레신문 창간정신 회복의 문제와도 맞닿아 있는 것이라 생각하시고 너그럽게 읽어주시면 고맙겠습니다.

저는 지금까지 이미 두 번(1995년 8월 1일, 1995년 12월 29일)에 걸쳐 서의 원상회복을 요청히는 서신을 드린 바 있습니다. 그런데 첫번째 서신에서는 1995년 8월 10일까지, 두번째 서신에서는 1996년 1월 10일까지 답변을 주실 것을 부탁드렸으나 한 번도 답변을 주시지 않았습니다. 특히 두번째 서신에서는 답변이 없을 경우 저에 대한 해직조치의 부당성을 인정하시는 것으로 받아들이겠다고 말씀드린 바 있습니다.

　권 회장님은 저의 언론계 대선배이시고, 또 동시에 일찍이 부당해직의 아픔을 몸소 겪으신 해직선배로서 현재 동아일보에 대해 자신의 원상회복을 요구하고 계신 당사자의 한 분이시기에 저의 입장에 대해 누구보다 깊은 이해를 갖고 계시리라 믿습니다. 그러한 분에게 내용증명을 보내서 당혹스런 답변을 재촉하자니 참으로 가슴이 아프군요. 저 암담했던 시절 해직의 아픔을 서로 달래며 쌈짓돈으로 종자돈을 갹출해 일궈낸 한겨레신문에서 이젠 그 해직 선후배 동료 사이에 가·피해자로 갈려 이런 일이 벌어지고 있다는 사실이 차라리 소설 속의 한 장면이 아닌가 착각할 때가 많습니다.

　저의 두번째 서신에 대한 답변이 없자, 저는 예상했던 대로 권 회장님께서 제 문제에 대해 양심적인 판단을 갖고 계시면서도 사내의 여러 사정 때문에 고민을 하고 계시리라 생각했습니다. 그래서 직접 찾아뵙고 말씀드리고자 지난 1월 29일 저는 교열부 박해전 기자와 함께 권 회장님을 방문한 바 있습니다. 그 자리에서 권 회장님은 "이 일은 개인이 결정할 문제는 아니고 논의에 부쳐보겠노라."는 말씀을 하시면서 제 나이를 물어보시며 안타까워하시는 등 긍정적인 모습을 보여주셨습니다. 저는 그것이 인사치레가 아니라 권 회장님의 진심이라고 믿고 있습니다. 그래서 다시 한 번 저의 원상회복을 촉구하면서 제 문제에 대한 올바른 이해를 위해 지금까지 제가 언론인으로서 걸어온 길과 한겨레신문사에서 해직된 경위를 정리해 보고자 합니다.

　저는 1979년 12월 KBS에 기자로 입사했다가 1980년 8월 소위 '언론대학살' 당시 해직됐습니다. 그 뒤 저는 '80년 해직언론인협의회' 실행위원으로 활동하면서 '민주언론운동협의회' 탄생에 작은 힘이나마 보탰습니다. 1987년 7월부터는 주한 프랑스대사관에 '한국인 노동조합'을 결성해 위원장으로 있으면서 해직기자 50인으로 구성된 '한겨레신문 창간발의인'의 한 사람으로 한겨레신문 창간에 참여하였습니다. 1988년 10월 권 회장님 등 여러 선배님들의 격려 아래 한겨레신문에 정식 입사한 저는 1990년 2월부터 1991년 1월까지 제2기 한겨레신문 노조위원장을 지냈습니다. 그 당시는 한겨레신문이 출범한 지 만 2년째 되는 때여서 그간의 경영실책과 일부 간부들의 독단에 대해 재점검해 봐야 한다는 여론이 회사 안팎에 팽배해 있었습니다. 특정 사주나 효율적인 감시체제가 없이 정실이 지배하는 창사초기 현상 속에서 노동조합은 다수의 주주를 대신해서 한겨레신문의 지면과 경영의 개혁을 촉구하는 일을 자임하고 나설 수밖에 없었습니다. 그 과정에서 그 동안 누적되어 왔던 놀라운 경영실책들이 지적되었고 일부 간부들이 문책 퇴사했습니다. 그 과정에서는 또 '파벌'의 형태로 나타난 저항도 만만치 않았습니다. 여느 사안과 마찬가지로 2기 노조의 그러한 활동은 100퍼센트 긍정적 평가만을 얻을 수는 없겠지만 그 이후 한겨레신문의 '책임경영'에 지대한 경각심을 불어넣어 줬다는 성과를 아무도 부인하지 못할 것입니다. 2기 노조는 또 밖으로는 '90년 4월 KBS노조 지원 노보 특별호외'를 발간하고 KBS노조탄압에 항의해 '전국인론노동조합연맹 산하 일간지, 방송, 통신사 전면 휴간'을 추동해 내서 전 언론사 중 한겨레신문이 사상 최초로 가장 완벽하게 그것을 실천하게 함으로써 언론운동사에 큰 획을 긋는 등 한겨레신문이 정론의 사명을 수행하도록 하는 데 앞장섰습니다.

 91년 3월 한겨레신문은 '제3차 발전기금모금 특별위원회'를 설립하여 사내에 지원자를 공모했습니다. 그러나 지원자는 한 사람도 없었습니다. 저는 그때 노조위원장 임기가 끝나 문화부로 복귀하게 돼 있었으나 특위근무를 자원하여 91년 말까지 근무했습니다. 회사는 그 당시 수천만 원의 예산을 들여 송건호 회장 이하 간부들이 전국을 순회하며 주주독자들을 독려하여 '전국주주독자모임'을 주도적으로 결성해 냈습니다. 그때 회사 측이 주주독자들에게 간청하다시피 당부한 얘기는 "한겨레신문은 주주들이 모래알처럼 흩어져 있어서 주인이 없는 것과 같다. 제발 주주독자들이 모임을 결성해서 어려울 때 조직적으로 도와주고 또 살림을 잘못하면 주인으로서 호되게 꾸짖어달라."는 것이었습니다. 저는 특위 간사로서 '주주독자모임' 결성의 실무처리 등 회사가 부여한 임무에 충실하도록 최선을 다했고 그러한 노력이 인정돼 특위 해체 후 '1호봉 특진' 포상을 받기도 했습니다.

1993년 6월 19일 한겨레신문사는 임시주주총회를 열었습니다. 그날 주총회장에서 일부 간부들은 송건호 회장이 주주들로부터 위임받은 주총 의결권을 김명걸 사장에게 재위임하는 형식의 위임장을 위조해 주총의결을 관철하는 무리를 저질렀습니다. 이 일이 주주들에게 적발돼 주총의결 무효소송이 제기됐고 저는 전임 노조위원장이자 전국주주독자모임 결성의 실무를 맡았던 사람으로서 그 소송에 증인으로 불려나갔습니다.

1994년 1월 10일 당시 김중배 사장은 위 소송선고일 3일을 앞두고 '임원진 총사퇴 선언'을 하면서 "한겨레신문은 법을 초월해 있다."는 등 격정적인 연설을 통해 주주들의 제소행위를 우롱하는 듯한 행동을 했습니다. 한겨레신문 창간에 돈 한닢, 글 한줄, 이름 한자 안 보탠 그분의 그런 말씀은 저나 한겨레신문의 개혁을 간절히 바라는 사람들이 듣기엔 너무나 귀가 부담스러웠습니다. 그래서 저는 〈한겨레전국독자주주모임〉지 94년 1월 12일자에 '김중배 쇼 어찌할 것인가'라는 제목으로 '김중배 체제'의 반개혁적인 행태를 비판하고 한겨레신문이 진정한 개혁으로 나아갈 길을 제안하는 글을 썼습니다. 94년 2월 1일 회사측은 저에게 징계위원회 개최를 통보해 왔습니다. 징계사유는 위 소송의 법정증언 사실, 위 기고 사실, 위 소송 재판시(94년 1월 10일) 방청석에서의 언행, 주주측이 법원에 제출한 '대표이사, 이사, 감사 직무대행자 선임신청 일람표'상에 이사로 포함된 사실 등이 사규를 위반했다는 것이었습니다. 이 징계사유들의 정당성을 따진다는 것 자체가 우스운 일이지만, 그것이 당시 한겨레신문 징계권자들의 판단능력 수준이었고 감정적 '파벌의 힘'에 지배되는 분위기가 그것을 용인하고 있었기에, 이제 이성을 되찾은 시점에서 과거를 함께 반성하는 뜻으로 되짚어봤으면 합니다.

법정증언은 재판부가 진실을 밝히는 데 도움을 주기 위해서 판사 앞에서 양심의 선서를 하고 하는 것입니다. 아무리 '한겨레신문이 법을 초월해 있다' 할망정 세상에 법정증언을 문제삼아 사원을 징계한다면 법정증인을 보복살인하는 행위와 방법이 다를 게 뭐가 있으며, 한겨레신문 아닌 다른 어느 조직체에서 그런 일이 있었는지 들어보셨는지요? 이 문제는 송건호 전회장이 징계위원회에 낸 저에 대한 소명의 글에서 심히 우려한 대목이기도 합니다. 〈한겨레전국독자주주모임〉 기고에 대해서는, 한겨레신문 윤리강령 10조는 경영 전반에 대한 사내언론의 자유를 보장하고 있으며 주주 소식지의 기고는 회사가 주주독자모임을 결성한 취지에도 부합되는 일입니다. 그리고 그것은 그 이전에 '언론의 자유'에 관한 사안으로서, 기고내용이 사실에 맞는지 또한 얼마나 건설적인가에 대해 건강한 반론으로 대응하거나 겸허하게 수용해야 할 자기 비판의 문제이지 힘의 논리로 탄압할 사안은 아닙니다. 방청석에서의 언행문제에 대해서는, 제가 그날 기자협회보 기자의 취재에 몇 마디 답한 것 외에는 무슨 잡담을 했는지는 모르겠으나 저의 언행이 매스컴에 대서특필되어 한겨레신문 부수가 몇만 부 떨어졌는가요? 개인의 사담을 잠입채취한 행태나 사실확인 과정도 안 거치고 자의적으로 해석하여 무슨 빌미로 이용하려는 행위 자체가 처벌받아야 할 대상이 아닌가 생각됩니다. 주주들이 선임한 이사진 명단에 제 이름이 들어 있었던 사실에 대해서는, 평사원이 그만큼 주주들의 신임을 얻었다면 크게 표창할 일이지 그 일이 어떻게 회사의 명예를 더럽혔다고 징계사유가 되겠습니까? 그 사실은 일부 반개혁적인 경영진의 낯을 부끄럽게 만든 일이지 회사의 명예와는 상관없습니다. 일부 경영진＝한겨레신문사는 아니니까요. 그리고 그 사실이 크게 문제가 된다면 저를 선임한 주주들을 탓할 일이지 본인의 뜻과 무관하게 그 명단에 이름이 끼게 된 저를 징계할 일입니까? 위와 같은 문제가 저와 저의 증인들을 통해 수차례 제기됐으나 미리 목표를 정해 놓고 감정적으로 내닫는 듯한 징계위원회에서 전혀 받아들여지지 않았습니다. 더욱 심각한 문제는 단체협약에 "징계사유의 입증책임이 회사에 있다."고 규정해서 자의적이고 보복적인 징계를 경고하고 있는데도 회사측은 '해사'의 구체적 입증을 제시하지 못하면서 위 행위 자체들을 무조건 '해사행위'로 몰아붙여 저에 대한 징계를 관철하고 말았습니다. 그리하여 언론인으로서 건강성을 유지하고자 꽤나 노력했던 한

중견기자의 직업적 명예는 한순간에 질식당하고 말았습니다.

그 이후 사장(김중배)의 최종 결재과정에서 저에 대한 징계는 6개월 정직으로 결정되어 94년 3월 8일부터 저는 회사에 나오지 못하게 되었습니다. 그런데 그 뒤 한참 후에 간접적으로 알게 된 일이지만 당시 김두식 사장은 5월 4일자로 '총사면령'을 내려서 창사 이래 그 시점까지 있었던 사원들의 징계사실을 말소하여 이후의 인사에 영향을 주지 않도록 했습니다. 그러면 저는 그 이튿날 바로 원직복귀되어야 했음에도 뜻밖에 회사측은 일사부재리원칙에 어긋나는 '인사부 대기발령'이라는 2차 중징계를 내려 마침내 3개월 후에 저를 해직시키고 말았습니다. 그리하여 저는 이제 적지 않은 나이에 누구 못지않게 깊은 애정을 쏟았던 한겨레신문으로부터 생존권마저 박탈당한 채 대외적으로는 무슨 큰 과오라도 저지른 사람인 양 뭇 시선의 낙인이 찍히면서 살아가게 되었습니다.

한편 저와 거의 같은 시기에 비슷한 사유로 징계 해직당했던 박해전 기자는 '해고무효소송' 승소판결을 받았고 회사는 96년 2월 5일자로 박 기자를 원직복귀시켰습니다. 저는 박해전 기자의 소송과정에서 증인으로 나가 박 기자를 지원하면서 박 기자와 저의 원상복귀를 수차례 회사 쪽에 요구한 바 있습니다. 박 기자가 변호인의 도움도 없이 변호인을 두 사람씩 동원한 '권력기관' 한겨레신문을 상대로 한 소송에서 명쾌히 승소한 것은 해직사유의 부당성을 잘 입증해 주는 일입니다. 그러나 그 재판과정을 지켜본 저로서는 아무리 생각해도 한겨레신문이 해직기자를 양산해 내서 재판정에 나가 서로 다투는 모습은 그다지 아름답거나 바람직한 것이 아니라는 생각이 간절합니다.

따라서 저의 원상복귀문제는 박해전 기자의 소송과정과 그
결과를 거울삼아 결자해지의 정신으로 회사 쪽에서 하루속히
자발적으로 해결해 주시기를 간곡히 부탁드립니다. 그 길이 또
한 저의 징계과정에 참여했던 분들이 일시적 판단착오에 의한
오류를 씻고 스스로 명예를 회복할 수 있는 매우 합리적인 명
분을 제공하는 계기가 되리라고 믿습니다.

짧지 않은 글로 격무에 고생하시는 회장님께 심려를 끼쳐 드
린 점 다시 한 번 용서를 빌며 애정어린 결과를 기대하겠습니다.

1996년 3월 16일

최성민 드림

〈한겨레〉 96년 3월 21일자

언론을 바로세우는 사람들

처음 찍은날 · 1998년 5월 25일
처음 펴낸날 · 1998년 5월 30일

지은이 · 한겨레신문전국독자주주모임
펴낸이 · 송영현

펴낸곳 · 살림터
주소 · 121-231 서울시 마포구 망원1동 384-20
전화 · 3141-6553 (대표)
전송 · 3141-6555
등록번호 제2-1008호 (1990년 5월 15일)

인쇄 · 신화인쇄공사 (나병문)
제본 · 성용제책사 (조주환)

값 10,000원

ⓒ 한겨레신문전국독자주주모임. 1998

▶ 잘못된 책은 바꾸어 드립니다.
▶ ISBN 89-85321-49-8   (03800)